Torpe**justicia**

Lisa Scottoline

Torpe **justicia**

Traducción de Bettina Blanch Tyroller

Círculo de **Lectores**

Para la realmente formidable Molly Friedrich
y para Peter y Kiki.

La invencibilidad nos engaña con nosotros mismos.

Sun Tzud

1

Todo empezó con un *lapsus linguae*. En el primer momento, Marta creyó haber oído mal. Estaba agotada tras dos meses de juicio por asesinato y no siempre alcanzaba a oír a su cliente a través de la gruesa ventana antibalas de la sala de visitas.

–Querrá decir que usted forcejeó –lo corrigió.

Elliot Steere no respondió, sino que se limitó a limpiar la ceniza que manchaba su silla. Enfundado en un traje color carbón marca Brioni y una camisa blanca de cuello Mao, Steere ofrecía un aspecto incongruente, pero no parecía sentirse demasiado incómodo en la cárcel. Su serenidad de hombre de negocios se había convertido en una leyenda gracias a la prensa amarilla. Los periódicos sensacionalistas afirmaban que la noche en que fue detenido, Steere pidió hacer una llamada... a su corredor de Bolsa.

–Es lo que he dicho –repuso al cabo de un instante–, que forcejeé.

–No, ha dicho que él forcejeó. Fue defensa propia, no asesinato. Fue usted quien forcejeó, no él.

Una leve sonrisa curvó los labios de Steere. Poseía una nariz fina y aristocrática, ojos castaños bastante inexpresivos y demasiado pocas patas de gallo para ser un promotor inmobiliario. En las fotografías de las revistas, Steere salía atractivo, pero los fluorescentes de la sala de visitas le hundían las mejillas y restaban brillo a su cabello pajizo.

–¿Y qué más da? El juicio ha terminado, y el jurado se ha retirado a deliberar. Ya no importa quién forcejeó con quién.

–¿Cómo que no? –exclamó Marta.

No quería que Steere le tomara el pelo con jueguecitos de palabras; lo que quería era que alabara su genial defensa. Era el caso de su vida y estaba a punto de conseguir la absolución de Steere.

–Claro que importa.

–¿Por qué? ¿Qué más da si no fue en defensa propia? ¿Qué pasa si en realidad lo asesiné, como dijo el fiscal, eh?

Marta parpadeó con irritación.

–Pero no fue así. Él intentó atracarle, le atacó con un cuchillo, amenazó con matarle, y usted le disparó en defensa propia.

–¿En la nuca?

–Hubo un forcejeo. Usted llevaba un arma y disparó.

Sin darse cuenta, Marta estaba repitiendo las palabras de su alegato final; el jurado se había retirado a deliberar pocos minutos antes.

–A usted le asaltó el pánico porque temió por su vida.

–¿De verdad se lo ha tragado?

Steere cruzó una de sus largas piernas sobre la otra, y un triángulo de pernera bien planchada quedó suspendido en el aire, junto a su pie.

–¿Temí por mi vida? Esa frasecita la saqué de una serie policíaca, esa en la que todo el mundo fuma. ¿La conoce?

Marta tenía la boca seca. No miraba la tele ni cuando salía en ella, otra abogada televisiva de ojos azules muy separados y melena rubia con mechas hasta los hombros. Cierta dureza en torno a los ojos y cierta flaccidez bajo la barbilla revelaban que ya no tenía treinta años. Pese a ello, quedaba bien en la pantalla y sabía lo que se hacía; sabía exponer la defensa en los enfrentamientos con la acusación, redondearla con ingenio, posar sonriente para las cámaras...

–Está de broma, ¿no? ¿Qué tiene que ver la televisión con esto?

–Todo. Mi historia, mi defensa... Todo pura ficción. Tipo blanco y rico atracado por tipo negro y pobre. El blanco lleva una Glock registrada a su nombre para protegerse. El negro lleva una navaja, o sea que tiene poco que hacer. –Steere se reclinó en su silla–. El jurado se lo ha tragado porque es lo que esperaban, lo que ven en la tele.

Marta abrió la boca con incredulidad. La noticia la golpeó con fuerza. La cabeza le daba vueltas y una oleada de calor se apoderó de su rostro. Apoyó las manos cuidadas sobre la fría repisa de aluminio y pugnó por recobrar la compostura.

–¿Qué está diciendo?

–Que soy culpable, querida.

Steere la miraba de hito en hito, y su voz sonaba enlatada a través de la rejilla de metal situada bajo la ventana de vidrio antibalas. De repente, Marta tuvo la sensación de que las paredes de hormigón blanqueadas de la sala se cernían sobre ella.

–Pero ese hombre le rajó la mejilla con el cuchillo –insistió sin comprender nada.

–Entonces ya estaba muerto. Le sostuve la mano en la que llevaba la navaja y me rajé la cara.

–Encontraron fibras de su esmoquin en sus manos y en su ropa.

–Es que hubo un forcejeo. Ese tipo opuso resistencia... o más bien se dedicó a suplicar y lloriquear como una nenita.

–Cuéntemelo todo –exigió Marta con el estómago revuelto.

–No hay gran cosa que contar. Un vagabundo se me acercó cuando me paré en un semáforo. Iba borracho como una cuba y me gritó que le diera el coche mientras me amenazaba con el cuchillo. Como que le iba a dar el coche, un SL600 descapotable, un sueño, vamos... –Steere meneó la cabeza con aire exasperado–. Así que cogí el arma, salí del coche y le pegué un tiro en la cabeza antes de llamar a la policía por el móvil.

Marta cruzó los brazos sobre el pecho. Parecía un abrazo, pero no fue eso lo que pensó. Había escuchado confesiones semejantes de otros clientes, y aunque Steere no se parecía a ellos, sí sonaba como ellos. Todos sentían la necesidad de jactarse, de demostrar cuán inteligentes eran y lo que podían hacer sin que se les cayera el pelo. Marta siempre había sabido que Steere era un tipo duro, pero jamás habría imaginado que fuera inhumano.

–Es usted un asesino –constató.

–No, soy un solucionador de problemas. Me limité a sacar la basura. Ese hombre era un indigente, no servía para nada. No trabajaba, no producía, no poseía nada... joder, si ni siquiera vivía en ninguna parte. Se equivocó de hombre. Fin de la historia.

–¿Así por las buenas?

–Venga, Marta. Ese hombre era un inútil. Ni siquiera sabía manejar el puto cuchillo –exclamó con una risita ahogada–. La verdad es que usted lo hizo mejor en la demostración, cuando se lo puso bajo la barbilla. ¿Vio las caras de los miembros del jurado? Los de la primera fila por poco se desmayan.

Marta sintió un escalofrío mientras recordaba aquellos rostros vueltos hacia ella como los de una clase de párvulos.

Había contratado a los sempiternos consultores de jurados para luego confiar en su propio instinto y acabar con un grupo de personas que sin duda llegarían a la conclusión de la duda razonable. Se había plantado ante ellos cada día durante el juicio, memorizando sus facciones, sus reacciones, sus peculiaridades. Quince años como abogada criminalista de primer orden habían enseñado a Marta Richter que los jurados eran las únicas personas auténticas de cualquier sala... Incluso los que firmaban contratos para publicar libros.

–Unos desgraciados –sentenció Steere–. Una docena de desgraciados. El más desgraciado de todos era su amigo, el hombre Marlboro. Le conviene andarse con cuidado, porque la miraba con ojitos enamorados. Puede que tenga intención de hacérselo con usted.

Marta hizo una mueca. Steere se refería a Christopher Graham, herrero de Old Bustleton, un barrio situado en el nordeste de Filadelfia. Marta se había enterado de que Graham acababa de separarse de su mujer, de modo que se lo trabajó durante todo el juicio, mirándolo fijamente a los ojos durante la declaración del forense y llevándose los dedos al cuello de la blusa de seda cada vez que percibía su mirada solitaria. Pero la manipulación era una cosa y la prevaricación otra muy distinta.

–Todo lo que me ha contado es mentira.

–Pero ha funcionado, ¿no? Los ha dejado sin caso. El alguacil cree que el jurado volverá a la sala mañana a mediodía; eso supone una deliberación de tan sólo cuatro o cinco horas en total –calculó Steere con una sonrisa mientras descruzaba y cruzaba de nuevo las piernas–. Tengo entendido que los periodistas están apostando fuerte por usted, veinte a uno. Muchos incluso apuestan a que me absolverán antes de que haya caído un metro de nieve.

La cabeza le daba vueltas. Los medios de comunicación... Más mentiras. Había contado a los periodistas que Steere era inocente y se había negado a aventurar cuánto duraría la deliberación del jurado. «Me basta con saber que ganaré, chicos», había dicho con una carcajada. Pero ya no sentía ningún deseo de reír.

–Son casi las tres –comentó Steere, mirando el reloj que llevaba, un artilugio con una correa que parecía oro líquido–. Si la memoria no me falla, en sus casos el jurado nunca delibera más de dos días.

Marta rememoró los casos que había defendido. Nunca había perdido un juicio susceptible de acabar en pena capital y tampoco perdería éste. No había tenido necesidad de contestar a preguntas peliagudas sobre pruebas físicas, sólo de enfrentarse a una discrepancia sobre el desarrollo de los hechos, ya que la fiscalía afirmaba que Steere había tenido intención de matar al indigente. Requería estómago llevar un caso así a juicio, pero se acercaban las elecciones y el alcalde quería crucificar al propietario inmobiliario más rico de Filadelfia. Marta comprendía esos argumentos, pero no entendía lo más importante.

–¿Por qué me ha mentido?

–¿Desde cuándo es usted tan noble? ¿Acaso me ha preguntado alguna vez si soy culpable?

–Nunca pregunto eso a mis clientes.

–Entonces, ¿qué más da si le mienten?

Marta guardó silencio durante unos instantes y apretó los dientes.

–O sea, que se inventó todo ese cuento.

–¿Nunca ha puesto en duda mi versión? ¿Es usted una de las mejores abogadas criminalistas del país y ni siquiera es capaz de olerse una trola?

Esta vez no, porque había bajado la guardia.... porque se

había sentido atraída por él pese a que jamás lo habría reconocido, ni siquiera ante sí misma.

–Su versión tenía todo el sentido del mundo. La repasamos una y otra vez, y usted jamás cambió ni una coma.

–He mentido desde el primer momento.

–¿Incluso a la policía? La declaración que grabaron era del todo coherente.

–Se me da muy bien lo que hago.

–¿Mentir?

–Vender.

–Me ha utilizado, cabrón.

–Venga ya, querida –espetó Steere, cuya sonrisa se trocó en una mueca desagradable–. ¿Acaso no le he pagado? Casi doscientos mil pavos este trimestre, más gastos de hotel, teléfono, incluso la tintorería. Se lo he pagado todo. Y aún quedan veinticinco mil en el fondo.

–No se trata de eso.

La carcajada de Steere rebotó contra las paredes de hormigón de la sala.

–Claro, no es usted la que paga. Ese dinero me da derecho a utilizarla... joder, en realidad tendría que darme derecho a tirármela.

–¡Que le den por el culo! –gritó Marta con furia mientras se levantaba de un salto.

La acometió la necesidad de moverse, de caminar, de correr, pero la sala de visitas era diminuta como una cabina telefónica. Estaba atrapada por Steere, por sí misma. ¿Cómo podía haber sido tan ingenua? No alcanzaba a comprenderlo.

–¿O sea que mató a Darnton pese a saber que lo interrogarían? ¿Que lo acusarían?

–Era un riesgo –replicó Steere con un encogimiento de hombros–, pero al fin y al cabo, corro riesgos cada día. Supuse que el fiscal encontraría algún motivo para acusarme, pero no importa. Mejor mala prensa que nada de prensa. Sabía que contrataría al mejor abogado y saldría impune, y así ha sido..., gracias a usted.

«Gracias a usted.» Aquellas palabras se grabaron en la mente de Marta como un hierro candente. Steere había escrito la historia, y ella la había vendido, la había vendido mejor de lo que había vendido nada en toda su carrera profesional. Se la había vendido al jurado de día y a los medios de comunicación por la noche. Y no lo había hecho por el dinero ni la fama, esta vez no.

Lo había hecho por Steere.

En el preciso instante en que se dio cuenta de ello, su furia se tornó irracional. Habría jurado que Steere la deseaba; había mostrado todos los signos habituales. Se le acercaba demasiado cuando hablaban, le miraba las piernas durante demasiado rato. En cierta ocasión le había tocado la rodilla al agacharse para recoger la pluma, que se le había caído, y la reacción de Marta había sido tan inmediata que la sorprendió. El recuerdo la hacía enloquecer, la desconcertaba, la trastornaba.

–Voy a hablar con el juez Rudolph de esto –anunció.

–No puede. Soy su cliente, y esta conversación es confidencial. Si revela su contenido, la echarán del colegio y... adiós, carrera –canturreó Steere entrelazando los largos dedos al tiempo que se inclinaba sobre la repisa de aluminio–. Por supuesto, negaría en todo momento haber sostenido esta charla, y usted quedaría como una idiota.

–Entonces dejaré de ser su abogada. Renuncio a representarle –espetó Marta mientras recogía el bolso y el maletín del suelo.

–El juez no le permitirá renunciar durante la deliberación. Es demasiado tarde. Me perjudica y viola mis derechos constitucionales.

–No me sermonee –ordenó Marta, aunque sabía que Steere estaba en lo cierto respecto a la renuncia–. He cometido perjurio por usted.

–Vaya, qué bien se sabe la jerga. Pues yo también. No ha cometido perjurio porque no he testificado en mi propia defensa.

–Es un fraude...

–Basta –la atajó Steere con un gesto–. Le explicaré cómo va a ir el asunto. Antes de mediodía se conocerá el veredicto, y yo saldré en libertad. Luego ofreceré una conferencia de prensa en la que diré al mundo que el alcalde es un capullo, que el sistema judicial es una auténtica bendición y que usted es la mejor puta que se puede comprar con dinero.

Marta se quedó paralizada, apretando el asa del maletín con todas sus fuerzas. La rabia le impedía respirar, y se sentía asfixiada, como si tuviera el reluciente zapato de Steere oprimido contra el cuello.

–Luego iremos a Swann Fountain para celebrarlo –prosiguió Steere– e incluso podemos hacer piececitos, como en los viejos tiempos. A continuación tengo un billete para St. Bart en un vuelo que despegará de Atlantic City si en Filadelfia nieva demasiado. Me encanta la playa, ¿a usted no? Detesto el agua, pero me encanta la playa. ¿Le apetece acompañarme?

Marta se limitó a lanzarle una mirada furiosa. No toleraría que la utilizaran con aquel descaro, ni él ni nadie. Alargó el brazo para abrir la puerta de la salita.

–Vamos, no se marche así, querida –resopló Steere.

–Tengo trabajo.

–¿Qué, trabajo? Acaba de demostrar que soy inocente.

–Exacto, y ahora voy a demostrar que es culpable.

–No existen pruebas –observó Steere tras chasquear la lengua.

–Debe de haber alguna.

–La policía no encontró ninguna.

–No estaban tan motivados como yo.

–¿Y pretende encontrar alguna prueba antes de que vuelva el jurado? ¿Antes de mañana al mediodía?

–Volverán antes de mañana al mediodía –aseguró Marta.

Abrió la puerta entre las carcajadas de Steere, pero pese a estar furiosa en extremo, sabía que no importaba quién reía el primero, sino tan sólo quién reía el último.

2

El Centro de Justicia Penal de Filadelfia es un edificio de construcción reciente, y los calabozos situados junto a las salas de vistas parecen despachos pequeños y modernos. Los barrotes de hierro han dado paso al plástico antibalas transparente, y las paredes de hormigón pintadas de blanco siguen limpias y relativamente intactas. La celda de Steere contenía un banco de formica blanca, un retrete de acero inoxidable y un lavabo. Steere era el único preso de la planta, y a causa de los problemas de transporte ocasionados por la tormenta de nieve, pasaría las noches en su celda mientras durara la deliberación del jurado. En aquel instante, cruzó las piernas y siguió leyendo el *Wall Street Journal,* haciendo caso omiso del guardia de cierta edad que aguardaba ante él como un penitente.

–No puedo hacerlo, señor Steere –gimió el guardia, mirando por encima del hombro.

El otro guardia había salido a descansar, pero no tardaría en regresar. Frank no quería que lo sorprendiera dentro de la celda de Steere.

–Lo he intentado, pero no puedo.

–Sí que puedes; vuelve a intentarlo –ordenó Steere sin alzar la vista del periódico.

–No puedo. El pasillo está lleno de periodistas. Tienen

cámaras de televisión, de todo. Están ahí mismo, detrás de esa puerta, hay tantos que llegan hasta los ascensores e incluso hasta el vestíbulo de abajo –explicó al tiempo que meneaba la cabeza–. Es demasiado arriesgado.

–Ya se te ocurrirá alguna forma.

–No hay ninguna forma. Seguro que alguien me ve y se pregunta por qué no paro de entrar y salir. Ya sabe cómo son los periodistas. Ya están comentando que tiene usted privilegios especiales.

–No te preocupes por los periodistas –musitó Steere, ojeando la primera página–. La noticia del día es la tormenta de nieve, no yo. Aquí lo dice: COSTA ESTE AZOTADA POR GRAN TORMENTA DE NIEVE. Ni siquiera salgo en primera plana.

–No puedo hacerlo, se lo juro. No podría pasarlo por el detector de metales.

–Ya lo has hecho otras veces, Frank.

–No es lo mismo; hoy el jurado está deliberando, y esto está a reventar de gente que observa y espera. Es una locura.

Nervioso, el guardia apoyó el peso sobre el otro pie. Llevaba zapatos nuevos, ortopédicos, trescientos pavos el par. *Ortóticos,* como decía el médico. Frank jamás había podido permitirse semejantes lujos, porque la mierda de seguro médico que tenía no le cubría esas cosas.

–De verdad, es una locura.

Steere volvió la página.

–Por favor –rogó el guardia con la frente perlada de sudor–. Ya le he traído el periódico.

–Creo que tengo derecho a leer el periódico.

–Claro, claro, no me malinterprete –se apresuró a responder el guardia sin dejar de cambiar de pie.

No es que le dolieran, porque con esa maravilla de zapatos podía quedarse de pie todo el santo día, incluso caminar sin cansarse por el centro comercial con Madeline y no tener que esperar en el coche como un perro.

–Con el periódico no he tenido ningún problema, señor Steere, pero esto es otra cosa. A lo mejor le puedo traer una Coca-Cola de la máquina.

Steere llegó a la sección de Bolsa y ojeó las columnas.

–Buenas noticias. Hampden Technologies ha subido dos puntos.

–Si quiere, se la traigo con hielo. No tardaré más de cinco minutos.

–Vaya, el potasio ha bajado otro punto –prosiguió Steere sin inmutarse mientras extendía el periódico para alisar una arruga–. ¿Conservas las acciones de potasio, Frank?

–Sí.

–¿Te parece buena idea?

Frank Devine tragó saliva. Al empezar el juicio había empezado a invertir pequeñas cantidades siguiendo los consejos de Steere. El hombre había tenido razón en todas las ocasiones, por lo que Frank había ganado bastante dinero. El mes anterior, Steere se había enterado de que merecía la pena invertir en potasio, de modo que Frank había metido todo lo que tenía más lo que le había prestado su cuñado, un total de diecisiete mil dólares. «Para redondear mis beneficios», había explicado a Madeline. «Ya», había replicado ella, malhumorada. Los diecisiete mil dólares se habían convertido en treinta mil, y cuando vendiera podría comprarse cuanto le viniera en gana. Doscientos pares de zapatos ortopédicos, si hacía falta.

–Te he preguntado si te parece buena idea conservar el potasio, Frank.

–Supongo que... sí –balbuceó el guardia, observando a Steere repasar las columnas de cotizaciones, aunque sin poder dilucidar nada de su expresión, como siempre–. ¿A usted le parece buena idea, señor Steere?

–Supongo...

–La cosa va bien –insistió Frank.

No era un imbécil, por el amor de Dios; había aprendido mucho sobre la Bolsa desde que empezara el juicio.

–El potasio cerró a treinta ayer.

–¿Y qué tal esta mañana? ¿Ha bajado?

–No, señor.

Frank se lo había preguntado a su cuñado, quien lo había consultado por ordenador. El guardia no sabía mucho de ordenadores y se consideraba demasiado viejo para aprender.

Steere siguió leyendo.

–Bueno..., esto..., ¿le parece que me conviene vender?

–No lo sé, me parece que sí –repuso Steere, interrumpiendo la lectura a media columna–. Aunque pensándolo bien, me parece que no... No sé, ¿a ti qué te parece, Frank?

–Por lo general me parece lo mismo que a usted –repuso el guardia en un intento de hacerse el gracioso, aunque en realidad sentía náuseas.

En el lugar reinaba tal silencio que oía cada gorgoteo de su estómago. Steere siguió leyendo. Frank volvió a cambiar de pie. Steere siguió repasando las cotizaciones.

–Señor Steere... ¿Debo quedarme el potasio o venderlo?

–No sé –repuso Steere sin apartar la vista del diario–. No ha subido más... Lo ha intentado, pero no lo ha conseguido.

–¿Es grave? –masculló Frank con la dentadura postiza pegada a los labios–. Quiero decir.... ¿es muy grave? Porque lo parece...

–Depende.

–¿De qué?

–Del efecto que te cause estar al borde del precipicio.

Frank intentó reír, pero lo único que brotó de su garganta fue un ruidito ahogado.

–El teléfono, desgraciado –espetó Steere desde detrás del periódico–. Tráeme el puto teléfono.

–¿Qué llevas puesto? –preguntó Steere por el móvil.

Era broma, pero aun así sintió cierta rigidez entre las piernas. Llevaba casi un año entre rejas.

–Estoy en una reunión –replicó ella en su tono más profesional y en voz lo bastante alta para que pudieran oírla las personas que la rodeaban.

Era una estrella y lo sabía. Steere la imaginó en la reunión, mujer profesional de los pies a la cabeza, al menos por fuera.

–¿Aún tienes ese sujetador, el negro con blonda?

–Ahora no puedo hablar. Están todos aquí, incluso uno de los redactores jefes de la sección urbana, ¿verdad, Marc? –exclamó–. Llámame cuando tengas los planes claros. Tengo que colgar.

Steere oyó risas masculinas al fondo.

–Espera, tengo que pedirte un favor. Destruye el expediente.

–¿Qué? ¿Por qué?

–Richter lo sabe.

–Qué interesante –comentó ella sin alterarse.

Steere sabía que nunca se alteraba, tuviera delante a un jefe de redacción o a una hilera de sacerdotes. Era la única mujer que conocía que nunca perdía la compostura, y por eso la deseaba... Bueno, entre otras cosas.

–Richter sabe que lo maté intencionadamente, nada más. Déjalo todo y destruye el expediente hoy mismo.

–Es muy precipitado –replicó ella con ligereza–. Ya me lo pensaré. Puede que la semana que viene. Elige tú el restaurante, que mi secretaria reservará mesa.

–No, ahora mismo. No pienso correr riesgos.

–Pero puede que necesitemos esa información.

–No me jodas y hazlo –ordenó Steere antes de colgar, irritado y sin perder la erección.

Acto seguido, Steere marcó el número de un hombre al que presentaba como su chófer, Bobby Bogosian. El cargo era un vestigio de la época en que Bobby conducía a Steere por la ciudad en un destartalado Eldorado marrón, con el dinero en efectivo que crearía su imperio guardado en el bolsillo. Steere se pateaba todas las casas adosadas de los barrios más pobres de la ciudad y ofrecía a los ancianos treinta mil dólares de inmediato y en efectivo por sus hogares. Podía alquilar las casas por mucho más que eso y ganaba dinero aunque sólo se apuntara al carro el diez por ciento de los jubilados. Y siempre se apuntaban muchos más.

En los salones diminutos de sus casas, tras la cortinas corridas, Steere los convencía de que les estaba solucionando sus problemas. Los sofás de aquella gente estaban gastados, hundidos y deshilachados, y Steere se había sentado sobre más muelles sueltos de los que alcanzaba a recordar. Sin embargo, aquellas personas no le inspiraban ni desprecio ni afecto, por desdentadas, mal vestidas o sencillamente estúpidas que fueran. Le recordaban a sus padres adoptivos, y en lugar de huir de ellos, representaba el papel del hijo perfecto.

En cada casa que visitaba, Steere sonreía y adoptaba la expresión del joven inteligente y serio que intenta abrirse camino en el mundo. Se inclinaba hacia delante, apoyando los codos sobre las rodillas, y ataviado con su traje de grandes almacenes les hablaba con la más dulce de las voces. Lo tildaban de «lanzado», de «hombre hecho a sí mismo». Steere les recordaba a la clase de joven que creían que ya no existía y que en realidad ya no existía más que en la imaginación alimentada por la nostalgia, insustancial como el algodón de azúcar.

Mientras Steere hablaba, los ancianos matrimonios se relajaban en sus raídos sillones y le hacían confidencias con los ojos llenos de temor. En aquellos barrios urbanos, los blancos temían a los negros y los negros temían a los blancos. Los negros y los blancos temían a los hispanos, jamaicanos y vietnamitas. Todo el mundo temía las drogas y las bandas, y fuera cual fuese su miedo, Steere sacaba partido de él. Como comprendía sus problemas, los ancianos creían que podía resolverlos. Dinero en efectivo, inmediato, sin ataduras. Bobby Bogosian permanecía de pie y en silencio tras el sofá hasta que el propietario de la casa cogía el bolígrafo de Steere con su mano huesuda y estampaba su firma temblorosa sobre la línea de puntos.

–Hola –saludó Bogosian tras contestar al teléfono a la velocidad del rayo–. ¿Qué pasa?

–¿Dónde estás?

–En el centro.

–Mi abogada, Marta Richter, acaba de salir del juzgado. No la pierdas de vista –ordenó sin dar más explicaciones.

Nunca contaba a Bogosian más de lo que necesitaba saber, ni tampoco quería saber sobre su empleado más de lo estrictamente necesario. Ni siquiera sabía dónde vivía Bogosian y se había enterado de rebote de que el agente de la provisional le había dado el alta, por así decirlo.

–Vale –dijo Bogosian.

–Estará ocupada hasta que vuelva el jurado. Asegúrate de que no hace nada ni va a ninguna parte.

–¿Algo más?

–Nada en especial. La necesito hasta que acabe el juicio.

–¿Y luego?

–Luego ya no la necesitaré. ¿Entendido?

–Por supuesto.

Steere colgó el teléfono con aire satisfecho. Tenía la sensación de que había recuperado el control. Había soltado a Bogosian, que haría su trabajo. Lo mejor de Bogosian era que no pensaba. Steere se limitaba a pulsar el botón adecuado, y el hombre salía disparado como un misil camino del objetivo.

Steere se guardó el móvil en el bolsillo, cerró los ojos y permaneció sentado en el banco sin moverse. Había aprendido el arte de la inmovilidad de niño, cuando lo azotaban por moverse, y jamás había olvidado la lección. Steere se visualizó a sí mismo como siempre se visualizaba, como un poste en la cima del mundo, una pértiga bajo la cual el mundo giraba vertiginoso. Siguió inmóvil mientras las paredes de su celda empezaban a girar y salían despedidas hacia el éter. A su alrededor se hizo una oscuridad fresca y silenciosa. Steere escuchó el silencio en busca del ritmo de su respiración, el latido de su corazón, el rugido de la sangre en las venas... Y luego se replegó en las profundidades de su mente.

Una vez allí consideró la situación en que se encontraba. Había cometido un error con Marta, pero ya se había recuperado, y el plan seguía adelante según lo previsto. Había tomado las precauciones necesarias y ocultado su distancia, como lo habría expresado Sun Tzu. «Acércate, pero aparenta estar lejos», escribía el general chino. Sun Tzu, experto estratega militar, era uno de los pocos hombres a los que Steere admiraba, y al leer su libro se había dado cuenta de que ya hacía lo que el gran general dictaba. Steere ya había comprado las fincas clave de la ciudad cuando leyó lo siguiente: «Ocupa primero lo que les importa». Y había acabado con todos sus enemigos a excepción del alcalde cuando leyó: «Ambos bandos se acechan mutuamente durante años para luchar por la victoria en un solo día». Steere se había grabado aquella cita en la memoria y había diseñado su estrategia para derrotar al alcalde basándose en ella.

Sonrió para sus adentros. Sun Tzu hablaba de la naturaleza de la victoria, y Steere comprendía la naturaleza de la victoria como si él mismo hubiera escrito el libro. Comprendía que la victoria requería más que agresividad, más que conflicto. La victoria requería violencia, la violencia límpida y mortal de la destrucción y el dominio económicos, como la detonación de una bomba lejana, presenciada en vídeo, y la violencia íntima y ardiente del asesinato. Disparar contra un hombre que forcejeaba en la noche tórrida, que pataleaba en vano sobre el asfalto. Matarlo desde tan cerca que pudieras susurrarle al oído, percibir el hedor de su nuca, sentir el calor de su piel. Meterle una bala en el cuerpo mientras suplicaba sollozante que le perdonaras la vida.

Steere no había sabido si podría hacerlo ni qué sentiría después, y de hecho se había sorprendido en ambos aspectos. Asesinar le había resultado más fácil de lo que imaginaba, y después de hacerlo, no se había sentido emocionado ni excitado. Por el contrario, tras matar a aquel hombre, Steere había pensado: «Vaya, qué rápido». Se había preguntado hasta dónde se extenderían los tentáculos de su poder y ahora sabía que llegaban más lejos de lo que había imaginado. Había matado y saldría impune, de modo que sus posibilidades eran ilimitadas. Ni él mismo, ni el resto de los hombres ni la ley podían imponerle restricción alguna. Se había tornado invencible.

«La imbatibilidad radica en nosotros mismos; la vulnerabilidad radica en el enemigo», decía Sun Tzu. Steere sabía por instinto que su nueva enemiga, Marta Richter, jamás lograría vencerle aunque creyera que ella era libre y él estaba confinado en una celda. Marta sabía cómo ganar las batallas en la sala del tribunal, sacar partido a las reglas relativas a las pruebas y a los precedentes legales, usar las palabras como armas y a los abogados como soldados. Ni siquiera era una batalla equitativa. Una navajita contra una Glock.

Porque Elliot Steere sabía cómo ganar una guerra.

3

Con el corazón desbocado, Marta se abrió paso a empellones entre los periodistas agolpados en el pasillo y el vestíbulo del juzgado. Al salir del Centro de Justicia Penal comprobó que la muchedumbre era tan espesa como la nieve que caía. Se abalanzaron sobre ella en cuanto la vieron salir por las puertas giratorias del edificio.

–Sin comentarios –gritó Marta, parpadeando para poder ver entre los copos de nieve y los focos cegadores de las cámaras de televisión.

Varios periodistas frenéticos, protegidos de la nieve con gorras de béisbol, la persiguieron por la nieve blandiendo cuadernos y grabadoras.

–¿Lo declararán inocente, Marta?

–¿Cuánto tiempo durará la deliberación del jurado, Marta?

–¿Venderá Steere sus propiedades al municipio si es condenado?

–¡Sin comentarios! –espetó Marta sin detenerse.

–¡Vamos, Marta!

Presentadores de televisión cubiertos de maquillaje anaranjado se acercaron a ella bajo los paraguas de colores que sostenían sus ayudantes. Los cámaras y los técnicos la apuntaban con cámaras de vídeo y focos de televisión mientras corrían marcha atrás ante ella con una destreza fruto de largos años de práctica.

–¿Quedará suspendida la deliberación por culpa de la tormenta, Marta?

–¿Declararán inocente a Steere, señora Richter?

–¿Qué proyectos tienes, Marta?

–¿Piensa escribir un libro?

Marta no se detuvo para adularlos ni hacerse publicidad; de hecho, ni siquiera aflojó el paso. Que publicaran lo que les viniera en gana. No tenía tiempo para charlas. Se abrió paso a codazos por entre el gentío, y los periodistas no la siguieron porque en aquel instante, el ayudante del fiscal del distrito, Tom Moran, salió del juzgado.

–El secreto sumarial sigue vigente –le oyó decir Marta.

Se le revolvió el estómago. El fiscal del distrito estaba en lo cierto; Steere era un asesino despiadado, y ahora tenía que demostrarlo. Pero ¿cómo? La bravuconería de que había hecho gala en la sala de visitas se había esfumado a causa del azote gélido de la nieve y la realidad. ¿Qué podía hacer? Volver a la oficina. Recobrar la compostura. ¡Vamos!

Marta corrió a la esquina para coger un taxi mientras se levantaba la manga de la trenca para mirar el reloj. Las tres y cuarto. ¿Cuánto tiempo tenía? ¿Hasta mediodía del día siguiente? Llegó a la esquina de Market Street, donde el tráfico era más denso, e intentó parar un taxi. La nieve se le metía en los ojos y la cegaba. La tormenta era peor de lo que había esperado.

La nieve caía en grandes copos húmedos, blanqueándolo todo. Los bloques de oficinas, las entradas de las estaciones de metro y los coches aparcados ya aparecían cubiertos de blanco, con los contornos desdibujados. De los cables eléctricos pendían estalactitas como dagas afiladas. El semáforo situado frente al ayuntamiento se había estancado en el rojo, embrollando aún más el tráfico ya congestionado. Oscuros nubarrones cubrían el cielo, y pronto caería la noche.

Marta giró en redondo al oír un tremendo chirrido a su espalda. Un comerciante estaba bajando la persiana metálica de su tienda. Los demás establecimientos ya habían cerrado y apagado las luces. Tras salir de trabajar más temprano de lo normal, los empleados de las empresas del centro atestaban las aceras en dirección a la estación del metro. Filadelfia empezaba a replegarse en sí misma para afrontar la tormenta. ¿Qué podía hacer? Sólo tenía una noche y encima era la noche de la tormenta más fuerte del año.

Marta agitó el brazo a la sombra gris del ayuntamiento. Los vehículos incrementaban la velocidad al doblar la esquina del edificio victoriano y se dirigían por el carril rápido a las carreteras que salían de la ciudad. Los coches despedían nubes de gases de escape, y un monovolumen salpicó nieve sobre los zapatos de Marta en su intento por adelantar a otros vehículos. En aquel instante divisó un taxi e intentó pararlo, pero estaba ocupado. De repente se apoderó de ella un recuerdo inesperado.

«¡Eh!» Está de pie junto al bordillo, agitando el brazo. Los coches pasan junto a ella a toda velocidad. El viento le alborota el cabello. Hace frío en la calle. Invierno en Maine. «¡Oiga, señor! ¡Pare, por favor!»

¡BIP! chilló un autobús tras casi atropellarla. Con un sobresalto, Marta retrocedió un paso, esquivando por los pelos las enormes ruedas que no cesaban de levantar nieve. ¡BIP!

–¿Está bien, señorita? –preguntó una voz que Marta oyó sólo a medias al tiempo que veía otro taxi a media manzana... con la luz encendida.

¡Estaba libre!

Marta hizo a un lado a varios transeúntes y corrió hacia el taxi con el maletín y el bolso bajo el brazo. La nieve le empapaba el rostro y los ojos; intentó enjugárselos. El taxi se acercó muy despacio a ella con los faros apenas visibles por la nieve. Marta siguió agitando el brazo como una energúmena. Cuando el vehículo llegó a su altura le pareció ver una sombra en el asiento posterior. Maldita sea. Las ventanillas eran demasiado oscuras para distinguir el interior del coche. Marta llegó junto a él y golpeó la ventanilla con los nudillos.

–¡Eh, eh! –gritó sin dejar de golpear el vidrio–. ¡Tengo que coger este taxi!

Un anciano sentado en el asiento trasero se apartó cuanto pudo de la ventanilla, y como desde muy lejos, Marta se dio cuenta de que se estaba comportando como una demente, histérica por la cantidad de trabajo que tenía y el poco tiempo de que disponía. Abrió la portezuela del taxi.

–¡Tengo que ir a la zona alta! ¡Es una emergencia!

–¡No! –gritó el anciano, hundiéndose en el asiento con los ojos abiertos como platos tras los vidrios de sus gafas.

El taxi acabó por detenerse.

–¡Oiga, señora! –espetó el taxista al tiempo que se volvía a mirarla; sobre el salpicadero se veía un ambientador en forma de corona–. Pero ¿qué hace?

–Es una emergencia –repitió Marta–. Tiene que llevarme a la zona alta.

–¡Fuera de mi taxi! ¿No ve que está ocupado?

–Déjeme subir, por favor. Le pagaré cincuenta dólares.

–¿Está loca o qué? –aulló el conductor.

–¡Cien! ¿Qué le parece?

Marta metió el pie en el taxi, pero el anciano se encogió aún más y el taxista la apartó con su mano velluda.

–¡Basta! ¡He dicho que fuera de mi taxi!

–¡Doscientos! ¡Si me deja subir, le pagaré doscientos pavos!

–¡Fuera, señora! ¡Está usted como un cencerro!

–¡No, espere! –suplicó Marta.

Pero el taxi arrancó de un tirón y la portezuela se cerró de golpe, arrojando al suelo el bolso y el maletín de Marta. Se agachó para recogerlos y los limpió de nieve. ¡Mierda! Tenía que llegar al despacho como fuera. Tal vez pudiera llamar al servicio de taxis. Revolvió el contenido del bolso en busca del móvil y pulsó el botón de encendido. Nada. Se había quedado sin batería. Estaba a punto de lanzar el teléfono al otro lado de Market Street cuando divisó otro taxi que avanzaba en su dirección. ¿Iría vacío?

Se guardó los trastos bajo el brazo y corrió hacia el vehículo.

Al otro lado de la calle, un hombre de proporciones enormes enfundado en un abrigo de cuero negro la observaba. Llevaba la cabeza descubierta pese a la temperatura glacial y se apoyaba contra la fachada seudogriega de los grandes almacenes Hecht. Marta no reparó en su presencia y tampoco lo habría reconocido de fijarse en él. Bobby Bogosian no era precisamente una persona de las que Elliot Steere le habría presentado.

4

Christopher Graham era un hombre alto y fornido, de facciones grandes y barba entrecana cortada a ras del cuello de su camisa de franela. Estaba de pie junto a la ventana de la enorme y moderna sala de deliberaciones del Centro de Justicia Penal, con las manos callosas embutidas en los bolsillos de los vaqueros mientras contemplaba la tormenta. Les habían anunciado que se acercaba una tempestad, aunque no les permitían ver las noticias para evitar que ejercieran influencia sobre ellos. Nada de televisión, periódicos ni radio durante dos meses. Todos los miembros del jurado, a excepción de Christopher, se pasaban el día quejándose de ello. No echaba de menos el vídeo, sino a los caballos que herraba y el dinero que ello le permitía ganar. Lo último que echaba de menos era a su mujer, Lainie.

–Bueno, bueno, todo el mundo a su sitio –exclamó Ralph Merry.

Merry era un hombre extremadamente corpulento y brusco que se autocalificaba de «ejecutivo publicitario», si bien todos los demás miembros del jurado sospechaban con razón que Ralph no era un «ejecutivo», sino más bien un vendedor de publicidad que se alimentaba de chapucillas y whisky escocés. Ralph les indicó por señas que ocuparan sus sillas habituales alrededor de la mesa rectangular.

–Primer punto del orden del día: elegir a un presidente –anunció.

Christopher intentó hacer caso omiso de Ralph y concentrarse en la nieve que caía fuera. Había sabido que nevaría sin necesidad de enterarse por las noticias. Lo había olido en el aire de la mañana, al salir del hotel, y lo había visto en el gris del cielo..., el poco cielo que quedaba entre rascacielos y rascacielos. En el lugar del que venía Christopher, los caballos también habrían sabido que nevaría. No necesitaban radares ni nada por el estilo para saberlo.

–¿No vas a ser tú el presidente, Ralph? –preguntó Nick Tullio.

Nick era el miembro del jurado elegido en último lugar, un anciano italiano del sur de Filadelfia. Nick tenía el cuello flaco como un alambre y el pecho tan escuálido que parecía un chiquillo en lugar de un hombre adulto. Como buen sastre que era, siempre llevaba traje y corbata, por lo que iba demasiado bien vestido para cualquier ocasión. Había perdido medio pulgar en un accidente con la máquina de coser y siempre lo mantenía escondido, lo que no hacía más que llamar la atención sobre él.

–Deberías ser el presidente, ¿o es que no quieres? –inquirió a Ralph.

–Claro que quiero, pero tenemos que votar –replicó éste.

–Ah, ya... Lo siento –musitó el anciano con timidez–. ¿Yo qué sé? Es la primera vez que hago esto.

No le hacía ninguna gracia toda aquella situación. Ojalá los abogados no lo hubieran elegido. Nick quedó atónito al ver que pasaban de todos los demás y lo escogían a él. Ahora había llegado el momento de decidir si el señor Steere era culpable. ¿Qué debía hacer? ¿Qué debía votar? Ojalá su mujer, Antonietta, estuviera allí con él.

–Nada de «el» presidente, sino el presidente o la presidenta –corrigió Megan Gerrity, una joven de veinte años y crespo cabello rojo cortado al cepillo.

Megan era una de los tres únicos miembros del jurado que habían ido a la universidad. Había pasado un año en la Universidad de Drexel antes de dejar los estudios para dedicarse a diseñar páginas web. Los negocios le iban de maravilla hasta que empezó el caso Steere, pero formar parte del jurado podía dar al traste con todo. Megan vivía de Internet, y sus clientes necesitaban sus páginas en tiempos récord. No podía permitirse el lujo de no trabajar. Llevaba siglos sin conectarse a la red. Echaba de menos el cielo, el sol y las nubes de Microsoft que aparecían al iniciar Windows 95.

–¿No quieres que el presidente sea un hombre? –inquirió Ralph.

–Mujer –replicó Megan sin sonreír.

Ralph no le llegaba ni a la suela del zapato. Siempre soltaba esas paridas machistas para enzarzarse con ella en disputas propias de culebrones televisivos. Megan sospechaba que no era la única miembro del jurado que ya estaba harta de él. Sabía que Ralph había caído mal desde el principio a los cuatro miembros negros, tres hombres y una mujer.

–Quiero ser la presidenta –anunció.

–¿Tú? –exclamó Ralph con fingida incredulidad al tiempo que se llevaba la mano a la pechera de la camisa caqui.

Era la camisa predilecta de Ralph, porque se parecía a la que el general Schwarzkopf había llevado durante la operación *Tormenta del Desierto*. Ralph consideraba a Norman Schwarzkopf el jefe más importante desde Patton. Tenía grabadas todas las conferencias de prensa que el general había ofrecido durante la guerra del Golfo e incluso había hecho cola para que le dedicara un ejemplar de su libro.

–¿Megan de presidenta? Ni hablar. Nada de mujeres ni pelirrojos. ¡Y sobre todo nada de mujeres pelirrojas! ¿No estáis de acuerdo?

Ralph sonrió, y todos los miembros del jurado lo imitaron a excepción de Kenny Manning.

La mirada de Kenny era tan oscura como su piel. Estaba sentado en el otro extremo de la mesa, con los musculosos brazos cruzados sobre el pecho. Detestaba las bromitas de Ralph; se había hartado de él a los cinco segundos de conocerlo, y no veía el momento de que terminara el puto juicio para perder de vista su cara gordinflona de cerdo.

–Acabemos con esto de una vez –resopló–. Llevamos demasiado tiempo aquí dentro.

–Y nieva un montón –señaló Ray Johnson, el número 7. Ray, que se llamaba a sí mismo *Siete de la Suerte,* estaba sentado al final de la mesa de juntas con Kenny Manning e Isaiah Fellers. Los tres hombres negros del jurado solían comer, sentarse e ir en autobús juntos, si bien el silencioso Isaiah era un poco el tercero en discordia.

Isaiah contemplaba la nevada con expresión triste. El invierno le ponía de mal humor y vivía para el instante en que saldría para la isla de St. Thomas, camino de su luna de miel. Cada vez que lo visitaba, su prometida le daba la temperatura de la isla porque la anunciaban en el parte meteorológico. Se abrazaban y hablaban de que pasarían todo el día juntos, bebiendo piña colada. Isaiah esperaba que tuvieran un bar al que se pudiera acceder por la piscina para tomar copas sin sacar el trasero del agua templada.

Cristopher también miraba por la ventana, pero ya no contemplaba la nieve, sino que imaginaba a los caballos antes de las nevadas. Los animales levantaban la cabeza en sus establos y la volvían en un arco lento hacia las ventanas, los ojos oscuros y húmedos fijos en el exterior, piafando expectantes, casi esperanzados. Christopher sabía a la perfección cómo se comportaban porque había crecido entre caballos y, al igual que ellos, se había acostumbrado a esperar.

–Estoy de acuerdo con Kenny –secundó Siete de la Suerte–. Acabemos con esto cuanto antes, porque si no nos quedaremos incomunicados. ¿Quién vota culpable?

–Un momento, un momento –atajó Ralph, blandiendo su lápiz amarillo–. Tenemos que elegir a un presidente.

Nick Tullio los observaba con un terrible ardor de estómago. El médico aseguraba que no tenía úlcera, pero Nick sabía que no era cierto. Seguro que tenía una, porque sentía aquel ardor cada vez que se ponía nervioso, y ahora se estaba poniendo muy nervioso. Los negros querrían enviar al señor Steere a la cárcel, pero Nick no estaba tan seguro de ello. De hecho, no estaba seguro de nada. Le apetecía beber un poco de agua, pero no quería enseñar el pulgar, de modo que renunció a beber. ¿Qué diría Antonietta?

–A tomar por el saco –espetó Kenny–. No necesitamos un presidente. Podemos votar ahora mismo.

Ralph hizo una mueca; no le gustaba que se dijeran palabrotas en presencia de mujeres. Le había pedido a Kenny que se contuviera, pero lo único que había conseguido era que jurara más. Ralph sabía que carecía de sentido intentar razonar. Apretó los finos labios en una línea de determinación.

–Hagamos las cosas bien, Kenny. Todos queremos votar y volver a casa, pero primero tenemos que elegir a un presidente.

–O presidenta –terció Megan para quebrar la tensión.

Se sentía incómoda cuando las situaciones cobraban un cariz racial, y eso sucedía a menudo en los últimos tiempos. Un hombre blanco había matado a un hombre negro, y Kenny era incapaz de verlo desde ningún otro prisma.

Dios... Megan quería volver a casa, donde sólo vivían ella y su ordenador Compaq, con el que nunca se peleaba.

–¿Qué tal «presi...rvativo»? –siguió bromeando Megan.

Todos los miembros del jurado se echaron a reír. Incluso Kenny esbozó una sonrisa.

–Vale, votemos de una vez. Elliot Steere es culpable. Eso hace un voto. A ver, el siguiente. ¿Siete de la Suerte?

–Culpable –corroboró el aludido antes de coger el impreso del veredicto del centro de la mesa.

–¡Eh! –gritó Ralph–. No puedes coger eso. Tiene que rellenarlo el presidente, y el presidente debería ser yo. Me presento como candidato.

Megan meneó la cabeza. Si Ralph se erigía en presidente, no callaría jamás.

–Nada de eso, yo lo he dicho antes –objetó–. Me gustaría ser la presidenta. Los que estén a favor que levanten la mano.

–Vamos, vamos, no se peleen. Si vamos a elegir a un presidente, deberíamos hacerlo por votación secreta –intervino la señora Wahlbaum.

Esther Wahlbaum era profesora jubilada de inglés que durante toda su carrera había dado clase en un instituto de la ciudad y sabía cómo mantener el orden en un aula.

–Así se hacen las cosas, con papeletas y por votación secreta.

Martin Fogel, que se encontraba sentado junto a ella, puso los ojos en blanco.

–Gracias, señora Experta en Todo –se mofó.

El señor Fogel era un antiguo fabricante de relojes que llevaba gafas bifocales con montura de acero y una fina camisa blanca. Una tira de ralo cabello gris le rodeaba la cabeza como un cinturón de seguridad.

–Esta mujer es la pera. Que necesitas un fontanero, ella

es fontanero, que necesitas clases de baile, ella te baila un foxtrot...

–No empecemos, señor Fogel –lo interrumpió la señora Wahlbaum con los labios fruncidos–. Todo el mundo sabe que una votación secreta es más oficial.... como en cualquier elección.

Gussella Williams se removió impaciente en su silla, con el vestido de punto tenso entre los gruesos muslos. Gussella era una contable negra y corpulenta que todavía estaba enfadada por no haberse podido ir de vacaciones de Navidad a causa del juicio. Había proyectado ir a Carolina del Sur para ver a su nieto recién nacido, que al parecer crecía como la mala hierba.

–No pienso perderme también su primer cumpleaños –masculló, y nadie le preguntó a qué se refería porque ya lo sabían–. Votemos de una vez. En público, en secreto, como sea, pero votemos de una vez, por el amor de Dios.

Todos los presentes asintieron con la cabeza, incluso los dos miembros del jurado que nunca participaban en las conversaciones, Wanthida Chandrruagphen, una tailandesa delgada y grácil cuyo nombre nadie sabía pronunciar, y Ryan Parker, un hombre muy tímido que trabajaba en una fábrica de hilaturas. Los miembros del jurado no veían el momento de dar por terminado el juicio y volver a casa. Creían que los abogados se repetían y que las pruebas presentadas eran demasiado técnicas. Los expertos los trataban con desdén, y los testigos soltaban discursos interminables. Durante las dos últimas semanas del juicio, nadie se había molestado ya en tomar apuntes, y el mal humor estaba dando paso a la hostilidad.

–¿Una votación secreta? –preguntó Nick con aire confuso–. ¿Cómo vamos a hacer una votación secreta? Si cerramos los ojos, ¿quién va a contar?

Christopher cerró los ojos. Nunca había oído tanto parloteo como en aquellos dos últimos meses. Desde que Lainie lo abandonara, apenas si hablaba con nadie. En las cuadras sólo entraba en contacto con los caballos a los que herraba. Rehuía a las señoras ricas que tomaban clases de doma ataviadas con pantalones de montar pardos y cascos de terciopelo, y hacía caso omiso de los mozos de cuadra que sujetaban a las yeguas inquietas mientras él les clavaba los clavos en los cascos. Ninguna mujer le había interesado de verdad hasta hacía poco. Christopher tenía la sensación de que llevaba toda la vida esperándola como un caballo espera la nieve. De repente dio la espalda a la ventana.

–Me gustaría ser el presidente –anunció, y como hablaba en tan pocas ocasiones, todos se volvieron hacia él con sorpresa.

–¡Me parece una idea excelente! –exclamó Megan.

Le parecía una solución que evitaría problemas. ¿Quién se opondría a Christopher? Era un hombre serio, inteligente y atractivo a su estilo de leñador.

–Muy bien, Christopher –alabó la señora Wahlbaum, encantada de que el joven saliera por fin de su ensimismamiento, pues ello demostraba que la paciencia movía montañas, como siempre había dicho a sus alumnos.

Por encima de sus brazos cruzados, Kenny miró a Ralph, quien asintió para mostrar su acuerdo con lo que parecía al menos un alto el fuego momentáneo.

–Me parece bien –dijo–. Será el presidente, Chris.

–Gracias. Agradezco la confianza de todos.

Christopher se sentía bien. Tenía una misión, un objetivo. Haría cuanto estuviera en su mano para convencerlos de que declararan a Steere inocente lo antes posible. Se ocuparía de ello, al igual que se ocupaba de sus caballos, en silencio, sin aspavientos, sin gratitudes absurdas. Lo haría por ella.

Por Marta.

–Así pues, estamos de acuerdo –dijo Christopher–. Efectuaremos una primera votación. Que todo el mundo escriba su veredicto. No pongan su nombre ni nada; es una votación secreta.

–Recibido –repuso Ralph con un gesto de asentimiento antes de arrancar hojas de un cuaderno y deslizarlas sobre la mesa en dirección a los presentes.

–¿No vamos a hablar de ello antes? –inquirió Nick para demorar el asunto.

No sabía votar. Miró a su alrededor en busca de ayuda, pero su mujer no formaba parte del jurado. El estómago le ardía más que el infierno.

–¿No vamos a comentarlo? ¿Al menos un poquito?

Gussella meneó la cabeza con firmeza.

–No, primero votamos, como hemos acordado. ¿Por qué perder más tiempo? Puede que nos pongamos de acuerdo a la primera. Aquí tienes tu papel. –Le alargó una de las hojas–. Vota.

Nick aceptó el papel obedientemente, y los demás miembros del jurado cogieron lápices afilados de la bandeja de plástico. Nadie echó un último vistazo a las pruebas amontonadas dentro de bolsas etiquetadas en el centro de la mesa. Nadie miró las fotografías de la autopsia ni releyó las pruebas de ADN. Los presentes mantuvieron la cabeza inclinada durante tan sólo diez minutos antes de entregar sus hojas de papel con el entusiasmo de los colegiales el último día de escuela. Christopher desdobló cada papel con cuidado, lo alisó sobre la mesa de contrachapado de nogal y anotó cada voto en la pizarra que tenía a su espalda. El silencio sólo se veía quebrado por el chirrido de la tiza. Era como si todos ellos compartieran el destino de Steere.

Christopher desdobló la última papeleta, y su rostro no delató la felicidad que lo invadió al leerla.

–Inocente –anunció antes de trazar la última marca de tiza y alejarse un poco de la pizarra para leer el resultado final–. Nueve votos de inocencia contra dos de culpabilidad. Sólo se ha abstenido una persona.

–Gracias, Dios mío –suspiró Gussella con una sonrisa radiante.

Tenía un diente de oro en la hilera superior, y era la primera vez que sonreía lo suficiente para dejarlo al descubierto.

–Allá voy, Carolina.

–¿Qué os parece? –canturreó Ralph con una sonrisita satisfecha.

–¿Quién se ha abstenido? –inquirió Megan, malhumorada.

Un retraso ya sería lo último. Perdía clientes cada minuto que pasaba. Echó un vistazo a su alrededor. Un montón de viejos sin nada mejor que hacer, ése era el problema... Ése y la cuestión racial. No cabía duda de que los dos votos de culpabilidad correspondían a Kenny y Siete de la Suerte.

La señora Wahlbaum chasqueó la lengua con aire desaprobador.

–Vamos, Megan, no puedes preguntar eso. Es una votación secreta, y todo el mundo tiene derecho a seguir los dictados de su conciencia, aun cuando eso nos retenga aquí por más tiempo.

Nick Tullio se miró el pulgar oculto entre los pliegues de sus pantalones de lana hechos a mano. No sabía qué significaba abstenerse, pero imaginaba que era el único que había escrito AÚN NO LO SÉ en su papeleta amarilla. Nick se alegraba de que a Christopher se le hubiera ocurrido el modo de efectuar una votación secreta.

–Abstenerse va contra las reglas –se quejó Ralph–. El juez no ha dicho que pudiéramos abstenernos.

–¿Reglas? –saltó Kenny–. Aquí no hay reglas. Si no lo sabe, no lo sabe, qué se le va a hacer.

Kenny suponía que él y Siete de la Suerte habían sido los únicos en votar contra Steere. A todas luces, Isaiah se había rajado y escrito AÚN NO LO SÉ. No le quedaría más remedio que hablar con él esa noche en la sala de televisión. Tenían que permanecer unidos.

–Tiene derecho a tomarse su tiempo –insistió–. A pensar en la decisión que quiere tomar. ¿Por qué precipitarse, joder?

–Cierto –convino la señora Wahlbaum–. Aún no han traído las pruebas de las huellas dactilares.

–¿Qué pruebas? –inquirió Ralph.

Christopher meneó la cabeza. No recordaba a qué pruebas se referían y tampoco importaba demasiado. No tardaría mucho en poder cumplir la promesa tácita que le había hecho a Marta. El pecho se le henchió de satisfacción. Y esperanza.

5

A las cuatro, la nieve ya se amontonaba sobre las aceras de Filadelfia, y los despachos recién estrenados del bufete Rosato & Asociadas aparecían desiertos. Las secretarias se habían ido a casa antes de hora, y sólo quedaban dos asociadas a la espera de que terminara la deliberación del jurado del caso *El estado contra Elliot Steere*. Las habían asignado a Marta Richter, quien había contratado a Rosato & Asociadas como bufete local cuando Steere requirió sus servicios.

–La hemos cagado –se lamentó una de las jóvenes abogadas, Mary DiNunzio.

Se derrumbó sobre la mesa de juntas y sepultó el rostro en un montón de correspondencia. Llevaba el traje chaqueta azul marino arrugadísimo y el cabello rubio pajizo bastante sucio, además de haberse quedado en los huesos.

–La hemos cagado y ya no podemos volver atrás. No hay nada que hacer.

–¿Te refieres al juicio? Qué va, mujer. Seguro que ganamos.

Al otro lado de la mesa, Judy Carrier daba vueltas en la silla giratoria. Era californiana de nacimiento, alta y fuerte, de rostro redondo y facciones grandes y francas. El cabello claro se le levantaba como una sombrilla cada vez que giraba sobre sí misma.

–Apuesto a que vuelven a la sala mañana antes de la cena, siempre y cuando el juzgado no cierre a causa de la tormenta.

–No, me refiero a nuestra vida. Lo teníamos todo en Stalling & Webb, pero no, queríamos independizarnos... Y ahora trabajamos para una zorra psicópata.

Mary cerró los ojos, que se le habían quedado resecos por la fatiga. Las lentes de contacto se le adherían a las córneas. Aquella noche tendría que sacárselas con tenazas.

–En fin, lo hemos intentado –comentó Judy sin dejar de dar vueltas.

Las paredes de la sala de juntas eran de color crudo, y la estancia olía a pintura plástica. La pared delantera estaba totalmente acristalada y daba al pasillo. En el otro extremo se veía un grabado de Thomas Eakins, y en el suelo había otros tres de la misma serie a la espera de que los colgaran. Los despachos de Rosato no estaban terminados, pero a Judy no le importaba. Le gustaba trabajar en un bufete nuevo, pues le producía la sensación de que empezaba de cero.

–No hay nada de malo en intentarlo, Mare.

–No te echo la culpa a ti –aseguró Mary.

Judy ya lo sabía; habían pasado de todo juntas, y algunas cosas no hacía falta decirlas.

Judy detuvo la silla de cara al ventanal moteado de copos de nieve.

–¡Mira! –exclamó al tiempo que se levantaba de un salto.

Los bloques de oficinas del centro, la Galería y el Palacio de justicia de los Estados Unidos parecían figuras de pastelería cubiertas de azúcar en polvo.

–¡Es precioso!

Mary pestañeó adormilada desde la montaña de correspondencia.

–Dicen que caerá más de un metro. Qué porquería.

–¡Es tan blanca!

–El año pasado ni siquiera pude salir de casa porque no quitaron la nieve de las calles laterales.

–¡Los copos son enormes!

–Cerrarán el juzgado, y el jurado jamás volverá. El juicio no terminará nunca, y yo me suicidaré. No descubrirán mi cadáver hasta al cabo de muchos días, y luego hará demasiado frío para enterrarme.

–Es emocionante –suspiró Judy con las grandes manos apretadas contra el vidrio.

La ventana le enfrió las manos, y su aliento formó una nube de vapor en el centro.

–La primera nevada potente de este año. ¿No te parece una sensación genial?

–Estoy demasiado cansada para tener sensaciones.

–Vamos, Mare, alegra esa cara.

–No puedo; soy católica... y trabajo para Marta Richter.

–Querrás decir Marta *Erecta* –corrigió Judy antes de empañar aún más la ventana con su aliento–. Qué guapo.

–Si dibujas una cara sonriente en el cristal, te tiro por la ventana.

Judy se volvió hacia ella con una carcajada. Los pendientes plateados le oscilaban bajo los lóbulos, y el vestido de campesina que llevaba se le alborotó alrededor de las piernas grandes y fuertes. Debajo llevaba leotardos de lana gris que acababan en toscos zapatones. Judy siempre iba vestida de progre, y ni siquiera Marta Richter podía persuadirla de que cambiara de estilo.

–Ha sido un juicio largo y muy duro, pero se acabó, La Erecta se largará en cuanto el jurado dé su veredicto y llamará cuando todo haya terminado. No te dará más órdenes.

–No, no se largará jamás. No es de ningún sitio, así que no puede volver a ningún sitio.

–¿De qué estás hablando, Mare? –suspiró Judy–. Volverá a su despacho de Nueva York.

–Dijo que su sede central está en Los Ángeles.

–El membrete dice Nueva York. Creo que es de Nueva York.

–No es de Nueva York; no tiene acento. ¿Te has fijado en que no habla con ningún deje en particular? Las secretarias creen que ha ido a clases de dicción.

–Creía que las dicciones iban a clase de Derecho.

–No te burles –mascculló Mary mientras levantaba la cabeza con aire cansino–. No sabemos dónde vive. Creo que tiene casas en Boston, Nueva York y Florida, pero no sé dónde vive. Nunca habla de ello.

–Pues no vive y sólo trabaja. ¿Qué más da?

–No sabemos dónde vive, dónde están los suyos.

–¿Los suyos?

–Los suyos –repitió Mary sin dar más explicaciones.

Judy no lo comprendería, porque era una de esas desgraciadas que no había crecido en el barrio italiano del sur de Filadelfia.

–No sabemos nada de su familia, de su religión, de nada. Es como el Gran Gatsby, pero en mujer.

–¿La Erecta? Te has forjado una imagen desproporcionada de ella. Le atribuyes demasiado poder. La Erecta es una adicta al trabajo y al control. Grita sin motivo y lame publicidad como un perro. En otras palabras, es abogada.

–No, no, piénsalo un momento. Nunca ha mencionado que tenga amigos. Trabaja sola. No sabemos cuándo es su cumpleaños. Hazme caso, no es humana. Seguro que lleva el 666 tatuado bajo las raíces negras del pelo.

–Estás como una cabra. Tienes el típico síndrome de final de juicio.

–El que avisa no es traidor.

–Como una cabra.

–Y por cierto, ¿por qué no estás cansada? –preguntó Mary tras reflexionar un instante sobre las palabras de su amiga–. Hemos trabajado juntas en este caso. ¿Por qué yo siempre estoy cansada y tú no?

–Porque yo hago ejercicio, burra. Te he propuesto mil veces que me acompañes. Podría enseñarte a escalar.

–Ni hablar.

Mary volvió a apoyar la cabeza sobre la correspondencia y se preguntó en qué momento su vida se había ido al garete. El bufete que habían fundado trastabilló, su relación con Ned dejó de funcionar, y justo cuando creía que la cosa no podía ponerse peor, Marta Richter contrató a Rosato & Asociadas como bufete local durante su estancia en la ciudad.

–Pues entonces ven a esquiar conmigo –insistió Judy al tiempo que se apartaba de la ventana y se sentaba de nuevo en la silla para girar sobre sí misma–. Podemos hacer esquí de fondo.

–Que no.

–Te lo pasarías bomba. Podríamos ir a Valley Forge. Está precioso en invierno.

–George Washington no opinaba lo mismo.

–Venga, cuando se sepa el veredicto. Nos lo vamos a pasar teta.

–Cállate... y deja de estar tan alegre, ¿quieres?

Mary cerró los ojos, y Judy miró la hora en su reloj negro de atleta.

–Es casi la hora de cenar. Tengo hambre, ¿y tú?

–No.

Mary entreabrió los ojos y comprobó que seguía en un bufete de abogados, no en una pesadilla.

–Yo nunca tengo hambre y tú, siempre. Yo siempre estoy cansada y, tú, nunca. Así es la vida, no hay nada que hacer. Nadie puede hacer nada.

–Podemos hacernos traer algo.

–Estamos en medio de una tormenta de nieve, Jude –suspiró Mary, mirándola de soslayo–. ¿Qué deben de estar haciendo ahora?

–¿Quiénes? ¿La Erecta y nuestro millonario favorito? Pues saborear la tensión sexual. A mí que me perdonen, pero dos meses de preliminares me parecen más que suficientes.

–Me refería al jurado.

–Pues deliberar, claro. Intentar decidir cuándo el defendido se tirará a su abogada. Es una inversión de papeles.

–Basta, Judy,

–Ya lo habrían hecho de no ser porque Steere está en la cárcel. Es el único cabo suelto de este caso. ¿Cuándo joderán y cómo? ¿Hay alguna forma de conseguir que los dos se pongan encima?

–El caso, Judy.

Mary se ruborizó. Era capaz de soltar palabrotas con cualquier abogado, pero la cháchara sexual de Judy la ponía nerviosa. Para Mary, decir «joder» no tenía nada que ver con joder.

–Ah, el caso. El caso está ganado. El jurado es bueno, y el fiscal no ha podido demostrar nada. Steere saldrá absuelto.

Mary se permitió el lujo de creerlo. Judy había ganado todos los premios habidos y por haber en Stanford, había publicado artículos jurídicos, e incluso le habían ofrecido una escribanía en la oficina del procurador general del Estado. Mary sospechaba que Judy era la razón por la que las habían contratado en Rosato & Asociadas. Judy poseía inteligencia en estado puro y talento jurídico, mientras que

Mary se veía obligada a trabajar duro para obtener los resultados que acababa obteniendo.

–A lo mejor nos dan una bonificación –aventuró.

–¿Quién? ¿Rosato? ¿Bennie Rosato?

–Podría ser.

–Fundó el bufete hace un año y no creo que se ponga a soltar pasta, ni siquiera para las Chicas de Oro.

Judy se refería a que Rosato & Asociadas era el primer bufete de Filadelfia compuesto exclusivamente de mujeres. Cinco abogadas trabajaban en el nuevo bufete. El hecho de que todas fueran féminas les había dado publicidad, aunque quedaba por ver si también les traería clientes. Steere era el primer caso importante del bufete, razón sin duda por la que Bennie Rosato entró en la sala de juntas en aquel preciso instante.

–Hola, chicas –saludó mientras golpeteaba el marco de la puerta con los nudillos.

Estaba a punto de salir. Llevaba el abrigo colgado del brazo y un atestado maletín de lona al hombro. La reputación de Benedetta *Bennie* Rosato como abogada especialista en derecho civil era ingente. Medía metro ochenta y aterrorizaba a Mary, quien levantó la cabeza con un sobresalto al oír su voz[1].

–Esto.... estábamos... organizando la documentación –tartamudeó.

–Exacto –añadió Judy con una sonrisa tranquila–. No estamos exhaustas ni nada. Trabajamos sin descanso, incluso cuando el jurado se retira a deliberar.

Miró a Bennie con una sonrisa que su jefa correspondió con otra amable, si no cálida.

1. Ver *Huyendo de la ley,* de la misma autora, en esta colección. *(N. del E.)*

–¿Vamos a ganar, Carrier?

–¿Cómo íbamos a perder?

–Así me gusta –alabó Bennie con aire satisfecho.

El cabello color arena le pendía hasta los hombros en ondas sueltas y descuidadas, y sus facciones desprovistas de maquillaje eran grandes y no carentes de atractivo. Vestía un traje chaqueta de lana negra, seleccionado sin prestar demasiada atención al corte, la talla ni el estilo. Bennie Rosato ofrecía el aspecto propio de una deportista enérgica y sensata que había ganado el premio a la mejor atleta en el instituto, y así era. Remera de elite en la universidad, aún remaba cada día en el río Schulkyll, un angosto lazo de agua azul que seccionaba la ciudad.

–¿Qué tal ha ido el discurso al jurado? ¿Habéis conseguido lo que queríais?

–Sí, e incluso han parecido entenderlo.

–Qué novedad. ¿Qué me dices del alegato final de Marta? Me habría gustado estar presente, pero estaba ocupada.

–Lo ha hecho genial, excepto cuando se ha puesto a citar a Sun Tzu. A los miembros del jurado se les han puesto los ojos vidriosos.

–¿Sun Tzu, el filósofo? –preguntó Bennie con el ceño fruncido–. ¿Por qué lo ha citado?

–No tengo ni idea –suspiró Judy, poniendo los ojos en blanco–. Es el gurú de Steere. Si pasas más de cinco minutos con Elliot Steere, seguro que te menciona a Sun Tzu.

Sentada a la mesa de juntas, Mary se maravilló una vez más de la serenidad con que Judy trataba a Bennie. Desde el día en que entraran a trabajar en el bufete, Judy se había comportado más como una socia que como una empleada. Mary suponía que se debía a que ambas se parecían mucho. Las dos eran abogadas, deportistas y monstruosamente altas, como si pertenecieran a una raza superior de juristas. A

Mary le ponía nerviosa. Sintió una oleada de calor en el escote y se preguntó si estaría hecha para aquella profesión. Para empezar, era demasiado baja.

–¿Estás bien, DiNunzio? –inquirió Bennie–. No te rindas ahora, que ya estamos en la recta final.

Mary asintió con un gesto que esperaba resultara lo bastante enérgico.

–Estoy bien. Genial... Genial.

–Está agotada –tradujo Judy.

–Aguanta –la animó Bennie–. Por cierto, Marta acaba de llamar desde una cabina. Viene de camino y quiere hablar con vosotras. Dice que es importante. Podéis quedaros, ¿verdad? Las dos vivís en la ciudad.

–Claro –repuso Judy.

Mary exhaló un suspiro. Lo mismo sucedía cuando trabajaba en Stalling & Webb. Vivía a pocos minutos a pie del bufete, de modo que esperaban que se quedara hiciera el tiempo que hiciese. Qué injusticia. Se recordó que debía incendiar el edificio.

–Estupendo, gracias.

Bennie recorrió con la mirada la mesa de juntas. La documentación del caso Steere aparecía esparcida por toda la superficie, y los archivadores de acordeón estaban llenos a rebosar de carpetas mal colocadas. Judy y Mary se las habían visto y deseado para embutirlo todo en el coche de alquiler y subirlo al bufete.

–Será mejor que ordenéis esto, chicas. Ya sabéis lo quisquillosa que es Marta.

–Quisquillosa es poco, y con estreñida me quedo corta –bromeó Judy.

En cuanto Bennie cerró la puerta de la sala de juntas, las dos abogadas empezaron a ordenar la documentación. Al cabo de unos minutos, las veinticinco carpetas rojas de acordeón que representaban la defensa del caso *El estado contra Steere* se alineaban erguidas sobre la reluciente mesa de nogal, organizadas por correspondencia, alegatos, documentos judiciales y notas de los letrados. Los recortes de prensa ocupaban cinco acordeones, y más de setenta réplicas de pruebas estaban apoyadas contra la pared bajo el grabado de un remo. Terminaron justo en el instante en que Marta Richter irrumpió en la sala de juntas y se puso de manifiesto que se le daba un ardite el orden de la documentación.

Marta había recobrado la compostura. El interminable trayecto en autobús le había dado tiempo para pensar. Tenía un plan, pero necesitaría a DiNunzio y Carrier.

Marta se quitó el abrigo empapado en cuanto entró en la sala, hizo sentar a las dos empleadas y les dio órdenes sin contarles la verdad acerca de Steere. Si sabían que estaban buscando pruebas contra un cliente correrían a contárselo a Rosato, y Rosato era una adversaria de la que Marta prefería prescindir. Así pues, Marta se lo presentó a DiNunzio y Carrier como otra tarea imposible después de dos meses de tareas imposibles. Las jóvenes quedaron atónitas.

–¿Para cuándo dice que lo quiere? –inquirió Mary, vagamente consciente de que no era la primera empleada de los Estados Unidos en formular aquella pregunta.

Marta miró el reloj sintiendo un nudo en la boca del estómago con el que empezaba a familiarizarse.

–Son casi las cuatro y media. Lo necesito antes de las siete.

–¿Las siete? –gimió Mary con los hombros hundidos y una sensación cercana a la náusea–. ¡Son menos de tres horas!

–Deje de quejarse. No les pido que redacten un informe completo ni que efectúen una investigación exhaustiva. Lean el expediente y busquen en los periódicos. Anoten todo lo que encuentran.

–Pero una búsqueda así podría llevar varios días, una semana incluso. Tengo que redactar la moción *in limine* sobre las huellas del coche.

–La moción puede esperar; no es tan importante. De todas formas, no conducirá a nada.

–Pero hay que hacer llegar al jurado el resto de las pruebas a primera hora de la mañana. Esta mañana me ha dicho que...

–Mary –la atajó Marta–. Esta discusión está durando más que la puta búsqueda. Limítese a hacer lo que le digo.

–De acuerdo.

Mary contuvo las ganas de gritar «¡ESPERO QUE ARDAS EN EL INFIERNO, ZORRA!», y empezó a escribir en su cuaderno como si le hubiera caído del cielo una inspiración divina. «Definitivamente, no estoy hecha para esta profesión. La idea del convento me seduce cada vez más», escribió.

–Su tarea llevará más tiempo, así que en marcha –ordenó Marta a Judy–. Me reuniré con usted cuando acabe con Mary. Necesito una respuesta antes de las ocho. Tres horas y media deberían bastarle.

–El problema no es el tiempo –objetó Judy, meneando la cabeza–. Esto es una caza de fantasmas; no voy a encontrar nada. No tiene ningún sentido.

–Se lo explicaré una vez más –suspiró Marta en un intento de contener la impaciencia.

Las manecillas de su reloj mental avanzaban inexorables. No tenía tiempo para chorradas.

–La fiscalía tiene una prueba de última hora, algo que

demuestra que Steere no mató a ese hombre en defensa propia.

–¿Cómo lo sabe?

–No puedo decírselo; es confidencial.

Aquellas palabras asombraron más que enojaron a Judy.

–¿Que no puede contárnoslo a nosotras? Pero si estamos en el mismo bando...

–Haga lo que le he dicho, Carrier. No tengo tiempo para pelearme con usted.

«Podría quedarme la antigua celda de Angie en el convento. Tenía un crucifijo precioso. La ventana daba al cementerio, pero no soy quisquillosa. Lo que sea con tal de alejarme de este monstruo de hielo.»

–Yo tampoco quiero pelearme con usted –aseguró Judy en un tono más agudo que denotaba extrañeza, no irritación–. Sencillamente me gustaría comprender su razonamiento.

–No tiene que comprender mi razonamiento, sino hacer su trabajo.

–¿Cómo voy a hacer mi trabajo si no lo entiendo?

–¡Su trabajo consiste en hacer lo que yo le diga cuando yo se lo diga! –gritó Marta de repente con el rostro enrojecido y una vena del cuello a punto de explotar–. Les he dicho lo que deben hacer y adónde deben ir; eso es lo único que necesitan saber. Para eso les pagan.

«Me sienta bien el negro, estiliza la figura. Ni siquiera necesito una cama doble ni televisión por cable.»

Judy enmudeció por el asombro. ¿La Erecta fuera de control? Algo pasaba. Marta parecía presa del pánico, pero Judy no lograba imaginar por qué. Aquella mujer acababa de ganar fácilmente un importante juicio por asesinato. Los periódicos y la cadena Televisión Judicial la calificaban de la mejor abogada criminalista del país. Judy había esperado verla aparecer con una sonrisita satisfecha e imborrable. Por lo general se veían obligadas a aplaudir hasta cuando se tiraba un pedo.

–Quiero esa respuesta, Judy –insistió Marta al tiempo que se levantaba y cogía el abrigo del respaldo de la silla–. Y la quiero antes de que el fiscal presente la moción mañana por la mañana.

–Podemos ocuparnos del asunto entonces –señaló Judy en un intento de combatir su extrañeza–. El juez nos concederá tiempo para reaccionar a cualquier cosa que presente el fiscal. No puede emitir un fallo sin que la defensa se manifieste –explicó con los brazos extendidos en ademán de súplica.

A Mary le recordó a la Virgen María en aquella postura. De hecho, todas las empleadas del bufete le recordaban a la Virgen María en un momento dado, suplicantes que imploraban misericordia y no la obtenían. «Me llevaré a Judy conmigo al convento –escribió–. Claro que tendrá que renunciar a las retransmisiones deportivas, por no hablar de lo del voto de silencio.»

Marta se echó el abrigo sobre los hombros con ademán enojado.

–¿Es que no lo entiende? No pienso permitir que esos payasos se me adelanten. No he llegado hasta donde estoy dejando que los fiscales me tomen el pelo. Si tienen algo contra Elliot Steere, quiero saberlo... y quiero enterarme al mismo tiempo que ellos.

–¡No tenemos tantos recursos como ellos! Ellos cuentan con treinta abogados además de la policía.

–¡No hay elección! –gritó Marta–. ¡Quiero que se callen de una vez y hagan el trabajo que les he encomendado!

Judy se encogió como si acabaran de abofetearla, luego se levantó y se encaró con Marta al otro lado de la mesa.

–¿Y si me niego?

–Pues entonces quedará fuera del caso, y Mary tendrá que encargarse de su trabajo además del que le he asignado a ella. Se lo recuerdo una vez más: a las ocho y media.

«Santa María, madre de Dios. Acaba conmigo de una vez.»

6

Marta conducía el Taurus de alquiler entre la nevisca que azotaba Locust Street. La nieve barría el parabrisas mientras los limpiaparabrisas funcionaban a un ritmo frenético y el aire caliente soplaba con la fuerza de un secador de cabello. Sin embargo, todo ello no conseguía desempañar las lunas. El tráfico apenas se movía. Los gases de escape formaban una nube tóxica a lo largo de toda la calle. Marta miró el reloj del coche. Las cinco y treinta y cinco. Asió el volante con fuerza y tocó el claxon al Subaru que tenía delante.

–¡Muévete, gilipollas! –su voz retumbó en el interior del coche–. ¡Muévete!

Volvió a tocar el claxon, pero no sirvió de nada. Enloquecía al pensar que por mucho que hiciera, no conseguiría nada. Marta se había acostumbrado a las reacciones de los letrados de la parte contraria, de los jueces, de clientes y periodistas. Siempre lograba mover algo tanto en el tribunal como en el amor, por infrecuente que éste fuera. Marta se había convertido en un catalizador humano, pero ahí estaba, tocando el claxon como una descosida y sin obtener resultado alguno. Nadie tocó el claxon ni le dedicó gestos obscenos. Siguió tocando el claxon, cada vez con mayor insistencia para que alguien reaccionara, pero no lo consiguió.

Intentó relajarse. Tamborileó con los dedos sobre el volante y tarareó una melodía sin melodía. Incluso intentó masajearse la frente. El hecho de comprender su propia reacción la enfurecía aún más. Estaba reaccionando ante todos aquellos años de estancamiento y de no conseguir nada hiciera lo que hiciese, ante unos padres que se limitaban a permanecer sentados, beber y pudrirse, unos padres cuyas vidas se extendían hacia la eternidad como una cadena perpetua. Por mucho que Marta suplicara, gritara o les escondiera las botellas, nada cambiaba. Los Richter vivían en el bosque, cerca de Bath, Maine, y el padre de Marta trabajaba en la base aérea. Perdió el trabajo cuando su hija tenía seis años porque la pequeña no consiguió mantener las botellas fuera de su alcance, y acabó muerto de tanto beber mucho después de que Marta dejara de jugar al escondite con su whisky.

A la muerte de su padre, su madre se convirtió en la cabeza de familia y empezó a arrastrar a Marta, que a la sazón contaba diez años, a la carretera. «¡Eh, señor! ¡Oiga, señor!» Los coches pasaban junto a ella como una exhalación. «¡Pare, por favor!» En cuanto se detenía un coche y se entreabría la portezuela derecha daba comienzo el timo. Marta siempre pedía no hacerlo, pero no servía de nada. Nada cambió hasta el coche familiar azul. Ahí terminó todo, al menos para Marta.

Al cumplir los trece años ya se sentaba al volante del destartalado Valiant de su madre para ir al pueblo a comprar leche, tabaco y otra botella. Los policías de la pequeña población no la detenían porque conocían a su madre y sabían que entrañaba menos peligro dejar conducir a una niña que a una borracha, sobre todo si la niña era Marta Richter, una chiquilla de metro y medio sola ante el peligro. Marta no culpaba a sus padres ni se autocompadecía. Al contrario, aquella experiencia la había convertido en lo que era.

¡BIP! Tocó de nuevo el claxon porque no podía hacer otra cosa.

Tenía que llegar a la casa que Steere tenía en Society Hill. Estaba siguiendo su instinto, augurando que allí encontraría algo que le permitiría dar con una pista u obtener cierta ventaja. Además había algo de lo que quería enterarse, porque ahora que sabía que Steere no se sentía atraído por ella, quedaba por resolver una cuestión clave. ¿Por quién se sentía atraído?

Marta clavó la mirada en la luna empañada y se dijo que su interés no guardaba tan sólo relación con los celos. Si lograba descubrir con quién se acostaba Steere, conseguiría acabar con él. Marta aún no sabía cómo, pero llevaba tiempo suficiente en la profesión para comprender el valor de aquella clase de información.... sobre todo porque Steere lo mantenía en secreto, incluso ante ella. Sobre todo ante ella, su abogada, a quien había traicionado.

¡BIP! De nuevo el claxon. Pondría la puta casa patas arriba si hacía falta. Forzaría la entrada y registraría hasta el último cajón. Leería todas las agendas, los recibos de las tarjetas de crédito, los planes de viaje. Steere le había contado que se iba a St. Bart. ¿Cómo había organizado el viaje? ¿Dónde guardaba los billetes? ¿Quién era su agente de viajes? ¿Con quién se iba?

Marta lo averiguaría. Las respuestas la esperaban en la casa. Algo la esperaba en esa casa. Por narices.

¡BIP! El tráfico se había detenido por completo. Era enloquecedor. Marta estiró el cuello para averiguar qué sucedía, pero no veía nada más allá de la cola de vehículos. Volvió la cabeza para comprobar si podía dar marcha atrás, pero tenía otro coche pegado. Estaba atascada. Barajó la posibilidad de abandonar el Taurus, pero eso no haría más que demorarla. Las seis menos cuarto. Tenía que empezar a moverse. A buen seguro, el jurado seguiría deliberando hasta la cena. ¡Mierda!

¡BIP! ¡BIIIP!

Tres coches más allá, Bob Bogosian estaba sentado al volante de su Corvette negro. Miró por el espejo retrovisor para verificar si la zorra seguía allí. No la veía porque estaba demasiado lejos y la nieve cubría casi por completo la luna trasera, pero la oía tocar el claxon cada cinco minutos.

Bobby lanzó una carcajada. No era culpa suya que el coche se le hubiera calado mientras conducía por Locust Street. Qué mala suerte. Había llamado al club automovilístico como corresponde a todo buen ciudadano, y le habían dicho que esperara, que tal vez sólo necesitaría que le recargaran la batería. Así pues, estaba esperando. Qué culpa tenía él si la zorra se quedaba ahí atascada. Él no era más que un pobre conductor en apuros.

¡BIP!

Bobby se puso a leer una revista mientras esperaba, el último número de *Mundo Canino*. Devoraba revistas como si fueran a acabarse en cualquier momento, pero nunca las compraba en el quiosco, sino que se suscribía a ellas. Le repugnaba la idea de que alguien tocara las revistas antes que él. Le gustaban sobre todo las revistas que llegaban por correo envueltas en plástico, pero eso no sucedía a menudo. Había recibido la nueva *Mundo Canino* aquella misma mañana y decidido llevarla consigo. Le encantaban los perros.

¡BIP! ¡BIP!

Bobby hojeó la revista hasta llegar a los anuncios de venta de cachorros. Se compraría un perro con pedigrí en cuanto pudiera dejar el cuchitril en el que vivía y comprarse una casa. Quería una propiedad en Delaware County que pudiera convertir en un criadero. Se convertiría en lo que uno se convierte cuando tiene un criadero, es decir, en criador.

Bobby sabía muchísimo de perros. Conocía los nombres de todas las razas, incluso las más complicadas de pronunciar, como el viszla, y era capaz de dibujar con bastante maña un rottweiler. Acudía al concurso canino cada año si no estaba en el trullo, y pasaba allí todo el día, bebiendo refrescos de frambuesa, comiendo pretzels blandos y acariciando a los chuchos. Era un buen concurso porque podías charlar con los criadores. Siempre montaban sus propios puestos de comida y formaban un grupo bien avenido.

¡BIP!

Bobby estaba convencido de que sería un buen criador. Resultaría difícil vender los cachorros, pero tendría que comportarse con profesionalidad y no encariñarse demasiado con ellos. Volvió la página y vio la fotografía de un perrito marrón y blanco en una camita a cuadros escoceses. Se parecía mucho al perro de Frasier. Estaba bastante seguro de que el perro de Frasier era un terrier Jack Russell y apostaba algo a que el de la foto también lo era. A fin de ponerse a prueba, cubrió la leyenda de la fotografía con el pulgar.

–Terrier Jack Russell –dijo en voz alta.

¡BIP! ¡BIP!

Bobby levantó el pulgar y entornó los ojos para leer la leyenda. Era miope, pero prefería quedarse ciego a llevar gafas. Se acercó la revista al rostro hasta que las diminutas letras quedaron enfocadas. ¡Terrier Jack Russell!

¡BIP!

7

Judy Carrier estaba ante el bloque de oficinas de Locust Street que albergaba el bufete Rosato & Asociadas, meneando la cabeza con aire disgustado. La Erecta era muy capulla. Sabía que Judy nunca dejaría a Mary en la estacada. ¿Qué clase de escalador deja a un amigo colgado de una cuerda? Judy exhaló un suspiro. Otro punto para las fuerzas del mal. Con toda probabilidad, alcanzar el éxito requería semejante nivel de crueldad, pero Judy no estaba dispuesta a pagar ese precio.

Se caló el gorro de esquí hasta las cejas para protegerse de la nevisca. El cielo era una bóveda de color gris opaco que escupía copos de nieve. El parte meteorológico había anunciado que la nieve caía a razón de veinticinco centímetros por hora. El invierno era uno de los aspectos que más le gustaba del Este, sobre todo cuando se producían tormentas como aquélla. Era la Naturaleza en estado puro, recordando a todos que la jerarquía natural tenía mucho más poder que cualquier otra compuesta de socios, asociados y secretarias.

Pero ahora tenía que llegar a un sitio y cuanto antes mejor. Escudriñó la calle. El tráfico avanzaba ante ella a paso de tortuga. ¿Cómo se las arreglaría? Su coche estaba aparcado en una calle cercana a su casa, y a esas alturas sin duda se había convertido en una especie de muñeco de nieve. Llevaría demasiado tiempo limpiarlo y aún más conducir a alguna parte. Tampoco tenía tiempo de coger el autobús, y no había ni rastro de taxis desocupados. La Erecta se había llevado el coche de alquiler, y el lugar al que iba quedaba demasiado lejos para ir a pie. La ciudad empezaba a vaciarse; los coches no tardarían en desaparecer. Sólo quedaría la nieve amontonada en las calles. Ligera y seca.

Perfecta.

Judy hundió el palo derecho hasta tocar asfalto y acto seguido esquió hacia delante sobre la pierna izquierda por una nieve tan profunda que le cubría todo el esquí. Giró el torso con facilidad y avanzó con la pierna izquierda, a punto de entrar en la cadencia rítmica del esquí de fondo. De un lado a otro, patinando hacia delante con su parka amarilla y sus pantalones de esquí. Había transcurrido menos de una hora, y ya estaba en camino, esquiando por las calles del centro. Qué divertido. Era como estar en Valley Forge, salvo por los viales de *crack*.

Exhalaba el aire en grandes bocanadas que se antojaban el vapor de una locomotora de juguete. No tardó en empezar a sudar pese a la bajísima temperatura. Caía la noche, y la nieve amortiguaba los últimos sonidos de la jornada laboral. Judy tan sólo oía sus propios jadeos, el susurro de los esquís y el cruel azote del viento mientras se deslizaba por la nieve. Esquió hacia el sur, tomando cuantas calles secundarias podía. Tan sólo unos pocos coches se atrevían a permanecer en la calle, y sus faros apenas conseguían atravesar la cortina de nieve. Cuanto más avanzaba, más escaseaba el tráfico, y al cabo de un rato era el único indicio de vida en las calles nevadas.

Judy saboreó la creciente sensación de soledad. Así se sentía cuando escalaba, cuando tan sólo estaban ella y la montaña. Siguió hundiendo los palos para avanzar. Al llegar a Grays Ferry estaba completamente relajada; el corazón le latía contento, y sentía los músculos calientes y sueltos. No era tan terrible ir a algún sitio esquiando. Al menos no más terrible que la tarea que le habían encomendado.

Regresar al escenario del crimen casi un año más tarde. No tenía ningún sentido. Si la fiscalía había encontrado pruebas que incriminaban a Steere, desde luego no las habría sacado del escenario del crimen. Todas las condiciones habían cambiado. El intento de atraco había tenido lugar a finales de primavera, no en invierno, y a medianoche, no en pleno día. Era una misión absurda. Pese a ello, Judy se quitó los esquís, los dejó con los palos junto al bordillo y, libre ya del peso de los maderos, se dirigió al puente de la Veinticinco, bajo el cual habían sucedido los hechos.

Grays Ferry, el barrio en que antaño se encontraban los mataderos, era una zona sembrada de casas abandonadas, almacenes desiertos y disturbios raciales. El puente de la Veinticinco, por el que durante mucho tiempo había pasado el tren elevado que atravesaba el barrio en dirección al oeste, se había convertido en una especie de amasijo de hierros oxidados y maleza. Los inmensos pilares de hormigón que lo sostenían habían sucumbido a la erosión, y de ellos sobresalían como costillas las varas de refuerzo, mientras que la cara inferior del puente parecía a punto de desmoronarse. De las juntas de dilatación, que se habían agrietado hasta estallar, pendían numerosas estalactitas. La plataforma del puente formaba un tejado largo y bajo sobre la Veinticinco. En uno de los pilares se veía una señal de advertencia: ALTURA MÁXIMA 11 METROS.

Qué porquería de trabajo. Judy se detuvo bajo el puente, donde la doble línea continua de la calle desaparecía bajo la nieve. Dos carriles discurrían bajo el puente en sentidos opuestos, y apenas había tráfico a causa de la tormenta. El puente protegía a Judy de la nieve, pero el viento soplaba entre los pilares y le llenaba los ojos de lágrimas. El intento de atraco había tenido lugar en el carril derecho, en dirección oeste. Judy dirigió la mirada hacia el punto exacto.

La primera vez que visitó el escenario del crimen, la sangre manchaba el asfalto arenoso en un charco mortal. Judy jamás había visto el escenario de un crimen con anterioridad, por lo que se quedó mirando la sangre durante largo tiempo, intentando mantener una actitud profesional, lo que en realidad se traducía en no exteriorizar emoción alguna. La policía había trazado el contorno del cadáver en la calle y colocado sendas tarjetitas dobladas y numeradas junto a una mancha de sangre y un casquillo de bala. Ahora la mancha de sangre estaba sepultada bajo la nieve, al igual que cualquier prueba que pudiera quedar en el lugar. Qué chorrada, por el amor de Dios. Una chorrada bastante espeluznante, para colmo.

Con los músculos medio agarrotados por el frío, se dirigió al cruce en el que habían tenido lugar los hechos. No imaginaba qué pruebas podía haber encontrado el fiscal contra Steere. Tal vez había reaccionado con excesiva violencia, pero ¿quién se lo reprocharía en semejantes circunstancias? Judy reconstruyó mentalmente el crimen. Steere se dirigía a casa tras una cena benéfica celebrada en el Museo Universitario. No iba acompañado pese a ser el soltero más codiciado de Filadelfia. Regresaba a su casa de Society Hill, pero había bebido demasiado, por lo que se equivocó de dirección al girar en Penn Street. Podría haberle pasado a cualquiera. Judy se había perdido en University Avenue cuando hacía poco que se había trasladado a Filadelfia desde Palo Alto.

Parpadeó para evitar los copos de nieve que se colaban bajo el puente. A su izquierda se alzaba uno de los pilares redondos de hormigón que flanqueaban la calle. Eran columnas muy gruesas, de aproximadamente un metro veinte de diámetro, lo bastante anchas para que un hombre pudiera esconderse tras ellas. Eso era lo que le había sucedido a Steere. Era más de medianoche, y se había detenido en el cruce bajo el puente para esperar a que el semáforo cambiara. Conducía con la radio a todo volumen. A Judy le gustaba eso; de hecho, era lo único que le gustaba de Elliot Steere.

Aquella noche no había otros coches ni gente por la calle. Hacía un calor bochornoso, típico precursor del verano de Filadelfia, por lo que Steere llevaba bajada la capota del Mercedes biplaza descapotable. El coche era nuevo en el momento del atraco, y al inspeccionarlo en el depósito de la policía, Judy había visto salpicaduras de sangre reseca sobre la pintura inmaculada. Se había visto obligada a examinar el trazado de las salpicaduras en compañía de La Erecta y su experto en manchas de sangre. El experto dictaminó que el trazado encajaba con la versión de Steere. La Erecta lo habría despedido si hubiera dicho lo contrario.

Judy imaginó a Steere detenido en el semáforo a altas horas de la noche, achispado tras el volante de su lujoso descapotable. De repente, un hombre enorme sale de detrás de una columna. Steere tiene intención de pisar el acelerador a fondo, pero el hombre abre la portezuela del descapotable, amenaza a Steere con un cuchillo y le ordena que le dé el Mercedes. Steere baja del coche asustado con intención de rendirse; lleva consigo la pistola por si acaso. El atracador le raja la mejilla, y Steere ve la sangre y la siente rodar caliente por el rostro. Empieza a luchar por su vida. La pistola se dispara mientras forcejean. El atracador cae de rodillas y se convierte en un contorno dibujado en el suelo.

Judy se estremeció mientras contemplaba la nieve espolvoreada sobre la calle como talco e imaginó la sangre roja y espesa que se había derramado aquella noche, Incluso conocía su composición; los análisis indicaban que el grupo sanguíneo del atracador era O, mientras que el de Steere era AB. La misión de Judy en el caso Steere había consistido en ocuparse de las pruebas, pero ahora no le servían de nada. Se acuclilló y apartó la nieve con la mano, pero la fina textura del polvo blanco la distrajo. Judy había empezado a pintar en cuanto cortó con Kurt, quien había dejado atrás algunos de sus utensilios. Disfrutaba mucho de la actividad y se había tornado más observadora.

Se incorporó y se limpió la nieve de la rodilla. Todo era blanco a su alrededor excepto la mancha de color del semáforo del cruce, que en aquel instante cambió de naranja a rojo, como la noche en que Steere fue atacado. Contempló el fulgor de los semáforos, cuyos colores vívidos se recortaban contra la nieve. El rojo era el más intenso y teñía las estalactitas de púrpura. El verde la hizo pensar en dibujos animados. El amarillo ardía como un sol cromado de Van Gogh. Judy imaginó balas de heno, girasoles, el dorado intenso del sombrero de paja del artista en un autorretrato. A Judy le costaba mucho conseguir amarillos convincentes en sus cuadros.

Qué curioso. Amarillo, rojo, verde. Judy no se había percatado con anterioridad y no se habría fijado de no ser por el contraste entre la nieve y los colores. Bajo el puente, donde Steere había sido atacado, los semáforos estaban colocados de lado, es decir, horizontalmente. Estaban fijados a unas estructuras de metal bajo el techo reforzado del puente, tal vez a causa de la escasa altura del hueco. Gruesos cables enfundados serpenteaban hasta la plancha de metal sobre la que se alineaban los semáforos. El rojo estaba a la izquierda, el amarillo en medio y el verde a la derecha.

Qué raro, No recordaba haber visto ningún otro semáforo colocado de aquella forma en toda la ciudad; cuando menos resultaba inusual. Tampoco recordaba haberlo visto en su primera visita, durante la que se había concentrado en la sangre y el horror del crimen. Pestañeó sin dejar de mirar el semáforo, que le respondió con un parpadeo. Colores vivos sobre fondo blanco. El blanco no era más que un vacío sin color para ella. Por mucho que lo intentara, no podía percibir el blanco como un color, tan sólo como ausencia de color, y no lograba imaginar un mundo sin color.

De repente recordó el parte médico de Steere, un informe conjunto del hospital. Tras el suceso, habían trasladado a Steere al hospital, y un cirujano de urgencias le había suturado el corte de la cara. Otro médico le había efectuado un examen oftalmológico y constatado que tenía la vista borrosa. Pero lo que Judy recordaba era una observación que había visto en el informe. *Discromatopsia.* Daltonismo. Más tarde se lo había preguntado al propio Steere, quien le había confirmado que era daltónico y no lograba distinguir entre el verde y el rojo. Judy se había preguntado cómo podía conducir, pero llegó a la conclusión de que debía de saber qué color estaba en la parte superior de los semáforos. Todo el mundo sabía que era el rojo.

Un momento. Judy observó el semáforo del puente mientras cambiaba de rojo a verde. Horizontalmente. ¿Cómo sabía Steere que el semáforo había cambiado a rojo si estaba colocado horizontalmente? No había razón alguna para que el rojo estuviera a la izquierda; bien podría haber sido al revés. Un daltónico no podía saberlo. Y si Steere lo sabía, lo cierto era que no lo había mencionado en ningún interrogatorio, y eso que le habían pedido hasta el último detalle de lo sucedido.

El corazón empezó a latirle más deprisa. Si Steere no sabía si el semáforo estaba en rojo, ¿por qué se detuvo, sobre todo en un barrio como aquél? Si no sabes a ciencia cierta si el semáforo está en rojo o en verde, y además no hay tráfico, no seguirías adelante? ¿Había algo turbio en la historia de Steere? ¿Había matado a ese hombre intencionadamente? ¿Era eso lo que había averiguado el fiscal?

Judy giró sobre sus talones y volvió corriendo junto a sus esquís. Quería comentarlo con Mary antes de que regresara La Erecta. Encajó las botas en las fijaciones, asió los palos y emprendió el camino hacia el despacho. Casi era noche cerrada, y la tormenta no mostraba indicio alguno de querer amainar.

Esquió observando cada semáforo que pasaba. Los copos de nieve se teñían de rojo o verde según la luz, creando halos en torno a las farolas de bombillas blancas, recortándose impasibles contra el cielo nocturno. El paisaje le recordó el cuadro *La noche estrellada* y también al propio Van Gogh. Se preguntó cómo era posible que una persona que parecía completamente normal estuviera en realidad como un cencerro.

8

Mary DiNunzio estaba sentada ante el ordenador con los hombros hundidos mientras contemplaba la nieve por la ventana con un gran sentimiento de culpabilidad. Era de noche y su mejor amiga había tenido que ir al peor barrio de la ciudad en plena tormenta por su causa. La radio le indicó que la temperatura había descendido a doce grados bajo cero, lo que con el viento se convertía en muchos menos. Apagó el aparato e intentó desterrar a Judy de su mente, pero no lograba concentrarse.

¿Dónde estaba Marta? ¿Cuánto tiempo le quedaba? Miró el reloj, un Waterford de imitación que le habían regalado sus padres. Las seis y cinco. Mierda. Tenía que seguir trabajando para hallar la respuesta a tiempo. Marta le había ordenado leer todas las declaraciones de Steere ante la policía, así como toda la información aparecida en la prensa, para intentar encontrar alguna incoherencia. Era una tarea estúpida, y como era de prever, no había conseguido nada. Ya había repasado las declaraciones sin hallar ni una sola incoherencia. Casi sumida en la desesperación, Mary bebió un sorbo de café del tazón en el que se veía impresa la palabra *feminazi*. En Rosato & Asociadas, hasta la vajilla era una declaración política.

«1955 de 2014 artículos», le recordó el ordenador.

El cerebro le zumbaba por el exceso de cafeína. En Stalling & Webb bebía muchísimo café, pero en Rosato, el café era una especie de objeto de culto, cuya diosa era Bennie Nuestra Señora de los Filtros Naturales. La última neura de Bennie consistía en que el café nunca estaba lo bastante caliente, por lo que volvía a hervirlo sobre la cocina eléctrica en anticuados cazos de estaño, como hacían los padres de Mary. Tomó un sorbo del líquido abrasador, hizo una mueca de dolor y pulsó la tecla INTRO.

«Elliot Steere acusado de asesinato», rezaba el titular reducido de monstruo de prensa sensacionalista a tipo de letra de tamaño informático. Mary ojeó el primer párrafo. Siempre conectados gracias a sus sedes web, los periódicos de Filadelfia se habían ensañado con Steere desde que ascendiera al firmamento de la promoción inmobiliaria. Mary pasó a artículos más antiguos.

«El edificio Triumph se desmorona», indicaba un subtítulo. El periodista explicaba que Steere había comprado el edificio de treinta mil metros cuadrados en 1975 con la supuesta intención de rehabilitarlo y convertirlo en un bloque de pisos. Sin embargo, la reforma no había tenido lugar, y Steere descuidó el mantenimiento del edificio. Cada año, las autoridades urbanísticas lanzaban denuncias por incumplimiento como si de balas de fogueo se tratara. Steere se defendía con pleitos que sumían el edificio en un mar de litigios, y entretanto, el histórico Triumph se venía abajo. La misma historia se repetía en numerosos edificios de toda la ciudad.

Mary siguió bebiendo café mientras leía. El artículo era una larga letanía de quejas contra Steere. Los defensores del patrimonio arquitectónico y la Cámara de Comercio lo vilipendiaban. Pero nadie se manifestaba con más insistencia que el alcalde de Filadelfia, Peter Montgomery Walker.

«Elliot Steere está poniendo la ciudad a su nivel –declaró el alcalde Pete Walker en una entrevista exclusiva concedida a este periodista–. Y francamente, al decir su nivel me refiero al arroyo.»

Según la jefa de gabinete del alcalde, Jennifer Pressman, en la actualidad el señor Steere es propietario de ciento cincuenta solares en el centro de la ciudad, ochenta y dos de los cuales presentan irregularidades en cuanto a normas de construcción y protección contra incendios. Además de estas propiedades, el señor Steere posee centenares de casas adosadas en barrios menos céntricos de la ciudad, cuyos contratos de venta se gestionaron mediante un complejo sistema de empresas propietarias. La señora Pressman asegura que la oficina del alcalde pretende impulsar una revisión exhaustiva de dichas propiedades.

A Mary le remordía la conciencia. Había nacido y crecido en Filadelfia, y era una fan incondicional del alcalde, quien había conseguido dar un giro de ciento ochenta grados a la ciudad y planeaba llegar mucho más lejos aún en sus reformas. Los periódicos lo denominaban «Renacimiento de Filadelfia», e incluía un ingente presupuesto publicitario para atraer turistas, así como la construcción de una avenida de las Artes con museos, una sala de conciertos, teatros y un complejo de ocio a orillas del río Delaware. La joya de la corona sería el recién remodelado centro histórico:

El ayuntamiento ha lanzado una campaña para dar nueva vida al centro histórico, lo que incluirá la creación de un centro llamado Parque Histórico Nacional de la Independencia junto al Centro Independencia y al Centro Libertad, proyecto que costará alrededor de veinte millones de dólares. La reforma pretende alcanzar también los barrios coloniales adyacentes de Old City y Society Hill, así como construir lo que se llamará Centro de la Constitución en la avenida donde se halla el Palacio de Justicia, para así unificar toda la zona, según anuncia la señora Pressman.

Todos aquellos planes dependían del aspecto del centro de Filadelfia, sometido por desgracia a la poderosa influencia de Elliot Steere, quien se negaba a reformar el gran número de edificios que poseía. ¿Por qué? Steere descuidaría sus propiedades hasta que el ayuntamiento pagara el precio que exigía por restaurarlas. Sabía la importancia que sus fincas revestían para los planes del alcalde y no vendería hasta que el precio alcanzara su punto álgido.

El sentimiento de culpabilidad volvió a apoderarse de Mary. Su ciudad natal intentaba renacer, y Steere se dedicaba a chantajearla entorpeciendo casi sin ayuda los planes del alcalde y, en consecuencia, dificultando su reelección. Mary se mordió el labio inferior. Había esperado que Rosato le brindaría la posibilidad de trabajar para los buenos, pero de repente, las llamas del infierno amenazaban con devorarla. Tenía que llegar a las citas de Steere si quería encontrar una respuesta para Marta. Siguió retrocediendo para adentrarse cada vez más en las entrañas de la red. Rezó por que Steere hubiera hablado con la prensa en las primeras fases de la investigación. Sabía que concedía miles de entrevistas. Suspiró y pasó al enésimo artículo de la tarde.

«Soy total y absolutamente inocente de todos los delitos de que se me acusa –ha asegurado Steere a los periodistas–. Es muy triste que un hombre no pueda defenderse sin que lo acosen por ello. Esto es una persecución política; ustedes lo saben y yo también lo sé.»

«El señor Steere no tiene nada más que decir –interrumpió su representante legal, la célebre abogada criminalista Marta Richter–. Esto es todo por ahora.»

Miembros de la Asociación Nacional de Armas de Fuego protestaron contra la detención del señor Steere con un piquete ante el Centro de Justicia Penal. «Defendemos el derecho de todo estadounidense decente a proteger su vida y su propiedad», declaró su portavoz, Jim Alonso.

Una fotografía incluida tras el artículo mostraba a Marta ante veintitantos micrófonos sobre un fondo de miembros de la ANAF enfundados en camisetas blancas y alineados de forma muy decorativa a su espalda. Cada camiseta tenía un centro de blanco en la pechera, y debajo se leía: PROTEGIDO POR SMITH & WESSON. Marta había organizado la manifestación, pero no había logrado convencer a los de la ANAF que prescindieran de las camisetas. Mary tomó otro sorbo de café, que ya empezaba a enfriarse. ¿Cuándo trabajaría por fin para los buenos? O al menos para los demócratas.

Mary pulsó una tecla para pasar al siguiente artículo y leer más declaraciones de Steere. Y así sucesivamente. Miró el reloj. Las seis y cuarto. Continuó leyendo, cada vez más desanimada. No había encontrado nada, y el tiempo pasaba volando. La cabeza amenazaba con estallarle, cortesía del café. Sin embargo, siguió ojeando cada artículo hasta llegar al nombre Steere, que siempre aparecía en negrita.

Las seis y treinta y uno. Casi las siete, para el caso, y aún no había encontrado nada. Se detuvo un instante para reconsiderar el asunto. Tal vez se había equivocado de parámetros de búsqueda. Había revisado artículos que contenían el nombre de Steere y recibido una especie de clase de formación cívica. Tal vez le convenía abordar la cuestión desde otra perspectiva. Intentó formular una solicitud de búsqueda distinta, paseando la mirada por el despacho para inspirarse.

El despacho era pequeño, pulcro y práctico. Un tapiz antiguo colgaba de la pared junto a varios títulos enmarcados correspondientes a la licenciatura por Penn, el posgrado en la Facultad de Derecho y diversos diplomas con menciones honoríficas. Había dos sillas delante de una mesa de pino que empleaba como escritorio, y numerosos libros de leyes que se alineaban como monaguillos en las estanterías de madera fijadas a la pared. Mary había decorado su despacho con la intención de inspirar confianza a sus clientes sin por otro lado ofender ninguna sensibilidad corporativa. La intención consistía en exclamar «Contráteme, por favor. Tenga en cuenta que podría ser mucho peor», que era precisamente lo que Mary pensaba de su capacidad como jurista.

Contempló su mesa inusualmente atestada de papeles del caso Steere, que había invadido su despacho al igual que su vida. Detestaba el caso. Un intento de atraco que acababa en muerte. Cuchillos. Pistolas. Terrible. Mary recordó asqueada las fotografías policiales y las de la autopsia. Mary había visto demasiada muerte, su marido y luego... El caso Steere no contribuía precisamente a arrinconar aquellos recuerdos. Como alguien volviera a hablarle de «procesos de sanación espiritual», le pondría un ojo a la funerala.

Se quedó mirando con fijeza el expediente Steere y por fin pasó a la fotografía del indigente muerto, un bulto sobre la calle en posición fetal. Tenía los ojos abiertos, la boca convertida en un agujero negro entre la barba espesa. Parte de los rizos crespos aparecía empapada en sangre. Llevaba pantalones holgados e iba descamisado. No tenía carné de identidad, dirección conocida, amigos ni parientes. La policía había averiguado su nombre gracias a los vecinos que vivían cerca del puente de la Veinticinco.

Se llamaba Heb Darnton. Mary había investigado su historial y entrevistado a los vecinos, quienes le habían explicado que Darnton vivía bajo el puente y estaba casi siempre borracho. Con frecuencia gritaba a los coches que pasaban, pero no creían que pudiera hacer daño a nadie. La comunidad negra se había revolucionado al conocer la noticia de su muerte. Exigieron que Steere fuera acusado de asesinato y, ante el Centro de Justicia Penal, se manifestó la contrapartida negra de los miembros blancos y suburbanos de la ANAF. Se recurrió a efectivos de la policía con pastores alemanes para mantener el orden. Tanto para la policía como para la prensa, la identidad de la víctima perdió importancia cuando el hombre se transformó en símbolo. Heb Darnton quedó olvidado en la refriega, pero Mary nunca olvidaba a una víctima y jamás lo haría, porque en cierta ocasión, la víctima había sido alguien a quien amaba.

La víctima. Tal vez se trataba de eso. Mary borró los parámetros de búsqueda, escribió DARNTON y pulsó INTRO.

«2238 artículos encontrados», indicó el ordenador.

Uf, no. Leyó los primeros dos en busca de información sobre Darnton. El indigente sólo se mencionaba en tanto que víctima de Steere. Leyó los cinco siguientes. Nada. Limitó la búsqueda a Heb Darnton.

«1981 artículos encontrados», anunció el ordenador.

Mary ojeó los primeros; eran los mismos que en la búsqueda anterior, pero con la inclusión del nombre de pila de Darnton. Estaba demasiado exhausta para seguir pensando, y se le había acabado el café. Ya no podía más. Dios. ¿Qué clase de nombre era Heb? ¿Una especie de mote? Decidió correr el riesgo, escribió Heb y esperó mientras la máquina procesaba la información. De repente se fijó en lo que había escrito.

Eb.

¡Maldita sea! Siempre se le había dado fatal la mecanografía. Había intentado aprender con el método de Mavis Beacon, pero sin resultado alguno. Había comprado el programa porque le gustaba el rostro bonito y emprendedor de Mavis en la caja y porque quería respaldar sus esfuerzos. Pero nunca tenía tiempo para ciberpracticar y un buen día descubrió que Mavis no era una empresaria de verdad, sino tan sólo una modelo. Qué desilusión.

«23 artículos encontrados.»

Mary estaba a punto de borrar la solicitud de búsqueda cuando de repente vio el primer artículo, que hablaba de un granjero del condado de Lancaster, en las afueras de Filadelfia, un amish llamado Eb Stoltzfus. Al parecer, Eb y sus amigos tenían problemas con las polillas. Qué bien. Mary reflexionó un instante. Eb. Ebenezer. Pasó al siguiente artículo. En efecto.

«*Ebenezer Squeezer* ha sido la canción que más me ha gustado de todo el recital», dijo Jillian Cohen, una alumna de segundo curso de la escuela primaria Gladwyne.

Marta se irguió. ¿Eb en lugar de Heb? Ebenezer Darnton. Tal vez ése era el verdadero nombre del indigente. Sólo sabían su nombre por lo que decían los vecinos. Tal vez habían oído Heb cuando en realidad él les decía Eb. La policía había seguido el procedimiento habitual para identificarlo, pero Mary había sido más meticulosa en su investigación del barrio. Escribió el parámetro de búsqueda Ebenezer Darnton y pulsó INTRO.

«0 artículos encontrados.»

Mierda. Eran las siete menos diez. A lo mejor Marta llegaba tarde. O se moría. Piensa, niña. Si el parámetro de búsqueda es demasiado limitado, amplía el período de tiempo. Pidió al ordenador que buscara desde 1950 hasta el presente.

«0 artículos encontrados.»

¿Qué hacer? último intento. Escribió Ebenezer y pulsó INTRO.

«3 artículos encontrados.»

¡Sí! Recuperó el primero, un artículo del 7 de febrero de 1965. El corazón le dio un vuelco de esperanza hasta que leyó:

> Se ha denunciado el robo de un Oldsmobile de 1964 en un aparcamiento de Joshua Road, Plymouth Meeting. Ebenezer Sherry, de la policía de Plymouth Meeting, ha declarado que se trata del duodécimo vehículo robado en la población en lo que va de año, por lo que teme que el robo de vehículos sea un delito en alza, incluso en los barrios residenciales de Filadelfia.

Un notición. La delincuencia invade los barrios residenciales. Mary suspiró y pasó al siguiente artículo. Tal vez era una idea absurda a fin de cuentas.

> Ebenezer Yoachim, de sesenta y ocho años, ha fallecido hoy en el sanatorio Sinai Gardens. El señor Yoachim era propietario de la tintorería Yoyo Dry, en Cottman Avenue, y antes de su enfermedad era barítono en el cuarteto Troubadours. El señor Yoachim deja esposa, Rachel Newman Yoachim, y un hijo, Samuel.

Mary se sintió defraudada. Una esquela. No podía ser Darning. Sólo quedaba un artículo. Pulsó la tecla correspondiente sin entusiasmo. El último artículo era del 12 de abril de 1965 y había aparecido en la sección de economía.

> Ebenezer Darning, con domicilio en Green Street, distrito Centro, ha sido ascendido a jefe de contabilidad del banco Girard.

Mary parpadeó, sorprendida por la similitud de los nombres. Darning/Darnton. Se irguió en la silla y avanzó por el artículo. Bajo el texto vio una fotografía pequeña que mostraba a un joven de sonrisa afable y mentón afeitado. Ebenezer Darning, rezaba la leyenda. El hombre de la fotografía era negro, como Darnton, ¿Un negro ascendido en aquella época? Sorprendente. Corrían los tiempos de la Ley de Derechos Civiles. La discriminación racial estaba en pleno apogeo. Darning debía de tener cerebro y redaños.

Mary se acercó más a la pantalla para escudriñar el rostro del contable. No alcanzaba a distinguir sus facciones, de modo que dio la orden de ciberampliar la imagen. El recuadro aumentó de tamaño, pero no lo suficiente. El hombre parecía tener los ojos cerrados, como si el fotógrafo hubiera accionado el disparador en el momento menos indicado. Mary volvió a pulsar el ratón.

Dios mío. Se quedó mirando embobada la fotografía ampliada y lo que vio la dejó atónita. Era una imagen de Eb Darning cuando era joven, pero bien podría estar mirando una de las fotografías de la autopsia de Heb Darnton, con los ojos cerrados por la muerte. Prescindiendo de la barba existía una clara semejanza en los ojos, en la curva pronunciada de la frente y la nariz grande. Parecía el mismo hombre, pero treinta años más joven. ¿Serían Eb Darning y Heb Darnton la misma persona?

A fin de cerciorarse tendría que comparar la imagen del ordenador con las fotos de la autopsia que contenía el expediente. ¿Había descubierto algo importante? ¿Guardaba esto relación con las pruebas que había encontrado el fiscal? ¿Mecanografiaría todo el mundo mejor que ella? Mary se levantó de un salto y corrió como una exhalación a la sala de juntas.

9

La tormenta arreció cuando la noche cayó al otro lado de las ventanas del Centro de Justicia Penal, pero Ralph Merry estaba satisfecho. El jurado se estaba comportando como debía, es decir, estaba a punto de absolver a Steere. Ralph creía a pies juntillas en la Cuarta Enmienda y argumentaba que Steere estaba en su derecho de defenderse del ataque de aquel indigente. Además, ese final resultaría mucho más adecuado para el libro de Ralph.

Aún no les permitían firmar contratos literarios, pero la esposa de Ralph, Hilda, ya había recibido la llamada de dos agentes literarios de Nueva York, según los cuales varias casas editoriales estaban interesadas en publicar los pormenores del caso Steere. Así se autodenominaban las editoriales, casas editoriales, y Ralph consideraba que podían llamarse como les viniera en gana siempre y cuando le ofrecieran una cifra de seis dígitos. Pero en cualquier caso, no firmaría con ninguna «casa» hasta cerciorarse de que publicarían su fotografía en la cubierta como en el libro del general Schwarzkopf. Ay, qué cerca tenía ya el contrato.... salvo por el hecho de que Kenny Manning se resistía a ceder.

–¡Ese hombre es culpable! –exclamaba en aquel instante Kenny.

Estaba de pie, los fuertes brazos apoyados sobre la mesa para inclinarse hacia delante, el rostro a pocos centímetros del sobresaltado Christopher Graham.

–Lo único que tendría que haber hecho cuando se le acercó el hermano era marcharse. No hacía falta que se lo cargara.

–Exacto –corroboró Siete de la Suerte.

Christopher recobró la compostura e irguió los anchos hombros tras la silla que le correspondía en la mesa. No había tenido demasiada relación con personas negras, pero en cualquier caso no estaba dispuesto a permitir que lo intimidara nada que pesara menos de una tonelada.

–No puedes considerarlo desde este punto de vista, Kenny. Tienes que ponerte en el pellejo de Steere.

–A tomar por el culo, tío. Steere conducía un SL600 de doce cilindros. Con ese coche se pueden escalar montañas, joder.

–Exacto –corroboró de nuevo Siete de la Suerte, aunque Kenny no le hizo el menor caso–. Si yo tuviera un coche como ése, no estaría aquí, eso está clarísimo.

Megan se habría echado a reír de no estar tan angustiada. Había votado inocente, pero no quería reconocerlo a la vista de lo que estaba sucediendo. La disputa estaba subiendo de tono. Lo único que quería era que terminara el juicio. El servidor ya le había borrado los mensajes de correo electrónico porque tenía el buzón demasiado lleno. Megan se preguntó si el tipo al que había conocido en la *sala de conferencias* le habría contestado. Incluso tenía su propia página web. A Megan le gustaba eso en un hombre.

Christopher seguía concentrado en Kenny.

–Pero Steere estaba asustado; le dominó el pánico.

–¡No tenía motivos para dejarse dominar por el pánico! –gritó Kenny–. ¡El pobre hombre estaba borracho, nada más! ¡No iba a hacerle nada a nadie! ¡No era más que un viejo parloteando!

Megan se encogió por los gritos y Nick estaba cada vez más nervioso. Tanta votación, tanto grito... Nunca tomaba decisiones sin Antonietta. El estómago le dolía a rabiar.

–Señores –terció la señora Walhbaum, un fulcro maternal de pie entre Christopher y Kenny.

La maestra jubilada era una figura robusta embutida en un vestido de punto que le aplanaba el pecho, y en aquel instante alzó los brazos para separar a los dos hombres.

–Por favor, señores. Todas las historias tienen dos versiones. Tenemos que hablar de esto como personas civilizadas, sentados a la mesa, no gritando como locos. Uno está más calmado cuando se sienta, de verdad. Tiene que ver con el lenguaje corporal. Creo que es una lástima que ese indigente muriera, pero no puedo culpar...

–No estaba hablando con usted, maestra –la interrumpió Kenny al tiempo que volvía su cabeza rapada hacia ella–. Cállese.

–Un momentito, Kenny –advirtió Ralph.

–Estoy bien, Ralph –le aseguró la señora Wahlbaum, levantando una mano arrugada–. ¿Por qué no se sientan, Christopher y Kenny?

Dio énfasis a sus palabras agitando los brazos con tal fuerza que sintió la grasa temblar bajo el vestido. Brazos carnosos, como decía su cuñada, pero que se fuera a la porra esa Yetta.

Nick estaba cada vez más preocupado. Había tomado algunas pastillas, pero el estómago seguía ardiéndole. No le gustaba estar separado de su mujer. Llevaban cuarenta y dos años casados; cuarenta y dos años en los que Antonietta había pagado todas las facturas, cocinado y criado a las niñas. Ojalá encontrara algo que le ayudara a relajarse, un poco de leche, por ejemplo. Por lo visto, la leche iba muy bien para la úlcera. O un vasito de anís...

Christopher se dejó caer en la silla, pero Kenny no dio su brazo a torcer.

–¿Qué? –resopló con incredulidad–. Oiga, maestra, si cree que puede dar órdenes a Kenny Manning, lo lleva claro.

–Te llevo cuarenta años, Kenny. Será mejor que me trates con más respeto.

–¿Respeto? –repitió Kenny con una sonrisa amenazadora–. ¿Que la trate con respeto?

–Ya ha salido otra vez la experta –masculló el señor Fogel–. La experta en sentarse. Lo sabe todo sobre el arte de sentarse, sí, señora. –Se volvió hacia Wanthida–. Esto es Irán e Iraq, y la maestra cree que si todo el mundo se sienta, el armisticio seguirá de forma automática.

–No voy a hacerle caso, señor Fogel –espetó la señora Wahlbaum, sabedora de que a los traviesos les reventaba que no les hicieran caso–. Y ahora siéntese, Kenny. Siéntese, siéntese, ¡siéntese!

–Pero ¿ha perdido la chaveta o qué, señora? –chilló Kenny ya sin sonreír–. ¿Quién coño se cree que es para dar órdenes, eh?

Ralph supuso que, si no intervenía, la señora Wahlbaum era maestra muerta.

–A ver, Kenny, explícanos por qué crees que el señor Steere es culpable. Siéntate o quédate de pie, como quieras, pero presenta tus argumentos, como los abogados. Te prometo que te escucharemos. Venga, que esto es una conversación de tipo legal.

–Vamos, Ralph, cállate un rato –terció Siete de la Suerte con una risita nerviosa.

Isaiah Fellers se sentaba algo apartado y en silencio. Había votado a favor de la absolución en la primera ronda, pese a saber que Kenny se cabrearía. En opinión de Isaiah, Steere se había limitado a defender su vida y su propiedad. No importaba quién era negro y quién era blanco. Steere tenía derecho a defenderse como hombre.

–No ha sido una orden, Kenny, sino una petición –intentó tranquilizarlo la señora Wahlbaum–. Por favor, tenemos que cooperar, hablar del asunto... sentados. –Le temblaban un poco las rodillas, así que decidió que había llegado el momento de predicar con el ejemplo–. ¿Lo ve?

Kenny era el único que seguía de pie, con los brazos aún apoyados sobre la mesa. No pensaba sentarse porque se lo ordenara una maestra judía. Para chulo él.... pero se le estaban durmiendo los brazos. En la sala reinaba el más absoluto silencio mientras todos esperaban y lo observaban.

Nick deseó poderse tapar los ojos. Cuando cesara la pelea, tendrían que votar de nuevo, y se vería obligado a tomar una decisión sin ayuda. Durante la última visita, Antonietta le había dicho que debía votar en contra de Steere, que aquel hombre era un criminal y que los Trolio le habían vendido la casa por cuatro perras. Pero si votaba contra Steere tendría que enfrentarse a todos los demás blancos. No sabía qué hacer. ¿Podía poner SIGO SIN SABERLO en la segunda papeleta?

Entretanto, Kenny había tomado una decisión y estaba apuntando a la señora Wahlbaum con el dedo.

–No me dé órdenes, maestra, ¿me ha entendido?

El bíceps se le abultó por el gesto, y todos, inclusive Nick, vieron el pequeño tatuaje que llevaba en el brazo. Era un símbolo chino cuyo significado Nick desconocía, lo que lo asustó aún más.

–Lo ha entendido –repuso Ralph por la maestra.

El señor Fogel encogió los escuálidos hombros.

–Claro que lo ha entendido; lo entiende todo. Apuesto algo a que sabe predecir el futuro.

–Muy bien –suspiró la señora Wahlbaum, consciente de que no convenía humillar a Kenny–. Lo he entendido.

–Que quede claro –insistió Kenny en tono de advertencia.

–Queda muy claro.

–Vale –accedió Kenny antes de sentarse con toda indolencia.

Siete de la Suerte no se atrevió a mirarlo.

Megan Gerrity miró el Swatch que llevaba, con cabezas de bebés en lugar de números. Apenas se distinguía la hora, pero era tan mono...

–Son casi las siete. ¿Hasta qué hora podemos deliberar? ¿Lo sabe alguien? A lo mejor nos da tiempo de hacer la votación definitiva.

Kenny cruzó los brazos como un crío musculoso, pero Christopher asintió complacido.

–Podemos deliberar hasta la hora que queramos –explicó–. Cuando acabemos tenemos que llamar al juez, y entretanto debemos pedirle la cena al alguacil.

Todos convinieron en que querían volver a votar salvo Nick, que tenía la sensación de estar a punto de estallar. Bebió un sorbo de agua, pero el ardor no remitió. Sentía una especie de bola de fuego ascendiéndole por la garganta.

–Creo que voy a vomitar –balbuceó de repente.

–¿Qué? –exclamó Christopher.

Alrededor de la mesa, once bocas se abrieron de par en par.

10

Marta llegó al barrio de Society Hill cuando el reloj del Taurus marcaba las siete y un minuto; de hecho, tuvo suerte de llegar. El atasco de Locus Street había durado una eternidad, y por fin había logrado escapar conduciendo media manzana por la acera y tomando un callejón lateral. Había caído la noche y nevaba aún más fuerte. Los limpiaparabrisas seguían funcionando a toda velocidad, y el aire caliente había conseguido por fin su propósito.

Marta buscó un hueco para aparcar en la calle donde vivía Steere. Los coches estacionados junto al bordillo eran montañas de nieve carísimas. Society Hill era el barrio residencial más de moda en la ciudad, pero por lo visto no resultaba fácil aparcar en él. Marta dio la vuelta a la manzana en busca de un sitio sin dejar de mirar el reloj de soslayo. Las siete y cuatro, y cinco, y seis...

Joder, se estaba haciendo tarde. No tenía tiempo para aquella chorrada. No hacía falta que aparcara el coche en un lugar permitido. Allí. Se detuvo delante de una parada de autobús.

El frío le azotó el rostro, calándole el cuerpo a través del traje chaqueta y la gabardina. La nieve le heló las pantorrillas y le empapó los mejores zapatos que poseía. Tendría que haberse puesto botas, pero no tenía botas desde que era niña. Se pasaba la vida entre limusinas, aeropuertos, hoteles, taxis y juzgados; no necesitaba botas. Corrió calle abajo aprovechando el rastro de un neumático.

Era una calle estrecha, flanqueada de lujosas casas adosadas de ladrillo cuyos postigos restaurados aparecían pintorescamente cubiertos de nieve. Cada casa tenía una hermosa verja antigua de hierro forjado, pero a Marta se le daban un ardite las antigüedades. Su propia historia habría acabado con ella de habérselo permitido. Un psicólogo la había llamado «autorrealizada», y Marta lo había despedido por ello.

«¡Eh, señor!» Vuelve a nevar mucho. «¡Pare, por favor!» Un coche familiar azul se detiene. Es enorme. La portezuela se abre, y el conductor lleva gafas de sol y corbata. Marta no quiere subir pese a que se está calentito en el coche. El conductor le da mala espina. Esa sonrisa... Su madre está demasiado borracha para darse cuenta. «Alabado sea el Señor», farfulla, y vuelta a empezar.

Marta desterró el recuerdo de su mente. ¿Por qué le venía aquel episodio a la memoria? ¿Sería por la nieve? Daba igual, no tenía tiempo para esas cosas. Al llegar a la esquina se coló entre dos coches aparcados y subió a la acera. Las calles del barrio aparecían desiertas, pero se veía luz en todas las casas. Todos se habían cobijado en sus casas a esperar que pasara la tormenta.

Marta corrió por la acera, pasando ante numerosos ventanales protegidos por postigos entre cuyas rendijas se colaba una cálida luz amarilla. En la chimenea de uno de los salones habían encendido el fuego, y el parpadeo de las llamas se reflejaba en el alto techo. Marta imaginó a las familias, cómodas y satisfechas en sus casas, familias prósperas con alacenas llenas de comida, libros en todas las paredes y amontonados sobre las mesillas de café, Mozart sonando a poco volumen en el compacto... No era más que una fantasía, y no era su fantasía. Ya no.

Siguió adelante con un estremecimiento, inclinada hacia delante para evitar la nieve gélida y ocultar el rostro. La casa podía estar rodeada de periodistas o policías, y no quería que la vieran ni la reconocieran. Estaba a punto de llegar a Front Street, la calle de Steere, desde la que se divisaba la autopista y el río Delaware. Al doblar la esquina, una ráfaga de viento cargada de nieve le azotó la cara.

Se asió el cuello de la gabardina al ver la casa de Steere, situada entre otras viviendas millonarias. Aflojó el paso. No vio a nadie delante de la casa. Un coche avanzaba muy despacio por la calle, y Marta se volvió para no ser vista. Cuando el coche pasó de largo y la calle volvió a quedar en silencio, se dirigió a la casa de Steere.

Era un edificio colonial restaurado de ladrillo desvaído, salpicado de ventanas divididas con parteluz. Tenía cuatro plantas, y era la casa más lujosa de la manzana, demasiado pretenciosa para el gusto de Marta. Le encantaban las casas y poseía cuatro incluyendo el piso. La casa de Steere le recordaba la que tenía en Beacon Hill, en la que siempre estaba oscuro, hacía frío y pasaba una corriente digna de un castillo medieval. La casa de Steere aparecía iluminada por una luz de gas instalada junto a la puerta principal, situada tras un muro de ladrillo de metro ochenta de altura. Una franja fina de nieve cubría la parte superior del muro, en cuyo centro se abría una verja de hierro cerrada.

Marta corrió hacia la casa mientras se preguntaba si la criada estaría en casa. ¿De qué otro modo podría entrar si no? Vio luz en la planta baja y en el primer piso, lo que le dio cierta esperanza. Llegó a la verja, pero era demasiado alta para encaramarse a ella aun en el caso de que estuviera lo bastante desesperada para intentarlo. Pulsó el botón del interfono instalado en el muro de ladrillo, pero no obtuvo respuesta. Volvió a intentarlo con mayor insistencia.

Se oyó un crujido eléctrico seguido de la voz de la doncella.

–¿Quién es? –la oyó preguntar con bastante claridad.

–Soy la señora Richter, la abogada del señor Steere. Tengo que entrar. Abra la puerta.

Hubo un silencio y a continuación el clic de la verja al desbloquearse. Sin embargo, no consiguió abrirla, pues el mecanismo debía de estar estropeado por el frío.

–Vuelva a intentarlo –pidió Marta antes de empujar la verja con fuerza.

La hoja cedió lo bastante para permitirle colarse por el hueco. Marta subió la escalinata hasta la puerta principal, que en aquel momento se entreabrió.

La criada apareció en el umbral con un suéter sobre el uniforme y los ojos entornados para ver por entre la nieve. Su silueta delgada y baja se recortaba contra la luz fría del recibidor. Marta la había conocido en cierta ocasión, pero no recordaba su nombre.

–Señora Richter –dijo la criada, una mujer de cierta edad que, según recordaba vagamente, era polaca o algo parecido.

Llegó al último peldaño de la escalinata y pataleó un par de veces para desentumecerse las pantorrillas.

–Y usted es...

–Me voy a casa. Mi hija necesita a mí. Mañana día de nieve en escuela –parloteó mientras conducía a Marta al recibidor de suelo de mármol y cerraba la puerta principal–. ¿Cojo su abrigo?

–No, me lo dejaré puesto. Necesito su ayuda; el señor Steere me ha pedido que le busque una cosa y se la lleve.

–Muy bien, lo que usted diga –accedió la criada.

Tenía el rostro muy arrugado por la edad y el cansancio, la cabeza cubierta de rizos grises bastante crespos. Parecía nerviosa, pero Marta se había acostumbrado a poner nerviosa a la gente y sacaba el mayor provecho de dicha circunstancia.

–El señor Steere necesita unos papeles especiales para su caso. Dice que tal vez los tenga su novia. ¿Sabe su número de teléfono?

–¿Novia? –preguntó la doncella con el ceño fruncido.

–Sí, sé que tiene novia. ¿Sabe el número?

–No, y tengo que irme. Mi hija viene a buscar.

La mujer se ajustó el suéter a los hombros huesudos.

–¿Cómo se llama su novia? Tengo que localizarla.

La criada meneó la cabeza con nerviosismo, miró por encima del hombro y entró en un pasillo con suelo de mármol.

–Me voy –repitió antes de echar a andar seguida de Marta.

–¡Espere un momento!

Pasó delante de un pequeño ascensor y un aseo.

–¿No quiere ayudar al señor Steere? Seguro que se enfada si no le ayuda.

De repente, Marta llegó al final del pasillo y se encontró en una biblioteca cavernosa y atestada de librerías de cerezo que llegaban hasta el techo. Había varias escaleras de mano para llegar a los estantes más altos, y delante de la chimenea apagada se veían dos sillones de orejas tapizados de cuero. La biblioteca aparecía desierta. La doncella se había evaporado. En el otro extremo de la estancia, una puerta doble de caoba daba a un espacioso comedor formal con suelo también de mármol. Un conjunto de sillas modernas de respaldo alto rodeaban una mesa larga de vidrio sobre la que se veía un centro de cristal muy puntiagudo, una especie de copo de nieve gigantesco esculpido. Iluminaba la estancia una gran araña de cristal.

¿Dónde estaba la criada? Marta sintió un estremecimiento y anticipó el ataque milésimas de segundo antes de que dos manos extremadamente fuertes la agarraran por el cuello, dejándola sin resuello y levantándola del suelo.

11

Bobby Bogosian apretó el cuello a la zorra desde detrás y la levantó del suelo, sosteniéndola mientras se debatía, gruñía y pataleaba en el aire como el puto *Correcaminos*. La verdad, no le hacía demasiada gracia el asunto. Conocía a tipos que se excitaban con esas cosas, sí, señor, pero para él no era más que un trabajo; era un profesional. Cuando consideró que la abogada estaba a punto de asfixiarse, la arrojó lejos de sí. La zorra se estrelló contra la mesa de vidrio.

–¡No! –gritó.

A Bobby le divertía que la gente siempre gritara «¡No!», como si fuera a servir de algo, como si aquella palabra pudiera llegar a convencerlo. Dices no y todo arreglado. Echó a andar hacia ella.

Cruzó la estancia en tres pasos y empujó a la zorra sobre la mesa. Su cabeza chocó contra el vidrio y lo rompió en mil pedazos. ¡Joder! Bobby estaba cabreado. Los profesionales no hacían porquerías. Seguro que la puta mesa valía mil pavos o más. Zorra de mierda.

La mujer aullaba y forcejeaba como una fiera, de modo que Bobby la agarró por el cabello y le dio la vuelta. Luego la asió por la pechera de la blusa y la empujó de nuevo sobre la mesa. Un golpe, luego otro. La zorra puso los ojos en blanco, pero no perdió el conocimiento. Qué tozuda, la muy puta. Tendría que ser más contundente.

–¿Qué coño te pasa? –le gritó–. ¡Has roto la mesa, zorra!

Marta intentó proferir un grito, pero no pudo. Jadeó en un intento de recobrar el aliento, pero tenía la garganta muy inflamada. La cabeza amenazaba con estallarle de dolor, y los ojos se le llenaron de lágrimas de miedo.

–¿Qué coño crees que estás haciendo? ¿Crees que se puede ir por la vida rompiendo cosas? ¿Entrando sin permiso en casas ajenas? ¡Eres una puta de mierda! ¡Una zorra!

Marta intentó respirar hondo. ¿Quién era ese hombre? ¿Qué estaba pasando? Le estaba arrancando literalmente el pelo.

–¿Qué coño te has creído, eh?

Bobby volvió a golpearle la cabeza contra la mesa y se colocó entre sus piernas. La inmovilizaría sobre la mesa con la polla. Que la puta la sintiera bien cerca. A ver si le gustaba.

Marta sintió cómo le abría las piernas. Tenía la falda subida hasta la cintura. No, eso no. Se debatió con más fuerza para intentar apartarlo, propinarle una patada, matarlo. El hombre le golpeó de nuevo la cabeza contra la mesa. Marta profirió un grito de dolor y miedo. Agitó los brazos, cortando el aire con las uñas.

–¿Quieres congraciarte conmigo? –rugió Bobby.

Marta estaba aturdida por los golpes. El cuero cabelludo le ardía, y en la nuca percibió algo caliente. Sangre. Su sangre. Tenía tanto miedo que se le antojaba verse desde muy lejos. Aquello le estaba sucediendo a otra persona. Observó el episodio desde arriba mientras trataba de recobrarse. Pensar. Salvarse. El hombre la había esperado en casa de Steere. El hombre debía de conocer a Steere. La criada le había tendido una trampa.

–¿Quieres congraciarte conmigo? ¡Contesta! –aulló Bobby.

El rostro del hombre, muy cerca del suyo, aparecía rojo de furia y odio. La cabeza le daba vueltas. El hombre trabajaba para Steere. Steere lo había enviado para pararle los pies..., por lo tanto no podía matarla ni violarla. Marta tenía que salir por la tele cuando regresara el jurado. Se dijo que tenía la sartén por el mango a pesar de que le estaban propinando una paliza de muerte. El poder no es más que un estado de ánimo.

–¿Quieres congraciarte conmigo? ¡He dicho que contestes, zorra!

–Ah, pero ¿usted tiene alguna gracia con la que congraciarse? –alcanzó a farfullar Marta.

Bobby no daba crédito. Cuando llegara el momento de cargársela, tal vez llegara a disfrutar con ello. Le agarró de nuevo el cabello y la estrelló contra la mesa de vidrio una y otra vez hasta que por fin se desmayó, lo que llevó dos golpes más de lo que había imaginado.

Marta gimió al inclinarse sobre el lavabo de la habitación de su hotel. Aun el más ligero movimiento le producía un dolor intenso en todo el cuerpo. Debía de tener las costillas llenas de contusiones, y la espalda la estaba matando. La cabeza le palpitaba y las manos le temblaban mientras se echaba agua caliente en el rostro para dejarla correr sobre las mejillas. Estaba viva, pero se había convertido en una prisionera. Aquel criminal estaba sentado en el salón de la *suite* y no pensaba irse hasta que regresara el jurado.

Marta se echó más agua en la cara e intentó ordenar sus ideas. Había recobrado el conocimiento en el Corvette de aquel hombre, quien la había llevado al hotel y acompañado a la habitación oprimiéndole una Magnum contra las magulladas costillas.

Cerró el grifo y se secó el rostro. Con una mueca se tocó la nuca, que parecía haber puesto una docena de huevos de oca, y se tocó los chichones para comprobar si la hemorragia había cesado. Al mirarse los dedos los vio cubiertos de sangre, y tenía el cuero cabelludo inflamado e hipersensible. Abrió el botiquín con cierta dificultad e ingirió otros tres analgésicos. Acto seguido se miró en el enorme e inmaculado espejo del baño.

Tenía el cabello alborotado, el maquillaje hecho un desastre, la ropa arrugada y la mirada vacía. No había comido ni bebido nada desde el almuerzo, y en su rostro se advertía una palidez enfermiza. Marta conocía aquel rostro. Ofrecía exactamente el mismo aspecto que su madre después de una borrachera... Y su madre era la última persona a la que Marta quería parecerse.

«¡Gracias a Dios que nos ha recogido! Se nos ha estropeado el coche un poco más atrás. Estoy con mi hijita.» Su madre la empuja al asiento delantero, junto al conductor del coche familiar azul, y sube tras ella. «No, así no lo hacemos normalmente –piensa Marta–. Primero subes tú, y luego yo.» Pero su madre está demasiado borracha para recordarlo y cierra la portezuela después de subir. Marta se queda mirando con fijeza las varillas plateadas del seguro de la puerta para intentar que su fuerza de voluntad las mantenga subidas. La rodilla del conductor choca contra la suya cuando pone el coche en marcha.

Marta desterró de sí la imagen. Tenía que poner manos a la obra. Miró el reloj; las ocho y media. Se le estaba acabando el tiempo. ¿Qué podía hacer? ¿Cómo podía librarse de él? ¿Volvería a pegarle? El instinto le decía que no. Steere quería paralizarla, no pulverizarla.

Marta descorrió el pestillo del baño y abrió la puerta con sigilo para mirar el salón por la rendija, y se puso tensa con sólo ver a aquel animal de lejos. Su cuerpo recordaba los golpes por mucho que su mente intentara hacerlos desaparecer. Estaba sentado en el mullido sofá, con los pies, embutidos en camperas, cruzados sobre la bruñida mesita de café. Era un tipo de casi metro noventa, con cejas pobladas, cabello oscuro y rizado, y facciones toscas. Se rascó el pecho a través de la camisa de seda beige mientras leía una revista. Podría haber sido el encantador marido de alguien de no ser por la Magnum que llevaba en la sobaquera.

Marta apagó la luz del baño y salió. El criminal no levantó la vista de la revista, y Marta se sentó sobre la cama, frente al televisor. Estaban dando un avance especial de noticias. El alcalde celebraba en aquellos instantes una rueda de prensa, y Marta vio a medias cómo una periodista le gritaba una pregunta. La recordaba del juicio contra Steere, una morena bastante mona que se llamaba Alix Locke. Alix le había suplicado que le concediera una entrevista en exclusiva, pero Marta jamás daba exclusivas, ya que era como hacer protagonista a otro. Fingió estar muy interesada en la rueda de prensa mientras intentaba pensar en el modo de salir de aquel brete.

–Señor alcalde –dijo Alix por el micrófono de pie instalado en el pasillo–. Le haré una pregunta muy sencilla. ¿Hay o no fondos en el presupuesto para quitar la nieve de las calles secundarias después de la tormenta?

El alcalde Walker no dio muestra alguna de enojo. Era una figura larguirucha, pero en forma, y estaba más relajado que el moderador de un programa de debate. Con su sempiterna corbata de punto y su camisa arremangada, el alcalde no era ni guapo ni feo. Tenía los ojos azules y muy brillantes, cabello oscuro y espeso, y una sonrisa de reelección. La imagen que proyectaba el alcalde Walker, más personaje que persona, era la de un niño grande que trabajaba muy duro y estaba lo bastante loco para intentar dar un giro de ciento ochenta grados a una de las ciudades más importantes de los Estados Unidos.

–Sí –asintió–, en el presupuesto hay dinero suficiente para quitar la nieve de las calles secundarias, Alix. ¿No ha leído el presupuesto? Es casi tan emocionante como una novela de Tom Clancy,

Los periodistas se echaron a reír y anotaron la frase. La prensa adoraba al alcalde Walker, quien, por lo que sabía Marta, era un genio de las relaciones públicas. Siempre hablaba en frases cortas y sonreía en todas las fotografías. Comía *cannoli* en las panaderías italianas y melocotones frescos en los puestos de fruta coreanos; siempre era el primero en pedir prestado un libro de la nueva sección de la biblioteca y el último en acariciar a la anaconda del zoo de Filadelfia. Y lo que era aún más importante, conocía el secreto de las relaciones con los periodistas, es decir, facilitarles el trabajo para que puedan irse de copas.

Pero Alix Locke no sonreía.

–Con todos los respetos, señor, no creo que a los ciudadanos incomunicados por la nieve les haga demasiada gracia el asunto en noviembre.

La sonrisa desapareció del rostro del alcalde.

–Los habitantes de esta ciudad saben que no es cuestión de dinero, sino de si las quitanieves caben por las calles más estrechas. Como sabe, en esta histórica ciudad hay innumerables calles de un solo carril, lo que no deja demasiado espacio para las quitanieves. En esas calles sólo podemos hacer cuanto esté en nuestra mano.

–¿Qué significa eso exactamente, señor alcalde?

–Significa que las quitanieves convencionales no caben

en esas calles porque son demasiado anchas. Tendremos que utilizar quitanieves más estrechas, que adquiriremos en breve.

Los periodistas escribían entre gestos de asentimiento. Alix Locke frunció los labios en busca de otra pregunta. Marta miró al criminal de soslayo. Seguía enfrascado en su revista. *¿Mundo canino?* ¿Ese tipo le propinaba una paliza de muerte, pero le gustaban los animales? Que alguien se lo explicara, por favor.

Alix Locke adoptó su mejor actitud de superperiodista.

–Señor alcalde, usted sabía que este problema se presentaría porque el año pasado sucedió lo mismo. El ayuntamiento ha dispuesto de un año entero para comprar esas máquinas quitanieves. ¿Por qué no han llegado a tiempo para limpiar las consecuencias de esta tormenta?

Mary se quedó mirando las imágenes de la pantalla sin verlas. ¿Cómo saldría de allí? De repente se le ocurrió una idea.

12

Marta silenció a la periodista con el mando a distancia y entró con cautela en el salón. El criminal alzó la vista de la revista y entornó los ojos. Marta se mantuvo a distancia con una sonrisa nerviosa que no le hizo falta fingir, apoyada contra el gran mueble bar revestido de paneles que estaba junto al teléfono.

–Tengo que llamar al despacho –anunció–. Ha dicho usted que nada de llamadas, así que.... ¿qué hacemos?

–Nada de llamadas.

–Se trata del caso Steere. Es importante, y si no doy señales de vida, mis ayudantes empezarán a preocuparse. Les he dicho que estaría de vuelta a las siete; soy bastante puntual, y lo saben.

–Hay que joderse.

–Si no aparezco, creerán que me ha pasado algo por la tormenta. Puede que incluso llamen a la policía.

El criminal la miró por encima de la llamativa revista con expresión escéptica.

–¿Y?

–Saben que me alojo aquí. Puede que vengan en mi busca o que envíen a alguien. ¿Acaso quiere explicarles quién es y por qué me tiene aquí encerrada?

–Cierra el pico –espetó el hombre antes de dejar la revista–. Dame el número.

Marta se lo dio y lo observó mientras marcaba en un teléfono situado en la mesilla. Parecía un gorila con un piano en miniatura.

–Póngase al otro teléfono y hable –ordenó–. Sea breve. Recuerde que la estaré escuchando. Si hace tonterías, se acabó.

–Vale.

De hecho, Marta necesitaba que el tipo escuchara la conversación. Descolgó el otro teléfono.

–¿Oiga?

–Mary DiNunzio –se presentó la ayudante al contestar al teléfono.

–¿Ha terminado la moción *in limine?* –preguntó Marta con sequedad.

–Esto.... no... Quiero decir que la he empezado, pero todavía no está acabada. Me he dedicado a la búsqueda y he averiguado que...

–¡Nadie le ha dicho que dejara de lado la moción! –la atajó Marta mientras miraba de soslayo al criminal, que parecía estar escuchando.

Ante él, sobre la mesita de café, yacía la revista sobre perros, en la que se veía una ajada etiqueta de suscripción. Marta entornó los ojos con discreción para leer el nombre. BOGOSIAN.

–¿Qué pasa con la moción? ¡Tenemos que presentarla mañana!

–¿Ah, sí? Vaya... –tartamudeó Mary–. Bueno, esto.... tengo la investigación, pero no he redactado...

–¿La investigación? ¿Acaso pretende que le entregue su investigación al juez? Empiece ahora mismo. La quiero en cuanto llegue.

Desde el otro extremo de la línea le llegó el gemido de su ayudante. Bien, todo de acuerdo con el plan. Marta colgó, se cruzó de brazos y miró a Bogosian con el ceño fruncido.

–Houston, tenemos un problema –anunció.

–¿Cómo dices? –mascculló el hombre mientras colgaba.

Marta decidió no intentar dar lecciones de cultura popular a un primate, sobre todo a un primate con la mente atestada de delitos.

–Tengo que ir al despacho. Como habrá oído, mi ayudante la ha cagado. Tengo que redactar ese informe.

–Me la trae floja.

–Es un informe importante –mintió Marta–. Hay que presentarlo mañana mismo, así que tengo que ir al despacho.

–Tú no vas a ninguna parte.

–Si no lo presento, las huellas dactilares de Steere irán a parar a manos del jurado. Esa prueba muestra la posición de sus huellas y podría enviarlo a la cárcel para siempre, o incluso costarle la pena de muerte. ¿Se lo dice usted mismo o prefiere que se lo cuente yo?

–¿Me tomas el pelo? –musitó Bogosian con un destello malvado en los ojos, lo que produjo un escalofrío a Marta.

–No, sólo intento hacer el trabajo por el que me paga su jefe.

–Yo no tengo jefe; soy autónomo.

–Pues Steere. Esto no es un juego.

–¿Ah, no? ¿Quieres que llame a Steere para averiguar si me la estás dando con queso?

–Steere está en una celda –replicó Marta con una carcajada–. No puede llamarle.

Bogosian esbozó una sonrisa desagradable al tiempo que descolgaba el auricular del teléfono con el dedo meñique extendido de forma absurda.

–¿Ah, no? ¿Por qué crees que los llaman teléfonos celulares?

Elliot Steere dormitaba en su celda cuando el teléfono móvil empezó a vibrar dentro del bolsillo de la pechera. Abrió los ojos alarmado y volvió la cabeza con brusquedad hacia el rincón de la celda mientras se sacaba el teléfono del bolsillo.

–Te he dicho que no me llames –susurró sin preámbulo alguno.

–Lo siento, pero estoy en el hotel cuidando de su abogada, y dice que quiere ir al despacho, que tiene que trabajar en no sé qué moción. ¿Qué hago?

Steere miró por encima del hombro al guardia negro que leía una novela de bolsillo cerca de la entrada. Pertenecía al turno de noche y nunca dirigía la palabra a Steere. El guardia personal de Steere, Frank Devine, era del turno de día, y no había intentado abordar a otros. Resultaba demasiado arriesgado tratar con demasiados guardias, y no había previsto la tormenta de nieve, por lo que tampoco había sabido que necesitaría a alguien de noche. Otro error. Qué inoportuno.

–¿Qué moción?

–Algo relacionado con unas huellas. No sé qué «en no sé qué». Sonaba a un idioma extranjero.

Steere comprendió que Bobby se refería a la moción *in limine*. Tal como habían comentado, había que presentar la respuesta del defendido. Pero ¿por qué quería Marta ocuparse de ello ahora? ¿Por qué no dejarlo correr y joder a su cliente? No era tan importante, ¿verdad? Steere reflexionó unos instantes.

–¿Estás seguro de que se trata de una moción?

–Me parece que sí. Ha hablado con la otra abogada por teléfono.

¿Qué pretendía Marta? Quería averiguarlo.

–Que vaya, Bobby, pero acompáñala y no la pierdas de vista.

Colgó el teléfono y volvió a guardárselo en el momento en que el guardia se volvía hacia la celda, atraído por el movimiento que había visto. Su rostro huraño se acercó a la ventanilla antibalas.

–¿Decía algo? –preguntó golpeando el vidrio con los nudillos.

–Hablaba solo –repuso Steere.

El guardia le dio la espalda. Steere cerró los ojos y apoyó la cabeza contra el frío hormigón. La pared era dura y rugosa, pero Steere no lo percibía, porque se había tornado ingrávido. La luz de los fluorescentes era chillona y cruel, pero Steere no la veía. Permanecía totalmente inmóvil, relajado, replegado en su interior.

¿Qué pretendería Marta? En realidad no importaba. Aunque no fuera al despacho para preparar la moción, no podría hacer nada, porque Bogosian la controlaría. Ese hombre era un auténtico asesino. Steere estaba seguro de que había tomado la decisión adecuada al dejarla ir. «Deja que el enemigo corra riesgos», habría dicho Sun Tzu. «Dale a Marta la soga para que se ahorque», habría dicho Elliot Steere.

Pensó en el jurado. Se preguntó si seguirían deliberando, aunque no le cabía duda de que todo iría sobre ruedas. Había ordenado que no tardaran mucho en absolverle, y el miembro del jurado que trabajaba para él le obedecería. A fin de cuentas, había pagado una cantidad sustanciosa para obtener un veredicto de inocencia. La justicia no salía barata ni podía comprarse sin visión de futuro. El truco consistía en ampliar las miras, como hacían todos los grandes líderes. Tal como había dicho Sun Tzu:

«El vencedor obtiene la victoria antes de librar la batalla.»

13

–¡Aaahhh! –aulló Mary DiNunzio, por fin fuera de control–. ¡Aaarrrggghhh!

Se mesó los cabellos con desesperación y consideró la posibilidad de arrancárselos todos. Moriría de tanto trabajar, y cuando encontraran su cadáver, verían mechones de cabello rubio esparcidos a su alrededor como paja en un pesebre. El forense se vería incapaz de explicar el fenómeno, pero cualquier ayudante de un bufete de abogados lo comprendería de inmediato.

–¿Por qué los socios nunca se aclaran? –gritó.

–A lo mejor bromeaba –aventuró Judy con extrañeza.

Estaba sentada en una de las sillas frente al despacho de Mary, embutida en una parka amarilla empapada. Aún tenía demasiado frío para quitársela, y la nieve acumulada sobre sus botas empezaba a impregnar la alfombra. La punta de la nariz ya se le había descongelado, pero sufría un caso grave de «cabello aplastado por la gorra».

–¿Bromeando? ¿Bromeando? ¿Has oído bromear alguna vez a Marta Richter?

–Es muy raro, la verdad.

Algo andaba mal, pensó. Algo no cuadraba, aunque no sabía qué. La nevisca seguía azotando la ciudad, y la nieve volaba ante la ventana del despacho de Mary. La temperatura había descendido, y la policía había aconsejado a los ciudadanos que no se aventuraran a salir a la calle. ¿Por qué iba a salir Marta en una noche como aquélla para revisar una moción si sabía que no estaba redactada? Sobre todo teniendo en cuenta que les había ordenado relegarla a segundo término...

–Muy, pero que muy raro.

–¿Raro? ¿Te parece raro? –Mary lanzó una carcajada histérica–. Primero me dice que redacte la moción y luego que la deje de lado. Ahora me grita por no haberla redactado... ¿y a ti te parece raro?

Judy asintió.

–Yo no emplearía la palabra «raro». Raro no es nada comparado con esta situación, nada de nada.

–Bueno, es...

–¡Esquizofrénico! Yo emplearía la palabra esquizofrénico. Ésa es la primera palabra que se me ocurre.

–Mary...

–Ha perdido la chaveta, de eso estoy convencida.

–Mare...

–Tenemos entre nosotras a una personalidad múltiple cobrando asesoramiento legal por horas.

–Un momento. Tranquilízate un poco, ¿quieres? ¿Estás segura de que hablaba de la moción?

–¿Crees que estoy sorda o qué? ¡La he oído perfectamente, te lo aseguro! ¡Ha dicho eso! –Mary no podía dejar de gritar pese a que le estaba entrando dolor de cabeza–. ¡Mírame el cuello! ¡Mira las manchas que me están saliendo! –gimió mientras se abría el botón superior de la blusa para mostrar el escote a Judy–. ¡Me va a estallar la cabeza! ¡Apártense! ¡Sálvese quien pueda! ¡Aléjense de la ayudante! ¡Aléjense de la ayudante!

–A lo mejor es la menopausia –terció Judy.

–¡Soy demasiado joven para estar menopáusica!

–No me refería a ti, tonta –resopló Judy–. Me refería a La Erecta. Puede que esté en pleno climaterio.

–Imposible, porque no tiene estrógenos. Nadie que tenga estrógenos podría hacerle esto a otro ser humano.

Mary se dejó caer en la silla, sepultó el rostro entre las manos y se tiró una y otra vez del cabello.

–¿Por qué soy abogada, Dios mío? ¿Por qué no opté por hacerme vaquera?

Judy la miró con ciertos remordimientos. Ella había metido a Mary en aquel fregado. La había convencido para dejar Stalling & Webb y crear su propio bufete, que nunca llegó a arrancar. Aun así, algo raro estaba ocurriendo, y a todas luces, Mary no comprendía de qué se trataba.

–Vamos a ver, Mary. Marta Richter es una abogada criminalista de primera. No es imbécil. Puede que sea obsesiva y compulsiva, pero no está loca. Debe de tener sus razones para hacer lo que hace.

–No. Es socia de un bufete, y todos son iguales. Me da igual que sea una mujer y que por tanto se suponga que me tiene que caer bien. Por mí se puede ir al infierno. Debería buscar otro trabajo.

–Piensa un poco, Mary. Puede que Marta vea algo que nosotras no vemos. Es como Van Gogh, que ve colores que los demás no vemos.

–Tengo otros talentos, ¿no? –suspiró Mary sin dejar de menear la cabeza.

–Amarillo.

–¿Amarillo? –repitió Mary con expresión afligida.

–Los amarillos de Van Gogh. Él los ve, pero los demás no. –Judy se inclinó hacia delante–. Es lo mismo. Marta ve algo que nosotras no vemos. Tenemos que averiguar qué ha visto, qué está haciendo. Es como Napoleón.

–¿Napoleón?

Mary empezaba a marearse. En ocasiones pensaba que Judy era demasiado inteligente para que fueran amigas. Necesitaba amigas más tontas.

–Creía que estábamos hablando de Van Gogh.

–¿Conoces la historia de la famosa batalla que libró?

–Ni idea.

–Sí que la conoces.

–Que no.

–Sé que la conoces, Mare.

–¡Te digo que no!

Mary se preguntó si Judy, Marta y todo el mundo se estarían volviendo locos. Tal vez se debía a la tormenta. Primeros síntomas de claustrofobia.

–Napoleón estaba en plena batalla, no sé cuál, y había tanto humo y polvo que no veía nada –empezó a contar Judy mientras se bajaba la cremallera de la parka–. Nadie veía nada a causa del humo. Los bandos contrarios ni siquiera veían lo suficiente para disparar.

–Ajá.

Como una cabra. Como un cencerro. Demasiado café. Demasiado poco café.

–Pese a todo, Napoleón indicó a sus lugartenientes dónde debían apostar a los hombres en función de lo que sabía que haría el enemigo. Nadie comprendía nada, pero Napoleón supo dirigir la batalla sin ver nada. Todos sus soldados creían que estaba loco, pero cuando el polvo se disipó, ¿quién crees que ganó?

–¿Los abogados?

–No tiene gracia –dijo Judy con una carcajada.

–Sí que la tiene; te has reído.

–No has entendido la historia.

–No, eres tú quien no entiende que tengo que redactar

una moción y que Napoleón llegará en cualquier momento.

–¿Es eso lo único que te preocupa?

–No, pero hablaremos de ello por el camino.

Mary se levantó y se dirigió a la sala de juntas seguida de la chorreante Judy.

Animadas por un termo lleno de café variedad Kona hawaiano, Judy y Mary empezaron a redactar la moción, pero se distraían una y otra vez hablando de la posibilidad de que Heb Darnton fuera Eb Darning, así como del daltonismo de Steere. Cuanto más pensaba Judy en ello, más turbio le parecía, y sus sospechas acabaron cristalizando en una teoría.

–¿Crees posible que Steere tuviera intención de matar a Darning? –preguntó.

–¿Por qué? ¿Cuál es el móvil? –replicó Mary sin poder quitarse de la cabeza la moción y preguntándose cuánto tiempo les quedaba antes de que llegara Marta–. ¿Desde dónde crees que llamaba Marta?

–No lo sé; has sido tú quien ha hablado con ella.

–Creo que estaba en el hotel.

Mary pulsó una tecla del portátil y leyó el principio del último párrafo:

```
Numerisos tibubnales de todo el pais llevz<n
mucho tienpo coinsiderando inadmissible talex
pruebas.
```

Maldita Mavis Bacon. Mary accionó el *trackball* para seleccionar la corrección ortográfica.

–¿Cuánto falta para que Marta llegue y se ponga a chillar como una energúmena?

–Media hora si ha cogido un taxi.

–¿Suficiente para acabar el informe?

–No.

–Vale... En fin, ¿cuál es el móvil?

Era una pregunta interesante, pero no relacionada con el trabajo. Mary pulsó otra tecla para salvar el documento y de paso su empleo. Tal vez por eso recibía el nombre de salvar.

–No estoy segura, pero recuerda lo que sabemos de Steere. Es egocéntrico, arrogante, despiadado. Un cabrón desalmado, en resumen.

–Vaya, vaya, menudo lenguaje. Y por cierto, hay muchos cabrones en el mundo, pero no por eso van por ahí matando gente. Eso no basta.

Mary vio la pantalla quedarse en blanco al ponerse en marcha el salvapantallas.

–En cierto modo sí que basta. Es una cuestión de poder. Cuando se ve amenazado por un pobre diablo negro, sabe que puede matarlo y salir impune.

–Un poco descabellado, ¿no te parece?

Mary alargó el brazo hacia el centro de la mesa y cogió la impresión de la fotografía de Darnton/Darning.

–Encaja con la personalidad de Steere.

–Sí, pero no basta. Si Steere lo mató intencionadamente, tiene que ver con Darnton, si es que es Darnton. Me refiero a que tiene que ver con el hecho de que es Darnton, no un indigente cualquiera –explicó Mary mientras examinaba la fotografía por enésima vez y la comparaba mentalmente con las espeluznantes imágenes de la autopsia–. Apuesto a que Heb Darnton y Eb Darning son la misma persona. La edad concuerda, unos cincuenta y uno o cincuenta y dos años. ¿A ti no te parece el mismo hombre, pero mayor?

Deslizó la fotografía hacia Judy, quien la cogió a medio camino.

–No ha envejecido con demasiada dignidad que se diga –comentó Judy–. ¿Tienes alguna idea? Anda, suéltala.

–Supongamos que Darnton... o Darning, es el hombre de la fotografía –empezó Mary–. Hace muchos años tenía un empleo, pero ahora es un indigente. Caso típico. Sabemos que era alcohólico porque nos lo han dicho los vecinos. Pongamos que se dio a la bebida después de dejar el trabajo de cajero y que la cosa siguió degenerando a partir de ahí. Pierde el empleo, la novia lo abandona, se deja crecer la barba...

–O sea que crees que todo esto tiene que ver con Darning –reflexionó Judy en voz alta, dejando la fotografía sobre la mesa.

–Es posible. Quizás no fue un encuentro fortuito entre Darning y Steere. Quizás se conocían.

–Eso es aún más descabellado que mi hipótesis –resopló Judy con una mueca de escepticismo.

Mary levantó la mano con ademán papal.

–Déjame acabar. Repasemos lo que sabemos. Supongamos que Steere no sabía que el semáforo estaba en rojo. Si no lo sabía, sus movimientos no tienen sentido, ¿verdad?

–Verdad. A menos que estuviera muy borracho, lo que no era el caso según el análisis de sangre.

–Además, Steere es un hombre corpulento y seguro que aguanta bastante alcohol –añadió Mary antes de tomar otro sorbo de café, más para hacer acopio de valor que por la cafeína en sí–. No tiene sentido que Steere se detuviera bajo el puente a menos que supongamos que quería encontrarse con Darning. Tal vez habían quedado bajo el puente. Pongamos que Steere se detuvo en el cruce sin tener en cuenta el semáforo para matar a Darning y que luego se inventó el cuento del intento de atraco.

–¿Crees que lo del atraco es mentira?

–Más que mentira, una trampa. Vamos a ver, Judy. Recuerda que partimos de la base de que no se trata de un encuentro fortuito.

Pese a que sólo pensaba en voz alta, el pulso se le aceleró.

–Steere conducía un Mercedes estrenado hacía... dos semanas, ¿verdad?

–Voy a comprobarlo.

Judy se levantó y se dirigió al tercer archivador. Fue pasando carpetas hasta llegar a la que le interesaba, la sacó de un tirón y la abrió.

–Aquí está. La factura del coche nuevo de Steere. Tenía tres semanas. ¡Ciento veinte mil dólares! ¡Guau!

–¿Qué coche dio como entrada? Seguro que no se parecía mucho al Automoco –comentó Mary, refiriéndose a su antiquísimo BMW 2002, el único automóvil cartujo de la historia de la humanidad.

–Mira todo esto –prosiguió Judy anonadada–. Doble airbag, volante y palanca de cambio revestidos de cuero, planchas ciegas para altavoces integradas a ambos lados del salpicadero...

–¿Qué coche dio como entrada, Jude?

–¿Qué serán planchas ciegas? ¿Cómo he podido sacar la licenciatura de Derecho sin saber lo que es una plancha ciega?

–¡El coche, Judy!

Judy hojeó una serie de documentos muy largos y volvió a hacer una mueca.

–Ya lo tengo... Jo.... un Mercedes sedán S500, ocho válvulas. Dice «*5 Sitze, 4 Türen*».

–¿De cuándo era? –inquirió Mary, estirando el cuello para poder leer el documento–. ¿Cuántos kilómetros tenía?

–Tenía medio año y poco más de dos mil kilómetros –repuso Judy.

Las dos abogadas cambiaron una mirada.

–No es que precisamente necesitara un coche nuevo con urgencia.

Mary sintió que se le formaba un ominoso nudo en la boca del estómago, un nudo que no se debía al exceso de café.

–¿Y si Steere lo planeó todo? ¿Y si compró el coche para que el cuento del ataque resultara más verosímil? ¿Y si había quedado con Darnton... o Darning para matarlo? Eso es asesinato. Asesinato premeditado.

Judy ladeó la cabeza con escepticismo al ver que Mary adoptaba una expresión tan seria.

–¿Insinúas que Steere utilizó el Mercedes nuevo como cebo?

–No, insinúo que Steere quería matar a Darning por alguna razón y que compró el coche con antelación para que la historia del ataque fuera más verosímil.

–Un momento, un momento. ¿Hablas en serio?

Mary asintió.

–Al fin y al cabo, concuerda con lo que hemos descubierto. Puede que Steere sea un asesino –musitó, sintiendo náuseas–. Y nosotras le hemos defendido... Y lo más probable es que lo absuelvan.

–Espera un momento, Mary –advirtió Judy al tiempo que meneaba la cabeza–. El hecho de que Steere se comprara un coche nuevo no significa que sea un asesino. Los ricos hacen cosas así constantemente. Eso recibe el nombre de adquisición impulsiva.

–¿Un descapotable? ¿Un Mercedes blanco que cuesta lo mismo que una casa?

–Es una pijada, vale, pero a fin de cuentas, se acercaba el verano.

–Judy, se compró el coche más llamativo de la historia y se metió con él en el peor barrio de la historia.... y además en plena noche. ¿No te parece sospechoso? Si quisieras que la gente creyera que te han atacado, te convendría comprarte un coche llamativo que incitara al robo. Steere pretendía que pareciera un delito casual cuando en realidad fue un asesinato.

Judy se dejó caer en la silla giratoria y se mordió el labio inferior con expresión preocupada. Lamentaba haber empezado todo aquello al hablar del daltonismo. Le inquietaba la posibilidad de que Mary viera asesinatos por todas partes a causa de su pasado.

–Pero ¿cómo podría demostrar eso el fiscal?

–No lo sé, pero en la oficina del fiscal hay mucha gente competente. Tal vez han descubierto alguna pista de última hora con el dinero de los contribuyentes.

–No has resuelto el problema del móvil, Mare –señaló Judy con los ojos entornados–. ¿Por qué querría Steere matar a Darning?

–No lo sé... Puede que exista un móvil que aún no conocemos –exclamó con repentina animación–. Nos falta información. Si averiguamos la conexión existente entre los dos hombres, descubriremos el móvil.

–¿Qué conexión? No existe ninguna conexión. Uno de ellos es un pobre desgraciado y el otro, el dueño de medio mundo.

–¿Qué conexión existe entre un hombre rico y el cajero de un banco? –preguntó Mary, parpadeando al ocurrírsele la idea–. El dinero.

Judy reflexionó un instante. Tal vez no era una locura paranoica al fin y al cabo.

–Espera un momento.

Se levantó y rebuscó de nuevo entre los distintos archivadores del expediente Steere.

–¿En qué banco trabajaba Darning?

–La CAP, la Caja de Ahorros de Pensilvania. Hace tiempo que cerró, pero su rótulo luminoso sigue en la azotea del edificio que ocupaba. Lo conoces, ¿no?

–¿El rótulo de la CAP? No.

–Está en la azotea del edificio, en la zona este de la ciudad. Es enorme y se ve desde todas partes. De hecho, se ha convertido en una especie de monumento histórico. Seguro que lo conoces.

–¿No acabamos de sostener esta conversación?

–Da igual –suspiró Mary, a quien volvía a dolerle la cabeza.

Era demasiado tarde para seguir en el despacho. Qué trabajo, por Dios. Mary recordó la cartilla de ahorros de la CAP que había tenido de pequeña, sobre la que se veía una pequeña E de tinta que significaba Cuenta de Estudiante. ¿Dónde estaría aquella cartilla? A lo mejor era rica y no se había enterado. En tal caso podría dejar el bufete.

–Aquí está –exclamó Judy, hojeando un grueso documento antes de alargárselo a Mary–. La última declaración de la renta de Steere. En ella figuran todas sus cuentas bancarias, incluso las que están a nombre de sus empresas. No hay ninguna de la CAP. Y si repasamos los últimos cinco años.... tampoco hay nada.

Mary leyó la lista de cuentas, y a medio camino, el corazón le dio un vuelco.

–Steere tiene dos cuentas en el Banco Mellon con un saldo total de cien mil dólares. ¿Por qué tiene tanto dinero en una cuenta que apenas da intereses?

–¿Qué más da? Darning no trabajaba en el Mellon.

–Sí, señora. Mellon compró la CAP hace unos cinco años.

–¿En serio? –farfulló Judy.

–Mellon llegó de Pittsburgh en los ochenta y se dedicó a

comprar todos los bancos de Filadelfia, incluido el Girard, que era de Filadelfia hasta la médula. Mi madre se niega a operar con el Mellon porque tuvieron la cara de comprar el Girard.

–Qué raro.

–¿Te refieres a mi madre?

–No, me encanta tu madre. De hecho, me gusta más que a ti.

–Puede que Darning fuera subiendo en el escalafón del banco y descubriera algo turbio en las cuentas de Steere o.... no sé. Sobornos, malversaciones...

–Son meras conjeturas.

–¿Y qué quieres que haga? –suspiró Mary.

No hacía falta que dijera nada más. No quería hablar del pasado. Ni siquiera quería pensar en el pasado, y desde luego no quería revivirlo.

De repente se produjo un estruendo delante de la sala de juntas. Las abogadas oyeron a Marta hablar con alguien y se pusieron más firmes que el perro de Pavlov.

–¡Mierda! –exclamó Judy al tiempo que recogía los papeles y las fotografías de la mesa y las embutía en el archivador de acordeón más cercano–. ¿Cómo se las ha arreglado para llegar en tan poco tiempo?

Mary pulsó una tecla del ordenador para despertarlo.

–Ha venido volando en su escoba.

14

El juez Harry Calvin Rudolph cavilaba melancólico ante el escritorio pesado y bruñido del moderno despacho que ocupaba en el Centro de Justicia Penal, sosteniendo en la mano la nota que amenazaba con dar al traste para siempre con su carrera judicial. Tenía el ascenso de su vida al alcance de la mano y no estaba dispuesto a permitir que se le escapara, no a su edad. Hacía poco que en sus manos habían empezado a aparecer manchas de vejez, y los mechones de cabello que asomaban bajo los puños encanecían por momentos. El juez Rudolph estaba en la flor de su vida como jurista. Era un erudito, un dirigente. Podía pasar a la historia.

Antes de presidir el caso Steere, había pasado quince años en el Tribunal de Primera Instancia del condado de Filadelfia. Al principio había deseado tanto ser juez... Incluso había dejado el ejercicio privado de la abogacía cuando empezaba a hacerse un nombre. El dinero no lo era todo, y el joven Harry se había sentido atraído por la erudición, las galas y el prestigio inherentes al cargo. La toga, el mazo, el estrado... Imaginaba lo que pensarían sus compañeros de universidad, los miembros de las fraternidades estudiantiles que hacían caso omiso de él por lo general. Ahora Harry Rudolph no sólo pertenecía a la fraternidad, sino que era la fraternidad.

El juez Rudolph arrugó el papel amarillo que sostenía en la mano mientras rememoraba el idealismo que lo había movido al principio. Que otros se pelearan por el dinero, que sus colegas pugnaran por conseguir el poder efímero de los bufetes de abogados. El poder del juez Rudolph era real y duradero. Durante su carrera profesional había hecho cambiar de manos inmensas fortunas, enviado a la cárcel a numerosos delincuentes e incluso encerrado a un par de periodistas. El juez Rudolph hacía justicia. Cuando tienes eso, ¿para qué necesitas dinero?

Quince años más tarde, el juez Rudolph lo necesitaba, y mucho. Quince años más tarde, lo único que necesitaba era dinero, de hecho. Los ingresos de sus compañeros de clase habían alcanzado cifras astronómicas mientras su sueldo quedaba estancado en cien mil dólares anuales. Había oído que Blumenfeld ganaba cuatrocientos cincuenta mil en Dechert Price & Rhodes, mientras que Schotzbarger sacaba más o menos lo mismo en Morgan & Lewis. Joder, pero si todo el mundo se forraba en Morgan & Lewis. El juez Rudolph no podía mirarlos a la cara en las fiestas de aniversario, los banquetes oficiales o las raras ocasiones en que sus compañeros de clase comparecían ante él en el tribunal. Sabía que ellos reían los últimos antes de marcharse a casa... en el Jaguar.

El juez Rudolph dejó la nota sobre la mesa, porque si la conservaba en la mano, acabaría despedazándola. Se la quedó mirando con furia, un trocito de papel amarillo sobre el secafirmas verde colocado en el centro de su mesa reluciente. La semana anterior, Dave Loder había comparecido ante el tribunal para defender al consejero delegado de Witmark, bronceado tras pasar unas vacaciones en Gran Caimán. Vacaciones de invierno en las Caimanes, por el amor de Dios, con sus seis hijos y su mujer. El juez Rudolph no podía permitirse semejantes lujos ni en sueños, y eso que era mucho mejor abogado que Loder.

Entrelazó los dedos mientras contemplaba la nota una vez más. Ahora no, por favor. Se iba a producir una vacante en el Tribunal Supremo del estado, y sus posibilidades para acceder al cargo eran excelentes. Magistrado del Tribunal Supremo Harry C. Rudolph. Presidente del Tribunal Supremo H.C. Rudolph. Superpresidente. No permitiría que aquella nota lo tirara todo por la borda. Era su última oportunidad y pensaba aprovecharla.

El caso Steere había ido sobre ruedas, y el juez lo había hecho todo muy bien hasta entonces. Nada de cámaras en la sala de vistas, secreto sumarial en cuanto los letrados se ponían protestones, sólo cincuenta espectadores en cada sesión, todas las conferencias de prensa fuera del horario normal, dos columnas al día, un límite de cinco minutos por alegato... Incluso se había encargado de que el jurado pudiera deliberar durante la tormenta de nieve y Steere quedara custodiado en el juzgado. A fin de cuentas, lo llamaban El Cohete por algo, y eso era precisamente lo que atraía la atención de los peces gordos, el hecho de que resolviera los casos y no la cagara. El caso Steere era el juicio que le permitiría ascender al Tribunal Supremo, si es que la notita de las narices no lo impedía.

El juez Rudolph buscó sus gafas de lectura a tientas sobre la mesa. Tal vez el enojo le había hecho leer algo que no decía. O no.

> Señoría, uno de los miembros del jurado tiene una urgencia médica y quiere hablar con usted.
>
> Atentamente,
>
> Christopher Graham, presidente

El juez se quitó las gafas con brusquedad.

–¡Que entre! –ordenó.

–¿Era usted sastre, señor Tullio? –preguntó el juez Rudolph, mirándolo con expresión furiosa.

El hombrecillo no debía de medir más de metro y medio, y llevaba un gastado traje marrón con solapa pespunteada a mano.

–Sí, señoría, hasta que me jubilé, señoría, señor.

–¿Vive en la zona sur de Filadelfia, cerca de la Segunda?

–Sí, señor, señoría. Cerca del museo.

–Pero el museo de arte está junto a la autovía.

–El museo del Carnaval –aclaró Nick con un nervioso asentimiento–. Tienen todos los trajes del Carnaval en vitrinas y eso.

El juez Rudolph carraspeó.

–Vamos a ver, señor Tullio. Tengo entendido que tiene usted una emergencia médica. ¿Es eso cierto?

–Sí... No, señoría. No es una emergencia. Quiero decir que no estoy sangrando ni nada.

–Eso ya lo veo.

–Es que he devuelto.

El juez Rudolph exhaló un profundo suspiro.

–¿El problema es que ha...?

–Devuelto –terminó por él Nick, resbalando sobre el cojín rojo que cubría su butaca.

El asiento era demasiado ancho y resbaladizo para su trasero, por lo que se veía obligado a aferrarse a los brazos para no caer. No dejaba de mirar a su alrededor con disimulo. Estaba solo ante el juez, el secretario y la señora de la máquina. Nick nunca había pisado un lugar tan importante como las dependencias de un juez, con todos esos papeles, libros y cuadros. Menos mal que llevaba el traje bueno. Desde luego, merecía la pena ir bien vestido.

–Señor Tullio... ¿Su problema médico consiste en que ha... vomitado?

–Es la élcera.

–¿Tiene una úlcera? –inquirió el juez Rudolph, corrigiendo al hombre, que había dicho «élcera».

–Sí, tengo una élcera –repitió Nick pese a la corrección–. Es mi estómago. Quiero irme a casa.

El juez Rudolph no estaba dispuesto a perder a un miembro del jurado a esas alturas. Había enviado a los suplentes a sus casas, y llevaría horas traer a uno de ellos con aquella tormenta. El juez examinó las notas de la selección del jurado y acto seguido el cuestionario que el hombre había rellenado en su momento.

–No mencionó en ningún momento que tuviera una úlcera, señor Tullio.

–Es que antes no estaba seguro –farfulló Nick, removiéndose en su silla con nerviosismo–. El médico me dijo que no tenía ninguna, pero yo sé que no es verdad. Se me ha revolucionado por los nervios, y me arde el estómago.

–¿Dice que el médico lo examinó y dictaminó que no sufría ninguna úlcera?

–Bueno, sí, pero tengo un agujero en el estómago, lo sé. Y además he devuelto, lo que es una... prueba, señoría, señor.

–¿Quiere que lo visite un médico? –preguntó el juez mientras la mecanógrafa seguía escribiendo.

De hecho, se trataba de una pregunta retórica, porque ningún médico se aventuraría a salir con aquel tiempo. Los médicos ganaban demasiado dinero; sólo los jueces se veían obligados a trabajar en noches como ésa.

–No, no quiero que me visite un médico. Me he tomado seis pastillas para el ardor..., sabor tropical.

–O sea que no necesita un médico.

–Pero me arde el estómago. Por los nervios.

–Tiene molestias estomacales, ¿correcto?

–Sí.

El juez Rudolph se reclinó en la silla, se quitó las gafas y se quedó mirando los flexos dc las varillas mientras pensaba en el asunto. Se las había arreglado bien. Había conseguido que no se enterara ni la prensa ni nadie más. Había mantenido a raya a los letrados con la promesa de una transcripción al día siguiente. Había convertido una úlcera en una molestia estomacal. Ya era hora de enviar al sastre de vuelta a la sala.

–Tal vez le iría bien beber algo.

–¿Tiene anís? –inquirió Nick Tullio con expresión esperanzada.

–¿Anís para el dolor de estómago? –exclamó el juez Rudolph con los labios fruncidos.

Por el amor de Dios.

–Es que me relaja, quiero decir que me asienta el estómago.

–Ni hablar –rechazó el juez–. Está en plena deliberación; puede tomar cualquier bebida no alcohólica que le apetezca, un refresco, té o cualquier otra cosa.

–¿Y un vaso de leche?

–Vaya a buscar leche para el señor Tullio, Joey –ordenó el juez a su secretario.

–¿Leche? –repitió Joey–. No tenemos leche.

Era un muchacho bajito que a Nick no le parecía italiano pese a llamarse Joey.

–No hay una gota de leche en todo el juzgado, señoría.

–¿Ni siquiera en el frigorífico?

–No, señoría.

–Pero usted me sirve el té con leche, ¿no?

–No, con crema.

–Pues vaya a buscar crema, por Dios.

–Esto..., no puedo beber crema –objetó Nick, alzando la mano con gesto débil–. Es demasiado pesada.

–Es *light* –puntualizó el secretario.

–Tiene que ser leche –insistió Nick.

El juez y el secretario lo miraron con fijeza. Nick se preguntó si podían llegar a demandarlo. Tal vez no debería haber abierto la boca. ¿Qué más daba si devolvía? No se moriría por eso. Nick se hundió aún más en el butacón. Lo embargó la sensación de que estaba a punto de ahogarse, como si los brazos de la butaca fueran lo único que lo mantenía a flote.

–Miren, no necesito leche. Olviden lo de la leche, señoría, Joey..

–No, no, señor Tullio –insistió el juez Rudolph, cuya intención era guardar las apariencias, no proteger una membrana estomacal–. Si necesita leche, le traeremos leche.

–No, de verdad, da igual –aseguró Nick con nerviosismo–. De hecho, ni siquiera me gusta la leche. La detesto desde que era pequeño, y sólo bebo porque Antonietta me obliga. Moriría feliz si no tuviera que volver a ver una gota de leche en mi vida. Uno no puede morirse por devolver, ¿verdad? De hecho, han sido una especie de... ¿arcadas?

El juez Rudolph volvió a ponerse las gafas.

–¿Si tuviéramos leche se la bebería, señor Tullio? –quiso saber.

Nick parpadeó. No sabía a ciencia cierta si se podía mentir a un juez y si, en caso de mentir, te podían meter en la cárcel por ello. A lo mejor era como estar bajo juramento, como jurar con la mano sobre la Biblia. Nick se arrepentía de haber hablado de su estómago. Debería haber votado inocente como todos los demás blancos. Ojalá Antonietta estuviera con él.

–Traiga un poco de leche para el señor Tullio, Joey –ordenó el juez Rudolph.

El secretario palideció.

–Señoría, no sabría dónde conseguir leche con esta tormenta. Estoy seguro de que todas las tiendas están...

–Me importa un bledo qué teta tenga que estrujar, Joey. Haga el favor de traer leche.

–Sí, señor –musitó el secretario antes de salir.

El juez Rudolph se quedó mirando con fijeza al sastre. Aquella conversación debería haber quedado zanjada hacía diez minutos. El sastre debería estar deliberando con los demás, no sentado en su despacho quejándose de dolor de estómago, por el amor de Dios. El juez Rudolph detestaba los juicios. Su sitio estaba en el tribunal de apelaciones, donde se hablaba de la ley, no de élceras.

–Espero que a Joey no le pase nada ahí fuera –comentó Nick en un intento de entablar conversación y evitar que el juez siguiera mirándolo con tanto enojo.

–No le pasará nada.

–Prolablemente.

–Probablemente –lo corrigió el juez.

–Vale, vale, probablemente no le pasará nada –exclamó Nick para mostrarse de acuerdo, aunque sólo consiguió que el juez pareciera aún más enojado.

–No me preocupa mi secretario, señor Tullio, sino usted.

Por supuesto, no lo decía en serio, pues lo único que le preocupaba era el aspecto que la palabra «teta» ofrecería en los periódicos si llegaba a salir publicada. ¿Se opondrían los grupos feministas a su nombramiento?

–Recuerde que esta transcripción no sale de aquí sin mi visto bueno, Carol –advirtió a la mecanógrafa.

Carol asintió. Trabajaba para el juez Rudolph desde su divorcio. Si entraba en el Tribunal Supremo, se ocuparía de ella. Podría saltarse un par de peldaños en el escalafón y conseguir un empleo de ensueño.

–Sí, señoría.

–Gracias.

El juez se volvió hacia el sastre e intentó adoptar una expresión comprensiva.

–Si no tiene ningún otro problema y no requiere asistencia médica, señor Tullio, puede volver a la sala para seguir deliberando con los demás miembros del jurado.

–¿Cómo? ¿Quiere decir que... tengo que volver?

–Por supuesto. Haré que le lleven la leche en cuanto mi secretario la traiga. El jurado tiene una misión muy importante entre manos. La cena está prevista para las siete, y estoy seguro de que habrán avanzado mucho hasta entonces.

–No sé... Los nervios... El estrés...

El juez Rudolph se inclinó hacia delante hasta quedar a pocos centímetros del rostro del sastre. No permitiría que ese mequetrefe lo jorobara todo.

–No querrá decir que se encuentra demasiado mal para deliberar.

–Bueno, no, quiero decir..., sí..., en cierto modo. Señoría.

–Pero no quiere que lo visite un médico.

–No, señoría.

–Lo único que necesita es un poco de leche.

–Sí, señoría. Señor.

–Entonces, ¿por qué no puede reunirse con los demás para seguir deliberando?

Carol carraspeó ruidosamente a modo de advertencia. El juez Rudolph sabía que pisaba arenas movedizas, sobre todo porque no había convocado a los letrados. Estaba muy cerca de la falta reversible. ¿Dónde estaba el maldito secretario? ¡Joder!

–No puedo volver a causa de los nervios...

El pánico impidió a Nick terminar la frase. Estaba demasiado asustado para hablar y demasiado asustado para callar. No podía regresar a la sala ni tampoco quedarse con el juez. Estaba atrapado en una tela de araña que amenazaba con asfixiarlo.

–Ojalá Antonietta estuviera aquí –musitó al borde del llanto.

El juez Rudolph escudriñó el rostro del sastre, sus facciones de clase obrera, sus ojos húmedos y legañosos. De repente se apoderó de él la sensación de que veía el interior de la minúscula alma de tendero del hombrecillo. Comprendió lo que sucedía con una claridad que no experimentaba desde sus exámenes finales.

–Sé exactamente lo que necesita, señor Tullio –aseguró.

–¿Ah, sí?

–Sí.

El juez Rudolph aspiró una profunda bocanada de aire. Cuando lo nombraran juez del Tribunal Supremo de Pensilvania, haría grandes cosas por los ciudadanos del estado, pero ahora mismo no quería a ninguno de ellos en su despacho.

15

–Voy a entrar a la sala de juntas contigo –anunció Bogosian en el pasillo de Rosato & Asociadas.

–No –objetó Marta con firmeza, pese al miedo que sentía.

–Tengo que oír lo que dices.

–No –insistió Marta.

Lo vio observar a las dos jóvenes abogadas a través de la pared de vidrio de la sala de juntas. Estaban ordenando la documentación, y Marta no quería que Bogosian se les acercara. Ya lamentaba tener que permitir que las viera; no estaba dispuesta a ponerlas además en peligro.

–No puede entrar. Es un asunto confidencial.

–¿Y mí qué coño me importa? –espetó Bogosian sin saber a qué se refería la zorra.

Palabras, palabras y más palabras, joder. Odiaba a los abogados. No había conocido a un solo abogado honrado en toda su vida, y además eran incapaces de mantenerlo alejado de la cárcel.

–¿Cómo quiere que les explique quién es usted?

–Me la suda; no pienso perderte de vista.

Mary señaló el otro extremo del pasillo.

–Mire, hay una sala de juntas justo enfrente de ésta. También tiene paredes de vidrio, así que podrá ver todo lo que haga. No haré ninguna llamada, y si recibo alguna, podrá escuchar por el otro teléfono.

–¿Me tomas por imbécil? Podrías hablar con esas dos abogadas.

–¿Y ponerlas en peligro? Ni hablar.

–A tomar por el culo; voy a entrar contigo.

Bogosian se acercó tanto a ella que Marta estuvo a punto de perder la serenidad. La última vez que se le acercó tanto la había dejado inconsciente. Reprimió el pánico que amenazaba con apoderarse de ella, rodeó al hombre, se dirigió hacia los ascensores y pulsó el botón de bajada.

–Pues entonces no redactaré la moción –anunció, pugnando por hablar con firmeza–. Llévenme al hotel ahora mismo. Puede llamar a Steere desde allí y decirle que sus huellas dactilares irán a parar a manos del jurado.

–Que te den por el saco.

–Muy bien, pues lo llamaré yo en cuanto lleguemos.

–Es un farol.

–¿Ah, sí? –canturreó al tiempo que se volvía hacía él con una sonrisa forzada, la sonrisa de las fotos–. ¿Quiere averiguarlo?

Bogosian reflexionó un instante. Menuda zorra. Steere se pondría como una moto si Bobby volvía a llamarlo al móvil. Quería que la abogada se encargara de la moción. Supuso que todo iría bien si no la perdía de vista. Además, ¿qué podía hacer? No era más que una zorra.

–¿Qué tienen para mí, señoras? –espetó Marta al entrar en la sala.

Cerró la puerta y eligió una silla situada en la cabecera de la mesa. Intentaba disimular su angustia, pero Judy no se dejó engañar y la observó con ojo crítico. Llevaba la blusa arrugada, algo inaudito en el caso de La Erecta, y tenía los párpados pesados, como si le doliera todo. Ahí pasaba algo. Judy sintió deseos de preguntarle si se encontraba bien, pero La Erecta no dio pie a semejante preocupación, y además Mary empezó a hablar de inmediato.

–Tengo algo que contarle, Marta –anunció al tiempo que se levantaba, el cuello cubierto de manchas bajo la blusa, resuelta a coger el toro por los cuernos por una vez en la vida; «pórtate como una FEMINAZI»–. Algo importante.

–Sea breve.

–No he terminado la moción *in limine*. Dígaselo a Bennie si quiere. Despídame si quiere. En cualquier caso, la moción no está terminada.

–Me importa un comino la moción –replicó Marta–. ¿Han averiguado qué tiene el fiscal contra Steere?

Mary abrió los ojos de par en par, y Judy se sorprendió pensando que aquel comportamiento era demasiado esquizofrénico incluso para Napoleón.

Marta se levantó cuando las ayudantes le contaron lo del daltonismo de Steere y el semáforo. El instinto le decía que habían encontrado algo bueno. Steere le había vuelto a mentir pese a su supuesta confesión. ¿Por qué no se había dado cuenta? El hombre había reconocido que era un embustero, pero aun así Marta se había tragado el cuento de que había matado a un indigente porque no servía para nada. ¿Acaso necesitaba un puto rótulo luminoso para comprender que era un cabrón mentiroso? Acabaría con él de una vez por todas.

–El único problema es el móvil –explicaba Mary en aquel instante–. Puede que usted sepa algo que nos ayude a descubrirlo.

La mente de Marta funcionaba a toda velocidad. Primero tendría que desembarazarse de Bogosian, que estaba sentado en la sala de juntas al otro lado del pasillo. Lo veía a través del vidrio, una montaña de cuero reluciente sentada a una mesa de juntas idéntica a la suya. Estaba leyendo su revista de perros y observándolas de vez en cuando. Marta había explicado a las asociadas que era su chófer, pero no se lo había presentado.

–Ésta es la fotografía de la autopsia de Darnton –prosiguió Mary al tiempo que le alargaba una fotografía de 18 × 24–. Creemos que su verdadero nombre es Eb Darning.

Marta cogió la fotografía. Un cadáver sobre una camilla. Un rostro en el depósito de cadáveres. Recordó la Magnum que Bogosian le había clavado en las costillas y comprendió algo en lo que debería haber reparado antes. Desvelar la verdad acerca de aquel asesinato le costaría la vida. Steere recurriría de nuevo a Bogosian, quien la machacaría hasta que no fuera más que otro cadáver sobre otra camilla. El rostro de la fotografía de la autopsia. Tenía que encerrar a Steere para siempre, ya que de lo contrario moriría. Le estallaba la cabeza. Las heridas le dolían horrores, y la sangre le palpitaba en los oídos. De repente, la sala de juntas se le antojó muy lejana. La fotografía se le escurrió entre los dedos.

–¿Se encuentra bien, Marta? ¿Marta?

Era Mary, que la miraba con expresión inquieta, pero Marta no la oía con claridad. Tenía la sensación de hallarse bajo el agua. Empezó a sudar. La sala de juntas daba vueltas a su alrededor. Los papeles y los muebles se arremolinaban como un tornado. Había sufrido ataques como ése de pequeña, después del episodio del coche familiar. No podía dejarse vencer por él ahora, ya que de lo contrario, Bogosian acabaría con todas ellas. Marta forzó una sonrisa que más parecía una mueca espantosa.

–¿Marta? –terció Judy, levantándose de la silla.

Marta estaba tan pálida que Judy creyó que estaba sufriendo un ataque al corazón.

–Estoy bien –aseguró–. No me pasa nada, no se preocupen.

Se apartó el cabello del rostro con mano temblorosa. Ya podía enfocar de nuevo la sala y oía las voces de sus ayudantes con más claridad. El ataque empezaba a remitir. Miró a Bogosian por el rabillo del ojo. El hombre se había puesto de pie y la observaba con la cabeza ladeada. Marta alzó la mano para tranquilizarlo y a continuación se aferró al respaldo de la silla para mantener el equilibrio.

–¿Le duele el pecho? –inquirió Judy.

–Respire hondo –añadió Mary.

–Estoy bien –repitió Marta sin soltar la silla hasta que el tiovivo se detuvo por completo.

En la sala de enfrente, Bogosian volvió a sentarse. Marta aspiró una profunda bocanada de aire y miró a DiNunzio y Carrier. Comprendió que estaban preocupadas por ella, lo que le resultaba desconcertante. Había considerado la posibilidad de pasarles un mensaje acerca de Bogosian, pero ahora sabía que no podía hacerlo. El asunto tenía que quedar zanjado de inmediato, al menos para ellas. No tenía inconveniente en matarlas a trabajar, pero no permitiría que las matara un criminal.

–Quiero que se vayan a casa –anunció.

–Pero ¿qué dice? –exclamó Judy, cambiando una mirada con Mary.

–Que se vayan a casa ahora mismo. Es una orden. El caso está cerrado. Steere no tiene ninguna importancia, así que olvídense de él y váyanse a casa.

–No lo entiendo. ¿Qué hay del fiscal?

–Olvídense también del fiscal. Nos ocuparemos del tema más tarde.

–Pero puede que Mary tenga razón. Si supiéramos más de Darning...

–Olvídense de Darning. Váyanse a casa.

Judy cogió las declaraciones de la renta de Steere.

–Todavía no ha visto sus declaraciones fiscales. Demuestran que existe alguna conexión con el banco...

Marta agarró las declaraciones y las arrojó sobre la mesa.

–Olvídense del banco. Olvídense de Steere. Quiero que las dos se vayan a casa.

–¿Está tomando alguna clase de medicación, Marta? –inquirió Judy, completamente inmóvil.

–¿Quiere que llamemos a un... profesional? –agregó Mary.

Marta paseó la mirada entre las dos abogadas y de repente estalló en carcajadas. Eran como cachorrillos resueltos y leales. De hecho, le recordaban a ella misma cuando era joven y protegía a dos borrachos de los recaudadores y los directores de escuela. En lugar de acercarla a ellas, aquella actitud la distanció aún más.

–He dicho que se vayan a casa.

–A nosotras puede contárnoslo –insistió Judy–. Este trabajo provoca muchísimo estrés, y si está tomando algún medicamento, no pasa nada. Hay tantas presiones de los medios de comunicación... Es lógico...

–No me pasa nada –la atajó Marta–. Váyanse a casa. Han hecho un buen trabajo y... se lo agradezco mucho. Gracias.

¿Gracias? ¿La Erecta dando las gracias? En aquel instante, Judy se dio cuenta de que Marta quería desembarazarse de ellas por alguna razón. A todas luces estaba trastornada por algo, tal vez incluso enferma. Parecía estar protegiéndolas, pero eso no encajaba en absoluto con su carácter. ¿Qué ocurría? ¿Y quién era ese «chófer», por cierto? Más que un chófer parecía El Increíble Hulk. Judy miró a Mary, quien a buen seguro estaba pensando exactamente lo mismo.

Pero no era así. De hecho, Mary estaba pensando que había sucedido un milagro, que Dios en verdad existía y había hablado al oído de Marta Richter. La había llevado a un lado, le había echado el brazo envuelto en una túnica blanca sobre las hombreras del traje y había sostenido con ella una larga conversación en el cielo. Le había advertido que si no dejaba de atormentar a sus ayudantes, acabaría siendo un cadáver rico, pero cadáver al fin y al cabo; que la condenaría al nivel más bajo del infierno de los abogados, donde se vería obligada a oír durante toda la eternidad los gimoteos de Alan Dershowitz. Pero aunque al parecer la jefa se había convertido en un ser humano, Mary no quería dejar el caso Steere. No había llegado hasta allí para luego permitir que un asesino quedara en libertad. No con su pasado.

–Será mejor que nos vayamos a casa –comentó en tono despreocupado al tiempo que cogía la americana del respaldo de la silla–. Estoy agotada. ¿Tú no?

–¿Qué? –exclamó Judy, girando sobre sus talones para mirar a su amiga–. ¿Es que no quieres seguir investigando?

–No –aseguró Mary mientras se ponía la chaqueta–. ¿Por qué voy a querer seguir investigando?

–Puede que tengas razón –convino Judy al cabo de un instante, comprendiendo por fin las intenciones de su compañera–. Podemos ocuparnos del fiscal más tarde, ¿verdad?

Marta se tranquilizó.

–Acompáñela afuera, Carrier –ordenó a Judy.

Le gustaba la idea de que las dos abogadas se fueran juntas y se aseguraría de que Bogosian no las molestara. Abrió la puerta de la sala para dejar salir a las jóvenes.

–¡Venga!

–Sí, señor –asintió Judy con un saludo militar.

–Ya era hora de que aprendiera a hacer eso –comentó Marta con una sonrisa.

Al otro lado del pasillo, Bogosian levantó la mirada de la revista y volvió a concentrarse en ella cuando Marta le hizo una seña con la cabeza.

–La verdad es que las dos tienen que aprender a aceptar mejor las órdenes.

–No sé, no sé –replicó Judy con una amplia sonrisa–. ¿Nos presta el coche para ir a casa?

Marta titubeó. El coche seguía delante de casa de Steere. Miró con nerviosismo a Bogosian, que esperaba sentado cerca de la puerta.

–He dejado el coche de alquiler en el hotel. Me ha traído el chófer.

–Podemos ir a pie –aseguró Mary mientras salía de la sala de juntas–. Es una suerte que vivamos en el centro.

Judy siguió a Mary al pasillo.

–Hasta luego, Marta. Llámenos si tiene noticias del jurado.

–No se preocupen.

Marta se detuvo en el umbral de la puerta y las siguió con la mirada mientras se dirigían hacia sus respectivos despachos. Percibió una suerte de punzada en el pecho, una sensación peligrosamente cercana al instinto maternal, que le duró exactamente hasta que se dio cuenta de que las botas mojadas de Carrier estaban dejando huellas sobre la moqueta nueva.

Estaban esperando el ascensor cuando Judy comprobó que La Erecta las estaba observando a través del vidrio de la sala de juntas. Judy la saludó con la mano, y La Erecta le devolvió el gesto.

–Despídete de La Erecta, Mare –dijo Judy a Mary–. Tenemos que demostrarle que nos vamos.

–Adiós, esquizofrénica –se despidió Mary.

–No es esquizofrénica. Le ha pasado algo, estoy segura –murmuró Judy, volviéndose hacia el ascensor y meneando la cabeza.

–La Visitación. Ángeles y santos. Arpas y trompetas.

–Parece asustada –prosiguió Judy en un intento de comprender la situación,

–Más bien temerosa de Dios. Mira que le ha costado. Me fastidia cuando Dios se lo toma con tanta calma.

Ambas oían el sonido del ascensor que ascendía por el hueco. Judy se subió la cremallera de la parka y se agachó para recoger los esquís y los palos.

–En fin, vámonos; tenemos mucho trabajo.

–Estoy de acuerdo.

–Y mucha nieve para poder hacerlo mejor.

–Sé lo que estás pensando...

–Nieve blanca, nueva, virgen...

–... y mi respuesta es que ni hablar –sentenció Mary, ataviada con un pesado abrigo, botas de invierno y gorro de lana–. Ni hablar.

–¿Cómo que no? –replicó Judy mientras alineaba los esquís y los aseguraba con cuerda elástica–. Tú te vienes conmigo.

–Que no, colega.

–No dejes para mañana lo que puedas hacer hoy.

–He dicho que no. Soy más inteligente de lo que parece –señaló Mary.

–No es verdad, y además ya está decidido. Te vienes conmigo.

–No pienso esquiar.

–Sí, señora.

–No tengo esquís –indicó Mary con los labios fruncidos.

–Tengo otro par en casa. Es la única manera de desplazarse.

–Podemos ir a pie.

–Tardaríamos tres horas.

–¿Realmente quieres que vaya esquiando hasta el puente de la Veinticinco? –exclamó Mary.

Judy le lanzó una mirada de advertencia y volvió los ojos azules hacia El Increíble Hulk, que seguía sentado en la sala de juntas. Se hallaba a cierta distancia de ellas, pero muy cerca de la puerta abierta. Judy no sabía si alcanzaba a oírlas, pero en cualquier caso no quería correr riesgos. De hecho, incluso empezaba a inquietarla la idea de dejar a Marta sola con él. Decidió llamarla al despacho en cuanto llegara a casa para saber cómo estaba.

–Ojo.

Mary miró por encima del hombro al tipo de la sala. No tenía aspecto de taxista ni llevaba uniforme de chófer. ¿Quién era? Se sentía un poco idiota por no habérselo preguntado antes.

–Puede que a fin de cuentas no sea más inteligente de lo que parezco.

–Ya te lo decía yo –suspiró Judy en el momento en que llegó el ascensor.

Al final del pasillo, Bogosian levantó el pulgar con el que había cubierto la leyenda de la fotografía de un collie barbudo. ¡Había acertado otra vez! Miró a las abogadas mientras entraban en el ascensor. Las puertas se cerraron lentamente tras ellas. Así que iban al puente de la Veinticinco... Las muy zorras. Tendría que averiguar qué tramaban.

16

En cuanto las asociadas se fueron, Marta volvió a sentarse a la mesa de juntas y fingió trabajar, garabateando tonterías en un cuaderno. Contempló la posibilidad de dejar alguna nota, pero no le serviría de nada a esas alturas. Sentía la mirada de Bogosian en el cogote. ¿Y si decidía que quería hacerle compañía mientras trabajaba? Tenía que darse prisa.

Alargó la mano para coger las declaraciones fiscales de Steere. Le intrigaba la conexión del banco Mellon, por lo que hojeó los documentos preparados por una asesoría fiscal carísima. Marta sintió una punzada de rabia al volver las páginas. Los depredadores como Elliot Steere no podían vivir sin una serie de profesionales que los mantuvieran ricos y en libertad. Profesionales como ella. No había reparado en ello hasta convertirse en la presa.

En la tercera página vio una relación de las desgravaciones hipotecarias de Steere. Poseía un par de inmuebles de inversión y por lo visto tenía tres residencias hipotecadas: una en Society Hill, otra en Vail y la tercera en Long Beach Island, Nueva Jersey. Fue la casa de Nueva Jersey la que llamó la atención a Marta, un lugar situado en una población llamada Barnegat Light.

La casa de la playa. Marta recordaba lo que Steere le había dicho en la sala de visitas del juzgado, que proyectaba viajar a

St. Bart en una avioneta que despegaría desde Atlantic City en caso de que se cerrara el aeropuerto de Filadelfia. Miró por las ventanas de la sala de juntas. La nieve volaba en confusos remolinos alrededor del edificio. Ningún avión pequeño despegaría en medio de semejante tormenta. Steere había mentido de nuevo. Marta apretó los dientes.

Pugnó por desterrar las emociones y reflexionar con sensatez. ¿Por qué le había dicho Steere eso? ¿Por qué decirle nada, en realidad? Sin duda estaba pensando en la playa cuando se lo contó, tal vez en su casa de la playa. Durante el verano que pasó en la cárcel confesó con frecuencia que la echaba de menos, y Marta tenía la impresión de que la consideraba más su hogar que la casa de la ciudad. Tal vez era el escondrijo en el que se refugiaba con su novia. Quizás encerraba alguna pista. Algo, cualquier cosa. Marta estaba desesperada. Le iba la vida en ello.

A su espalda sonó el teléfono colocado sobre el mueble. Marta dio un respingo. ¿Quién sería? ¿Llamarían del juzgado? ¿Había terminado ya el jurado? ¡No! Se levantó de un salto y descolgó. En la sala de enfrente, Bogosian hizo lo mismo, sin duda tras deducir por la luz encendida qué línea se estaba utilizando.

–¿Diga? –dijo Marta con voz angustiada.

–¿Señora Richter? –replicó la voz de un joven–. Soy el secretario del juez Rudolph.

–¿Han salido?

–No. El juez Rudolph me ha pedido que notifique a ambas partes que ha autorizado una visita conyugal al jurado a petición de uno de los miembros. Mañana pondrá a su disposición la transcripción de la petición.

–¿Una visita conyugal esta noche? –repitió Marta, profundamente aliviada, ya que ello le daría algo de tiempo–. No estaba prevista.

–Ahora sí.

–¿Han interrumpido la deliberación?

–Sí, la reanudarán mañana a las ocho. A causa de la nieve, el juez Rudolph ha dispuesto que tenga lugar en el hotel.

–Gracias –dijo Marta antes de colgar.

Al otro lado del pasillo, Bogosian también colgó sin dejar de observarla.

Marta giró sobre sus talones y siguió fingiendo que trabajaba. Bajó la cabeza y se puso a escribir. Tenía que librarse de Bogosian lo antes posible. Tras llenar una página de palabrejas jurídicas se le ocurrió una idea. Era la única forma de hacerlo. El pulso se le aceleró. Miró el reloj y comprobó que eran las nueve menos veinte. No había tiempo que perder. Tendría que poner en práctica el plan delante de las narices de Bogosian. Marta hizo acopio de valor; era su única oportunidad.

Ahora.

Se levantó, caminó hacia uno de los archivadores del caso Steere y sacó una de las carpetas al azar. La abrió y echó a andar fingiendo que leía. Por el rabillo del ojo observó a Bogosian, que seguía leyendo y levantando la vista de vez en cuando, en apariencia convencido de que Marta estaba concentrada en su trabajo. Con cada paso, Marta se acercaba cada vez más al teléfono del mueble. Siguió observando a Bogosian, a la espera del momento adecuado. Sólo tendría una oportunidad. Bogosian podía disparar contra ella a través del vidrio si le venía en gana. En aquel momento, el hombre bajó la cabeza y se concentró en la revista con los ojos entornados. Era la ocasión perfecta, y Marta no la desaprovechó.

Descolgó el teléfono y dejó el auricular sobre el mueble. Acto seguido giró sobre sus talones y siguió caminando como si nada. Si conseguía marcar tres dígitos, 514, podría ponerse en contacto con el servicio de seguridad del edificio. No podía correr el riesgo de llamar a la policía, porque la llevarían a comisaría y le harían un montón de preguntas que no tenía tiempo de responder. Sólo tres dígitos.

En la otra sala, Bogosian seguía leyendo de espaldas al teléfono, de modo que no veía la lucecilla encendida de la línea ocupada. Marta se apartó unos pasos del teléfono y volvió sin levantar la vista de los documentos. Pulsó a toda prisa el cinco, dio media vuelta y se alejó de nuevo del teléfono.

En la sala de enfrente, Bogosian dejó la revista a un lado, se levantó y sacudió las piernas para alisarse los tejanos sobre las botas de vaquero.

Marta regresó junto al teléfono y pulsó el 1.

Bogosian se desperezó y bostezó. El abrigo de cuero se abrió para dejar al descubierto la Magnum.

Marta se alejó de nuevo y pugnó por conservar la calma. Sólo un dígito más.

Bogosian salió de la sala y cruzó el pasillo.

El corazón le dio un vuelco a Marta. Volvió al teléfono y marcó el 4. Ahora sonaría el teléfono en la oficina de seguridad. Vamos. Contestad, maldita sea.

Marta oyó un chasquido en la puerta de vidrio. Bogosian estaba intentando abrirla, pero estaba cerrada con llave. Marta fingió que no lo oía porque estaba demasiado concentrada en la lectura. El miedo volvió a apoderarse de ella. El corazón le latía con violencia, y la cabeza le palpitaba. Las palabras de la carpeta se desdibujaban ante sus ojos. ¡Contestad, maldita sea!

–¡Eh! –gritó Bogosian, golpeando la puerta con el puño.

Al cabo de una fracción de segundo, sacaría el arma, pero Marta no necesitaba más, pues en aquel instante oyó la voz de uno de los guardias:

–Seguridad.

¡Bingo! Con un movimiento diestro, Marta ocultó el teléfono con el cuerpo y colgó.

–¡Voy! –exclamó, fingiendo que reparaba por primera vez en su presencia.

Corrió hacia la puerta y la abrió con mano sudorosa.

–¿Qué coño está haciendo? –espetó Bogosian, irrumpiendo en la sala y empujándola a un lado.

Marta dio un traspié y chocó contra la mesa, aferrándose a una silla giratoria en un intento de no perder el equilibrio. Una punzada de dolor le atenazó las costillas.

–Estoy redactando la moción –explicó.

Pugnó por mantener la calma. Los guardias de seguridad habían descolgado el teléfono, por lo que sin duda subirían a ver qué ocurría. Había al menos un agente de guardia; lo había visto al firmar en el registro antes de subir al despacho. ¿Cuánto tardaría en llegar?

Bogosian escudriñó la estancia con aire suspicaz. Era tan corpulento que parecía llenar todo el espacio, aunque se movía con una agilidad sorprendente. Olía a cuero frío y adrenalina.

–¿Has acabado la moción?

–Aún no. Me queda una media hora.

–Tienes cinco minutos; luego nos vamos.

–Me llevará más de cinco minutos –insistió Marta, desesperada por retenerlo allí.

–Pues lo siento.

Bogosian ya había esperado bastante y además se aburría. Había adivinado todas las razas de perros, así que no podía volver a adivinarlas. Además, quería volver a tener a la zorra controlada en el hotel, porque tenía la sensación de que le estaba tomando el pelo... Ella y las otras dos. ¿Qué coño se les había perdido en el puente? Bogosian señaló la carpeta.

–¿Qué estás haciendo con eso?

–Leerlo para redactar el informe.

–Sí, seguro.

Le arrebató la carpeta y examinó la primera página. Era un texto mecanografiado y con varios nombres de casos subrayados. Bogosian recordaba los documentos legales de su caso. Un montón de mierda. Chorradas de los abogados. Lo único que hacían era generar papel. Arrojó la carpeta sobre la mesa; la cartulina resbaló y desordenó los papeles esparcidos sobre la superficie. Le entraron ganas de desordenarlos aún más. De volcar la mesa, de hecho... Pero entonces no sabría qué había estado haciendo la zorra.

–No has seguido mis instrucciones.

–¿A qué se refiere?

–Ya sabes a qué me refiero.

–No, sólo estaba consultando unos documentos.

Marta observó a Bogosian con expresión angustiada mientras el hombre rodeaba muy despacio la mesa de juntas para examinar los documentos y las fotografías con ojos entornados. Marta comprendió que era miope. Iba tocando los papeles esparcidos por el perímetro de la mesa, avanzando sin prisa pero sin pausa, como el minutero de un reloj. ¿Dónde estaban los de seguridad? ¿Acudirían a la llamada? Bogosian hojeó la carpeta en la que Marta había estado escribiendo; se alegró de no haber dejado ninguna nota.

–¿Esto es lo que estabas escribiendo?

–Sí. ¿Quiere leerlo?

–No, no quiero leerlo –replicó Bogosian, imitando su voz.

Marta sintió un nudo en la garganta. ¿Dónde cojones estaban los de seguridad? Comprobaban incluso las falsas alarmas, ¿no? Si salía de aquélla con vida, haría que los despidieran a todos. Permaneció cerca de la puerta abierta mientras Bogosian seguía rodeando la mesa. Estaba exactamente frente a ella. Cada músculo del cuerpo de Marta quería echar a correr, pero se dijo que debía esperar a que llegara ayuda, recordando la rapidez con que se movía Bogosian.

–¿Por qué está apagada la pantalla del ordenador? –preguntó Bogosian mientras se acercaba con el ceño fruncido al portátil–. Esto no me gusta nada.

–Se activa pulsando una tecla –explicó Marta.

Marta retiró una silla de la mesa y cogió de ella el bolso como si quisiera cederle el asiento a Bogosian. Tal vez necesitara el bolso más tarde.

–Siéntese si quiere. Si no confía en mí, ¿por qué no se queda mientras trabajo?

–Que te den por el culo.

De repente, Marta oyó un sonido a su espalda. El traqueteo de los ascensores. El timbre que anunciaba la apertura de las puertas. Dos guardias de seguridad salieron riendo. Uno de ellos era el joven que la había hecho firmar en el registro. Por fin.

–¡SOCORRO! –gritó al tiempo que salía disparada de la sala de juntas–. ¡TIENE UNA PISTOLA!

Pasó como una exhalación junto a los atónitos guardias y corrió hacia la escalera. El corazón le latía con violencia. La cabeza amenazaba con estallarle. Las costillas le dolían tanto que se le saltaban las lágrimas. Mientras corría oyó varios disparos. Uno, dos, tres disparos. Un gemido angustiado. Oh, Dios, esperaba que no se tratara de los guardias.

–¡SOCORRO! –aulló de nuevo al abrir la puerta que daba a la escalera.

Bajó dando traspiés un tramo de escalera, luego otro. Sus zapatos de tacón golpeteaban los cantos de acero de los peldaños. Se dio cuenta de que jadeaba por el esfuerzo fisico y el terror. No llegaba sonido alguno de arriba; nadie la estaba persiguiendo. ¿Habría muerto Bogosian? De repente se activó la alarma del edificio, que resonaba estridente en el hueco de la escalera. Gracias a Dios. Pronto llegarían más guardias.

—¡SOCORRO!

Siguió corriendo como alma que lleva el diablo. Bajó tramo tras tramo, apenas capaz de mantener el equilibrio. Un 10 pintado en la pared le indicó que le quedaban diez plantas hasta el vestíbulo. Los recodos de la escalera empezaban a marearla. La alarma le martirizaba los oídos, y sus gritos se unían a la algarabía. Seis plantas. ¡Más deprisa, más deprisa! Tenía que volar escalera abajo pese al dolor y al miedo. Cuatro plantas.

Bogosian no la seguía. Tal vez los guardias lo habían matado. Tal vez era libre. Marta llegó a la planta baja y corrió hacia la salida, abriendo la puerta en el instante en que llegó el ascensor.

El espectáculo resultaba espeluznante. La cabina del ascensor se había convertido en un matadero. La sangre fluía en regueros desde una enorme mancha que oscurecía las paredes blancas. Los dos guardias yacían muertos, dos bultos inánimes en el suelo. Uno de ellos ya no tenía rostro. Entre ambos cadáveres, Bogosian, de pie.

Disponiéndose a apuntarla con el arma.

17

Marta echó a correr como una exhalación, derrapando sobre el suelo de mármol resbaladizo al abrir la puerta doble de vidrio. Cuando salió a la calle, el aire gélido le azotó la cara y el pecho.

–¡Que alguien me ayude, por favor! –chilló pese a que la calle nevada aparecía desierta.

No se veía ni un solo policía, nadie que pudiera ayudarla. El aullido de la alarma del edificio le llegaba amortiguado. Los guardias de seguridad habían muerto. Pobres hombres. Bogosian era un asesino.

–¡Auxilio! –siguió vociferando mientras corría por la acera cubierta de nieve con el bolso colgado del hombro.

Los copos helados de nieve le aguijoneaban el rostro y se colaban por cada resquicio de su traje de lana. De repente dio un traspié, y el brazo se le hundió en la nieve hasta el codo.

¡Crrrack! Marta oyó el chasquido de un disparo a su espalda.

Dios. Bogosian tenía intención de pegarle un tiro. La horripilante perspectiva la devolvió a la vida. Se oyó gritar mientras seguía dando tumbos por la nieve. Tras pasar ante varias tiendas cerradas dobló una esquina para dificultarle el trabajo a su perseguidor. Tenía las piernas empapadas y los pies entumecidos, pero pese a todo siguió corriendo. No podía esconderse porque dejaba huellas en la nieve. Las lágrimas le rodaban por las mejillas.

–¡Socorro! –volvió a gritar en balde.

¡Crrraaack! Otro disparo. Marta se agachó, presa del pánico. Bogosian iba a matarla. De momento no alcanzaba a afinar la puntería, pero no tardaría en conseguirlo. Una de aquellas balas daría en el blanco, es decir, en su corazón, en su cabeza... Iba a morir. En ese instante divisó las farolas de Chestnut Street y corrió en aquella dirección. Allí habría gente.

–¡Socorro!

Se le estaban cansando los músculos de las piernas, y sentía los pulmones a punto de estallar. Percibía un reguero cálido de sangre en la nuca; a todas luces se le habían vuelto a abrir las heridas. No sabía durante cuánto tiempo podría continuar corriendo. Bogosian era un hombre fuerte. Sin duda le daría alcance y la mataría como a un perro. No podía permitírselo.

Marta dobló la esquina de Chestnut Street. Una enorme camioneta blanca con quitanieves avanzaba por la calle, empujando a su paso montañas de nieve y hielo. Las ruedas monstruosas lo separaban grotescamente del suelo y formaban profundas huellas en el pavimento. Parecía un vehículo sacado de un rally de película de terror. En la matrícula se leía la palabra ELVIS.

Marta apretó aún más el paso, casi histérica de alivio. Todo iría bien. Salvaría la vida, pero para ello debía llamar la atención del conductor. Agitó los brazos como una demente, pero la camioneta no se detuvo. La cabina del vehículo estaba demasiado lejos y demasiado oscura para ver el interior.

–¡Socorro! –vociferó de nuevo.

La quitanieves siguió su avance inexorable. Marta ni siquiera oía su propia voz por encima del estruendo. Tenía que situarse delante de la camioneta para que el conductor la viera.

Marta apretó el paso para dar alcance a la quitanieves. Los gases de escape le quemaban los ojos, y el hollín le llenaba la boca. Las gigantescas ruedas de la camioneta trillaban la nieve, salpicando el aire de astillas de nieve. Tenía que conseguir que el vehículo se detuviera; no podía seguir corriendo eternamente. Agitar los brazos para llamar la atención del conductor la estaba agotando. Sacó fuerzas de flaqueza para correr aún más deprisa. Unos cuantos pasos más y lo habría conseguido.

Uno, dos, tres. ¡Sí! Marta dio alcance a la quitanieves y corrió paralelamente a ella. Siguió agitando los brazos a un ritmo frenético, pero la camioneta no se detuvo. ¡Mierda! Miró por encima del hombro con expresión aterrada.

Bogosian le pisaba los talones, una figura mortal capeando el temporal con el arma desenfundada.

Dios. Se le habían acabado las opciones. Sólo le quedaba una salida, y esperaba que no equivaliera al suicidio. Se colocó delante de la quitanieves. El conductor tocó el claxon, pero no frenó. ¿Cómo? ¿Acaso estaba loco? A ese paso la atropellaría.

Marta llegó al centro de la calle y siguió corriendo entre los faros de la camioneta sin dejar de gritar y agitar los brazos. El conductor hizo sonar de nuevo el claxon, pero sin aminorar la velocidad. ¿Por qué no se detenía? Tal vez creía que estaba loca o borracha. El vehículo avanzaba a tal velocidad que Marta no se atrevió a mirar por encima del hombro ni aflojar el paso. Una montaña de nieve le pisaba los talones, amenazando con devorarla en cualquier momento.

Siguió corriendo al borde del pánico. Respiraba entrecortadamente, con un dolor terrible en las costillas. La cabeza le daba vueltas, y las piernas casi se negaban a sostenerla. Los tacones altos de los zapatos la hacían resbalar a cada paso. Siguió corriendo en la oscuridad, acuciada por el temor.

En un momento dado se arriesgó a mirar atrás. Una gigantesca pared de nieve la perseguía por la calle, tan de cerca que incluso sentía su frío. No veía más allá de la quitanieves, y si ella no veía a Bogosian, tampoco él la vería a ella. Había conseguido despistarlo.

No podía dar un paso más. Se hizo a un lado de un salto para apartarse de la trayectoria de la quitanieves, se arrojó a un montículo de nieve junto al bordillo y se ocultó bajo la superficie blanca.

–¡Mierda! –gritó Bogosian desde la acera mientras seguía con la mirada a la quitanieves, que se dirigía al centro de la ciudad.

No se veía rastro de la zorra, y no podía seguirla. En el centro habría gente, equipos de rescate, y además llevaba la camisa manchada con la sangre de los guardias. No estaba dispuesto a jugarse el pellejo de aquella forma.

–¡Mierda! –repitió.

Giró sobre sus talones. Estaba sudando pese al puto frío. Se sentía como encerrado, como si volviera a estar en el trullo. No podía moverse, no podía respirar. El puto ruido de las radios. Los putos negros con sus peinados. La peste.

–¡Mierda! –vociferó de nuevo, aunque sólo consiguió cabrearse aún más.

Estaba muy tenso, como un muelle gigantesco a punto de saltar, como el corcho de una botella demasiado llena de gas. Lo acometió la necesidad de chillar, de matar, de correrse. Tenía todos los músculos y la polla rebosantes de sangre. Se oyó gritar otra vez y asestó un tremendo puñetazo a la pared de hormigón de un banco.

Un puñetazo y luego otro. Ni siquiera sentía el dolor. Siguió golpeando la fachada hasta que la piel de los nudillos le estalló y la sangre empezó a salir a borbotones. Y entonces lo sintió todo. El dolor le explotó en la mano, seguido de una oleada de calor. Se le puso la carne de gallina en todo el cuerpo.

Bogosian podía soportar el dolor, cualquier dolor. Retiró la mano y se quedó mirando el puño ensangrentado como si perteneciera a otra persona. Recordó los cortes que se hacía su hermana con una navaja que le abría ranuras diminutas en los muslos y los brazos. Todas ordenaditas en fila, como rayas de coca. Puta estúpida. Todas eran unas putas estúpidas, como las dos crías del bufete que habían ido al puente de la Veinticinco. Bogosian sabía lo que eso significaba. Grays Ferry, el lugar en que Steere se había cargado a ese negro.

Se apoyó contra la fachada del edificio, exhausto. Tanto la quitanieves como todos los demás vehículos habían desaparecido. En la calle reinaba el más completo silencio. Bobby apoyó el rostro contra la pared. El hormigón le arañaba la frente. Los copos de nieve se le acumulaban sobre los hombros y se le metían por el cuello del abrigo. No quería confesar a Steere que la había cagado. Era la primera vez que la cagaba. Tenía que arreglarlo antes de llamar al jefe.

Se incorporó e intentó abotonarse el abrigo para disimular la sangre de la pechera, pero la mano jodida no le respondía. Había que ser imbécil para cagarla de aquella manera. Ahora tendría que agenciarse otra camisa, ¿y de dónde coño iba a sacarla? ¡Joder! ¡Todo estaba jodido! Y era culpa de aquella zorra. Se las pagaría, eso estaba claro.

Bobby tenía que ponerse en marcha. Encontraría a la zorra y también a las otras dos. Quizás tuviera que llamar a Gyro, pero no importaba. Gyro podría echarle una mano; era una auténtica bestia. Se quedaría con buena parte de la pasta, pero a Bobby no le quedaba otro remedio. En eso consistía ser un profesional. Se cerró el abrigo y echó a andar.

18

Marta cerró la raída cortina de un tirón y se dejó caer sobre el taburete de plástico del fotomatón. Woolworth's era la única tienda abierta de Chestnut Street y olía a desinfectante y suciedad. El corazón le latía con violencia, y el pecho le subía y bajaba por el esfuerzo. Cada respiración representaba un suplicio, de modo que intentaba inhalar despacio para normalizar el pulso y mitigar un poco el dolor. Permaneció derrumbada en el fotomatón como un boxeador en su rincón.

No le llegaba sonido alguno desde el exterior de la cabina, por lo que supuso que era la única persona de la tienda aparte de los dependientes ataviados en sus batas rojas. Al entrar en el establecimiento había chocado con dos de ellos, que la miraron con los ojos abiertos de par en par y le anunciaron que cerraban al cabo de diez minutos. Marta intentó explicarse alegando que se había quedado atrapada por la tormenta, lo que no era del todo incierto.

Al cabo de un rato, su respiración se normalizó y el dolor que le atenazaba las costillas cedió un ápice. Se irguió un poco y apoyó la espalda contra la pared del fotomatón. ILUSIONES FOTOGRÁFICAS, rezaba el rótulo frente a ella. Debajo se veía una pantalla de televisor que iba mostrando fotografías con las frases publicitarias más estúpidas: ¡Usted con el presidente! ¡Usted en un billete de dólar! ¡Usted buscado por el FBI!

Marta se miró al espejo de marco de madera falsa. ¡Usted con Elvis el quitanieves! Desvió la mirada para no tener que verse. No necesitaba un espejo para saber qué aspecto ofrecía. Tenía el cabello adherido al rostro, la piel coloreada por la fatiga, cada arruga acentuada por la angustia. Llevaba el traje empapado y casi en jirones, pero al menos seguía viva. Había logrado escapar de Bogosian, un verdadero milagro. De repente recordó a los dos guardias, que no habían tenido tanta suerte. Ellos dejaban familia, a diferencia de Marta. ¿Quién la habría echado de menos si hubiera muerto?

Aquella pregunta le produjo un sobresalto. Conocía la respuesta, Nadie. Marta no tenía parientes y no salía con nadie importante. No amaba a nadie ni apoyaba a nadie. Nadie dependía de ella, a excepción tal vez de los empleados de su despacho, quienes encontrarían otros empleos en un abrir y cerrar de ojos, sobre todo teniendo en cuenta que no cobraban precisamente millonadas. Y desde luego no la echarían de menos. En cierta ocasión había oído a su secretaria desearle la muerte.

Marta se removió en el taburete y recurrió a la estrategia que siempre empleaba para ahuyentar aquellos pensamientos, es decir, a invocar su currículum profesional. A fin de cuentas, era una de las abogadas criminalistas más importantes del país. Había ocupado la presidencia del Comité de Justicia Penal del Colegio Nacional de Abogados, era miembro de Abogados Criminalistas de América, profesora invitada y columnista jurídica. En otras palabras, una pelmaza que cobraba mucha pasta, una zorra con un tramo tributario de mil pares de cojones. De repente ya no tenía la sensación de haber llegado tan lejos en la vida.

Siempre había pensado que había llegado muy lejos. Había escapado de los bosques de Maine, cursado la carrera de Derecho, huido de una mujer que durante diez años la había obligado a subir a un coche desconocido tras otro con la misma mentira peligrosa. «¿Podría prestarme veinte dólares, señor? Es para coger el tren. Se nos ha estropeado el coche de camino al hospital, para ver al padre de la niña. La estación está muy cerca.»

Marta sabe que los hombres no se tragan la mentira pese a que dan el dinero a su madre y las dejan en la estación, donde ambas esperan cinco minutos antes de salir de nuevo a la carretera. Marta sabe que le dan el dinero por ella. Ella es el cebo, la pieza de exposición. La única vez que tienen problemas es el día del coche familiar azul, y después de aquello se acaba. Después de aquello, la madre sale sola a la carretera. Y al cabo de un tiempo, pasa más tiempo fuera.

Marta desterró los recuerdos de su mente. Aquellos episodios pertenecían al pasado. ¿Por qué volvían a asaltarla una y otra vez? ¿Por qué ahora? Sentía la mente confundida, como si su mundo se tambaleara. Se apartó el cabello empapado de la frente. Debía quedarse en el presente, contenta de hallarse entre los vivos. ¿Cuántas personas habían muerto y por qué? ¿Sería ella la siguiente? No tenía tiempo para autocompadecerse. Tenía que ponerse en marcha porque cabía la posibilidad de que Bogosian aún anduviera tras ella. Además tenía que adelantarse al jurado, y Woolworth's cerraría en cualquier momento. Marta se levantó, se cepilló la nieve del traje con las manos y asomó la cabeza entre la cortina del fotomatón.

Ni rastro de Bogosian ni de clientes. La tienda aparecía bien iluminada y desierta. Por todas partes se veían contenedores de acero rebosantes de cosméticos, cepillos para el cabello y botas de goma. Patatas fritas, cuadernos de espiral y vídeos baratos atestaban las estanterías. Los perritos calientes giraban en un asador grasiento junto a expositores de zapatos de señora y abrigos de invierno. Marta se colgó el bolso empapado al hombro y salió del fotomatón con cautela. Tenía que hacer muchas compras.

Eso es lo bueno de vender tu alma.

Que te pagan un montón por ello.

Las dos ayudantes esquiaban hacia el sur por Broad Street. Judy Carrier iba delante y Mary DiNunzio la seguía aprovechando sus huellas, dos surcos escuálidos que no tardaban en rellenarse de nieve fresca. La tormenta había arreciado tanto que no se veía un solo vehículo pese a que Broad Street era la arteria principal de la ciudad.

Mary apenas podía moverse a causa del mono acolchado y el plumón azul de Judy. La nieve helada le llenaba la boca y le aguijoneaba las mejillas. Se cubrió la nariz mojada con la bufanda de Judy. Qué atractiva, por favor.

–No puedo esquiar; soy italiana –gritó, temblando sobre los esquís.

Tenía los dedos de los pies entumecidos y ambos brazos extendidos. Se sentía como una especie de Jesucristo crucificado en un congelador.

–¿Qué tiene que ver el esquí con ser italiana? –replicó Judy por encima del hombro mientras seguía avanzando sin esfuerzo alguno.

–Hay ciertas cosas que los italianos no pueden hacer –explicó Mary, dándose impulso en un intento de imitar el estilo de Judy, aunque sin conseguir más que una pirueta de pingüino.

–¿Qué cosas? –gritó Judy para hacerse oír por encima del viento.

–Cosas que nadie debería hacer en realidad, como escalar montañas, montar a caballo.... o sea, todas las cosas que haces tú.

–¡Qué ridiculez!

–No todo el mundo puede hacerlo todo, Jude.

–Todo lo contrario, Mary. Todo el mundo puede hacerlo todo.

Mary desistió. El pensamiento positivo no estaba hecho para todo el mundo, al menos no para los católicos. Mary pugnó por deslizar el esquí izquierdo hacia delante, pero se topó con una placa de hielo que la derribó.

–¡Aaayy!

–¡Usa los palos!

Judy se giró a tiempo para ver a su amiga caer de lado a cámara lenta. Mary se había caído tres veces en otras tantas manzanas. A ese paso tardarían una semana en llegar al puente de la Veinticinco. El trayecto se había complicado desde que Judy lo recorriera unas horas antes. La nieve era ahora tan profunda que en ocasiones le llegaba a los muslos. De no haber sido tan ligera y fresca no habría podido avanzar un solo paso.

–¿Estás bien?

–¡Genial! ¡En mi vida había estado mejor! –se mofó Mary mientras luchaba en vano por levantarse.

Era un bulto de color azul cobalto, como esos M&M nuevos, en medio de la ancha avenida blanca. La nieve se amontonaba allí donde el viento la llevaba y brillaba a la luz de las farolas como el recubrimiento de vainilla sobre una tarta de cumpleaños. Sobre Broad Street se cernía la torre del reloj del ayuntamiento cual vela de cumpleaños dorada. La esfera marcaba las nueve y media.

–Apóyate en los palos para levantarte –aconsejó Judy–. Venga. Uno, dos...

Mary se aferró desesperada al palo y se irguió más o menos. Se limpió la nieve de los pantalones y deslizó las manos enguantadas por las asas de los palos. Tenía frío y estaba de mal humor. La nieve se le colaba entre los dientes como mosquitos. Lo estaba pasando fatal, pero aun así era mejor que ser abogada.

–¡Hacia el oeste! –exclamó Judy.

Clavó los palos hasta que tocaron asfalto, se dio impulso y avanzó varios metros en pocos minutos. Mary cubrió la distancia que las separaba al cabo de un rato, cuando se aproximaban a Washington Avenue y las brillantes luces de neón de la Universidad de las Artes.

–¿Crees que Marta está bien? –exclamó Mary.

–¡Eso espero!

Judy había llamado al bufete sin obtener respuesta, por lo que había dejado un mensaje en el hotel. Tal vez Marta estaba en el baño o sencillamente no le apetecía contestar al teléfono. O quizás le había sucedido algo con El Increíble Hulk. Judy temía que Marta pudiera estar metida en algo peligroso y quería llegar al fondo de la cuestión. Era la primera vez que representaba al acusado de un crimen y esperaba no haber empezado con un culpable. Tenía que averiguar si Steere era un asesino. Siguió perforando la nieve con los pies para avanzar hacia su objetivo.

–Hola –dijo una voz que Penny identificó de inmediato con Bobby Bogosian.

Penny estaba tan emocionado que se inclinó hacia delante en su sillón como movido por un resorte. Él y Bogosian habían sido colegas antes de que el segundo subiera varios peldaños en el escalafón. Se alegraba de que Bogosian lo llamara después de tantos años, pero sabía que no le convenía demostrarlo.

–Bobby –murmuró como si se hubieran visto el día anterior.

Dio una última calada al porro y lo dejó caer en el cenicero. Al fondo, un viejo televisor mostraba imagen tras imagen de la nevisca. Penny tenía el volumen puesto al mínimo.

–¿Sigues mangando coches? –preguntó Bobby.

–Pues sí, ya me conoces.

Penny se agenciaba hasta nueve coches al día, estaba especializado en Jeeps. Por lo general se sacaba bastante pasta, pero aquel invierno era una mierda. Costaba bastante forzar la puerta de un Jeep con un metro de nieve. En la tele, el hombre del tiempo señalaba el mapa con un puntero y una sonrisa estúpida. Por culpa de la puta nieve, Penny perdía dinero cada día.

–Y además tengo un negocio nuevo.

–Ya.

–De verdad, tío.

–La última vez que hablé contigo también tenías un negocio nuevo, las putas máquinas esas con la grúa que recogía animales de peluche por veinticinco centavos.

–Eso se acabó. Lo de ahora es un negocio de verdad, una especie de... expansión.

En el otro extremo de la línea, Bogosian meneó la cabeza. Le jodía al máximo haberse visto obligado a llamar a ese mierda de Penny, pero no había conseguido localizar a Gyro, y Eddie estaba atrapado por la tormenta en los putos suburbios. Decidió llamar a Penny sólo porque vivía en la ciudad y estaba seguro de que podía proporcionarle el vehículo adecuado... Si es que veía algo por encima del volante. Puto enano de mierda.

–¿Bobby?

–Estoy aquí.

–¿Necesitas algo, Bobby?

–¿De ti? Sólo si tienes un cuatro por cuatro. Un Jeep o algo así.

–Claro que sí.

Penny miró por encima del desorden de su diminuto hogar hacia un tablón de conglomerado con muchas llaves colgadas como los que se veían en los aparcamientos... Bueno, en realidad procedía de un aparcamiento; Penny lo había cogido del trabajo y le había dicho a su jefe que lo habían robado, lo cual era cierto. Penny necesitaba el tablón para tener controlados los coches que desmontaba y volvía a montar en su nuevo negocio. Robaba un coche, lo desmantelaba por completo y vendía el esqueleto. Luego volvía a comprar el esqueleto, reconstruía el coche y lo vendía con papeles. Los papeles incrementaban el precio de venta, porque de repente todo era legal.

–Tengo un par de Jeeps. Puedo tenerte uno preparado para mañana. Estoy un poco flojo de existencias por culpa de la nieve...

–Necesito uno ahora mismo.

Penny recorrió el tablón con los ojos inyectados en sangre.

–Tengo un Grand Cherokee nuevecito, acabado de reconstruir, con papeles y todo. Te lo dejaré a un precio estupendo, Bobby. Casi regalado, vaya.

–No quiero comprar un coche, joder –resopló Bobby–. Lo necesitas para un trabajo.

–¿Un trabajo? –exclamó Penny sin dar crédito a sus oídos–. ¿Tienes un trabajo para mí? ¿Qué clase de...?

–¿Quieres cerrar el pico de una puta vez?

Penny se conminó a cerrar el pico de una puta vez, recordándose que si no tenía nada interesante que decir, más le valía no decir nada.

–Sí –asintió con la esperanza de que sonara a nada.

–Tienes que ir a Grays Ferry, al puente de la Veinticinco. ¿Sabes dónde está, capullo?

–Sí –volvió a asentir Penny.

¡Joder! Si podía hacer unos cuantos trabajitos para Bogosian, se sacaría una pasta que te cagas. ¡Bogosian era la hostia! ¡Bogosian era el más grande! ¡Bogosian era el no va más, pasta gansa! Sin poder contenerse, Penny se levantó de un salto y meneó el culo como un mariconcete.

–¿Cuándo quieres que vaya? –inquirió sin dejar de agitar el escuálido trasero.

–Ahora mismo –ordenó Bogosian.

–Hecho.

Penny se dirigió al dormitorio en busca del revólver.

–Soy todo oídos, Bobby.

19

Bennie Rosato salió del ascensor para adentrarse en una pesadilla. De nuevo asesinatos en un bufete de abogadas del que era propietaria. Habían muerto dos guardias de seguridad, a uno de los cuales Bennie conocía bien, un hombre ya mayor llamado Pete Santis. Al igual que Bennie, Pete vivía solo, y con frecuencia hablaban de perros. Eran propietarios de los dos únicos perdigueros dorados a los que se permitía saltar sobre la gente.

–De permitir nada –solía gruñir Pete–. Más bien animar.

Bennie no podía creer que Pete hubiera muerto, pero acababa de ver su cadáver envuelto en una bolsa de plástico cuando lo cargaban en la furgoneta del forense. Pete había muerto defendiendo la propiedad de Bennie, tal vez incluso protegiendo a su gente. Estaba atónita, consternada. Las puertas del ascensor se cerraron, dejando a Bennie sola en medio del pasillo, donde la situación no hizo más que empeorar.

A nadie parecía importarle un comino el asunto. El pasillo aparecía completamente desierto a excepción de un único policía uniformado apostado en la entrada de una de las salas de juntas acristaladas. No habían acordonado la zona con cinta amarilla. No había rastro de fotógrafos forenses sacando instantáneas del escenario del crimen, ningún técnico deambulando por los pasillos aspirando fibras o tomando muestras de suciedad de la alfombra. Bennie se había pasado buena parte de su carrera llevando casos de abusos policiales; conocía sus procedimientos como la palma de la mano y sabía que en su bufete no se estaba siguiendo ninguno de ellos.

Bennie se había enterado del asesinato de los dos guardias por la tele. La policía no la había llamado, ningún detective se había presentado en su casa para tomarle declaración. En cuanto supo la noticia, se echó un anorak de Gore-Tex sobre los vaqueros y la camisa, cubrió a la carrera la escasa distancia que la separaba del bufete y lo encontró sumido en la tranquilidad propia de una biblioteca.

Dos hombres habían sido asesinados, dos ayudantes habían desaparecido, Marta Richter se había esfumado..., y nadie estaba investigando el caso. Bennie contuvo el impulso de concluir que se trataba de una venganza contra ella. ¿Qué estaba sucediendo? Se acercó al agente uniformado de reluciente melena pelirroja e hirsuto bigote color óxido para presentarse.

–Ya sé quién es usted –replicó el policía sin mirarla.

Llevaba la gorra calada hasta los ojos y los brazos a la espalda.

–Ajá, un *fan*.

–Hum.

–¿Debo tomarme como algo personal el hecho de que nadie esté investigando estos asesinatos? –espetó Bennie, a punto de dedicar un gesto obsceno al agente–. Han matado a dos guardias de seguridad, por el amor de Dios. Creía que Homicidios se rompería el culo por encontrar al asesino. La mitad de los guardias de seguridad de la ciudad son antiguos policías.

–No tiene nada que ver con usted, señora Rosato –aseguró el policía–. Está nevando mucho, por si no se ha dado cuenta;

casi todos los agentes están por ahí fuera sin poder volver a comisaría, y los que han podido volver no pueden volver a salir. Hacemos cuanto está en nuestra mano.

–¿Y los detectives? No creo que los del turno de día se hayan marchado a casa, ¿verdad?

–Sólo queda uno en la comisaría del Distrito Dos. Él se encargará de todos los homicidios que se produzcan esta noche. Llegará en cuanto pueda abrirse paso entre la nieve.

–¿Quién es?

–No lo sé, y de todos modos usted sabe que esa información es confidencial.

–¿Por qué no ha llegado todavía? La comisaría no está a más de media hora de aquí, incluso con nieve.

El policía miró a Bennie por primera vez con una expresión indiferente que disimulaba a duras penas la hostilidad.

–El detective no está en la central, sino investigando un doble asesinato en el oeste de la ciudad. Llegará cuando llegue.

–¿O sea que no puede venir nadie? ¿Ni siquiera el técnico forense? ¿Ni tan sólo un fotógrafo? ¿Quiere decir que la policía se va a quedar de brazos cruzados?

–No –replicó el agente–. Hemos dado orden de busca y captura para el asesino. Ya he dado aviso. ¿Le parece bien?

–¿Saben quién es el asesino? –exclamó Bennie con un rayo de esperanza–. ¿Tan pronto? ¿Cómo lo han encontrado? ¿Tienen algún testigo presencial?

–No puedo decírselo; va contra las reglas.

–Para localizarlo tan deprisa deben de tener huellas dactilares –aventuró Bennie, pero al mirar a su alrededor comprobó que nadie había tocado el escenario del crimen–. Sin embargo, no ha venido nadie en busca de huellas, así que, ¿cómo lo han hecho?

–La investigación es confidencial. Ya conoce las reglas.

–Odio las reglas –mascullό Bennie.

Siempre optaba por pensar en voz alta, porque o bien funcionaba o bien volvía locos a los policías. En cualquier caso, ella siempre salía ganando.

–Vamos a ver... No pueden haberlo filmado porque en el edificio no hay cámaras de vídeo. Tampoco pueden tener los resultados de los análisis de sangre ni de ADN..., y de todos modos, no ha venido ningún técnico a tomar muestras.

–Es confidencial, señora Rosato –insistió el agente meneando la cabeza.

La barriga le sobresalía un poco por encima del grueso cinturón. Llevaba una cazadora de nilón negro sobre la camisa azul, y sobre su placa se veía un sobrio lazo negro. En la placa identificativa se veía el nombre TORREGROSSA.

–¿Usted también es italiano? –le preguntó.

El agente se echó a reír.

–¿Cree que me voy a rendir tan fácilmente?

–Tenía que intentarlo, ¿no cree? Soy la dueña de este bufete; se trata de mi gente, así que le haré la pelota a quien sea si hace falta. ¿No haría usted lo mismo? ¿Qué se ha hecho de su lealtad, *paesan*?

–Habla como mi madre –gruñó el policía.

–Hablo como todas las madres. ¿Sabe por qué? Porque me preocupo, así que, ¿quién es el asesino y cómo lo han descubierto?

–Que no pienso decírselo.

–Muy bien, dejemos el asunto del asesino por el momento. De hecho, no me importa el asesino, sino las abogadas. ¿Tienen alguna pista sobre DiNunzio y Carrier? ¿O sobre Richter? Las tres han firmado el registro de entrada –comentó al tiempo que sacaba un papel de la parka y ojeaba sus notas–. DiNunzio y Carrier han entrado a las tres treinta y cinco y salido a las nueve menos cuarto. Marta Richter y su acompañante, quienquiera que fuese, han entrado a las ocho treinta y cinco, pero no han firmado a la salida. Eso lo sabe, ¿verdad? Seguro que ha comprobado el registro.

–Claro que he comprobado el registro. Lo que me extraña es que lo sepa usted.

–Esas mujeres me importan, al igual que los guardias de seguridad. La única diferencia reside en que cabe la posibilidad de que las mujeres sigan vivas. Tienen que estarlo. No tengo intención de inmiscuirme en su investigación. Quiero que hagan cuanto esté en su mano y quiero ayudar en lo que pueda. Por una vez estamos en el mismo bando, de modo que ayúdeme, por favor.

El policía pestañeó varias veces, y Bennie comprobó que su expresión se suavizaba un tanto.

–¿Quiere que le diga lo que pienso?

–Sí; por favor.

–No es que sea muy ortodoxo, pero en fin... La única sangre que hemos encontrado está en el ascensor, donde han matado a los guardias. No hay indicios de violencia en el despacho, de modo que a la abogada que ha entrado en último lugar, Richter, no la han traído por la fuerza. He echado un vistazo y todo parece estar en orden. Compruébelo usted y dígame si me equivoco.

–De acuerdo –musitó Bennie con un suspiro de alivio–. ¿Y dónde cree que están las otras dos abogadas?

–Ni idea.

–¿Dónde podrían estar? Las he llamado a sus casas, pero no las localizo.

Bennie incluso había llamado a los padres de DiNunzio, quienes ya habían visto por la tele que su hija había desaparecido. Había intentado tranquilizar a la madre de Mary, pero su italiano no estaba para esos trotes.

–He llamado a Personas Desaparecidas y he conseguido una orden de búsqueda, pero no tenemos personal suficiente esta noche. La tormenta lo ha fastidiado todo. Estamos haciendo lo posible por encontrarlas, pero tendrá que cooperar con nosotros. Es una noche espantosa para investigar un homicidio.

–¿Quién es el asesino? ¿Cómo lo han descubierto?

–Señora Rosato...

–Por favor... Quizás se me ocurra algo. Estamos en medio de una tormenta de nieve, una crisis. Tenemos que colaborar, ¿no? Acaba de decirme que debo cooperar.

–De acuerdo, pero que conste que yo no le he dicho nada –suspiró el agente.

–No se preocupe.

–Se llama Bobby Bogosian. Lo conocemos bien, así que sólo nos queda encontrarlo.

–Bogosian... No me suena. ¿Cómo lo han descubierto?

El policía sonrió a regañadientes.

–Se ha dejado una revista en la sala de juntas.

–¿Cómo sabe que es suya si no han verificado las huellas?

–Porque tenía una etiqueta de suscripción con su nombre y dirección.

Bennie se habría echado a reír si el asunto no hubiera costado la vida a Pete Santis.

–Genial –espetó.

–La verdad es que cada vez son más burros.

Bennie se volvió hacia la sala de juntas.

–¿Le importa que eche un vistazo? A lo mejor puedo ayudar en algo.

–No va a entrar ahí ni en sueños. Aquí se ha cometido un crimen, y no permitiré que manipule el escenario.

–No tocaré nada. Si veo algo se lo digo. A lo mejor incluso puedo echarle una mano.

–No.

–Le prometo que...

–¡No! –exclamó él.

Su contundencia reveló a Bennie que había vuelto a pasarse de la raya. No lo hacía intencionadamente, pero tenía la costumbre de meterse siempre con la autoridad. Desde luego, no se pasaría de la raya si alguien le dijera dónde estaba la maldita raya.

–Vale, vale, usted gana, Torregrossa. Me quedaré delante de la puerta y miraré, ¿le parece bien? Puedo mirar, ¿no? La Primera Enmienda me garantiza el derecho a mirar.

–Por mí puede mirar hasta que se le caigan los ojos.

–Gracias –repuso Bennie, como si necesitara el permiso del policía para mirar el interior de su propia sala de reuniones.

Eso era lo mejor de ser la jefa; no necesitaba el permiso de nadie para hacer las cosas. Se dirigió al umbral de la puerta de la sala y escudriñó el interior. El grabado de Eakins pendía torcido de la pared, como si alguien lo hubiera golpeado al pasar andando o corriendo. Vio una silla giratoria patas arriba, como un cangrejo tumbado de espaldas. Sobre la mesa vacía el expediente Steere con sus correspondientes pruebas. Encima de la montaña de papeles se veían fotografías que alguien parecía haber examinado recientemente. Bennie se inclinó hacia delante para verlas mejor.

–Ni un milímetro más –advirtió el policía.

–Vale.

Bennie entornó los ojos para distinguir las instantáneas. Eran imágenes espeluznantes de la autopsia del hombre al que había matado Elliot Steere. También había lo que parecía una fotografía de periódico. Era la víctima de Steere. Junto a las fotografías había un bloc en el que se leía *Heb Darnton/Eb Darning*. Hum. Bennie se grabó los nombres en la memoria e intentó identificar la letra. Mayúsculas muy separadas, caligrafía de niña buena, de escuela católica. Era la letra de DiNunzio. Bennie señaló las notas.

–Por lo visto, DiNunzio estaba investigando algo relacionado con el hombre al que mató Steere. ¿Cree que tiene algo que ver?

–Se lo comentaré al detective en cuanto llegue.

–¿Quiere llamar para ver si viene de camino?

–No.

–Quizás debería llamar yo.

–Deje que los detectives dirijan la investigación –dijo el policía con mirada gélida–. Saben muy bien lo que se hacen.

Bennie se abstuvo de replicar que, según su experiencia personal, no siempre era así. Había perdido un bufete a causa de la incompetencia policial y no tenía intención de perder otro. El estómago se le revolvió al recordar el asunto. En cierta ocasión había sido la principal sospechosa de un asesinato que no había cometido, pero las insinuaciones habían resultado tan perjudiciales como una acusación. Recordó las llamadas de clientes angustiados, las filtraciones, la mala prensa... No le quedó más remedio que contemplar sentada cómo su primer bufete se iba al garete a cámara lenta.

Pero esta vez no podía suceder lo mismo. Bennie protegería su bufete e impediría que muriera nadie más. Marta Richter era su mejor cliente. No eran amigas precisamente, pero Bennie no se tomaba a la ligera a ningún cliente. Se trataba de una relación basada en la confianza además de en parámetros económicos. En su primer encuentro, Bennie había asegurado a Marta que Rosato & Asociadas no se limitaría a servirle de mero apartado de correos, sino que colaboraría estrechamente con ella. Las dos abogadas habían hablado de estrategias judiciales, tácticas para mejorar el negocio y la posibilidad de colaboraciones futuras. Bennie había llegado al extremo de asignarle a sus dos mejores abogadas.

Pensó en DiNunzio y Carrier. Ella las había escogido y formado. ¿Qué relación guardaban con el asesinato de los guardias? ¿Dónde estaban, por el amor de Dios, y qué tenía que ver su desaparición con el caso Steere? ¿Correrían peligro?

El bufete de Bennie sí corría peligro. Sus paredes estaban manchadas de sangre. Estaba en juego su reputación. Si alguien quería jorobar su bufete, tendría que hacerlo por encima de su cadáver. Esta vez lucharía. Sintió la adrenalina fluir por sus venas. No veía el momento de iniciar su propia investigación. Empezaría de inmediato, ¿por qué no? A fin de cuentas, conocía el procedimiento policial mejor que nadie, y nadie tenía tanto que perder como ella. Echó otro vistazo a las notas de DiNunzio. *Heb Darnton/Eb Darning.*

Por algo se empieza.

20

Como un oso enjaulado, el alcalde Peter Montgomery recorría su enorme despacho revestido de paneles de cerezo, delante de una mesa de caoba notablemente vacía. Era la mesa oficial; la que utilizaba se hallaba en el despacho privado, donde guardaba los documentos confidenciales, el aro de baloncesto y los refrescos.

–Tenemos que mover el culo, chicos. ¡Las abogadas de Steere han desaparecido, y dos guardias de seguridad han sido asesinados! –chilló–. ¡Tenemos un asesinato en medio de una tormenta de nieve, y nos lo estamos montando fatal con las dos cosas!

Los ventanales que flanqueaban la mesa mostraban el reflejo de la camisa arremangada y la sobria corbata del alcalde. Tenía energía suficiente para seguir largando durante veinte minutos; a fin de cuentas, corría cinco kilómetros al día por la orilla del río Schuylkill. Sus ayudantes creían que corría para mantenerse en forma, pero en realidad corría porque le gustaba sentir el sol en el rostro y le encantaban los senderos que flanqueaban el río. Estaba convencido de que Filadelfia poseía la entrada más bella del país, más aún que Chicago.

–¡No pienso perder las elecciones por culpa del puto tiempo! –gritó sin detenerse–. ¡Ni tampoco por culpa de Elliot Steere!

Los tenientes de alcalde se hundieron en sus sillas alineadas contra la pared. Una secretaria ya mayor se dirigió hacia la puerta de caoba y salió del despacho con disimulo. Tan sólo la jefa de gabinete del alcalde, Jennifer Pressman, parecía relajada. Estaba apoyada contra una cómoda de cerezo sobre la que se agrupaban trofeos de softball y fotografías de familiares y amigos del alcalde. Una de las fotografías mostraba a Jen con el alcalde cuando éste era fiscal del distrito y ella su ayudante. La jefa de gabinete, una belleza alta y delgada de largo cabello oscuro enfundada en un ceñido traje chaqueta gris, observaba al alcalde a través de los vidrios redondos de sus gafas. Sabía manejarlo sin dificultad; que despotricara cuanto le viniera en gana.

—¿Dónde están los informes del laboratorio? ¿Dónde está el informe del forense? ¡Quiero respuestas, chicos! ¿Por qué siempre tengo que suplicar, eh? ¿Acaso no os resulto familiar?

Jen no contestó ni reaccionó siquiera. Había seguido la trayectoria del alcalde hasta el puesto que ocupaba en la actualidad, y como jefa de gabinete, los directores técnicos y los concejales respondían ante ella. Jennifer se había encargado de contratar a casi todos los altos cargos del ayuntamiento, dirigir la popularísima campaña de alfabetización y continuar con el fomento de la donación de órganos que ya había iniciado en la oficina del fiscal. Miró el reloj. Casi medianoche. Su porte sereno ocultaba la tensión que se le estaba acumulando en el interior. Tenía que salir de allí, pero no se hacía ilusiones de conseguirlo en un plazo de tiempo razonable. Estrés, cafeína y nada de cena. Los ingredientes perfectos para una migraña.

—¿Y quiénes son los detectives encargados del caso Steere? ¿Dónde coño está Michael?

El alcalde se mesó los cabellos y acto seguido se miró la

mano para comprobar si se le había caído alguno. Su mujer creía que cada día estaba más calvo, pero su amante discrepaba.

–¿Sabemos dónde está Michael, Jen?

–El jefe de policía está en una cena de Amigos de la Policía con el inspector –explicó Jen.

–Genial. ¿Dónde está Sam?

–En el Doral, en una reunión con los directores técnicos de todas las ciudades importantes. Es el ponente principal.

–¿Ha ido al Doral? ¡Pero si sabía que el jurado está deliberando el caso Steere!

–No le quedaba otro remedio.

Algún día, Jen le diría al alcalde que sus ayudantes se escaqueaban durante las crisis precisamente a causa de broncas como aquélla. En la antesala no dejaba de sonar el teléfono. El fax emitía sus pitidos en la zona de la secretaría. Jen empezó a ver puntitos de luz en la distancia. Oh, no, los primeros síntomas de la migraña.

–¿Dónde está Tom Moran? ¡Debería saber lo que pasa con Steere! ¿Los asesinatos afectarán el juicio? ¿Puede Steere pedir la anulación?

–Moran está intentando llegar hasta aquí, pero las quitanieves todavía no han llegado a East Falls.

Jen se subió las gafas como si eso pudiera hacer desaparecer los puntitos de luz. El alcalde no sabía nada de su migraña. De hecho, nadie sabía nada; no era la clase de información que una revela cuando intenta llegar lejos en política.

–Está en contacto con el centro de comunicaciones del ayuntamiento, así que podemos ponerle con él si quiere.

–No quiero hablar con él por teléfono, sino que venga. Maldita sea, ¿por qué tiene que vivir en East Falls? ¡A partir de ahora quiero que todo el mundo tenga un piso alquilado en la ciudad! ¡Que todo el mundo se meta en el mismo si hace falta! –vociferó sin dejar de pasearse por el despacho–. Y además, ¿qué hace Moran en casa?

–Acaban de nacer las gemelas, ¿recuerda? –explicó Jen, procurando hacer caso omiso de los teléfonos y los faxes. De repente le apareció otra lucecita tras el globo ocular izquierdo, una suerte de intermitente frenético–. Usted es el padrino –añadió.

Uno de los ayudantes más jóvenes, Jack O'Rourke, lanzó una risita. «Imbécil», pensó Jen. No le importaba que Jack fuera imbécil, sino que no fuera consciente de lo imbécil que era. El parpadeo de la lucecita se intensificó.

–¡No puedo ser el padrino; soy el alcalde! ¡En noviembre hay elecciones, y tengo menos puntos en los sondeos que la última vez! ¡A ver si me hacéis caso de una puñetera vez!

El alcalde cruzó la alfombra oriental de estampado rojizo. Sólo quería arreglar la ciudad que amaba, pero no le daban ocasión. Por culpa de Steere no había conseguido lanzar el proyecto del Renacimiento de Filadelfia. Quería encerrar a ese cabrón para siempre; era la única forma de liberar las propiedades y ganar las elecciones.

–Se me ha ocurrido una idea –parloteó O'Rourke–. ¿Y si las abogadas de Steere han matado a los guardias de seguridad? ¿Y si han matado a los guardias y luego se han largado con el sospechoso? Ya sabe, como una especie de... conspiración.

–¿Qué?

El alcalde se mordió la lengua para no destrozarlo. Ese crío nunca decía nada que mereciera la pena escuchar, pero era hijo de Frank O'Rourke, y el alcalde no estaba en situación de desdeñar los patrocinios. Estaba intentando mantener aquella ciudad a flote, y los capullos como Elliot Steere no cesaban de hacer agujeros en su barca. De repente giró sobre sus talones y cruzó los brazos de espaldas a sus empleados.

Los ayudantes se miraron e intentaron contener la risa mientras el alcalde se adentraba en «El Cono del Silencio», que es como habían bautizado aquella peculiaridad del alcalde. Por lo general, a Jen le hacía gracia, pero esa noche, no. Había demasiado que hacer, y los puntitos se estaban convirtiendo en grandes manchas de luz blanca, como agujeros en un farolillo quemado. Necesitaba los analgésicos que guardaba en el escritorio. Su despacho se encontraba al otro lado del pasillo; sólo tardaría tres minutos.

Al cabo de unos instantes, el alcalde se volvió con expresión más tranquila y el rostro menos enrojecido.

–Tenemos que hablar con la prensa, Jen –indicó en tono casi normal–. Hay que cubrirse las espaldas con Steere. Han muerto dos hombres. Diles que estamos haciendo cuanto está en nuestra mano, que nos encargaremos de que el caso Steere siga adelante y se haga justicia. Escríbemelo, ¿vale?

–De acuerdo –asintió Jen.

Sin embargo, no sabía cómo se las arreglaría para redactar un discurso. Empezaba a sentir náuseas, y acto seguido comenzaría el dolor, un dolor increíble, paralizante. Se vería obligada a tumbarse en una habitación a oscuras. Estaría total y absolutamente jodida.

–Da prioridad a las nuevas máquinas quitanieves, Jen. Diles que limpiaremos todas las calles, por estrechas que sean. ¿Hay periodistas ahí fuera?

–Sí, en el vestíbulo –alcanzó a musitar Jen.

–¿Sigue ahí Alix Locke? Quiero que se entere de esto. Al fin y al cabo, es ella la que ha armado más escándalo con lo de las malditas quitanieves.

Jen asintió, pero incluso ese solo gesto le destrozaba la cabeza.

–No se ha movido desde que se ha sabido la noticia del asesinato. No quiere irse y no para de despotricar porque no hemos hecho público el informe policial.

–¿Por qué? Sabe que no podemos hacerlo público hasta que se cierre la investigación. ¿Qué le pasa a esa mujer? ¿Por qué siempre se mete conmigo? Creía que era demócrata.

–Es periodista y se limita a hacer su trabajo.... es decir, a ser una zorra.

En el cerebro de Jen estalló una luz blanca. Las náuseas se habían apoderado de ella, y el dolor ya asomaba por el horizonte.

En aquel momento reapareció la secretaria del alcalde.

–Alix Locke insiste en hablar con usted, señor alcalde –anunció con una expresión alarmada en su rostro arrugado–. Dice que no aceptará un no por respuesta.

–¡Dígale que espere hasta la conferencia de prensa como todo el mundo! –vociferó el alcalde.

El grito atravesó el cerebro de Jennifer como el disparo de un rifle. El teléfono sonó una vez más.

–Siempre nieva sobre mojado –suspiró O'Rourke.

Nadie le rió la gracia, y menos aún Jennifer, que aprovechó el instante para salir disparada del despacho en busca del analgésico.

–Voy a anunciar la conferencia de prensa –farfulló.

21

Christopher Graham embutió el corpachón en la diminuta silla de la habitación del hotel y apoyó la botella de cerveza contra el muslo. Detestaba las visitas conyugales. Tal como el señor Fogel había mencionado mientras jugaban a cartas durante la visita anterior, ninguno de los dos tenía con quien «conyugar». Al señor Fogel no le apetecía jugar a las cartas esa noche, de modo que Christopher estaba solo en su habitación, bebiendo cerveza. A los miembros del jurado les permitían tomar una bebida alcohólica por noche.

–Por ti –murmuró al tiempo que levantaba la botella en el silencio de la habitación.

Contempló con mirada apática la nieve que caía en el exterior, la cama doble con su colcha de poliéster, el televisor sobre el soporte giratorio. El hotel ponía una película gratis durante las visitas conyugales; en esta ocasión se trataba de *Parque Jurásico,* pero Christopher no había encendido el televisor. Junto a él, sobre el carrito de acero, languidecían los restos de la cena, consistente en pollo frito, arroz con salsa de tomate y helado. Christopher había llegado a odiar el pollo frito por culpa del juicio, aunque no tanto como las sillas demasiado pequeñas, ni desde luego tanto como las visitas conyugales.

Tomó otro sorbo de cerveza. El concepto de visita conyugal se le antojaba repugnante, como si los miembros del jurado fueran animales, como si sus esposas fueran yegüas en celo a punto de ser cubiertas. Y lo cierto era que los miembros varones del jurado se comportaban como animales los días de visita. No prestaban atención alguna en la sesión, se removían inquietos en las sillas y miraban el reloj sin cesar. Le recordaban los sementales que se inquietaban al despuntar la primavera, encabritándose y galopando como locos por el prado. Incluso los caballos castrados se ponían nerviosos en abril y apenas se dejaban herrar.

Christopher volvió a apoyarse la cerveza sobre el muslo, dejando un cerco mojado sobre los pesados vaqueros. En la habitación contigua se encendió el televisor, y acto seguido le llegó una carcajada femenina. «Oh, no, ya empezamos.» Eran Isaiah Fellers y su prometida. Durante todas las visitas conyugales de los dos últimos meses, Christopher los había oído hablar y reír. En un momento dado subían el volumen del televisor a tope, y el cabezal de la cama empezaba a golpear la pared. Las vibraciones llegaban incluso a desplazar el cuadro que colgaba sobre su cama. Christopher siempre acababa refugiándose en el cuarto de baño.

–¡No te muevas! –gritó uno de los personajes de la película de dinosaurios.

Al cabo de un instante, el gemido de la prometida de Isaiah.

Christopher bebió otro trago y cerró los ojos. Siempre había creído que el amor era mejor que eso. Le gustaba el comportamiento de los caballos, pero no era un animal. Lainie jamás lo había comprendido; en la cama siempre le musitaba cosas que consideraba excitantes, pero él habría preferido que estuviera por encima de tales cosas. A fin de cuentas era su mujer. Seis meses antes, Lainie había encontrado a otro hombre y lo había abandonado sin llevarse nada, ni siquiera las tenazas con que se rizaba el flequillo cada mañana. Sabía que algún día volvería, aunque sólo fuera para recoger las tenazas. Lainie era muy quisquillosa con su flequillo.

–¡Reeeaaahhh! –aulló alguien al otro lado de la pared.

Christopher no supo con certeza si se trataba del dinosaurio o de la mujer hasta oír la coletilla:

–¡Caaariiiñooo!

Meneó la cabeza con incredulidad. Ninguna mujer había emitido semejantes sonidos con él. O bien no se había acostado con suficientes mujeres o bien ninguna de ellas lo había amado de aquella forma.

Christopher pensó en la señora Wahlbaum. Siempre olía bien los días de visita y parecía más atenta a todo. Le había presentado a su marido, un hombre delgado de cabello gris. Al presentárselo lo cogió de la mano, feliz por el mero hecho de hallarse junto a él. Christopher se preguntó si alguna mujer llegaría a sentirse así junto a él.

–¡Rrreeehhhooo! –rugió alguien.

Christopher ya no intentó dilucidar quién era. Se levantó, entró en el baño y puso en marcha el ventilador para ahogar el estruendo antes de sentarse a oscuras en el borde de la bañera. Cerró los ojos y no tardó en ver ante sí el rostro de Marta. Estaba a su lado, y Christopher se imaginó presentándosela a alguien, como la señora Wahlbaum le había presentado a su marido. El rostro de Marta relucía al mirarlo. Incluso sus ojos azules sonreían. A todas luces, lo adoraba.

–¡Rrring!

Un sonido apenas audible por encima del ventilador. Debía de ser la película. Christopher lo desterró de su mente.

–¡Rrring!

De repente cayó en la cuenta de que era el teléfono.

¿Quién podía llamarlo? Salió del cuarto de baño y descolgó a toda prisa.

–Diga –dijo por el auricular de color rosa.

–Soy el sheriff y estoy aquí en recepción con su mujer.

Christopher se quedó atónito. ¿Lainie? ¿Qué hacía allí? Nunca había venido. Sólo podía tratarse de dos cosas, puesto que no llevaba las tenazas encima. O bien quería volver con él o bien quería el divorcio.

–¿La hago subir?

–No. Quiero decir, sí. Gracias.

Christopher colgó el teléfono y se miró al espejo de la cómoda. No parecía sorprendido en absoluto; se le daba bien ocultar sus sentimientos. Lainie siempre se había quejado de eso, pero no podía evitarlo. Él era así.

Se mesó los cabellos espesos y oscuros al tiempo que se inspeccionaba la barba en busca de posibles migas. Luego se alisó la camisa de franela y se la metió en la cinturilla de los pantalones. No estaba mal. Había reparado en que uno de los miembros del jurado, Megan, lo miraba de vez en cuando. Se palmeó la barriga aún plana. «Lo tomas o lo dejas, Lainie.» En aquel instante llamaron a la puerta; corrió a abrir.

–Correo especial para el señor Graham –lo saludó el sheriff uniformado antes de hacerse a un lado con una sonrisa.

–Hola, cariño –dijo la mujer.

Se parecía mucho a Lainie, tenía el cabello muy similar al de Lainie y vestía ropas semejantes a las de Lainie, pero no era Lainie.

–Ha pasado mucho tiempo, Christopher –dijo la mujer en voz baja.

Christopher la miró a los ojos; eran dos esferas azul claro que le sonreían desde la puerta. Habría reconocido aquellos ojos en cualquier circunstancia.

–Es verdad –repuso sin vacilación alguna.

–Bueno, yo me voy –anunció el sheriff antes de girar sobre sus talones y salir de la habitación, dejando a Christopher a solas.

Con Marta.

22

Seguía nevando intensamente, pero pese a ello, Judy permaneció ante la entrada nevada sin dejar de llamar a la puerta de una ruinosa casa adosada de ladrillo que hacía esquina con la Veinticinco. Sabía que había alguien en casa porque oía voces y veía luz a través de un estor de papel rasgado. Estiró el cuello para atisbar por el desgarrón y estuvo a punto de caer. Volvió a llamar, pero no obtuvo respuesta.

Desde la acera, Mary divisó una sombra que se movía tras el estor.

–Ahí dentro hay alguien –constató desde la nieve amontonada sobre la acera.

–¿Oiga? –llamó Judy–. ¡Oiga!

Las abogadas esperaron unos instantes, pero no sucedió nada. La nieve caía en ráfagas. El barrio estaba silencioso y a oscuras. Ya habían llamado a las puertas de tres casas sin conseguir nada. El viento soplaba con fuerza, abofeteando el rostro de Mary con mano gélida. Tenía las mejillas congeladas, y la nariz le goteaba como a una niña pequeña. Los dedos se le habían entumecido de tal modo que ni siquiera podía mantener juntos los esquís y los palos. Judy llamó una vez más.

–¡Oiga! Abran, por favor, sólo será un momento.

Nada. Judy se volvió y bajó la escalinata.

–¿Qué te parece Mare?

–Que deberíamos insistir.

–¿Por qué no abren?

–¿Porque está cayendo una de mil demonios? ¿Porque es tarde? ¿Porque eres abogada? No estoy segura.

–¿Crees que doy miedo?

Mary la miró de pies a cabeza. Gorro de esquí amarillo, flequillo rubio empapado, parka de color canario y pantalones de esquí.

–No, no das miedo; de hecho, pareces un plátano.

–Quizás convendría cambiar de táctica. Esto de suplicar no sirve de nada. ¿Se te ocurre alguna idea?

–¿Qué tal si les dices que han ganado la lotería?

–Muy graciosa.

Judy le dio la espalda y se dirigió hacia la casa contigua. Mary la siguió cargada con los esquís y los palos. Uno de los esquís le resbaló, y tuvo que agacharse para recogerlo. Resultaba enloquecedor intentar mantenerlos alineados. Qué pesadez.

Judy subió la escalinata de la siguiente casa, el número 412. Las dos ventanas de la parte delantera aparecían cubiertas por una cortina marrón. Llamó a la puerta, y de repente apareció el rostro de un niño por debajo del dobladillo de la cortina. Era el rostro de un niño negro que llevaba la cabeza afeitada. Judy lo saludó con la mano, y el pequeño le devolvió el gesto.

Mary observó los acontecimientos desde cerca. Muy mono, pero no llevaba a ninguna parte.

–Oye, Jude, ¿sabes cómo se dice «abre la puerta» por signos?

–¿Puedes abrir la puerta un momento? –preguntó Judy a gritos al tiempo que llamaba con los nudillos.

La cortina cayó y el niño se esfumó.

«Maldita sea», mascculló Mary para sus adentros antes de enjugarse la nariz con la manga de la parka prestada. De repente, la puerta se entreabrió y por ella asomó una mujer ataviada con vaqueros y suéter que se protegía el rostro de la nieve con la mano. El chiquillo se aferraba a su rodilla y ocultaba la cara en su muslo.

–Perdone, no quería molestarla, pero ¿conocía a Heb Darnton o Eb Darning, el indigente que murió bajo el puente la primavera pasada?

–No, no lo conocía –replicó la mujer con enojo detrás de la mano alzada.

–Bueno, quizás pueda ayudarme de todos modos. Me llamo Judy Carrier y estoy tratando de averiguar cosas sobre Heb. ¿Lo conocía alguien de la zona? Vivía aquí, en esta esquina.

Al pie de la escalinata, Mary se hallaba a la altura del niño, que le dedicó una sonrisa tímida. Mary lo saludó con la mano, y el niño le devolvió el saludo medio oculto por la pierna de su madre.

–Quiero salir a jugar, mamá –exigió con voz potente.

Su madre se limitó a darle una palmadita en el hombro.

–No lo conocía –aseguró a Judy.

–¿Conoce a alguien que lo conociera?

La mujer meneó la cabeza.

–Oiga, hace mucho frío. Tengo que entrar, porque con la puerta abierta me voy a quedar sin calefacción.

–¡Mamá! –gritó el niño.

Pero la puerta se cerró a toda prisa. Al cabo de un instante, las dos abogadas oyeron el cerrojo y el pestillo.

Judy exhaló un suspiro y bajó la escalinata.

–Bueno, al menos no ha sido una pérdida de tiempo total.

–Sí que lo ha sido –la contradijo Mary al tiempo que recogía los esquís del suelo.

–No es verdad. Le has caído bien a ese niño. Has hecho un nuevo amigo.

–Los niños me odian, y además no necesito un amigo. Lo que necesito es saber quién es Eb Darning.

–Tener amigos siempre va bien, Mare.

–Venga ya. ¿Te importaría echarme una mano con los malditos esquís, California?

Judy la ayudó a recoger los esquís, y a continuación siguieron recorriendo la calle y el barrio del puente que, según creían, había frecuentado el indigente. Pocas personas les abrieron la puerta, y ninguna de ellas dijo haber conocido a Heb Darnton ni Eb Darning. Las abogadas dieron la vuelta a la manzana hasta llegar, profundamente desanimadas, al centro de la calle en la que habían iniciado la investigación. La tormenta había arreciado, y Judy tenía los pies helados pese a las botas impermeables. Los tobillos se le habían empapado porque sólo tenía un par de polainas y se las había prestado a Mary.

–Incluso yo tengo que reconocer que la cosa no marcha.

–No podemos tirar la toalla.

–No la tiraremos, pero quizás nos convendría seguir una pista diferente.

–A mí no se me ocurre ninguna.

–Podríamos ir a Greene Street, donde vivía Darning –propuso tras reflexionar unos instantes–. A lo mejor encontramos a gente que lo conocía antes de que se convirtiera en un indigente. Greene Street está en el centro, en Fairmount, al otro lado de la Biblioteca Pública.

Mary abrió la boca de par en par.

–Eso está en la otra punta de la ciudad. ¿Pretendes que vuelva a cruzar la ciudad hasta Greene Street?

–Podemos pasar por mi piso para tomar un poco de chocolate caliente.

–Pero ¿qué dices? Se me va a caer la cara en cualquier momento, tengo las lentillas congeladas, y la única parte de mí que sigue seca son los tobillos gracias a esas cosas de plástico que me has dejado.

–Las polainas.

–Como se llamen. No podemos hacerlo, Judy. Nos quedaremos hechas unos polos, de esos que son como espirales de colores.

–¿Qué?

–Da igual –suspiró Mary con los ojos entornados para que no se le llenaran de nieve–. La verdad es que no es mala idea. ¿Por qué no lo has dicho antes?

–Porque no se me había ocurrido,

El desaliento se apoderó de Mary. Paseó la mirada por las casas adosadas que se enfrentaban a la tormenta como un solo muro de piedra. Algunos de los vecinos habían accedido a hablar con ella en primavera, pero eso quedaba muy lejos. Se habían tornado mucho menos amigables, tal vez porque la ciudad entera estaba convencida de que Steere saldría absuelto. Aun así, no podía dejarlo correr. La idea de permitir que un asesino quedara en libertad le pesaba demasiado, y lo cierto era que no necesitaba más culpa en su vida.

Mary se volvió hacia el final de la calle, donde algunos niños jugaban en el haz de luz que proyectaba una farola. Uno de los niños agitó los brazos para formar un ángel de nieve mientras otros dos forcejeaban sobre el manto blanco. Eran figuras oscuras retozando como hadas en la noche. Habían creado un montículo de nieve sobre una de las escalinatas y se deslizaban por ella sobre un pedazo de cartón. Uno de los niños, el más pequeño, no jugaba, sino que permanecía algo apartado, de cara a ellas. De cara a Mary. Pese a la oscuridad, Mary comprobó que se trataba del niño de la casa.

–¡Es el niño, Judy! –exclamó esperanzada.

Dejó caer los esquís y corrió calle abajo por la nieve. Tras acercarse bastante al chiquillo se detuvo y agitó el brazo. El niño le devolvió el saludo; no debía de llegar a los cuatro años.

–Me llamo Mary –se presentó la joven–. ¿Tú cómo te llamas?

El chiquillo no respondió, sino que permaneció inmóvil, con los brazos pegados a los costados del anorak prestado. Llevaba guantes negros y un gorro de punto deformado.

–¿Tienes nombre?

Silencio absoluto.

Mary se devanó los sesos en un intento de encontrar algo que decir. Nunca se le habían dado bien los niños, pero a su marido, sí. Era profesor y quería tener muchos hijos. Intentó pensar en lo que habría hecho Mike en aquella situación, pero llevaba mucho tiempo sin oír mentalmente la voz de su marido. Judy la alcanzó cargada con los esquís y los palos.

–¿Qué es eso? –exclamó el chiquillo con voz de niño mayor al tiempo que señalaba los esquís.

–Son esquís –repuso Mary.

–¿Esquís? –repitió el niño con inseguridad.

–Sí, esquís. Sirven para jugar en la nieve.

Mary distinguió una chispa de interés en sus enormes ojos redondos y decidió aprovechar la ocasión, pero necesitaba ayuda de alguien a quien se le dieran mejor los niños que a ella.

–¿Verdad que los esquís son muy divertidos, Judy? Muchísimo. Son como juguetes.

–No son como juguetes –masculló Judy con el ceño fruncido bajo el gorro–. Son cosas muy serias; de juguetes nada.

Mary sintió deseos de estrangularla.

–No seas tan técnica, mujer.

Arrebató a Judy uno de los esquís granates y lo sostuvo en alto para que el niño lo viera.

–¿Lo ves? ¿Quieres tocarlo?

El niño retrocedió con un sobresalto.

–No tengas miedo –terció Judy, quitándole el esquí.

Lo dejó sobre la nieve y le dio un empujón. El esquí se deslizó hacia el niño como una maqueta de barco en un lago; el pequeño se lo quedó mirando con una sonrisa.

–Guay, ¿eh? –dijo Judy antes de mirar a Mary por encima del hombro–. ¿Por qué estoy haciendo esto, Mare?

–Porque creo que a nuestro amiguito le gusta jugar en la calle –explicó Mary sin dejar de mirar al chiquillo–. Apuesto algo a que se pasa el día jugando en la calle y a que tiene muchos amigos.

–Creo que tienes razón, Mare –murmuró Judy con una sonrisa.

Se puso en cuclillas y miró al niño a los ojos mientras Mary observaba su reacción. Estaban tan concentradas en el pequeño que ninguna de las dos reparó en el Grand Cherokee blanco que en aquel instante dobló la esquina en dirección a ellas. El conductor del Cherokee era Penny Jones y en el asiento del acompañante llevaba su rifle de caza.

23

Jen Pressman huyó despavorida del despacho del alcalde y recorrió a toda prisa el pasillo de mármol del ayuntamiento. Se avecinaba una migraña de antología. Necesitaba el analgésico de inmediato. El consabido rebaño de periodistas y reporteros televisivos, encabezado por Alix Locke, le pisaba los talones.

–¡Jen! –le chilló Alix al oído–. ¡Jen Pressman! ¿Qué dirá el alcalde en la conferencia de prensa? Vamos, Jen, dígamelo.

–Lo sabrá dentro de una hora –replicó Jen, deseando que Alix dejara de gritar.

Estaba hipersensible a todos los sonidos del pasillo, tanto el taconeo de sus zapatos como el chasquido de las cámaras fotográficas y el zumbido de los motores de las cámaras de televisión. Le entraron ganas de taparse los oídos.

–¿De dónde podemos sacar una copia del discurso del alcalde? ¿Tiene alguna copia?

–¿Comprará las quitanieves?

–¿Ha llegado a un acuerdo con los canadienses?

–¿Lo confirma o lo desmiente?

–La conferencia de prensa empieza dentro de una hora en la sala de juntas al final del pasillo –anunció Jen, abriéndose paso entre la marabunta.

Nadie habría adivinado jamás que su campo de visión estaba infestado de puntitos de luz.

–¿Qué hay del asesinato de los guardias de seguridad?

–¿Algún sospechoso?

–¿Alguna pista sobre Richter o las otras dos abogadas?

–¿Qué opina la policía?

Jen no se molestó en contestar. Ya no se veía capaz de discernir la procedencia de las preguntas, pues todas ellas se habían convertido en una sola algarabía gigantesca. Estaba mareada, pero no podía mostrarlo. Agitó la mano y siguió sorteando la muchedumbre hasta llegar a la puerta de caoba en la que se leía JEFE DE GABINETE. Jen abrió la pesada puerta de un tirón y se encontró inmersa en una cegadora luz blanca que le invadió los ojos y le atravesó el cerebro.

–¡Ah! –exclamó al tiempo que se protegía los ojos con la mano.

–¡Apaguen ese foco! –gritó su secretaria–. ¡Ya les he dicho que nada de cámaras de televisión aquí dentro. ¡Apáguenlo!

–¡Apaguen el puto foco! –rugió Jen.

El foco se apagó, pero Jen seguía tambaleándose y viendo luces por todas partes. Se abrió paso entre los reporteros para atravesar la recepción y llegar a su despacho.

–¿Tendremos las quitanieves nuevas, Jen? –gritó Alix Locke entre el estruendo general

–¿Es cierto que hemos pagado una fortuna por ellas?

–¿Cuándo llegarán a las calles del nordeste?

–¿Por qué no limpian las calles que rodean Vare Avenue, Jen?

Jen dejó atrás a los periodistas. Oyó a su secretaria gritarles que se fueran, pero no podía soportar más chillidos. Un minuto más y sería ella quien empezaría a gritar, revelando su secreto.

Jen llegó al despacho, entró y cerró la puerta con llave. La oficina le resultaba irreconocible. Los muebles se habían convertido en una especie de caldo informe, y no conseguía enfocar la vista para ver sus títulos universitarios. El póster de la campaña en pro de la donación de sangre era una mancha purpúrea, y el banderín de la campaña en favor de la donación de órganos rezaba algo así como: «Dona un hígado, salva una vida donaunhígadosalvaunavida...».

Jen corrió hacia el desordenado escritorio situado junto a la ventana que daba al ornado templo masón. Por lo general le encantaba aquella vista, pero esa noche no la veía. Abrió el cajón de la derecha y buscó su bolso a tientas... No estaba donde solía dejarlo. Oh, no. Tenía el analgésico inyectable en el bolso. ¿Dónde estaría? Rebuscó entre lápices, bolígrafos y clips de oficina, pero no encontró nada. No estaba. ¿Lo había puesto allí? ¿Cuándo lo había visto por última vez?

Revolvió sus facturas personales. Nada, sólo papel. Las arrojó al aire, frenética. Lo había puesto allí, ¿no? ¿Había cerrado el bolso con llave? Se habían producido robos incluso en su despacho. Jen intentó recordar a través del dolor que le atenazaba los ojos. Claro que no había cerrado el cajón con llave, ya que de lo contrario no se lo habría encontrado abierto al llegar.

Las náuseas se apoderaban de ella a pasos agigantados. Estaba al borde del llanto. La tormenta, los asesinatos y todo lo demás. Había olvidado cerrar el cajón con llave y ahora no encontraba el analgésico. ¿Qué coño iba a hacer? Le quedaban pocos minutos antes de desmoronarse por completo. Jen abrió el segundo cajón y revolvió su interior en busca del bolso. Nada. Repitió la operación con el tercero. Informes y demás papeles salieron volando y cayeron a la moqueta. «Por favor, que no se haya perdido. Por favor, que esté aquí.» Pero no estaba.

Jen se apoyó en la mesa para no perder el equilibrio. «Piensa ¡Sí!» Guardaba analgésicos de emergencia en el lavabo. Corrió a la puerta del despacho y la abrió, intentando no llorar, intentando no gritar ni vomitar. Dobló la esquina del pasillo a toda pastilla y corrió hacia el cuarto de baño. Abrió la puerta, la cerró con fuerza tras de sí y abrió el botiquín. Apenas si veía nada, de modo que se vio obligada a buscar el medicamento a tientas. Lo tenía escondido en un aplicador vacío de Tampax con la advertencia «Propiedad de Jen. No tocar». El mundo entero empezaba a disolverse, a desmaterializarse, a fragmentarse en un caleidoscopio absurdo de luz y dolor.

Con mano temblorosa registró los diminutos estantes de vidrio, volcando cuanto hallaba a su paso. Oyó el estruendo ensordecedor de un cepillo de dientes al chocar contra el lavabo y el de un vaso de plástico al estrellarse contra el suelo y girar sobre las baldosas. ¿Dónde estaba la maldita jeringuilla?

¡Allí! Jen agarró el aplicador que contenía la jeringuilla y se dejó caer sobre la tapa del retrete. Retiró el capuchón con los dientes, lo escupió y se clavó la aguja en el muslo a través de la media. Al cabo de tres minutos se convertiría de nuevo en un ser humano. Cerró los ojos y dejó que las lágrimas le brotaran bajo los párpados cerrados. El alivio no tardaría en hacer su aparición, pero entretanto le llegaban sonidos del exterior, y de repente alguien golpeó la puerta del baño.

—¡Jen, soy Alix! Alix Locke. ¡Necesito una copia del discurso!

24

Marta se hallaba en la habitación de uno de los miembros del jurado y estaba a punto de hacer algo que constituiría manipulación del jurado y obstrucción a la justicia, además de violar toda una serie de normas éticas y disciplinarias. No quería pensar en lo que ocurriría si la descubrían. Humillación, pérdida del derecho a ejercer, pérdida de su medio de vida... No le quedaba otro remedio que estar allí, pero lo cierto era que estaba anonadada por la decisión que había tomado. A veces se daba miedo.

Christopher estaba aún más anonadado. No podía decir nada, y ella guardaba silencio, de modo que se pasaron un minuto entero mirándose. Qué situación tan surrealista. Era Marta Richter, todo cuanto siempre había deseado en una mujer, e iba vestida como la mujer con la que se había casado, Lainie. Christopher no podía negar sus sentimientos. Deseaba a Marta y ahora la tenía delante. Ella había acudido a él en día de visita vestida como su esposa. No sabía si era obra de la suerte o de la Providencia.

–¿Le importa que me siente? –preguntó Marta cuando recobró el habla.

–Sí. No. Claro. Como quiera –farfulló Christopher.

Señaló hacia la cama, pero a medio gesto se detuvo. ¿Qué narices le pasaba? El hecho de que soñara con vivir una aventura con Marta no significaba que fuera a suceder. Se suponía que era un caballero. Empujó a un lado el carrito del servicio de habitaciones y palmeó la silla.

–Esto.... aquí. Aquí, en esta silla, quiero decir..., sería mejor...

–Gracias.

Marta se quitó el gorro de punto y se sentó en el canto de la silla. Tenía que ir al grano sin tardanza. Tal vez a causa de la barba que ocultaba casi todas sus facciones, Christopher aparentaba tal impasibilidad que Marta no sabía con certeza si tenía claro que ella no era Lainie.

–¿Sabe quién soy, Christopher?

–Marta.

–Exacto.

La había llamado por su nombre de pila, lo que no la sorprendía del todo.

–Supongo que esto le parece un poco extraño, por no decir ilegal.

Christopher lanzó una carcajada entrecortada. ¿Se debería al miedo, a la esperanza, al amor? No solía oírse reír, por lo que el sonido le resultó raro. De repente se dio cuenta de que el estruendo de la habitación contigua había cesado por fin y de que sus vecinos habían apagado el televisor.

–Bueno, sí –admitió en voz baja–. La verdad es que... sí.

–Sé que es una sorpresa.

–¿Cómo? Ah, sí, claro. Está muy guapa.

En cuanto hubo pronunciado las últimas palabras se maldijo. Era un hombre adulto que tenía su propia empresa, y lo cierto era que se estaba comportando como un adolescente, pero... Marta era tan hermosa.... y con aquella ropa informal parecía más... afable. Suave. Christopher se imaginaba a sí mismo con ella, casado con ella. Tal vez se debía a que la ropa se parecía tanto a la de su mujer.

–Quiero decir que se parece mucho a Lainie. Lo ha hecho muy bien. ¿Cómo sabía qué aspecto tiene Lainie?

–Tengo una foto suya en el expediente. Es la fotografía que publicaron en el periódico cuando se prometieron.

–¿Cómo la ha encontrado? –exclamó Christopher, sorprendido–. No era más que el periódico local.

–Uno de los consultores de jurados la sacó del ordenador. Todo lo que se publica, sea en periódicos locales o de cualquier otro tipo, está en el ordenador.

A Christopher no le hacía demasiada gracia la idea de que lo espiaran de ese modo, pero no podía enfadarse con Marta. Estaba tan guapa, tan distinta... Llevaba el pelo diferente. El elegante peinado rubio había dado paso a un corte castaño más informal. Lainie siempre decía que llevaba el pelo en una «melena deshilachada», pero el peinado de Marta no parecía deshilachado en absoluto.

–¿Qué se ha hecho en el pelo? ¿Se lo ha cortado? ¿Se lo ha teñido?

–No exactamente. La verdad es que no tenía demasiado tiempo.

Marta se quitó la peluca, y el asombro arrancó otra carcajada a Christopher.

–Vaya, vaya –musitó al tiempo que se sentaba sobre la cómoda–. Vaya, vaya, vaya.

–Me he comprado todo el atuendo en Woolworth's –explicó Marta rascándose el cuero cabelludo, contenta de haberse podido librar de la molesta peluca, pese a que le había mantenido la cabeza calentita–. Recordaba lo que su mujer llevaba en la foto y también su peinado.

Dios. Se parecía tanto a Lainie que resultaba espeluznante. Miles de preguntas cruzaban la mente de Christopher. ¿Qué hacía Marta en su habitación? ¿Porque sentía algo por él, al igual que él sentía algo por ella?

–Esto… ¿Cómo se las ha arreglado para burlar a los guardias?

–Les he dicho que era Elaine, Lainie. Se me ha ocurrido que nos parecemos. Los policías no me han reconocido. De hecho, uno de ellos me ha dicho que había visto una foto mía, quiero decir, de Lainie.

Christopher asintió. En cierta ocasión había mostrado su foto de boda a los vigilantes del jurado, pero no les había contado que Lainie lo había dejado. Ni siquiera el señor Fogel sabía por qué Lainie no lo visitaba, porque a Christopher no le gustaba hablar de ello. Algún día sacaría la maldita foto de la cartera y la tiraría a la basura.

–Se preguntará por qué he venido –comentó Marta, de repente incómoda ante la intensidad de su mirada.

La contemplaba desde la cómoda, sus fuertes piernas ligeramente separadas. El lenguaje corporal de Christopher era tan sutil como un tren de mercancías, aunque su expresión seguía siendo inescrutable.

–Tengo un problema –prosiguió.

Le contó toda la historia. Christopher la escuchó con toda atención sin levantarse de la cómoda. Su rostro no delató emoción alguna, ni siquiera cuando le habló del asesinato de los guardias de seguridad, pero lo cierto era que estaba horrorizado. Jamás había oído algo semejante, y cuanto más escuchaba a Marta, más se inquietaba, porque comprendía que estaba en peligro.

–¿En qué puedo ayudarla? –preguntó al término del relato.

–Consiga que el jurado declare culpable a Steere. Mientras procuraré averiguar por qué mató a Darnton, pero necesito que me ayude desde dentro. El jurado debe hallar a Steere culpable de asesinato.

–¿Culpable? –repitió Christopher, atónito–. Pero si están a punto de declararlo inocente.

–No pueden hacerlo.

–Hemos votado dos veces. Son nueve votos a favor de Steere, dos en contra y una abstención. Creemos que lo mató en defensa propia, como usted misma dijo. Todo marcha como usted quería.

–Ya no –suspiró Marta, más insatisfecha que nunca por su éxito profesional–. ¿Quién ha votado en contra de Steere? Kenny Manning y uno de los otros miembros negros, ¿no?

–No todos los miembros negros. Creo que Kenny Manning sí, pero no Gussella Williams.

La deliberación del jurado le había hecho pensar mucho en la cuestión racial. A Gussella le importaba un comino el color de la piel, pero a Kenny no, ni tampoco a Ralph Merry. A veces no entendía a la gente. Los caballos no se agrupaban por colores, y se suponía que las personas eran más inteligentes que los caballos.

–Bueno, da igual –lo atajó Marta.

Había elegido a un jurado casi completamente blanco con el convencimiento de que antepondrían a un hombre de negocios blanco a un indigente negro, y estaba en lo cierto. La raza no lo era todo, pero no le quedaba más remedio que ser realista. Ahora tenía que actuar contra sí misma... y contrarreloj.

–¿Qué hay de la señora Wahlbaum, la maestra? Quiere que absuelvan a Steere, ¿verdad? ¿No cambiará de opinión?

Christopher negó con la cabeza. No creía que nada pudiera hacer cambiar de opinión a la señora Wahlbaum en cuanto tomaba una decisión, ni siquiera el señor Wahlbaum.

–¿Y la chica, la programadora? Megan Gerrity, ¿Cree que cambiará de opinión?

–No lo sé, pero no lo creo.

–Seguro que vota inocente –sentenció Marta.

Putos progresistas. En cualquier otro momento les habría lamido el culo, pero ahora su actitud podía costarle la vida.

–Tiene que aguantar, decirles que va a votar contra Steere y que no piensa dar su brazo a torcer.

–No puedo hacer eso –protestó Christopher, cruzando los brazos–. Hoy he votado a favor de la absolución; por poco los convenzo. Todos quieren irse a casa. Están cansados de vivir en el hotel.

–Dígales que ha cambiado de opinión –insistió Marta–. Que lo ha pensado mucho y que se pregunta por qué Steere no testifica y cuenta su versión de los hechos.

–El juez Rudolph dice que eso no debe importarnos.

–Dígales que a usted sí le importa, que no puede evitarlo. Los jurados siempre se preguntan por qué el defendido no sube a testificar. Si Steere mató a ese hombre en defensa propia, ¿por qué no ha subido al estrado para contar lo sucedido? Elliot Steere no es un hombre tímido, sino un asesino. Avíseles de que va a votar culpable y no se deje intimidar.

–¿Eso no invalidaría el jurado?

–Tiene que convencerlos a todos. No quiero que invaliden el jurado ni declaren nulo el juicio. En cualquiera de los dos supuestos, Steere sale en libertad y yo la palmo. Tienen que declararlo culpable. Y por cierto, no se precipite. Necesito todo el tiempo que pueda conseguirme.

Christopher intentó pensar en lo que diría al día siguiente. Imaginó a los demás miembros del jurado sentados a la mesa, mirándolo fijamente como si estuviera loco cuando les anunciara que había cambiado de opinión. Se había mostrado muy contundente. A Christopher le gustaba creer que era hombre de palabra, pero Marta estaba en un verdadero apuro. Ya habían muerto dos hombres.

Marta se restregó la frente con ademán angustiado. Por toda respuesta le palpitaron las sienes.

–¿Quién es el presidente? ¿Ralph Merry?

–No, yo.

–¡Estupendo! –exclamó Marta con alivio.

Qué suerte. Tal vez su plan funcionara, tal vez Christopher lograra su objetivo.

–Entonces podrá convencerlos. Los miembros del jurado hacen mucho caso al presidente. Quieren tener un líder. Por eso lo han escogido a usted.

–No.

–No sea modesto.

–No, de verdad –insistió Christopher.

De pronto enmudeció, porque preferiría morir antes de contar lo que había sucedido. Ya le resultaba bastante difícil tener a Marta frente a él, hablar con ella allí, en su dormitorio. Lo acometió la sensación de que sabía cuántas veces pensaba en ella. La había imaginado tantas veces, y ahora la tenía delante... Tenía que preguntárselo.

–¿Por qué ha recurrido a mí, Marta?

–Porque necesitaba comunicarme con el jurado.

–Pero ¿por qué yo? ¿Por qué me ha escogido a mí? Es evidente que no sabía que era el presidente.

–He venido porque es usted la persona más indicada.

–¿Por qué cree eso?

–Porque creo que se siente atraído por mí –confesó Marta tras una pausa.

De repente, la habitación del hotel se le antojó muy silenciosa a Christopher. De hecho, el silencio parecía estruendoso. No sabía qué decir. Podía disimular sus sentimientos, pero había dejado escapar muchos sentimientos a lo largo de su vida. No debía permitir que volviera a suceder lo mismo, porque el sentimiento que lo embargaba poseía la fuerza de un caballo desbocado. Había llegado el momento de tomar las riendas y no soltarlas.

–¿Siente algo por mí, Marta? –preguntó con un hilo de voz–. Conteste sí o no, porque yo sí siento algo por usted.

Marta no quería sostener esa conversación en aquel momento. El instinto le dictaba que debía seguirle la corriente, mentirle, incluso acostarse con él si así conseguía lo que quería. No imaginaba la posibilidad de contar la verdad cuando había tanto en juego. Pero al contemplar el rostro curtido y franco de Christopher comprendió que no le quedaba otro remedio. Era un hombre decente y amable, y le estaba pidiendo algo que bien podía enviarlo a la cárcel. Merecía una respuesta sincera.

–No siento nada por usted –repuso–. Ni siquiera lo conozco.

–Comprendo –balbuceó Christopher a toda prisa.

Marta tragó saliva, percibiendo el dolor del hombre, y se sorprendió al comprender que ella también lo lamentaba por él. Pero tenía que seguir adelante.

–¿Me ayudará de todos modos?

25

El Grand Cherokee blanco se detuvo a media manzana y estacionó sin apagar el motor. La pintura blanca lo camuflaba en la nieve, y la tormenta desdibujaba su voluminosa silueta. El gas brotaba del tubo de escape en una columna fantasmal antes de verse barrido por las ráfagas de viento. Los limpiaparabrisas oscilaban despacio entre la nieve acumulada.

Al final de la manzana, Judy seguía arrodillada, empujando el extremo plano del esquí para que se deslizara adelante y atrás. La nieve llegaba hasta el dobladillo del abrigo del pequeño.

–Ahora te toca a ti –le dijo–. Empuja el esquí hacia mí.

Sin decir palabra, el niño se agachó y deslizó el esquí hacia Judy. La joven se lo devolvió, y el pequeño fue repitiendo el juego con una sonrisa cada vez más amplia.

–¿Conocías a mi amigo Heb? –preguntó Judy sin dejar de empujar el esquí.

El niño asintió con la mirada clavada en la tabla granate. Mary sintió que el pulso se le aceleraba, pero permaneció detrás de Judy y mantuvo la boca cerrada. El esquí alcanzó al niño, quien lo atrapó con la mano enguantada.

–Le hicieron daño, ¿verdad? –prosiguió Judy.

–Le dispararon –puntualizó el niño, siguiendo el esquí con la mirada–. Está muerto.

–¿Viste cómo le disparaban?

–No, no lo vi, lo oí. Bang, bang, bang, ¡BANG!

El niño hizo acopio de fuerza y empujó el esquí. Judy lo detuvo, miró al niño y luego se volvió hacia la casa adosada en la que vivía. La vivienda daba al puente y estaba situada frente al lugar donde murió Darning. Judy calculó que la distancia entre la casa y el puente era de unos cincuenta metros. Cabía la posibilidad de que el niño hubiera visto algo.

–¿Estás seguro de que no viste cómo le disparaban?

–Estaba durmiendo, y el BANG me despertó. Lo oí por la ventana.

Por el modo en que gritaba la palabra, Judy dedujo que la experiencia lo había marcado.

–¿Heb también era amigo tuyo?

–Sí. Me daba dinero de calle.

–¿Te daba dinero?

–Era rico.

–¿Cómo? –exclamó Mary, pestañeando por la sorpresa.

–¿En serio? –dijo Judy mientras empujaba el esquí hacia él.

–¡Dennell! –llamó uno de los niños mayores desde el centro de la calle.

Habían dejado de jugar y se disponían a entrar en sus casas, abandonando el trineo de cartón y los ángeles de nieve.

–¡Dennell!

De repente, el niño giró sobre sus talones y echó a correr, levantando tras de sí pequeñas nubes de nieve.

–¡Espera! –gritó Judy.

Pero el niño no se volvió. Las abogadas lo siguieron con la mirada cuando alcanzó al otro niño y subió la escalinata de su casa. La puerta principal se cerró con tal fuerza que el golpe resonó por toda la calle. Acto seguido, el barrio se sumió en el más absoluto silencio. El viento había arreciado y zarandeaba los copos. El Grand Cherokee seguía aparcado en el mismo lugar con el motor en marcha. Las escobillas del limpiaparabrisas seguían funcionando casi ocultas por la nieve.

Judy se incorporó y se limpió la nieve de las rodillas.

–¿Lo has oído? ¿Cómo puede hacerse rico un indigente? ¿Mendigando?

–En este barrio no, y no vivía en ningún otro sitio. Siempre dormía bajo el puente.

–La beneficencia apenas le daba para vivir, y no creo que le dejara suficiente margen para dar dinero a un niño. Puede que tuviera dinero ahorrado de cuando trabajaba en el banco.

–¿Ahorrado desde los sesenta? –objetó Mary–. ¿El sueldo de un empleado de banca? ¿Por qué siempre buscas el lado bueno de la gente? ¿Qué clase de abogada eres, eh?

Judy sonrió y sacudió la nieve de las fijaciones y los palos.

–Vale, puede que lo robara del banco cuando trabajaba allí. Quizás cometió un desfalco o aceptó sobornos para jugar con el dinero.

–Eso ya me gusta más. Pero ¿qué tiene eso que ver con Elliot Steere?

–Puede que Darning robara dinero de la cuenta de Steere hace mucho tiempo, y que Steere, al enterarse, decidiera cargárselo.

Judy se agachó y alineó los esquís sobre la nieve, pero Mary no pareció captar la indirecta. A cierta distancia, el Grand Cherokee esperaba sin ser visto. En silencio.

–¿Por qué no lo denunció a la policía? –preguntó Mary.

–Quizás prefirió resolver el asunto a su manera. Tal vez fue a hablar con Darning y la cosa se desmadró.

–No, no suena bien. El niño ha dicho que Darning era rico.

–No puedes fiarte de lo que un niño considera rico, Mare. Tener cinco dólares equivale a ser rico para un chiquillo de esa edad –comentó Judy al tiempo que encajaba la bota en la fijación y se apoyaba en el hombro de Mary para no caer–. Vámonos, colega.

–El niño ha hablado de dinero de calle. ¿Conoces la expresión «dinero de calle»?

–¿Cómo que expresión? No lo ha dicho como expresión. Ese niño vive en la misma calle que Darning. Dinero de calle... ¿Captas?

Encajó la otra bota y deslizó las manos por las correas de los palos.

–Anda, ponte los esquís.

–Creo que estaba repitiendo algo que oyó, algo que le dijo Darning. Existe una cosa llamada «dinero de calle».

–¿Ah, sí? ¿Y qué es?

–Eres tan... californiana –suspiró Mary con una sonrisa–. Es dinero que se paga a cambio de votos, que se le da a un intermediario para que compre votos en su distrito.

–Fascinante.

–Bienvenida a Filadelfia.

–Muchas gracias.

El viento soplaba a fuertes ráfagas, y Judy tenía los tobillos empapados y congelados.

–Ponte los esquís, Mare. Seguiremos hablando en mi casa.

Mary intentó acertar la fijación con la bota, pero el esquí no cesaba de escapársele.

–¿Sabes? Muchos de los artículos que he sacado del ordenador hablaban de Steere y el alcalde Walker, de lo mucho que se odian.

–¿Y?

Judy se agachó y le sostuvo el pie para que encajara la bota en la fijación.

–Pues que podría tratarse de un asunto político. Se acercan las elecciones, y puede que haya circulado o esté a punto de circular dinero de calle. Quizás todo esto tenga implicaciones políticas.

–El otro esquí –mascullό Judy con los ojos entornados para que no le entraran partículas de hielo–. Vámonos, Mare.

Como tenía los ojos entornados, Judy no habría visto que la luna ahumada del Grand Cherokee descendía hasta la mitad ni aunque hubiera mirado en esa dirección.

–¿Me estás escuchando, Jude? Podría ser un asunto político.

–Mete la puta bota en la puta fijación.

–Ostras, estamos un poco nerviosas, ¿eh? Estoy intentando resolver un asesinato, y no es tan fácil.

Mary alineó la bota y por fin logró encajarla en la fijación.

–Aleluya –resopló Judy.

Se incorporó, dio media vuelta y avanzó unos metros para ponerse en cabeza.

–Sígueme.

–Puede que alguien le diera dinero a Darning –insistió Mary, esquiando con torpeza.

Qué frío hacía, maldita sea. Hacía tanto frío que no se podía ni respirar.

–Alguien le dio dinero de calle.

Al otro lado de la calle, la luna salpicada de nieve del Grand Cherokee siguió bajando. Estaba demasiado oscuro para distinguir al conductor. Del tubo de escape seguían brotando virutas de gas. Los limpiaparabrisas funcionaban más deprisa que antes.

–Bajemos de la acera; será más fácil –propuso Judy a gritos.

Buscó un hueco entre los coches estacionados. Cubiertos de nieve, los coches parecían merengues. Judy divisó un espacio, se dirigió hacia él y bajó a la calzada.

–Vamos, Mare, no te quedes rezagada.

–Fantasma –masculló Mary.

Judy esquió hacia el centro de la calle y se apartó de los surcos dejados por los coches. En algunos puntos, la nieve le llegaba a la rodilla. Llevaba horas sin escuchar el parte meteorológico.

Mary la seguía con dificultad. De repente oyó un fuerte sonido hidráulico y divisó a lo lejos una máquina quitanieves con un rótulo amarillo de peligro sobre la cabina. A lo mejor estaban limpiando las calles en dirección al piso de Judy. Sería fantástico. Mary no podía creer que la gente hiciera esquí de fondo para pasarlo bien. Representaba un esfuerzo brutal que no daba tregua. Prefería mil veces matarse a trabajar en el despacho.

–¡Mare! –gritó Judy–. ¿Estás bien?

Mary intentó responder, pero sus palabras quedaron ahogadas por el viento frío y el estruendo de la quitanieves. Intentó seguir avanzando para no quedar atrás, pero era una causa perdida de antemano. La nieve se le metía en los ojos; tenía las manos empapadas bajo los guantes, y la tormenta no parecía querer amainar. Judy se le adelantó unos metros, luego media manzana.

A espaldas de Mary, la luna ahumada del Grand Cherokee blanco descendió del todo. Por ella asomó una mano enfundada en un guante de cuero para limpiar la nieve del marco de la portezuela. Al cabo de un instante apareció por el hueco el cañón de una escopeta de caza.

26

«Es una camioneta estupenda –había asegurado Christopher a Marta–. No la juzgue por las apariencias. Los neumáticos son nuevos de este año. Marca Bridgestone.»

Marta reconoció la viejísima camioneta de Christopher enseguida porque era el trasto más asqueroso del parking del hotel, una camioneta de color azul desvaído con una cubierta blanca muy abollada, el parachoques trasero casi destrozado y las portezuelas salpicadas de manchas oxidadas. Estaba escondida en el confín más recóndito del garaje como una leprosa. El único toque alegre del vehículo era un adhesivo color cereza que proclamaba: LOS HERREROS HIERRAN MEJOR.

«El adhesivo fue idea de Lainie», había explicado Christopher, aunque Marta lo habría adivinado de todos modos.

Se agazapó junto a la pared del parking y paseó la mirada a su alrededor en busca de Bogosian. ¿Lo había despistado definitivamente? No creía que la hubiera seguido hasta el hotel porque no había dejado de comprobarlo, pero aun así, no podía estar segura. Tal vez se había escondido, como hiciera en casa de Steere. Sabía que había prevista una visita conyugal y tal vez había anticipado que intentaría ponerse en contacto con el jurado. O quizás lo había adivinado Steere. En cualquier caso, daba igual, porque tenía que irse.

Corrió hacia la camioneta, introdujo la llave en la cerradura, subió a toda prisa en cuanto se abrió la portezuela y arrojó el bolso sobre el destartalado asiento del acompañante. En la camioneta hacía frío y olía a pelo chamuscado. La parte delantera estaba llena de vasos de plástico vacíos, envoltorios de Dunkin' Donuts y bolsas de celofán con zanahorias mustias. En el suelo había una linterna, y entre el asiento y la puerta derecha vio encajada una gran pelota verde con la siguiente inscripción: BOLA DE CABALLO. ¿Eh?

Marta introdujo la llave, pisó el acelerador unas cuantas veces e intentó arrancar. El motor emitió una suerte de chasquido, pero no se puso en marcha. Christopher le había advertido que eso podía suceder.

«Tenga paciencia. El coche lleva dos meses en el garaje. Y no lo ahogue.»

Marta miró el reloj. Las diez y cuarto. Tenía que irse. Intentó de nuevo arrancar, pero sin éxito.

«Espere un par de minutos. Háblele. Le gusta que le digan cosas.»

Y una mierda. ¿Hablar con una camioneta? A todas luces, Christopher tenía demasiado tiempo para pensar. Marta se obligó a esperar y entretanto escudriñó una vez más el aparcamiento. Sin embargo, el parabrisas estaba demasiado mugriento, por lo que lo restregó con el puño. Había unos cuantos coches aparcados en aquella planta. Bogosian podía estar escondido detrás de cualquiera de ellos, acechándola. Recordó la sensación de sus manos alrededor del cuello, a punto de asfixiarla. Recordó el pánico que se había apoderado de ella. Intentó una vez más poner la camioneta en marcha, pero el motor no reaccionó.

«No pierda la calma. Déle tiempo.»

Pero Marta no tenía tiempo. Tenía que ponerla en marcha y largarse de allí. Miró a su alrededor. Bogosian podía estar en cualquier parte. Marta se obligó a seguir esperando e intentó imaginar lo que habría sucedido desde que matara a los guardias de seguridad. A buen seguro, Rosato & Asociadas era un hervidero de policías. Sin duda habrían visto la firma de Marta en el registro y la estaban buscando.... seguidos de cerca por la prensa.

«Tiene que entrar en calor. Espere un poco y vuelva a probar.»

Marta volvió a intentarlo, pero el motor se limitó a toser. ¡Mierda! Tenía que salir de ahí. Si hubiera servido de algo, habría acudido a la policía para contarles cuanto sabía del asesinato de los guardias, pero no podía demostrar que Bogosian guardara relación con Steere... De hecho, ni siquiera podía demostrar la existencia de Bogosian. *Cohete* Rudolph tenía puesto el piloto automático en el caso Steere, y Marta no creía que ni siquiera un asesinato le hiciera aminorar la velocidad. De todos modos, Steere jamás permitiría un aplazamiento, y Marta no podía correr el riesgo.

«Siga intentándolo. No desista.»

Sabias palabras. Dio otra vuelta a la llave, y por fin el motor arrancó con un quejido reumático. Marta puso marcha atrás, pero la camioneta se caló dos veces al pisar el acelerador. Por fin consiguió ponerse en marcha y salir del aparcamiento tras pagar la factura en efectivo.

La camioneta se sumergió en la nevisca, que amenazaba con inutilizar los gastadísimos limpiaparabrisas. Marta puso rumbo al norte, hacia la casa que Steere poseía en Nueva Jersey, obedeciendo la corazonada de que la casa de la playa revestía especial importancia para Steere y de que allí descubriría algo, alguna prueba, algo que lo incriminara. Así pues, se iba a Long Beach Island, dondequiera que estuviera. Necesitaba un mapa.

Abrió la desordenada guantera en busca de los mapas.

Los dejó sobre el asiento derecho y los revolvió mientras conducía. Eran mapas arrugadísimos de Maryland y Pensilvania. Luego encontró los del condado de Bucks, el condado de Chester, el condado de Delaware y por fin, Nueva Jersey.

Marta estuvo a punto de estrellarse contra un poste telefónico mientras intentaba abrir y alisar el mapa de Nueva Jersey. Estaba demasiado oscuro para leer. Mantuvo una mano sobre el volante y con la otra buscó a tientas la linterna para alumbrar con ella el mapa. Resultaba imposible leer en su haz tembloroso, pero Marta consiguió hacerse una idea general; tenía que cruzar el río y luego el bosque, un trayecto de al menos tres horas bajo la nieve. No tenía tiempo que perder.

Volvió a mirar por el espejo retrovisor. La luna trasera carecía de bocas de aire caliente, y el vidrio rayado no permitía ver nada. Sin embargo, no traslucía ningún faro, por lo que Marta podía estar razonablemente segura de que no la seguían. Habían limpiado las carreteras, pero pese a ello no estaban en muy buen estado. Al menos tenía el depósito lleno. Marta aceleró. El motor emitió tres hipidos y por fin reaccionó.

Hacía tanto frío como en el invierno de Maine, y Marta se echó a temblar. Encendió la calefacción, y de las rejillas de ventilación empezó a salir humo azulado. Marta meneó la cabeza. Años atrás había tenido un Corvair Monza al que le pasaba exactamente lo mismo. Los ciclos se cerraban si uno vivía lo bastante para ello, y Marta quería vivir. Apagó la calefacción y se subió la cremallera del anorak. Marta había comprado el atuendo en Woolworth's: gorra, leotardos, anorak de pluma falsa a cuadros marrones y pantalones de esquí a juego. Iba muy abrigada, si bien tenía aspecto de sofá.

Marta localizó la radio y la encendió. Nada. Hizo girar el dial. Silencio total, o sea que la radio tampoco funcionaba. Joder. Marta quería averiguar qué estaba haciendo la policía. Volvió a mirar por el retrovisor. Nadie la seguía, pero aun así se sentía vulnerable. Necesitaba protección.

«Mire en la caja de herramientas –había aconsejado Christopher–. Dentro encontrará herramientas que puede usar como armas.»

Marta miró por encima del hombro. ¿Dónde estaría la caja de herramientas? Aquello era una pocilga; había herraduras encajadas en un banco de trabajo que no cesaban de entrechocar, una pequeña fragua con sus correspondientes bombonas de propano, un delantal de cuero arrugado sobre un yunque ennegrecido. De repente las vio. Delante del yunque había dos cajas de herramientas, la más grande de las cuales estaba llena de cinceles, martillos y limas.

«Mire en la grande y coja el buril.»

«¿Qué es un buril?»

«Es como una escarpia grande, de unos veinticinco centímetros. Se puede utilizar como cuchillo.»

Marta sonrió para sus adentros. Dos meses atrás apenas sabía qué era un herrero y ahora estaba manipulando a uno. Extendió el brazo y acercó la caja de herramientas. Revolvió el contenido y por fin encontró un martillo pequeño de punta afilada.

«Si tiene la cabeza afilada, es un martillo de calderero. No coja el martillo de calderero; es demasiado ligero.»

De acuerdo. Nada de martillos de calderero. Esas cosas no se aprendían en la Facultad de Derecho. Hundió la mano en la caja de herramientas. Las herramientas tintineaban al entrechocar. Por fin encontró un cuchillo de hoja curva, como una guadaña en miniatura.

«Los pujavantes se parecen a eso que lleva la Muerte.

Pase del pujavante porque se puede hacer daño. Busque el macho de fragua; le será muy útil.»

Marta dejó caer el pujavante. «Nunca te conformes con un pujavante si puedes conseguir un macho de fragua.» Volvió a sepultar la mano en la caja de herramientas. Había varios martillos, pero uno de ellos era particularmente grande, de puntas redondeadas y mango curvado de madera. ¡El macho de fragua! Algo es algo. Marta se lo puso sobre el regazo y siguió buscando, pero no encontró el buril y decidió dejarlo antes de estrellarse contra un árbol.

Había poco tráfico cuando Marta salió de la ciudad y llegó al puente azul que cruzaba el río Delaware. En aquellos instantes estaban retirando la nieve, y Marta condujo detrás de la quitanieves de la Agencia Portuaria como si fuera la cosa más normal del mundo. No necesitaba una radio para saber que los civiles no podían conducir en aquellas condiciones, pero después de haber manipulado a un miembro del jurado, lo demás eran minucias. Cruzó el puente a una distancia prudente de la quitanieves y pasó la frontera de Nueva Jersey.

Pasó ante un rótulo que anunciaba Cherry Hill, luego junto a varios locales de *striptease*, un antro llamado el Salón del Almirante, en el que a buen seguro jamás había entrado un almirante, y más adelante la licorería Yii-Haa. La camioneta avanzaba a su ritmo, dando a Marta la oportunidad de planificar su siguiente movimiento. Esperaba encontrar algo en la casa de la playa, pero ¿y si no era así? Habría desperdiciado media noche. ¿Cuánto tiempo le quedaba antes de que la encontraran Bogosian o la policía? Además, el jurado volvería a reunirse a primera hora de la mañana.

Marta siguió conduciendo y controlando el retrovisor por el rabillo del ojo. No tenía a nadie detrás, pero sí algunos coches delante. Fue por la carretera 70 durante más de una hora hasta llegar a la 72, que tomó en dirección al este. Rodeó una rotonda a la altura del restaurante Olga's, que estaba abarrotado de gente pese a la tormenta. Marta sintió un gran alivio al comprobar que la tempestad empezaba a amainar, que los limpiaparabrisas conseguían mantener la luna más o menos limpia y que había menos nieve acumulada en Nueva Jersey que en Filadelfia. Marta aceleró y pasó junto a un cartel que decía MEDFORD, a partir del cual sólo se veía una capa de nieve fina sobre los campos.

De repente, un monovolumen verde apareció de la nada y le cortó el paso. Marta profirió un grito, y la camioneta empezó a tambalearse. Al cabo de un instante derrapó en la nieve y giró sobre sí misma. Marta se aferró al volante y lo giró en la dirección contraria al giro en un intento de enderezar el vehículo. Su bolso chocó contra la portezuela. Por fin la camioneta se detuvo en un montículo de nieve como si de un auto de choque se tratara. La cabeza de Marta cayó hacia atrás y de nuevo hacia delante. El motor se caló, y el vehículo quedó en silencio. El accidente terminó tan abruptamente como había empezado.

Se sentía mareada y aturdida. Las costillas volvían a dolerle, al igual que la cabeza. Soltó el volante y consiguió recobrar la compostura a tiempo para ver que el monovolumen daba marcha atrás delante de ella. Por un instante vislumbró el rostro de la conductora, quien enderezó la furgoneta y puso pies en polvorosa. En la ventanilla posterior se veía un adhesivo que decía: PRENSA. ¡Mierda! La causante del accidente se daba a la fuga sin ni siquiera detenerse. Periodistas...

Marta permaneció inmóvil a la espera de que el dolor remitiera. Al comprobar que no era así, lo desterró de su mente y evaluó los daños que había sufrido la camioneta.

El monovolumen había chocado contra el lado del conductor, pero el parabrisas seguía intacto. El capó también parecía estar en buen estado, aunque el morro ofrecía un aspecto algo más arrugado que antes. Marta esperaba que el motor aún funcionara. No podía perder más tiempo. Ya era la una menos veinticinco. Se apartó el cabello de los ojos e intentó arrancar.

–Arranca, maldita sea –masculló.

La camioneta arrancó como por arte de magia. Por lo visto, el accidente había mejorado su rendimiento. Ya era hora de que le saliera algo bien. Puso la marcha atrás e intentó salir del montículo de nieve, aunque no lo consiguió hasta pasadas varias maniobras. Luego colocó la camioneta en la dirección correcta y tomó la misma carretera por la que se había largado el monovolumen, cuyos faros traseros brillaban en la distancia. Pasó junto a centros comerciales y restaurantes de cómida rápida, deteniéndose en los semáforos rojos..., a diferencia del monovolumen, que se los saltó todos.

–Seguro que andas tras un notición, ¿eh, capulla? –gritó Marta, pese a que gritar representaba un tormento para su mandíbula–. ¿El notición es que está nevando? ¿Que todo está blanco y hace frío? ¿Que la nieve cae del cielo?

Ante ella, otro semáforo cambió a rojo, pero el monovolumen también se lo saltó. Si tenía tiempo, la haría parar y le tomaría los datos. Recordó el rostro de la conductora, un rostro de facciones convencionalmente bonitas, enmarcado en una melena oscura. Ojos grandes, nariz respingona. ¿Quién se había creído que era? De repente cayó en la cuenta de que la conocía.

Era Alix Locke, la periodista que había cubierto el juicio de Steere. Alix había acosado a Marta hasta la saciedad, publicando cosas sobre ella cada día. Era la que había tocado las narices al alcalde durante la conferencia de prensa. ¿Por qué conducía como una loca hacia la costa de Nueva Jersey? Sólo se ocupaba de las grandes noticias, como las relacionadas con Elliot Steere y el ayuntamiento. ¿Qué podía tener de importante una urbanización costera? Y además en invierno.

Marta volvió a intentar encender la radio, pero sin éxito. A lo mejor se había producido una gran inundación, o la tormenta se había llevado un paseo marítimo. Pero ésa no era la clase de noticia que cubría Alix. No se encargaba del tiempo ni de noticias breves, sólo de los bombazos. ¿Qué estaba sucediendo?

Marta se saltó el semáforo y procuró no perder de vista el monovolumen. Se acercaba un cruce de carreteras. El monovolumenn tomó la salida sin aminorar la velocidad pese a que la nieve cubría la señal. Marta tenía que consultar el mapa, pero estaba demasiado oscuro. No quería perder de vista el monovolumen, pero tampoco quería tomar la salida equivocada. Buscó a tientas la linterna mientras se acercaba a la salida y por fin agarró un cilindro que rodaba adelante y atrás sobre el asiento. Lo sostuvo en alto. Una lata de desodorante Old Spice. Lo tiró al suelo. La salida se acercaba cada vez más.

Siguió buscando a tientas la linterna y por fin la encontró. Por entonces, el monovolumen ya había desaparecido entre la nieve. Marta no alcanzó a leer la señal ni siquiera cuando la tuvo muy cerca, por lo que se vio obligada a detenerse para consultar el puto mapa. Se lo puso sobre el regazo y alumbró con la linterna la costa de Long Beach Island. Estaba rodeada por la zona conocida bajo el nombre de Pine Barrens, un bosque de pinos de muchísimas hectáreas. La carretera que había tomado Alix conducía a Long Beach Island.

Marta apagó la linterna, pisó el acelerador y tomó la misma carretera, que apareció desierta hasta que divisó los faros traseros del monovolumen a lo lejos. La mente le trabajaba a toda velocidad. ¿Por qué iba Alix a Long Beach Island? ¿Cómo sabía con tanta certeza adónde se dirigía si no había podido leer la señal? A todas luces, había estado en Long Beach Island muchas veces.

Marta aceleró aún más para darle alcance. ¿Qué sabía de Alix? Que era joven, sexy y guapa. También que era soltera, porque se lo había mencionado en cierta ocasión con la esperanza de hallar algún rasgo en común y así obtener la exclusiva. Sin lugar a dudas, era una periodista agresiva. Una estrella.

Marta aventuró una teoría. Alix Locke y Elliot Steere. Encajaban a la perfección. Atractivos, agresivos, con éxito... Y Alix se dirigía hacia Long Beach Island, donde Steere poseía una casa en la playa. No podía tratarse de una coincidencia, ¿verdad? ¿Era Alix Locke la amante de Elliot Steere?

Marta pisó el acelerador a fondo. Tenía sentido, desde luego. Alix siempre mencionaba la defensa de Steere en sus artículos e incluso había sido objeto de críticas por favorecer a la defensa. Marta había supuesto que la buena propaganda se debía a ella, pero tal vez se debía a Steere, que era quien más se beneficiaba de ella.

No era más que una corazonada de abogado, pero Marta presentía que su teoría era cierta. Alix era una espinita que el alcalde tenía clavada, y el alcalde era el archienemigo de Steere. Marta recordó la conferencia de prensa retransmitida por televisión, en la que Alix había pinchado tanto al alcalde..., tal vez para servir a los fines de Steere. Y sin duda les convenía mantener en secreto su relación porque de lo contrario pondrían en peligro el trabajo de Alix y por ende la cobertura del juicio.

Marta pasó como una exhalación junto a arces, pinos y robles nevados. Estaba segura de que iba en la dirección correcta. Alix la conduciría hasta la casa de Steere y tal vez hasta las pistas que buscaba. En el peor de los casos podría al menos encararse con ella, exigirle que le contara la verdad, exigir justicia.

Se sentía mucho más animada y llena de energía. ¡Justicia! Hasta entonces no había sabido que era eso lo que buscaba, pero algo había cambiado desde el asesinato de los guardias de seguridad. Si en un principio la habían movido los celos, desde luego ya no era así. Ahora quería descubrir la verdad sobre el asesinato que Steere había cometido y ella había defendido. Quería llevar a Steere ante la justicia, y encararse con su amante sería la guinda que coronaría el pastel. A fin de cuentas, nadie le impedía divertirse un poco, ¿no?

La camioneta avanzaba renqueante. Al borde de la carretera, los abedules blancos inclinaban la cabeza con las ramas cargadas de nieve mojada. De niña, Marta había adorado los abedules, porque había crecido entre ellos. De encantador fulgor blanco y forma delicada, su corteza estaba surcada por líneas tan precisas como las de una estilográfica. Marta intentó recordar la última vez que había estado en el bosque o, para el caso, en cualquier lugar sin aparcacoches con librea. Su vida había cambiado tanto y había dejado atrás tantas cosas.... buenas y malas. Los abedules le recordaron las buenas.

La camioneta rodaba bajo el firmamento negro sin estrellas. Tenía la sensación de que cada vez había más cielo. Sabía a qué se debía la impresión; le encantaba estudiar la naturaleza hasta que se dio cuenta de que no era rentable. Los árboles se tornaban más bajos, los arbustos, más escasos. Eso significaba que la cantidad de arena en la tierra iba aumentando. Se acercaba a la playa.

Marta siguió a Alix a través de la zona de Pine Barrens. Más adelante pasaron delante de hospitales, estaciones de servicio y clubs náuticos hasta llegar por fin a una calzada de hormigón que conducía a Long Beach Island. Si no se equivocaba, Alix Locke la llevaría hasta la puerta principal de la casa de Elliot Steere. Lo único que Marta no sabía era por qué.

27

Penny Jones intentaba afinar la puntería por la ventanilla del Grand Cherokee blanco, pero le temblaba demasiado la mano. Estaba en pleno bajón de la maría que se había fumado y no podía concentrarse del todo. Joder, había cazado toda la vida. Ciervos, faisanes, todo tipo de bichos, pero no personas. Penny nunca había matado a nadie, pero esta vez no le quedaría otro remedio si quería volver a caerle en gracia a Bogosian. Por una vez...

Se apoyó la escopeta en la parte interior del codo y aplicó el ojo entornado a la mira. Nevaba un huevo, y le lloraban los ojos por culpa del frío. Se dijo que debía dejar de pensar y concentrarse en cargárselas. Pese a que nevaba, creía poder apuntar bien. Sólo tendría una oportunidad porque la puta escopeta armaba un escándalo de mil pares de narices.

Pestañeó para ahuyentar las lágrimas. Las dos abogadas esquiaban por la calle. La de delante era alta, y la de detrás era baja. La alta ya estaba fuera de su alcance porque Penny se había colgado, de modo que apuntó a la segunda, la que tenía más cerca de él. De todos modos no sabía esquiar, así que aplicaría la ley de la supervivencia del más fuerte. Si acababa con una, mantendría a la otra ocupada. Dos pájaros de un tiro, vaya.

Penny esperó un poco más. Se dijo que no era tan grave eso de cargarse a la tía. Joder, al fin y al cabo era abogada. Deberían darle una medalla. Enfocó el anorak azul por la mira y apuntó entre la nieve al centro, directo al corazón.

Joder. Un momento. No estaba preparado. Necesitaba poner el Jeep en mejor posición para poder huir sin problemas. Además, todo estaba demasiado silencioso. Se puso la escopeta en el regazo y acercó el coche al callejón lateral. Luego frenó y dejó la marcha puesta. Volvió a apuntar con la escopeta apoyada en el brazo, sintiendo su peso, casi sintiendo el metal sobre la piel. Observando a su blanco. La abogada bajita seguía en la línea de fuego, acercándose al haz de una farola. Bien. El anorak azul le recordaba un ojo de buey. Un blanco muy, muy fácil.

Penny apretó ligeramente el gatillo. Aún le temblaba la mano. Gallina. ¿Por qué no disparaba de una vez? No tenía por qué estar nervioso. No había razón alguna para aplazar el disparo. No le iban a pillar ni nada. Tendría mucho tiempo para largarse. Sin soltar el gatillo, miró a su alrededor para asegurarse de ello. La calle estaba desierta. La poli tardaría siglos en llegar. Era coser y cantar... a excepción del silencio.

De repente, Penny lo oyó. Un ruido procedente de un par de calles más allá; parecía una quitanieves. El estruendo ahogaría el disparo. El conductor de la quitanieves creería que se le había roto una cadena o que había pisado una tapa de registro. La cosa no podía ir mejor. No había nadie en los alrededores. Se convertiría en un héroe, en colega de Bobby Bogosian, un colega forrado de pasta. Lo único que debía hacer era apretar el gatillo. Era un cazador excelente.

Y acababa de empezar la temporada del abogado.

Judy clavó las puntas de los palos en la nieve y miró atrás. Mary había vuelto a caerse. Era la segunda vez que se caía, y ni siquiera habían salido de la Veinticinco. Pobrecita.

–¡Mary! –gritó, sabedora de que Mary no la oiría, porque estaba demasiado lejos y la quitanieves armaba demasiado escándalo–. ¡Mary!

No quería volver sobre sus pasos si no hacía falta. No llegarían nunca si tenía que ir retrocediendo cada dos por tres, y tenía los tobillos empapados. Judy entornó los ojos para ver mejor entre la nieve. Mary se lo estaba tomando con mucha calma. Era el momento de acudir al rescate.

–¡Adelante, Hormiga Atómica! –exclamó antes de girar los esquís para regresar.

¿Qué hacía tirada en la nieve? Qué payasa. Típico DiNunzio.

–¡Vamos, gandula, levanta! –vociferó mientras esquiaba.

La nevisca no amainaba, y el viento soplaba con fuerza asesina, azotándole las mejillas como un cuchillo. Debía de hacer un frío récord con el factor viento. A Mary no le convenía nada estar tumbada en la nieve. Se le empaparían los pantalones y lo pasaría fatal durante todo el trayecto. Típico error de novata.

–¡Levanta, Mary! –gritó.

Pero su amiga no se movió. Los copos de nieve se amontonaban sobre sus piernas cruzadas. Aún tenía las manos en las correas de los palos. No estaba haciendo ningún esfuerzo para levantarse, y eso que el viento debía estar echándole nieve en la cara. ¿Qué narices le pasaba?

Apretó el paso con un nudo en la garganta. El instinto le revelaba algo que su cerebro se negaba a aceptar. Algo sucedía. Esquiaba tan deprisa que estuvo a punto de tropezar. Al cabo de un instante se detuvo, arrojó los palos al suelo, sacó las botas de las fijaciones, corrió los últimos metros que la separaban de Mary y cayó de rodillas junto a ella.

–¿Estás bien, Mary?

–Sí.

Tenía los ojos abiertos, pero desenfocados, como aturdidos. Estaba tumbada de costado, aferrada a los palos.

–Estoy bien.

–¿Por qué estás tendida en la nieve?

–Estoy esquiando –musitó Mary, pestañeando y respirando con dificultad–. Allá voy. Ahora te alcanzo.

–¿Qué?

No tenía sentido. Judy se inclinó sobre su amiga, que no pareció reaccionar a la proximidad. Le tocó la mejilla; la tenía muy fría.

–Tengo sed. ¿Tienes leche? –susurró Mary con una risita.

Al acercarse un poco más, Judy descubrió el círculo purpúreo en el centro del anorak. La sangre goteaba sobre la nieve. Era el rojo más rojo sobre el blanco más blanco que Judy había visto jamás. Se quitó el gorro sin saber por qué.

–¡SOCORRO! –chilló mientras miraba a su alrededor, presa del pánico–. ¡QUE ALGUIEN ME AYUDE, POR FAVOR! –vociferó a pleno pulmón.

Las sirenas aullaban mientras dos enfermeros bajaban como una exhalación del camión de bomberos y se ocupaban de Mary. Las luces rojas del camión bañaban la nieve en un matiz rojo. Copos de nieve bermellones caían sobre Judy, que temblaba de frío y miedo. Se aferraba con fuerza a los esquís de Mary para tener algo a que aferrarse.

El conductor saltó del asiento delantero, corrió a la parte posterior del voluminoso camión y sacó una camilla, cuyas patas con ruedas chocaron contra la nieve y se hundieron en ella.

–Le han disparado en la espalda –explicó Judy a los enfermeros con los ojos inundados de lágrimas.

Mary había perdido el conocimiento mientras esperaban la ambulancia y parecía muerta pese a que aún respiraba. Tenía los ojos cerrados y el rostro muy pálido a la estridente luz roja. La cabeza le cayó a un lado cuando los enfermeros examinaron la herida que tenía en la espalda y la cubrieron con una delgada manta verde. Luego contaron hasta tres y la colocaron sobre la camilla.

Judy no soportaba ver aquello... y tampoco soportaba no verlo. Dejó caer los esquís y siguió a los enfermeros mientras empujaban la camilla al interior del vehículo. Uno de ellos subió a la caja mientras el otro seguía empujando. El conductor corrió a la cabina y abrió la puerta. Estaban a punto de marcharse.

–Voy con ustedes –anunció Judy.

–Nada de acompañantes –espetó el enfermero.

No llevaba chaqueta, y el uniforme de manga corta mostró un bíceps abultadísimo cuando cerró el portalón del camión.

–Va contra las reglas.

–¡Es mi mejor amiga!

–Yo no hago las reglas.

–¡Tengo que acompañarla!

Antes de que el enfermero pudiera detenerla, Judy asió la puerta y subió al camión.

–De aquí no me muevo –masculló al tiempo que se agazapaba contra la pared interior del camión–. Lo siento.

–Como quiera.... pero que conste que sólo lo hago porque no puedo dejarla en la puta tormenta –señaló mientras cerraba la puerta y hacía girar el cerrojo–. ¡Vale! –gritó por encima del hombro.

El camión se puso en marcha con la sirena a todo volumen.

Dentro del vehículo iluminado, el equipo médico puso manos a la obra de inmediato. El musculitos cortó las mangas del anorak y el jersey que llevaba Mary, buscó una vena con dedos expertos y le clavó la aguja del gota a gota.

–Posible herida de disparo en el pulmón izquierdo –gritó al conductor por encima del cuerpo inmóvil de Mary–. *Shock* de segundo grado. Está perdiendo entre mil y dos mil centímetros cúbicos. Necesitará dos o quizás tres unidades cuando lleguemos.

El otro enfermero, comprobó las constantes vitales de Mary.

–Ritmo respiratorio, treinta. Tensión arterial, noventa cincuenta. Ritmo cardíaco, ciento treinta.

El conductor repitió los datos por radio. Judy no alcanzó a oír la respuesta. No podía apartar la mirada de Mary mientras los enfermeros se movían a su alrededor. La piel de su rostro parecía de goma, más blanca que la nieve, exangüe.

Le empezaron a castañetear los dientes. Cruzó los brazos sobre el pecho y se agachó en el rincón del camión. El vehículo tenía calefacción, pero nunca había tenido tanto frío en su vida.

28

Long Beach parecía un dedo de bruja sobre el mapa de Marta y resguardaba parte de la costa de Nueva Jersey del océano Atlántico. La isla medía unos treinta kilómetros de longitud por tan sólo ochocientos metros de anchura en algunos puntos; era más pequeña y estrecha de lo que Marta había esperado.

Siguió al monovolumen verde por una calle ancha y nevada que parecía recorrer toda la isla de norte a sur. La calle aparecía desierta pese a que la tormenta no había sido tan dura en aquella zona. Del cielo gris negruzco caían tan sólo copos de nieve diminutos. Marta supuso que la isla estaba vacía porque era invierno, no a causa del mal tiempo.

La camioneta rodaba renqueante por la calle, zarandeada a la izquierda por las fuertes ráfagas procedentes del Atlántico y a la derecha por el viento de la bahía. La calle debía de ser la vía principal en verano, porque estaba flanqueada de tiendas ahora cerradas en la que se anunciaban tablas de surf, bañadores y lociones bronceadoras. Pasó por delante de tiendas de *souvenirs*, lavanderías y restaurantes. Según todos los indicios, en ellos se servía más comida de la que podía consumir cualquier ser humano. HAMBURGUESAS COSTILLAS BATIDOS PIZZA Y EL DESAYUNO COMPLETO. Un cartel en una tienda de juguetes decía simplemente

COMPRE. Marta debía reconocer que, a falta de especificidad, al menos eran sinceros. Sin perder de vista el monovolumen, cruzó una población llamada Surf City, por increíble que pareciera.

El monovolumen y la camioneta se dirigían al norte de la isla. La casa de Steere se hallaba en Barnegat Light, y Marta consultó el mapa con ayuda de la linterna. El pueblo estaba situado en la punta más septentrional de la isla, hacia donde el monovolumen conducía a toda velocidad.

Marta aceleró para no perderlo de vista. Los semáforos estaban apagados. Atravesó un distrito comercial y se adentró en lo que parecía una zona residencial. Junto a la calle aparecieron varios pinos bajos con las agujas cubiertas de nieve. Los arbustos de hoja perenne flanqueaban la vía como árboles de Navidad expuestos para la venta. Las tiendas playeras cutres dieron paso a casas de distintos tamaños y formas; las cajas de zapatos con revestimientos de madera gastada por la intemperie se intercalaban con casas espaciosas y modernas construidas sobre pilares y dotadas de varios porches y grandes ventanales. Las señales de madera colocadas en la mediana nevada indicaron a Marta que estaba atravesando NORTH BEACH, HARVEY CEDARS y LOVELADIES.

Siguió a la furgoneta otros diez minutos, luego veinte. En la camioneta hacía un frío de muerte, por lo que movía sin cesar los dedos de las manos para mantener viva la circulación de la sangre. Los limpiaparabrisas habían encontrado por fin una cantidad de nieve a la que podían hacer frente y oscilaban muy orgullosos y a toda pastilla. Marta estiró el cuello, que aún le dolía del accidente, y se tocó los chichones procedentes de la paliza de Bogosian. Estaba tan hecha polvo como la camioneta, pero de algún modo se sentía viva y llena de energía.

La camioneta iba iluminando las casas por las que pasaba. Los faros daban muy poca luz, por lo que supuso que en el accidente se habría roto uno. Las casas eran grandes sombras oscuras en la noche, y casi todas ellas estaban cerradas. En la playa había cuatro o cinco, y junto a la bahía, aún menos. Cuanto más avanzaba, más grandes y vacías se tornaban las casas.

Al cabo de diez manzanas, las casas dieron paso a mansiones modernas. Eran casas de exposición pintadas con sofisticación, de forma que los tonos rosa y amarillo relucían incluso en la oscuridad. Vio casas angulares y blancas muy apartadas de la carretera, justo en la orilla. Parecían de construcción reciente y hechas por encargo. Una de ellas recordó a Marta la casa acristalada que poseía en Cape Cod, salvo que en Long Beach Island, los solares eran más grandes y aparecían salpicados de vegetación nevada. Presintió que se estaba acercando a la casa. Si Steere tenía una casa en la isla, a buen seguro sería en la zona más exclusiva.

Marta siguió al monovolumen por espacio de otras cinco manzanas, donde lo vio torcer a la derecha en un cruce. Se dirigía a la orilla del mar. Marta se detuvo en la esquina y alumbró una señal con la linterna. Era la calle de Steere, la dirección que recordaba haber visto en su declaración fiscal. Así pues, estaba en lo cierto. Apagó la linterna para que Alix no viera la camioneta y dobló a la derecha.

Condujo por la calle en busca del monovolumen. Casi al final divisó los faros posteriores del monovolumen junto a la acera nevada. Al cabo de un instante se hizo la oscuridad. Marta se hundió en el asiento y esperó. Del monovolumen se apeó una figura con un impermeable negro ondeando al viento y cabello oscuro alborotado. Marta distinguió el rostro con toda claridad gracias a la luz interior del monovolumen. Sin lugar a dudas, era Alix Locke.

Marta se agachó aún más. A lo lejos se alzaba la casa de Steere, que era sorprendentemente distinta a las demás. La parte posterior de la mansión daba a la calle, una fachada antigua y elegante, de contrafuertes victorianos y torreones con voladizos. Tenía tres pisos, estaba revestida de tablas color gris oscuro y se hallaba mucho más apartada de la calle que las demás. Marta supuso que la habían construido sobre un montículo. La mansión aparecía rodeada de pinos, hierba y dunas cubiertas de nieve que la disimulaban en parte. Marta comprendió por qué Steere adoraba aquella casa... y por qué la utilizaría para ocultar en ella algo importante.

Alix subió a la cima de una duna y se dirigió hacia la casa. En cuanto la perdió de vista, Marta aparcó a cierta distancia del monovolumen y apagó el motor. ¿Qué tramaba Alix? Marta asió el macho de fragua y la linterna, y cuando estaba a punto de apearse recordó el buril. Tal vez necesitaría algo más contundente que el martillo.

Marta encendió la linterna y se volvió para buscar el buril en la caja de herramientas de Christopher. Tras varios intentos sacó una escarpia larga de punta afiladísima. El buril, tal como había descrito Christopher, era una herramienta tosca de pesado hierro negro.

–¿Lo tienen en azul marino? –preguntó Marta a un vendedor imaginario antes de guardarse las herramientas en el bolsillo, quitarse los guantes y salir de la camioneta.

En aquel momento, una ráfaga de nieve llegada del Atlántico le azotó el rostro. Nada preparada para la fuerza del viento ni para las tinieblas que la rodeaban, agachó la cabeza e hizo acopio de valor. La noche era negrísima, y el firmamento tormentoso apenas permitía adivinar el tenue resplandor de la luna. Dirigió el haz de la linterna hacia el suelo nevado y se acercó al monovolumen, hundiéndose en la nieve hasta las rodillas. Al llegar junto al vehículo, alumbró el interior para asegurarse de que estaba vacío. Al comprobar que así era, siguió las huellas de Alix hasta la duna. La nieve crujía bajo sus pies. Llegó a la duna y ascendió por su cuesta. Las costillas le dolían a cada paso, y la nieve y el hielo le mordían las mejillas. El viento soplaba con más fuerza a medida que subía. El aire olía a salmuera y tempestad. Alcanzó la cima perlada de la duna y una vez allí se agachó un poco para afrontar el viento que le abofeteaba el rostro y le tronaba en los oídos. Se guardó la linterna en el bolsillo y miró hacia la casa.

Un paisaje de dunas nevadas se extendía sensual hasta la mansión victoriana de Steere y más allá continuaba hasta el cielo negro, una onda infinita, sin horizonte. Entre las dunas se abría un valle de alabastro surcado por la sombra de una mujer. Era Alix, que caminaba a buen paso hacia la mansión con el cabello alborotado por el viento.

Marta se agazapó en la cima de la duna haciendo caso omiso del crujido de sus costillas. Esperó unos instantes para desterrar el dolor de su mente. No podía arriesgarse a seguir aún, porque quedaría expuesta en las dunas, y si Alix la veía, se acabó. Marta se agachó en la nieve como un soldado en su trinchera. No es que supiera mucho de trincheras, pero tenía una imaginación desbordante, rasgo imprescindible para los abogados criminalistas.

Observó a Alix subir la siguiente duna. En cuanto desapareció por el otro lado, Marta se levantó, bajó la pendiente dando traspiés, llegó al valle blanco, corrió a la siguiente y ascendió por la cuesta con toda la rapidez que le permitían las piernas, levantando tras de sí una nube de nieve. Alcanzó la cima, se echó al suelo y respiró profundamente hasta que el pecho dejó de dolerle.

La mansión de Steere se alzaba elegante y majestuosa entre las dunas. Era grandiosa y tenía muchísima clase, cualidades que Steere tan sólo podía comprar. Una gran extensión de nieve incandescente la rodeaba como una capa, y más allá se abría negrísimo el océano. La nieve seguía cayendo del cielo como azúcar molido y se disolvía al entrar en contacto contra el mar embravecido. De repente se encendió una luz en la parte posterior de la mansión. Había una lámpara de seguridad instalada sobre la puerta y otra sobre el garaje de tres coches. Las luces debían de estar equipadas con detectores de movimiento e iluminaban toda la fachada trasera de la mansión.

Marta vio a Alix escoger una llave de un llavero y entrar por la puerta trasera, que al cabo de un instante se cerró con un golpe que quedó ahogado por el rugido del viento y las olas. Marta se levantó y corrió hacia la casa de la playa con el viento retumbándole en los oídos.

29

El personal del alcalde Walker había bautizado su cuarto de baño privado con el nombre de Retrete Conmemorativo Frank L. Rizzo, mote que nunca empleaban en público. El baño había sido instalado gracias a las donaciones procedentes de amigos del alcalde anterior, personas que sin duda querían que su héroe cagara con estilo. Las paredes estaban revestidas de mármol blanco veteado de oro, y el inodoro aparecía elevado sobre un pedestal a juego. El mostrador que rodeaba el lavabo también era de mármol, mientras que todos los accesorios estaban chapados en oro. El conjunto surtía un efecto tipo Roma bajo el mandato de Nerón, una buena analogía para lo que había sido Filadelfia bajo el mandato de Rizzo.

El alcalde Walker detestaba aquel cuarto de baño, pero profanar la memoria de Rizzo le costaría todos y cada uno de los votos del sur de Filadelfia. En aquel instante cerró los ojos para no ver el mármol blanco y se lavó la cara con agua fría en un intento de mantenerse despierto pese a que la medianoche ya había pasado a la historia.

–Habla, Jen –pidió entre chorros de agua fría–. ¿Qué noticias hay?

–La abogada de Steere, DiNunzio, está en el hospital.

De pie en el umbral, Jen se apoyaba contra la jamba de

mármol para no perder el equilibrio. Se había tomado el analgésico justo a tiempo, pero aun así la cabeza le dolía como en las peores resacas. Tenía muchísimas cosas que hacer, pero lo único que quería era echarse un rato.

–¿Sobrevivirá?

–Es poco probable. He redactado una necrológica y la he dejado en el podio con el discurso. Es el anexo A. Si muere antes de la conferencia de prensa, inclúyala en el discurso.

El alcalde titubeó un instante; Jen podía llegar a ser tan fría...

–Es una verdadera lástima. ¿Es de Filadelfia?

–Sí.

–¿De qué parte?

–De la zona sur. Fue a la Facultad de Derecho en la Universidad de Penn, bla, bla, bla, amiga de sus amigos, bla, bla, bla, todos la echaremos de menos. Todo está en la necrológica que le he dejado en el podio. DiNunzio es la de aquel caso de acoso hace un tiempo.

–¿En serio? Bueno, no lo mencionaré –aseguró Walker, dejando que el agua fría le corriera por las mejillas–. ¿Has imprimido el discurso a doble espacio?

–Por supuesto.

–¿Y has usado el tipo de letra que me gusta, el grande?

–Humanista.

–Gracias.

–No, humanista es el tipo de letra.

–Bien, ¿qué más? –espetó el alcalde, ruborizado.

–Richter sigue sin aparecer, y tampoco han localizado al sospechoso del asesinato de los guardias de seguridad. La otra abogada está bien.

–Judy Carrier, ¿verdad?

–Exacto.

El alcalde esbozó una sonrisa. Cuando uno era un genio...

–O sea que Carrier puede seguir adelante con el caso Steere.

–Sí.

–Estupendo.

Se enjugó el rostro con las manos y formó un cuenco con ellas para beber agua. No sabía por qué todo el mundo detestaba el agua del grifo en Filadelfia. La llamaban «Ponche Shuylkill», pero al alcalde le parecía genial.

–¿Carrier también es de Filadelfia?

–No nació aquí.

–Entonces no cuenta para los votantes de aquí.

El alcalde se irguió, cerró los grifos dorados y cogió una esponjosa toalla blanca del estante de mármol. Ya se sentía mejor. Si Steere aún tenía abogado, sus posibilidades de pedir la anulación del juicio eran muy bajas teniendo en cuenta que el jurado ya estaba deliberando. Tal vez conseguirían a fin de cuentas una condena.

El alcalde se secó el rostro absorto en sus pensamientos. Los acreedores de Steere debían de empezar a ponerse nerviosos. ¿Cuándo exigirían el pago de los créditos? Si las propiedades de Steere salían a subasta, la ciudad las compraría a precio de saldo. O tal vez los bancos las venderían a empresarios razonables, ladrones a los que pudiera manejar, no capullos como Elliot Steere.

–Steere es un capullo, ¿lo sabías? –constató el alcalde.

–Lo sabía –asintió Jen.

Llevaba años escuchando innumerables variaciones sobre el mismo tema. El alcalde estaba obsesionado con Elliot Steere. Había insistido en que el fiscal del distrito acusara a Steere de asesinato y solicitara la pena de muerte. El alcalde siempre permitía que las emociones se apoderaran de él. Por eso Jen hacía apuestas compensatorias.

–Mira el edificio Simmons, por ejemplo. Un edificio de ciento cincuenta años de antigüedad, uno de los más hermosos de la ciudad. Un edificio histórico, con mucha historia, historia importante, historia de Filadelfia, ¿sabes? Con unas bonitas arcadas blancas, como el viejo edificio de Lit Brothers. Steere lo compra por dos millones, lo deja irse al carajo y luego lo vende a Temple por diez millones.

–Parece un buen negocio –comentó Jen, aunque sabía que el alcalde no estaría de acuerdo.

De todos modos, poco le importaba. Tenía que salir de allí.

–Puede que sí, pero ¿sabes una cosa? Ese hombre no amaba el edificio –señaló el alcalde, agitando un dedo mojado–. Ese hombre no amaba el edificio, te lo digo yo. Si eres propietario de un edificio como ése, tienes que amarlo. No es un rollo de papel higiénico, por el amor de Dios. Por eso es un capullo, ¿entiendes? Sólo un capullo haría una cosa así.

–Sí.

El alcalde se preguntó si Jen lo estaba escuchando.

–¿Puedes incluirlo en el discurso?

–¿Que Elliot Steere es un capullo? Me parece que no.

El alcalde meneó la cabeza. No se refería a eso, y ella lo sabía. A veces Jen no le caía nada bien. Eso sí, hacía muchas cosas por la ciudad, como el programa de alfabetización, la campaña pro donación de sangre o lo de la donación de órganos. Todo ello por iniciativa propia cuando ambos estaban en la oficina del fiscal del distrito.

–¿Hemos terminado? –preguntó Jen–. La prensa está esperando.

El alcalde se restregó el rostro hasta dejárselo completamente rojo.

–¿Dónde está tu amiga Alix Locke?

–Se ha ido, gracias a Dios.

–Va a por mí, Jen. No se detendrá hasta que deje el cargo. Tiene intención de joderme la reelección ella solita. ¿Qué le he hecho?

El alcalde dejó caer la toalla en el canto del lavabo de mármol. Jen la cogió y la colgó en el soporte.

–No empiece, ¿vale?

Jen se pasó las cuidadas manos por el cabello oscuro. Estaba exhausta. Cada vez era más tarde, y tenía que irse de allí.

–Los periodistas esperan. Hay más desde lo de DiNunzio. Salgamos a dar de comer a los animales y luego vayámonos a casa.

–¿Son todos de la prensa local o también hay alguno de la nacional? –preguntó el alcalde, acercándose más al espejo para comprobar si le convenía afeitarse la barba incipiente.

–De momento, sólo de la local. La CNN viene de camino, pero la nieve los está retrasando. Debería afeitarse.

–¿Otra vez? Ya me he afeitado dos veces hoy; me duele un montón la cara, y además me salen bultitos rojos.

El alcalde se estremeció, pero Jen cogió una cuchilla desechable del estante y se la alargó.

–Aféitese. Tenemos compañía, así que debemos salir. Nos están esperando.

–Si aparece la CNN me afeito. ¿Qué te parece?

–Mire, tenemos que irnos. Al menos yo tengo que irme –suspiró Jen.

El alcalde siguió admirando su reflejo. Veía a un hombre fuerte, vibrante, pletórico de energía y pasión. La personificación del compromiso, la inteligencia y la integridad en la flor de su vida política. Courtney lo llamaba semental, pero su mujer no empleaba semejantes términos. Tal vez porque pertenecía a otra generación.

–Tengo que preguntarte una cosa, Jen.

–¿Qué?

–¿Crees que me estoy quedando calvo? –preguntó al tiempo que inclinaba ligeramente la cabeza.

30

Judy estaba hundida en una silla de la sala de espera del hospital, con la mirada clavada en los restos de sangre que le manchaban las manos. Sentía náuseas. No había podido limpiarse toda la sangre, cuyos vestigios se habían tornado negros y permanecían indelebles en las líneas y arrugas de las palmas como trazos de tinta china. Tenía la línea de la vida dibujada con la sangre de su mejor amiga.

Sepultó las manos entre las rodillas para no seguir viéndolas, pero no sirvió de nada; la sangre de Mary también le manchaba los pantalones porque la había abrazado mientras esperaban la ambulancia. Judy miró a su alrededor en busca de alguna distracción. Montado sobre un soporte en el rincón de la sala vacía reservada para la unidad de cirujía se veía un televisor encendido. La nieve caía en la pantalla al igual que en el exterior. Un periodista entrevistaba a un burócrata ataviado con corbata y gorro de esquí. La siguiente imagen mostraba unos enormes camiones que echaban sal en la carretera.

Judy no podía concentrarse en la pantalla; sus pensamientos no cesaban de volar hacia Mary. Mary, allí tendida, sangrando. En aquel momento la estaban operando. Estaban haciendo todo lo posible, le habían asegurado un médico y una enfermera ya mayor. Todo el mundo estaba haciendo lo posible, se repetía Judy una y otra vez, como un mantra. Diría lo mismo a los padres y la gemela de Mary cuando llegaran. Pero los DiNunzio eran mayores, y a Judy le preocupaba que no pudieran afrontar el golpe.

Intentó serenarse. Tenía que calmarse para recibir a los DiNunzio. Se retrepó en la silla y cruzó las piernas para no ver la mancha de sangre de sus pantalones. Entrelazó los dedos y luego se cruzó de brazos. Habría llamado a sus padres, pero estaban otra vez de viaje. Miró a su alrededor, pero su vista no tenía dónde posarse.

Se volvió de nuevo hacia el televisor y de repente se irguió con expresión incrédula. En la pantalla se veían sobreimpresas las palabras NOTICIA DE ÚLTIMA HORA junto a una fotografía de Marta que se recortaba contra la imagen de las dependencias de Rosato & Asociadas. Luego una imagen del ascensor bañado en sangre, y a continuación dos planos rápidos de los guardias de seguridad en el edificio. ¿Qué? ¿Qué estaba sucediendo? Judy no daba crédito.

De repente apareció el rostro de la presentadora. Sus labios pintados se movían, pero de ellos no brotaba sonido alguno. El volumen estaba al mínimo. Judy se levantó de un salto y corrió junto al aparato. Era lo bastante alta para llegar a él, pero no encontraba los botones. ¿Dónde estaba el dial del volumen? Colocó una silla bajo el televisor y se encaramó a ella.

De cerca, el rostro de la presentadora aparecía enorme y plano, de colores demasiado llamativos. Sus ojos eran de color azul zafiro, sus labios, rosa increíblemente intenso. Seguía hablando en silencio, abriendo y cerrando la boca. Judy buscó los mandos en todas partes. ¿Dónde estaba el control del volumen?

Aparecieron más imágenes de Marta hablando ante el Centro de Justicia Penal. A su espalda se veía la superficie acristalada de la fachada. Debían de ser imágenes de archivo del juicio de Steere. El pánico amenazaba con adueñarse de Judy. ¿Le habría sucedido algo a Marta? ¿Le habrían disparado, como a Mary? ¿Y los guardias de seguridad? Judy continuó buscando los botones como una loca. Ni rastro de ellos. Tanteó todas las superficies del televisor. Tan sólo plástico frío y completamente liso. ¡Mierda! ¿Dónde coño estaba?

–¿Cómo se sube el volumen? –gritó a sabiendas de que el lugar estaba desierto, pues ni siquiera había visto a una recepcionista al llegar–. ¡Eh!

No acudió nadie, pero tampoco se atrevía a alejarse del televisor. Tal vez funcionaba con un mando a distancia. Judy se volvió sin bajar de la silla y escudriñó la sala de espera en busca de un mando, pero no se veía nada en las mesitas ni las sillas.

En la pantalla, el alcalde hablaba en lo que parecía una conferencia de prensa. Exhibía una expresión solemne tras el micrófono colocado sobre el podio en que se veía el sello de la ciudad. A su izquierda estaba la jefa de gabinete con cara igual de sombría. En la parte superior de la pantalla leyó la palabra DIRECTO. ¿Qué estarían diciendo? ¿Tendría algo que ver con Marta? ¿O con Mary?

En aquel instante, Judy vio un pequeño panel de plástico bajo la pantalla. Lo golpeó un par de veces en un intento de abrirlo, pero el panel no cedió. Siguió asestándole puñetazos hasta que por fin se abrió, dejando al descubierto varios diales diminutos alineados en un compartimento. Judy los hizo girar con los dedos manchados de sangre. Los colores falsos del televisor pasaron de los matices carne al naranja más estridente, del azul cobalto al negro, pero seguía sin oír nada. ¿Cómo se subía el puto volumen?

En la pantalla estaban entrevistando al inspector de policía ante la comisaría central. ¿Qué estaba sucediendo? De repente, un anuncio. Las noticias habían terminado. ¡No! ¿Acaso alguien pretendía matarlas a todas? ¿Quién estaba detrás de aquel asunto? ¿Steere? Judy no podía permitírselo. Se resistiría. Tenía que oír lo que decían. Golpeó el panel del televisor hasta que la tapa se rompió y siguió golpeándolo hasta hacerlo añicos, hasta destrozarlo por completo, hasta aniquilar el puto trasto, matar todos los colores de pega con la fuerza de su rabia, su voluntad y su dolor, golpeando con furia hasta que la mano le quedó cubierta de sangre, de su sangre, por fin.

Judy estaba sentada en la silla con la mano envuelta en una venda. Le habían dado tres puntos de sutura, pero no había permitido que la sedaran. Había restregado los pantalones de esquí para limpiar la sangre y también se había lavado la cara y las manos. Una enfermera le llevó jabón antibacteriano, con el que pudo limpiarse casi toda la sangre de la mano buena. Estaba exhausta, desprovista de toda emoción. Contemplaba su entorno como desde lejos.

Bennie Rosato había llegado enfundada en unos vaqueros y un jersey, con el amplio rostro carente de maquillaje y fatigado. Tras asegurarse de que Judy estaba bien, se sentó a consolar a la madre de Mary, una mujer mayor con el cabello crepado y aspecto de pajarillo. La señora DiNunzio sollozaba sentada junto al padre de Mary, un hombre bajito y calvo cuyo cuerpo de obrero se había ablandado con la edad. Tenía los ojos enrojecidos, pero al menos era capaz de consolar a su mujer.

Con ellos se sentaba la hermana de Mary, Angie, su gemela. Su cabello, que llevaba más corto que Mary, era del mismo matiz rubio sucio, y sus ojos eran tan grandes y castaños como los de su hermana. También la boca era idéntica, ancha y de labios carnosos. A Judy le gustaba mirar a Angie, pues se le antojaba que Mary estaba allí con ella, sana y salva de nuevo.

Angie hablaba en voz baja con sus padres y Bennie. Los cuatro estaban sentados muy juntos, un círculo inquieto y lloroso. Judy no oía la conversación desde donde se hallaba, pero veía los labios de Angie moverse como los de la presentadora de televisión. Los DiNunzio tenían el volumen al mínimo y existían en dos dimensiones. Todo lo que la rodeaba le parecía muy lejano. Que siguiera así; que Bennie consolara a los padres de Mary, ella sabría qué decirles. Mientras, Judy tenía que pensar en lo que debía hacer.

31

Marta bajó como una exhalación por la duna nevada y corrió hacia el costado izquierdo de la casa. Las lámparas de seguridad la iluminaron en cuanto llegó a su campo de acción invisible. Apretó aún más el paso y siguió corriendo y levantando nieve a cada paso. Pasó de largo la puerta trasera. Si bien la tentaba seguir a Alix al interior de la mansión, era demasiado arriesgado. En el interior se iban encendiendo luces, y Marta necesitaba ver lo que ocurría en la casa.

Llegó a la sombra que proyectaba la pared lateral y dobló la esquina. Las luces de seguridad se apagaron y se hizo de nuevo la oscuridad. Marta se apoyó sin resuello contra la pared. Las costillas la estaban matando. No había hecho mucho ejercicio durante todo aquel año, la verdad. El viento y la nieve llegaban en ráfagas desde el mar y le alborotaban el cabello. Los ojos le ardían por el frío y la sal. Se aferró a las toscas tablas de la pared, pestañeando para mitigar el escozor. La nieve le sepultaba los dedos enguantados y se adhería a las tablas de madera en manchas. Los montículos de nieve le llegaban a las rodillas.

Tenía que seguir adelante. Respiró hondo, hizo acopio de valor para aguantar otra tanda de punzadas de dolor y corrió a lo largo de la casa, deslizando una mano por la pared para no perder el equilibrio. Las ventanas eran bastante altas, y la luz procedente del interior le bañaba la cabeza. Llegó a la parte delantera de la mansión y se asomó a la esquina. La fachada de la casa era aún más grandiosa que la parte posterior, con un frontispicio en forma de inmenso porche. Una hilera de ventanas arqueadas dominaba la pared delantera, y por ellas se filtraba la luz del salón.

La estancia aparecía revestida de librerías atestadas de elegantes volúmenes de cuero rojo y marrón. Sofás victorianos y sillas antiguas rodeaban una mesita baja de caoba tallada. No se veía ningún televisor. La decoración no respondía a los gustos de Steere... Tal vez era obra de un decorador o de Alix. Al otro lado de la chimenea se abría un comedor oscuro, tras el cual se hallaría seguramente la cocina. Marta había visitado suficientes casas antiguas para saberlo. No había rastro de Alix, al menos no la veía desde donde se encontraba. Tendría que avanzar hacia el centro de la fachada para ver mejor. Pequeñas dunas se alzaban ante la casa, y Marta divisó una a unos diez metros de distancia. Una ráfaga de viento azotó la cima y levantó una polvareda de nieve.

Marta corrió hacia ella, pero cuando se hallaba delante del porche, algo la detuvo. El anorak se le había quedado enganchado en una valla de madera. Tiró de él, pero no consiguió soltarlo. Estaba delante del salón, expuesta en un rectángulo de luz. Volvió a tirar del anorak y al volverse de nuevo hacia la ventana se quedó petrificada.

Bogosian estaba a punto de entrar en el salón. Marta contuvo un grito. Bogosian estaba frente a ella, separado tan sólo por las ventanas. La vería de inmediato si miraba por ellas. Iba caminando y moviendo la cabeza de un lado a otro, sin duda buscando algo.

El pánico comenzó a apoderarse de Marta. Tiró del anorak con todas sus fuerzas, pero seguía atrapado en la valla. Estaba totalmente expuesta mientras se debatía con el puto anorak. Tiró una vez más y estuvo a punto de perder el equilibrio, pero de repente la valla tembló con violencia, y Marta pudo soltar el anorak. A causa del impulso cayó sobre un montículo de nieve, donde permaneció inmóvil como un muñeco de nieve muerto mientras pensaba a toda velocidad.

¿De dónde había salido Bogosian? ¿Había llegado en coche? ¿Dónde estaba su coche? ¿En el garaje? Marta no se había molestado en buscar huellas de neumáticos en la nieve, porque estaba completamente concentrada en Alix. No había visto a Bogosian seguir a Alix, por lo que dedujo que debía de haber llegado antes. Para esperar. Quizás había supuesto que Marta intentaría registrar la casa de Steere. O tal vez había quedado con Alix allí.

Marta estaba demasiado aterrada para responder aquellas preguntas. La nieve le congelaba el cuello y las orejas. Siguió sin moverse para no llamar la atención de Bogosian. Pero por otro lado, tenía que saber dónde estaba. Por fin se armó de valor y echó un prudente vistazo a la casa. El salón aparecía desierto. ¿Dónde estaba Bogosian? ¿Vendría a por ella? Podía intentar llegar hasta la camioneta.

Se puso en marcha, pero se detuvo al ver a Bogosian en la escalera que conducía a la primera planta. Marta se estremeció de frío y miedo al recordar a los guardias ensangrentados. Tenía que mantener la serenidad. ¿Qué tramaba Bogosian? Tenía que averiguarlo.

Se tumbó de bruces y avanzó a rastras la escasa distancia que la separaba de la duna. Se agazapó tras ella, con el viento azotándole la espalda. El cabello le golpeaba las mejillas como un látigo; intentó apartárselo de la cara. Las olas rompían en la playa con un rugido ensordecedor. Bogosian seguía parado en la escalera, al parecer escudriñando el primer piso con los ojos entornados.

Marta alzó la vista hacia la primera planta de la mansión. En una ventana bastante alejada, seguramente correspondiente a un cuarto de baño, se veía luz. Estaba demasiado arriba para que Marta viera algo. En la escalera, Bogosian ladeó la cabeza como un pitbull, la enorme mano apoyada en la barandilla. A juzgar por la situación, no parecía que Bogosian y Alix hubieran quedado para encontrarse allí. Marta sintió un ominoso nudo en la boca del estómago.

La luz del primer piso se apagó. Una fracción de segundo más tarde, otra luz se encendió en la ventana contigua. A buen seguro, Alix iba de habitación en habitación. Marta estiró el cuello, pero aun así no vio nada. ¿Qué estaba sucediendo? Tendría que desplazarse si quería ver algo.

Como un cangrejo retrocedió unos pasos hacia el mar hasta llegar a otra duna, tras la cual se ocultó. Desde ese punto de observación alcanzaba a ver la cabeza y los hombros de Alix en una habitación del primer piso. Por lo visto, Alix estaba buscando algo en una suerte de gimnasio equipado con un aparato de *steps* y una bicicleta estática. Marta vio a Alix abrir un armario y revolver su contenido. Toallas blancas y botellas de agua mineral cayeron al suelo. ¿Qué buscaba?

En la escalera, Bogosian avanzó un paso y deslizó la mano enguantada sobre la barandilla.

Marta alzó de nuevo la vista. La luz del gimnasio se apagó. Al cabo de un instante se encendió otra en el centro de la primera planta, donde un conjunto de puertas acristaladas daba a una terraza de madera. Las puertas le permitieron comprobar que Alix estaba en un despacho, abriendo archivadores y revolviendo todo su contenido. Montones de papeles flotaron hacia la moqueta. Alix siguió buscando. ¿Qué buscaba?

Un movimiento repentino en la escalera le llamó la atención. Bogosian se sacó la Magnum de la sobaquera.

Dios mío. Marta miró a Alix, que seguía buscando de rodillas frente a los archivadores.

Bogosian subió la escalera con el arma preparada. ¿Sabía que Alix estaba allí arriba? ¿Tenía intención de matarla? ¿Por qué? Marta no sabía qué hacer. El pánico le atenazaba el pecho.

Alix intentaba abrir una caja de cartón con las uñas. Al cabo de un instante agarró unas tijeras y la desgarró con la hoja.

Bogosian llegó al final de la escalera. Marta sintió que el pulso se le aceleraba bajo el anorak. ¿Qué podía hacer? Tenía que hacer algo. No podía permitir que Bogosian matara a Alix. No había nadie en los alrededores. Estaban en medio de una tormenta de nieve. No podía llegar a tiempo a la casa aunque lo intentara. Se levantó, tambaleándose a causa del fuerte viento.

Alix seguía de rodillas ante la caja de cartón y repasaba su contenido. Bogosian apareció en el umbral y le apuntó el arma a la frente. Una ola rompió con un tremendo rugido contra la playa, pero Marta se oyó gritar pese al estruendo.

32

La nieve volaba en torno al rascacielos de acero que albergaba el bufete de abogados más grande y caro de la ciudad, Cable & Bess. La luz se filtraba por los vidrios verde esmeralda de sus ventanas como un collar de diamantes alrededor del cuello del edificio. Un abogado de cabello acerado estaba sentado en el diamante de la esquina, hablando por teléfono. John LeFort, de sesenta y dos años, pero en estupenda forma física, conservaba la compostura y la profesionalidad pese a que era más de medianoche y tenía al teléfono al quinto banquero descontento de la velada. Todos ellos eran acreedores del cliente de LeFort, Steere.

–Le aseguro que las deudas del señor Steere están bajo control –aseguraba LeFort en aquel instante.

Deslizó un dedo sobre una de sus oscuras cejas, que cobijaban sus ojos claros y facciones delicadas como un techo sólido. LeFort, licenciado por Harvard, era un gran abogado experto en asuntos bancarios, de modo que no juzgaba a sus clientes. Algunos amasaban fortunas, otros se arruinaban.... y todos volvían a probar suerte.

–En mi opinión, las deudas no están bajo control –contradijo el banquero.

En este caso se trataba de Morris Barrie, del First Federal. LeFort había tratado con él muchas veces a lo largo de los años y lo conocía muy bien. Ambos hablaban el mismo lenguaje, por lo que aquella conversación, que en otras circunstancias podría haber tomado un cariz muy desagradable, transcurriría de un modo bastante civilizado.

–Necesitamos otro aplazamiento, Mo –constató LeFort con voz monótona.

Siempre empleaba el pronombre «nosotros» al referirse a sus clientes para alentar a sus acreedores a considerarlos un equipo, un equipo que no podían abandonar.

–No sé, John –dijo Mo, que mostraba indicios preocupantes de no sólo querer dejar el equipo, sino también de cambiar de deporte.

–Bastaría con un mes para los pagos de capital.

–Ya hemos aplazado el asunto durante seis meses. ¿Cuánto tiempo más podemos esperar? Steere debe el capital pasado y presente de sus préstamos más cuantiosos.

–Se trata de una situación temporal –intentó apaciguarlo LeFort.

Paseó la mirada por la mesa atestada de correspondencia y carpetas muy bien ordenadas. Un conjunto de estilográfica y lápiz Waterford, así como unas cuantas fotografías en blanco y negro, constituían los únicos toques personales. A LeFort le gustaban mucho más las fotografías en blanco y negro que en color.

–Efectuaremos el pago de los intereses y reanudaremos los pagos de capital en cuanto se haga pública la absolución, es decir, en cualquier momento. El banco ha congelado las propiedades como garantía, así que la deuda está bajo control.

–Pues la verdad es que no lo entiendo. He revisado los préstamos, y esas propiedades no pueden generar la liquidez necesaria para reanudar los pagos de capital teniendo en cuenta los intereses y los impuestos. El objetivo de la inversión era la reventa de las propiedades, pero la situación legal de Steere lo hace improbable, tal vez incluso imposible.

–Nuestra situación legal es sólida.

–¿Sólida, dices? Sus abogadas defensoras están cayendo como moscas. A una le han pegado un tiro y la otra ha desaparecido. Ha salido en todas las cadenas. Mi mujer cree que han abandonado el barco, por el amor de Dios.

LeFort lanzó una carcajada, aunque no lo bastante estentórea para ofender. Todo el mundo sabía que Bunny era una histérica.

–No olvides que el jurado está deliberando. El caso está clarísimo. Estuve en la sala del tribunal, escuché los alegatos finales y puedo asegurarte que absolverán a Steere mañana mismo.

–Eso lo dices tú, pero la refinanciación de Steere sitúa la deuda por encima del cálculo conservador..., por encima de cualquier cálculo, en realidad, del valor de liquidación de la propiedad. Sobre papel, estos nueve edificios están valorados en noventa y tres millones, pero probablemente no valen más de sesenta, y nuestro riesgo va aumentando.

–Este asunto está a punto de resolverse, Mo.

–El comité está preocupado, John, muy preocupado. Cada hora que el jurado pasa deliberando el veredicto, las posibilidades de venta de las propiedades disminuyen. Si invalidan el jurado, esto podría alargarse otro año, y entonces no podríamos esperar la mejor oferta, sino que nos veríamos obligados a liquidar.

–No tendremos que liquidar.

–No me importa decirte que en esta cuestión estoy solo..., quiero decir personalmente –suspiró Mo.

Al fondo se oyó el tintineo musical de unos cubitos de hielo contra cristal. LeFort sabía lo que eso significaba: Glenfiddich, el elixir de las evaluaciones pesimistas.

–Yo no me preocuparía en exceso, Mo.

–¿Cómo quieres que no me preocupe? Te he prestado más de lo que valen esas propiedades. El comité va a pedir mi cabeza a gritos. –Otro tintineo seguido del sonido de un sorbo discreto–. Si Steere tiene algún recurso oculto, algún activo de emergencia, debería utilizarlo ya. Dinero en Suiza, en la Isla de Man, en las Caimán, donde sea. Ahora es el momento. Esconder esos recursos ya no es...

–No estamos escondiendo nada –le aseguró LeFort.

No había nada que esconder. Desde cualquier punto de vista, el valor neto de Steere era negativo, lo cual le confería un poder extraordinario, pero nadie que hiciera negocios con él podía admitirlo. En otras palabras, de no haber estado tan endeudado, Steere habría estado arruinado. A LeFort ya no le parecía irónico que una deuda astronómica fuera tan poderosa como una riqueza astronómica.

–Sé que no somos los únicos acreedores –señaló el banquero–, y desde luego no queremos ser los últimos en reclamar el pago de la deuda.

LeFort hizo una mueca al oír aquello, una expresión más fea que cualquier insulto, como bien sabía cualquier abogado especializado en asuntos bancarios.

–Exigir el pago de la deuda es un recurso muy negativo, Mo. No te interesa enviarnos a todos a la bancarrota. El banco se vería obligado a pactar por una fracción vergonzosa ante los tribunales. Vamos, ten un poco de paciencia, que todo saldrá bien.

–Estoy entre la espada y la pared, John –insistió Mo, acompañado de un tercer tintineo, éste más hueco, lo que indicaba que ya no quedaba líquido en el vaso.

LeFort supuso que Mo se serviría otra copa, y así fue. O sea que los rumores que John había oído en el club eran ciertos.

–No olvides que tienes la garantía personal de Steere sobre la refinanciación –agregó.

Una carcajada seguida de un buen trago.

–¿Qué vale la garantía personal de un delincuente convicto?

LeFort se puso rígido. Empezaba a hartarse de aquella conversación y además era la cuarta que sostenía esa noche. Había llegado el momento de ponerse duro.

–¿Vas a exigir el pago, Mo?

–Yo no he dicho eso.

–Bien, pues entonces necesitamos otros treinta días.

–No puedo hacerlo, John.

–Entonces exige el pago del crédito.

–Tampoco puedo hacerlo –masculló en tono claramente frustrado–. Si Steere tiene intención de vender las propiedades al ayuntamiento, lo instaría a considerar ahora mismo ofertas reducidas. Hoy hemos recibido dos llamadas de la oficina del alcalde. Quieren esas propiedades, John, y dicen que el precio de salida es cincuenta millones.

–Aún no estamos preparados para vender. Esperamos que el precio suba a medida que se acerquen las elecciones.

–¿Más dinero del ayuntamiento, John? Es como pedir peras al olmo.

–No del ayuntamiento. Tenemos entendido que cabe la posibilidad de que se forme un grupo para adquirir las propiedades, el de Leonard Corbin y su gente.

–No podemos esperar; el comité no lo permitirá. Una de esas propiedades debería quedar apalabrada a final de semana.

LeFort irguió los hombros bajo las hombreras de la americana.

–Las propiedades se venderán por un precio justo y que consideremos adecuado.

Un largo suspiro seguido de un silencio.

–Esto me está matando, John –musitó por fin Mo.

–Llevamos años haciendo negocios juntos. El banco saca buenas tajadas de estos créditos. Las ha sacado y las seguirá sacando.

–Pero las noticias sobre las abogadas son espeluznantes.

–Ojos que no ven... El jurado no lo sabe, así que no perdamos la calma, ¿de acuerdo?

–De acuerdo, John.

El banquero exhaló un último suspiro etílico y colgó.

Elliot Steere estaba sentado en su celda con los ojos cerrados y la cabeza apoyada contra la pared de hormigón. El guardia de las cicatrices de viruela le había hablado de los guardias de seguridad muertos y del asunto de DiNunzio. Seguía en el bando ganador, pero había surgido un problema. Debía evaluar la situación y acto seguido actuar. Tenía muchas opciones, mucho margen. Su condición de hombre encarcelado no era más que un espejismo.

Steere apoyó las manos junto a los costados, relajó el cuerpo y dejó que sus pensamientos vagaran en libertad. Lo primero que debía considerar eran las fuerzas de que disponía, una mujer y un hombre. Había ordenado a la mujer que destruyera el expediente, y lo haría tanto porque él se lo había ordenado como porque el expediente la incriminaba. Steere suponía que la mujer había tomado las medidas necesarias para obedecerle, y como no había tenido noticia de lo contrario, consideraba que todo iba bien.

Sus pensamientos se concentraron en el hombre, Bogosian. Le había dado instrucciones de que se quedara con Marta, pero a todas luces, algo había salido mal. Sin embargo, Bogosian conseguiría controlarla; no permitiría que escapara. Seguiría adelante hasta que acabara el trabajo o acabara con Marta.

El rostro de Steere era una máscara inexpresiva, pero sus ojos se movían bajo los párpados cerrados. Marta tenía que morir, no quedaba otro remedio. Ya no le resultaba útil, porque el jurado estaba deliberando. Si desaparecía y más adelante aparecía muerta, Bogosian podría simular un suicidio o un atraco. Bogosian se encargaría de todos los detalles, como ya había hecho en otras ocasiones.

Steere respiró hondo para adentrarse en un estado de meditación. Bogosian había disparado a DiNunzio en el puente. Un movimiento inesperado, pero lo había hecho para salvar la operación. Era una táctica inteligente que demostraba iniciativa propia, y Steere recompensaría a Bogosian por ello. Como decía Sun Tzu, «Nunca te muestres excesivamente indulgente con los subordinados, porque serán como niños malcriados; considéralos como bebés y sé capaz de conducirlos a la batalla». Era lo que Steere sentía en ese instante acerca de Bogosian, un sentimiento casi paternal que no tardó en disiparse.

¿Qué pasos debía dar para alcanzar la victoria? Tenía que ser flexible y conservar la serenidad. Sus enemigos estaban sumidos en el caos, dispersos, heridos. Steere ocupaba una posición de poder y debía mantener la calma para sacar el mayor partido posible a las circunstancias. «Sé como el agua en la batalla. El agua se amolda al terreno determinando su movimiento, y las tropas se amoldan al enemigo para determinar la victoria.»

Los pensamientos de Steere se tornaron claros como agua de manantial. El daño que había causado a sus abogadas podía traer consigo la anulación del juicio, y eso era lo último que quería. Se había asegurado el veredicto del jurado y sabía que su miembro del jurado tendría éxito. Un juicio nulo costaría a Steere la presencia de ese miembro, le impediría salir de la cárcel e inquietaría a sus acreedores. No. Quería que el caso siguiera adelante, que el veredicto, inexorable, se hiciera público. Debían declararlo inocente, y pronto. Era la única opción.

Steere consideró su situación económica. También sus acreedores necesitaban conocer el veredicto lo antes posible, ya que sin duda estaban amenazando con exigir el pago de los créditos. Había indicado a LeFort que jugara duro y sabía que llegarían al límite. Los bancos no querrían ponerse demasiado duros con él. Detestaban los enfrentamientos y los conflictos, incluso en forma de litigio, la más civilizada. Steere sonrió para sus adentros. Los bancos tampoco sabían nada de la guerra. Ahora que todo el mundo tenía la bomba, nadie tenía huevos para utilizarla.

Volvió a respirar hondo. «Sé como el agua en la batalla.» Debía contemplar la posibilidad de que uno de los banqueros exigiera el pago de su crédito. Un incendio provocado por un fallo eléctrico generaría el capital necesario. Steere otorgaría al banco el derecho a cobrar el seguro, lo que le daría tiempo antes de que se le echaran encima los demás acreedores. En ningún caso permitiría que el alcalde se hiciera con las propiedades. Steere había diseñado una estrategia para derrotar al alcalde, y las propiedades formaban parte integrante de ella. «Ambos bandos se acechan durante varios años para luego luchar por la victoria en un solo día.»

De repente llamaron a la ventana de su celda, y el sonido arrancó a Steere de sus cavilaciones. Era el guardia.

–Señor Steere –llamó a través del grueso panel de plástico transparente–, ha venido a verlo su abogada.

33

Bennie estaba sentada ante el ordenador en el dormitorio de invitados que eufemísticamente denominaba despacho. Numerosos libros y papeles sobresalían de las estanterías situadas sobre la pantalla; tazas de café vacías y cucharillas sucias amenazaban con devorar el teclado ergonómico. Un perdiguero dorado llamado *Bear* yacía a los pies de Bennie entre botas de goma mojadas, faxes prehistóricos y bolas de pelo canino. En opinión de Bennie, uno podía escoger entre limpiar y disfrutar de la vida, actividades mutuamente excluyentes. ¿No fue el juez Brandeis quien afirmó que el sol era el mejor desinfectante? Sea como fuere, aquella frase constituía la filosofía doméstica de Bennie.

Pulsó el ratón y se quedó mirando la imagen ampliada del hombre negro. Eb Darning, empleado de banca, un hombre bien afeitado y mejor vestido. Bennie hizo otro clic para ver la fotografía de Heb Darnton que había importado del periódico a través de la red. Debía de ser una fotografía policial. Heb tenía una barba espesa, cabello alborotado y la expresión propia de los indigentes.

Pulsó una tecla para visualizar ambas imágenes en pantalla. Eb Darning/Heb Darnton. Había efectuado búsquedas basadas en ambos nombres en todas las sedes web que había encontrado sobre Filadelfia, incluyendo los periódicos locales. Se retrepó en la silla y comparó ambas fotografías. Bien podía tratarse del mismo hombre antes y después.

Bennie estaba atónita. ¿Con qué se habían topado sus dos *ayudantes*? ¿Qué estaba sucediendo en el bufete? ¿Por eso habían disparado a Mary? ¿Qué tenía que ver Marta en el asunto? Demasiadas preguntas, y todas ellas amenazaban la existencia de Rosato & Asociadas. No podía perder todo aquello por lo que había luchado, otra vez no... Resistiría hasta el final.

Volvió a examinar la imagen del hombre. Eb Darning. Él tenía las respuestas. El artículo indicaba que en los sesenta había vivido en Greene Street. Bennie conocía bien aquella calle, situada en el barrio de Fairmount. Tenía un cliente en Spring Garden Street, un barbero que cortaba el pelo a todo el mundo en aquel barrio. Él conocería a Darning o sabría de alguien que lo hubiera conocido.

Alargó la mano hacia el teléfono.

BARBERÍA PINTO, rezaba la inscripción realizada con pintura blanca sobre la arcada algo ruinosa de la diminuta entrada. La barbería no había cambiado desde los cincuenta. Ahora aparecía encajada como el jamón de un bocadillo entre un restaurante de costillas y un bloque de pisos rehabilitado. Sus tubos fluorescentes relucían con intensidad en la tormenta.

Pinto vivía encima de la barbería, pero recibió a Bennie abajo. Permaneció de pie junto a ella mientras la hacía sentar en una de las sillas anticuadas de porcelana blanca con tapicería de cuero rojo y reposacabezas. Pinto se sentía más a gusto allí que en su casa, algo que Bennie comprendía perfectamente.

–Siento haberle sacado de la cama –se disculpó.

–No importa.

Pinto agitó una de sus manos oscuras y sorprendentemente pequeñas para un hombre de sus dimensiones. Contaba sesenta y siete años, pero aún era corpulento, de mejillas rollizas y ojos castaños muy separados; sin embargo, el rasgo más notable de su apariencia era la extraña forma de su calva cabeza. La frente mostraba una protuberancia allí donde antaño se hallaba el nacimiento del cabello, la barbilla le sobresalía mucho, y su piel era de un matiz entre marrón y rojizo. Cuando era niño, su madre llegó a la conclusión de que su cabeza se parecía a una alubia pinta, por lo que le puso el mote de Pinto.

–Por usted lo que sea, señora –aseguró.

–¿Aunque perdiera su caso?

–Ya le dije que no conseguiríamos nada. Todo el mundo se arruga ante la poli. Pueden hacerte lo que quieran, siempre se salen con la suya.

–No es verdad.

–¿Ah, no? –replicó Pinto, esbozando una sonrisa a cámara lenta.

Pinto lo hacía todo despacio. Reflexionaba bastante rato antes de hablar y se movía con gestos muy deliberados, un rasgo tranquilizador en un hombre que se te acerca a la carótida con una navaja.

–¿Ha aprendido algún truco desde que era joven?

–Algunos..., y los jurados también. Hoy en día, aquellos policías habrían sido condenados.

–¿Quiere eso decir que me devolverá el dinero?

–Oiga, que no le cobré, ¿recuerda? Acordamos que sólo pagaba si ganaba.

–Ya lo sé; sólo lo decía para picarla –comentó Pinto con otra sonrisa.

–Con lo mal que me sentó aquello –gruñó Bennie–. Debería haber acabado con ellos. Cometieron perjurio.

–Claro que cometieron perjurio –musitó Pinto sin emoción alguna–. Son polis.

–Le debo una.

–Que no, mujer, es que me gusta ponerla nerviosa.

Bennie se inclinó hacia delante.

–¿Conoce a un hombre que se llamaba Eb Darning, Pinto?

–¿Eb? –repitió el barbero mientras se frotaba la calva marronácea con las yemas de los dedos como si de arcilla se tratara–. ¿Eb? Vaya, hace mucho tiempo de eso. Sí, me acuerdo de Eb.

–¿Qué recuerda de él?

–Lo único que sé de Eb es que bebía demasiado. Tenía problemas con la bebida. Cada día lo veía ir a comprar priva. Llegaba incluso antes de que abrieran la licorería y esperaba en la acera. Siempre me decía que sólo compraba una botella al día, porque si compraba más se las bebía.

–¿Tomaba drogas?

–No, sólo bebía.

–¿Cuándo lo vio por última vez?

–Hará unos diez o doce años.

–Eche un vistazo a esto –pidió Bennie al tiempo que se sacaba la foto de Eb Darning del bolsillo del abrigo y se la alargaba a Pinto–. ¿Es él?

–Sí, señora, es Eb.

–Ahora voy a enseñarle otra foto. –Le mostró la de Heb Darnton–. Mírela y dígame si cree que también es Eb.

–¿Es él? –preguntó Pinto al cabo de un instante.

–Usted dirá.

Pinto se acercó con la fotografía a los bancos acolchados colocados contra la pared y se dejó caer en uno de ellos. Los bancos procedían de diversos restaurantes y estaban alineados en grupos irregulares de rojo, azul y marrón, creando un arco iris de vinilo contra los azulejos blancos de la pared. Junto a los azulejos se veía un teléfono de monedas negro con disco giratorio, y de la pared posterior pendían viejos pósters con consignas políticas e imágenes de activistas negros. Bennie contempló sus rostros relucientes y ambiciosos porque sabía que Pinto pasaría un buen rato examinando la fotografía.

–¿Y bien? –preguntó cuando no pudo soportarlo más.

Pinto alzó la mirada parpadeando.

–No se parece al Eb que conocía, pero podría ser él. Los ojos... No llevaba barba cuando yo lo conocía, eso lo sé seguro. De vez en cuando venía a que lo afeitara.

–¿Cree que sin barba podría ser Eb?

–Podría ser, podría ser –repuso Pinto al tiempo que le devolvía las fotos–. Ha envejecido muy deprisa, eso sí. No lo habría reconocido si usted no hubiera dicho nada.

Bennie tomó la respuesta por una tímida afirmación y se guardó las fotos.

–¿Recuerda qué clase de hombre era Eb?

–Era un borracho.

–Me refiero a su personalidad.

–Para mí era un borracho, nada más. Todos los borrachos son iguales.

Pinto encogió los voluminosos hombros. Llevaba una holgada bata azul y pantalones anchos de barbero pese a que la barbería estaba cerrada. Pinto siempre decía que dormía con la bata puesta, pero Bennie no lo había creído hasta ese momento.

–Cuando estaba sobrio, se quedaba calladito en la silla, y cuando iba borracho, parloteaba sin parar.

–¿Hablaba del trabajo?

–Sí, del trabajo.

–Trabajaba en el banco, ¿verdad? En la CAP.

–¿En el banco?

–Sí, la CAP.

Pinto bajó la mirada hacia el inmaculado suelo de linóleo a cuadros blancos y negros.

–Sólo durante un tiempo, puede que un año. Lo sé porque empezó a llevar corbata, y cuando lo dejó, también dejó de llevar corbata. Creo que llevó corbata durante un año más o menos.

–¿Sabe por qué dejó el empleo?

–Por la bebida. Eb nunca conservaba un trabajo demasiado tiempo. Siempre iba en busca de nuevas oportunidades. Una vez le ofrecí trabajo para barrer la barbería. Me dijo que no, gracias.

Pinto frunció el ceño con tal intensidad que cobró aspecto de bulldog viejo.

–Me dijo: «Yo no hago ese tipo de trabajo». No me hizo gracia, ninguna gracia.

–¿Quién podría resistirse a trabajar para ti, Pinto? –comentó Bennie con una sonrisa–. Yo lo haría sin pensármelo un segundo.

–¿Usted? Usted es una dejada, que lo he visto en su despacho.

–Estábamos hablando de Eb, no de mí, así que cuénteme todo lo que sepa.

Pinto se retrepó en el banco acolchado.

–Eb. Eb... Vamos a ver. Eb era el tipo de hombre que no quería un empleo de verdad, sino ganar dinero fácil. Siempre andaba buscando las mejores oportunidades. Siempre buscando... ¿Sabe a lo que me refiero?

–Sí.

–A Eb le gustaba trabajar en el ayuntamiento.

–¿En el ayuntamiento?

–Eso es lo que recuerdo.

–¿Y qué hacía allí?

–Pues trabajos.

–¿Para quién trabajaba? ¿En qué departamento?

Pinto esbozó una sonrisa gélida.

–Vamos, mujer, ¿qué trabajos cree que un hombre como él hace en el ayuntamiento?

–No lo sé.

–No sea tonta.

–Explíquemelo.

–P e I durante un tiempo.

–¿Permisos e inspecciones?

–El departamento no importa; llámelo como quiera. Permisos de obras y tal. Aparcamiento..., lo que fuera. Eb trabajaba para el ayuntamiento, así que hacía lo que tenía que hacer, y le pagaban en negro.

–¿Tenía amigos?

–Que yo sepa no.

–¿Mujer? ¿Novia?

–Mujer no. Puede que alguna novia.

–¿Alguien en especial?

–No, un par de chicas.

–Mierda.

–Un momento –la detuvo Pinto, alzando una mano–. Es que como me está metiendo tanta prisa, me he precipitado. Puede que tuviera un hijo.

–¿Un hijo?

Bennie no había leído nada en los periódicos acerca de un hijo. Nadie había dado señales de vida a la muerte del hombre.

–Una niña, en realidad –puntualizó Pinto–. Vi una foto que llevaba en la cartera. La foto escolar de una niña monísima.

–¿Cómo se llamaba?

–No lo sé. Nunca hablaba de ella. Cuando vi la foto le pregunté, pero meneó la cabeza y no dijo nada, sólo me miró con cara de perro. Supuse que algo malo le habría pasado a la niña, como que se había muerto y Eb no quería hablar de ello.

–¿Sólo tenía a su hija? –inquirió Bennie tras una pausa, confiando en el instinto de Pinto.

–Sí.

–¿No tenía amigos en el trabajo?

–No. Se sentaba en la silla y no decía nada si no le preguntabas. A veces venía a que le afeitara, como ya he dicho. Eso era cuando tenía que ir a hacer recados para el ayuntamiento.

–¿Qué clase de recados?

–¿Cómo quiere que lo sepa? –replicó Pinto, ladeando la cabeza con el ceño fruncido.

–A lo mejor se lo decía. Vamos, Pinto, estoy intentando aclarar este asunto. ¿Le hablaba de esos recados? ¿Recuerda algo?

Pinto cerró los ojos para pensar mejor. Sus párpados ligeramente grasientos se agitaban.

–¿No le preguntaba «¿Por qué te afeitas hoy, Eb? ¿Por qué te has puesto tan guapo hoy, Eb?»?

–Cállese y déjeme pensar. Es usted una mujer muy, muy impaciente.

Bennie cerró el pico.

–Eb siempre hablaba de no se qué de unas inspecciones –dijo por fin Pinto antes de abrir los ojos.

–¿Inspecciones de obras?

–Puede.

Bennie estaba pensando en las propiedades de Steere. Sin duda las inspeccionaban cada año. Steere quebrantaba constantemente las normas, de modo que alguien debía de haber hecho la vista gorda. Alguien que quería dinero fácil y al que pagaban en negro.

–¿Eso cuándo fue?

–Hace un montón.

–¿Veinte, treinta años?

–Puede; no me acuerdo.

–¿Cuándo vio a Eb por última vez?

–No sé, le perdí la pista. Me enteré de que había perdido la casa y se había mudado. Siempre estaba bebiendo. No sé adónde ha ido a parar; no he vuelto a verlo nunca.

Bennie titubeó un instante mientras intentaba decidir si debía revelar a Pinto qué se había hecho de Darning. No podía decirle que era el indigente al que había matado Steere, porque era información confidencial, y Benie & Asociadas ya tenía suficientes apuros éticos sin necesidad de acumular ninguno más. Pero tampoco podía irse sin decirle nada.

–Lo siento, Pinto, pero creo que es posible que lo hayan asesinado.

–Qué lástima –dijo Pinto sin cambiar de expresión, lo que sorprendió a Bennie, pues el barbero tenía un corazón de oro.

–No parece muy afectado.

–No lo estoy, ni tampoco sorprendido.

–¿Por qué?

–Porque esas cosas pasan.

–¿Se refiere a los asesinatos?

Pinto asintió.

–El asesino no se saldrá con la suya –aseguró Bennie sin saber muy bien qué decir.

Pinto se limitó a sonreír.

–No se saldrá con la suya si puedo evitarlo...

Se detuvo en seco. Pero ¿qué estaba diciendo? Steere era cliente suyo, cliente de Rosato & Asociadas. El bufete recibía dinero por conseguir su absolución. Un momento. ¿Qué había sucedido? ¿Por eso habían disparado a Mary? ¿Por eso había desaparecido Marta? ¿Estaban intentando llegar al fondo del asesinato de Darning con la intención de colgar a Steere? ¿A su cliente?

Bennie no podía permitir que eso sucediera, no en su bufete. Aquel asunto podía arruinar sus carreras. Si Steere era un asesino, no correspondía a sus abogadas llevarlo ante la justicia, ya que eso constituiría una traición, una violación del deber ético que más sentido tenía para ella, la lealtad.

Bennie tenía que poner fin a aquel embrollo. Se levantó y se puso el abrigo.

–Tengo que irme, Pinto. Muchas gracias por la información.

–Aún nieva. ¿Por qué no espera hasta que la tormenta amaine?

–No, gracias.

–Si quiere le arreglo el pelo.

–Tengo mucha prisa –insistió antes de salir a la noche helada.

34

Incorporado sobre el codo junto a su mujer dormida, el juez Rudolph sopesó la mala noticia, reacio a abandonar la calidez de su enorme cama con dosel. Dormía a pierna suelta cuando su secretario lo llamó para contarle que una de las abogadas de Steere había desaparecido, otra estaba en el hospital con una herida de bala, y dos guardias de seguridad habían sido asesinados. Aquello iba de mal en peor. Sabía que lo esperaba una noche terrible que daría comienzo en cuanto sus pies rozaran el frío parqué. Estaba algo preocupado por las abogadas, pero no podía perder la perspectiva. ¿Qué había de su nombramiento para el Supremo?

–¿Cuánto tiempo más, Señor? –suspiró al tiempo que liberaba las escuálidas piernas de la colcha blanca.

Los pies se le helaron al tocar la madera que Enid se negaba a cubrir con algo tan plebeyo como una alfombra. Corrió al cuarto de baño en calzoncillos y se detuvo tiritando en la alfombrilla de felpa. En aquella maldita casa hacía demasiado frío. Enid mantenía el termostato a veintiún grados, por lo que los pies se le ponían constantemente cianóticos. El juez se abrazó para entrar en calor y retorció los pies sobre la alfombrilla. De ahí no se movía. No quería imaginar lo frías que estaban las baldosas.

Arrastró la alfombrilla hacia el retrete con los pies. Tendría que ir al juzgado a ocuparse de aquel lío. Fuera aullaba la tormenta. Llamaría al sheriff para que lo fueran a buscar. Ni la más terrible tempestad lo detendría. Haría falta algo más que un acto de Dios para mantener a Harry Calvin Rudolph alejado del Tribunal Supremo de Pensilvania.

Levantó la tapa del inodoro. Tardaba un minuto en orinar desde lo de la próstata, pero estaba bien, no le pasaba nada y tenía una larga carrera por delante. «Inspira, exhala, relááájateee –como decía el médico–. Dilo despacio: Relááájateee.» El chorro de orina brotó al son de sus pensamientos.

Aún quedaba una abogada, esa rubia tan alta, Carrier. Legalmente, el caso podía seguir adelante si había un solo abogado con vida, suponiendo que el defendido no tuviera nada que objetar. Sin embargo, si Steere intentaba conseguir la nulidad del juicio o un aplazamiento, el resultado sería bien distinto. El juez Rudolph no estaba en aquel aspecto muy familiarizado con la ley porque no existía ninguna ley al respecto. ¿Cuántas veces se cargaban a los abogados de un caso mientras el jurado estaba deliberando? El juez había ordenado a su secretario judicial que se fuera pitando al juzgado y buscara la respuesta. Bah, Joey, que ni siquiera era capaz de ir a comprar leche.

El juez Rudolph abandonó la seguridad de la alfombrilla y corrió por el parqué helado hasta el vestidor, donde aterrizó con ambos pies sobre la alfombra oriental. Tenía los pies congelados, de modo que se puso los calcetines sin demora, y cuando estaba a punto de subirse los pantalones, el teléfono sonó de nuevo.

–¡Maldita sea!

Corrió al estudio para cogerlo, sujetándose los pantalones con una mano. Lo último que quería era que Enid se despertara y empezara a despotricar. Su mujer odiaba el caso Steere. Se había perdido las vacaciones de invierno en Sanibel, y cuando no podía jugar al golf se ponía insoportable. El juez Rudolph llegó al estudio al segundo timbrazo. Descolgó el teléfono a toda prisa, y los pantalones se le cayeron hasta los tobillos cuando supo quién llamaba.

–Alcalde Walker –musitó con asombro.

–Mucho frío, ¿eh, Harry? –comentó el alcalde en tono indiferente, como si llamara al juez todas las madrugadas.

–Pues sí.

El juez Rudolph no tenía intención de lamerle el culo. El alcalde era demócrata y él, republicano, por lo que Walker nunca apoyaría su ascenso al Supremo. Pensilvania era uno de los pocos estados que aún elegía a sus jueces como si fueran novillas en una feria agrícola, y Rudolph daba gracias al cielo por eso. A excepción de Filadelfia, enclave demócrata, la mayoría del estado era conservadora y republicana.

–Menuda tormenta.

–La nevisca del siglo.

–Al menos de la reelección.

Ambos lanzaron risitas secas. De pie en el charco de lana de sus pantalones, el juez Rudolph sabía que el alcalde Walker había impulsado el caso contra Steere. Le habría encantado que se declarara nulo el juicio, ya que ello mantendría a Steere entre rejas y liberaría sus propiedades. Por su parte, el juez deseaba ardientemente un veredicto para así asegurarse una nueva toga.

–Iré al grano –empezó el alcalde–. Supongo que ya conoce la noticia; alguien se está dedicando a matar a las abogadas de Elliot Steere.

–Yo no diría tanto –puntualizó el juez mientras se subía los pantalones.

No tenía intención de comentar el caso Steere con el alcalde. ¿Qué consecuencias podía acarrear eso?

–Pues yo sí. Asesinato, secuestro... Una tragedia, y además un desastre para el caso.

–Es una tragedia para las familias de los guardias, pero no creo que afecte el caso –señaló el juez, escogiendo las palabras con cautela.

En realidad, el mero hecho de sostener aquella conversación ya entrañaba peligro. El juez Rudolph sólo conocía un modo de protegerse. Pulsó un botón situado junto al teléfono, y la cinta oculta en su escritorio se puso en marcha sin ruido alguno.

–No tengo intención de comentar las circunstancias del caso Steere con usted –sentenció con firmeza.

–No le he llamado para comentar las circunstancias –replicó el alcalde con igual firmeza.

Peter Walker no había llegado a la alcaldía por ser un hombre obtuso, precisamente. De hecho, había puesto en marcha su propia cinta al iniciar la conversación.

–Le llamo para comentar el procedimiento a seguir con la tormenta, para pulir los aspectos logísticos. He declarado el estado de emergencia, pero si quiere, puedo hacer que lleven a los miembros del jurado a sus casas. ¿Cuándo cree que disolverá el jurado?

–No pienso disolverlo. Todos los miembros del jurado seguirán deliberando como hasta ahora.

–¿Cómo? No creo que sea legal seguir adelante bajo estas circunstancias. Una de las integrantes de la defensa, Mary DiNunzio, está en cuidados intensivos, y no es probable que salga de ésta.

–El defendido tiene una abogada excelente –indicó, convencido de que había llegado el momento de redimirse por el famoso comentario de la «teta»–. Es una letrada muy competente, como muchas de las mujeres que comparecen ante mí. Trabaja en un bufete compuesto únicamente de mujeres, Rosato & Asociadas, una empresa que respeto sobremanera. No me cabe la menor duda de que harán cuanto esté en su mano para defender el derecho del acusado a un juicio justo.

En el otro extremo de la línea, el alcalde puso los ojos en blanco. ¿Quién se presentaba a las elecciones, él o el juez? Ambos, de hecho.

–La abogada que dirige el caso, Marta Richter, ha desaparecido. ¿Cómo va a proceder sin ella?

–La señora Richter no ha desaparecido. Mi secretario ha hablado con ella esta misma tarde, y estaba perfectamente.

–¡Es posible que la hayan secuestrado!

–Eso no son más que conjeturas. El paradero de la señora Richter fuera de mi sala no me concierne. No dispongo de hechos que me induzcan a creer que...

–No conoce usted todos los hechos, Harry.

El juez calló. Cabía la posibilidad de que el alcalde tuviera información útil.

–¿Ha encontrado la policía alguna prueba de que la hayan secuestrado?

El alcalde calló. Cabía la posibilidad de que el juez tuviera información útil.

–¿Ha pedido el acusado la anulación del juicio?

Ambos hombres guardaron silencio mientras sus respectivas grabadoras seguían funcionando. Dos hombres y un destino... en Filadelfia.

Al cabo de un minuto, el juez Rudolph carraspeó.

–Esta conversación me resulta incómoda en extremo.

–Pues no entiendo por qué. No le pido que me revele nada confidencial. Las solicitudes de anulación de juicios son de dominio público. Las calles son peligrosas a causa de la tormenta, de modo que si permite que continúen las deliberaciones, necesitará agentes adicionales para transportar a los miembros del jurado al Centro de Justicia Penal. Si nos avisa con antelación, el ayuntamiento puede responder a sus necesidades durante el estado de emergencia.

–El caso seguirá adelante –anunció el juez con firmeza judicial–. Si el acusado quiere la anulación del juicio, puede presentar una moción personalmente o a través de la señora Carrier. Incluso puede llamarme por teléfono si quiere. Mi secretario sabe dónde localizarme a todas horas. Así es como ha averiguado este número, ¿verdad? –aventuró meneando la cabeza; en cuanto llegara al juzgado descuartizaría a Joey el inútil–. También he ordenado que los miembros del jurado prosigan la deliberación en el hotel, de modo que no habrá que llevarlos al Centro de Justicia Penal. Espero que ésta haya sido nuestra última conversación al respecto.

El juez colgó y se abrochó el pantalón con aire satisfecho. De repente ya no sentía los pies helados.

En la otra punta de la ciudad, en el ayuntamiento, el alcalde arrojó el teléfono contra la pared revestida de madera. El aparato se estrelló contra la alfombra oriental roja en un amasijo de plástico y cables.

Jen siguió su trayectoria con expresión sombría.

–Ya le había dicho que me dejara llamar a mí.

35

Desde la cima de la duna barrida por el viento, Marta vio a Bogosian volver la cabeza con brusquedad al oír su grito. Sin duda la había oído e iría a por ella.

Echó a correr en línea recta por la playa nevada. La noche era negrísima, y no se veía nada. Copos de nieve revoloteaban por todas partes y se confundían con el mar. El mar rugía por todas partes y se confundía con el cielo. El viento le azotaba el rostro y las orejas. «Corre. Huye. Adéntrate en la oscuridad, el estruendo, el frío. Escapa.»

Siguió corriendo por la playa. Se le cayó el gorro. Al mirar atrás vio la casa iluminada. Alix golpeaba los ventanales, por lo que Marta dedujo que Bogosian la había encerrado para poder perseguirla en paz. Dios mío. Llegaría en cualquier momento y volvería a disparar contra ella, sólo que ahora ninguna quitanieves monstruosa la rescataría. «Escapa.»

Marta giró hacia la orilla, donde la nieve era menos profunda. El viento le golpeaba la cara y el pecho. Siguió corriendo con los pies chapoteando en la orilla. Las olas rompían a su alrededor, salpicándole los hombros de gotas heladas. Tenía el anorak empapado. No veía dónde acababa la playa y empezaba el agua, así que continuó corriendo en línea recta para alejarse de la casa de Steere.

Respiraba entrecortadamente a causa del pánico. Las

piernas le dolían de correr con aquellas botas tan pesadas. Sentía los hombros débiles bajo el peso del anorak empapado. No podría continuar a aquella velocidad durante mucho más tiempo. De repente divisó a lo lejos una casa blanca de construcción moderna, Un lugar donde ocultarse.

Se alejó de la orilla para dirigirse hacia ella. El viento procedente del mar le daba impulso. Mientras se acercaba a la casa la recorrió con la mirada en busca de escondrijos. Estaba demasiado oscuro para ver nada, por lo que siguió corriendo. Sentía el corazón a punto de estallar.

¡Crack! ¡Crack! Disparos.

Marta sintió una punzada de terror. Bogosian. La Magnum. ¿Dónde estaba? Marta no lograba adivinar de dónde procedían los disparos, porque la tormenta y el mar engullían el sonido. ¿Estaba muy cerca de ella?

Casi había llegado a la casa blanca. Era una edificación alta construida sobre pilares. ¿Dónde podía ocultarse? Un porche daba la vuelta a toda la casa, pero estaba demasiado expuesto a las miradas. Corrió bajo la casa en busca de algún lugar adecuado. Allá abajo estaba muy oscuro, y como no había nieve, Bogosian no podría seguir sus huellas. En la parte posterior, una puerta de madera golpeaba al viento. Era una ducha exterior.

¡Crack! Otro disparo, esta vez más cercano. No había tiempo que perder.

Marta corrió hacia la ducha y entró. Estaba oscuro, no veía nada. Buscó a tientas el pestillo y se topó con una especie de estante. Deslizó los dedos temblorosos sobre él y luego se subió. ¿Qué hacer? ¿Rezar para que Bogosian no la encontrara? No. Necesitaba un arma. Y entonces lo recordó.

Las herramientas de Christopher. Se sacó el macho de fragua del bolsillo. ¿Un martillo contra un arma? Se estremeció de terror. Jadeaba con demasiada fuerza. Las costillas le dolían horrores, y el corazón le latía desbocado. Levantó el pesado martillo y se asomó con cautela por encima del tabique de la ducha.

Allí. Bogosian. Una enorme sombra recortada contra la nieve, camisa blanca revoloteando a su alrededor, corriendo por la playa con el revólver desenfundado, la cabeza gacha en busca de huellas. En aquel instante se volvió hacia la casa.

Oh, no. A Marta se le revolvió el estómago. Iba hacia la casa, siguiendo sus huellas. Vislumbró el destello del arma.

Se agazapó e intentó controlar los jadeos. Encontró un resquicio entre los tablones de madera del tabique y aplicó el ojo a él. Veía a Bogosian, pero él no podía verla a ella. Se dijo que contaba con cierta ventaja y se obligó a creerlo. Lo pillaría desprevenido.

Bogosian seguía acercándose a la casa. De repente se detuvo y se agachó para tocar la nieve. Buscaba huellas. Acto seguido se incorporó y siguió las marcas hacia la casa.

Marta se mordió el labio para no gritar.

Bogosian seguía aproximándose con el arma lista para disparar. Estaba a tres metros de la casa, luego a uno y medio, dirigiéndose en línea recta hacia el porche, deteniéndose en el mismo lugar donde Marta se había parado minutos antes.

Marta permaneció inmóvil, sin respirar apenas. Al cabo de un instante recordó el buril. Se metió la mano en el bolsillo y lo sacó. ¿Qué haría con él? Se obligó a pensar pese al miedo que la embargaba. En las películas, los personajes arrojaban objetos para distraer la atención de los malhechores y así poder huir. Sin embargo, semejante táctica no funcionaría en aquel caso, porque Bogosian la acribillaría.

Bogosian ladeó la cabeza como un perro de ataque, lo que dio a Marta una idea.

Arañó la madera con el buril y emitió un levísimo gemido de cachorro. Un perrito atrapado en la ducha. A ese criminal le encantaban los perros, ¿no? Si prácticamente se había aprendido de memoria aquella revista.

Bogosian giró sobre sus talones al oír el sonido y apuntó la ducha con la Magnum.

El corazón le dio un vuelco. Arañó la madera con más fuerza y gimió de nuevo con temor, lo que no le costó fingir.

Bogosian avanzó un paso hacia la ducha, luego otro. Era tan alto que Marta podría alcanzarlo si se acercaba lo suficiente. Bogosian tenía ventaja si permanecía alejado. Para eso sirven las armas de fuego.

Marta arañó la madera con más fuerza y lloriqueó una vez más como si estuviera herida. Medio muerta de hambre. A punto de morir. Sólo necesitaba tres pasos más.

Bogosian avanzó otro paso, luego el segundo, a continuación el tercero. Ya lo tenía al alcance.

«Por favor, ayúdame, Dios mío.» Marta alzó el macho de fragua y golpeó a Bogosian en la cabeza con todas sus fuerzas. El metal le atravesó el cráneo, que se quebró como una galleta. La sangre empezó a brotarle de la herida, mojada y caliente, salpicándola en el rostro. Profirió un grito de terror.

Bogosian abrió los ojos como platos y la miró fijamente.

Seguía de pie, pero estaba muerto.

36

Elliot Steere estaba sentado tras la ventanilla blindada de la sala de visitas y observaba con diversión disimulada los esfuerzos de Judy Carrier por interrogarlo. Era una mujer joven, llevaba el cabello cortado al estilo paje, y sus grandes facciones le conferían aspecto de muñeca de trapo gigantesca. Judy llevaba casi un cuarto de hora intentando interrogarlo y de momento había conseguido no perder los estribos pese a que la conversación no llevaba a ninguna parte. Steere dedujo de su expresión que cada vez estaba más enojada y desesperada... Una combinación potencialmente peligrosa, aun tratándose de una muñeca de trapo.

–Quiero saber qué coño pasa –espetaba Carrier en aquel instante.

Estaba de pie tras la silla al otro lado de la ventanilla, con las manos apoyadas sobre el respaldo. Steere reparó en que llevaba la mano derecha vendada, pero no mencionó el asunto.

–Pues que me acaban de juzgar por asesinato y estoy a la espera del veredicto.

–No nos ha dicho la verdad.

–Yo a usted no le he dicho nada. No es usted más que una de las ayudantes de la defensa, y siempre trato con Marta.

–¿Dónde está Marta?

–No lo sé.

–¿Quién disparó a Mary?

–No lo sé.

–¿Qué tiene que ver el dinero de calle con Eb Darning? ¿Qué tiene usted que ver con Eb Darning?

–¿Qué es dinero de calle?

El enfado de Judy empezó a aflorar a la superficie.

–No sabe qué le ha pasado a Mary, no sabe qué le ha pasado a Marta, no conoce al «conductor» que llevó a Marta al bufete y no puede explicar cómo sabía que el semáforo estaba en rojo. Para ser un hombre que conoce todas las respuestas, no sabe usted una mierda.

Steere se alisó una arruga de los pantalones.

–Si me ha interrumpido para esto, me vuelvo a mi celda.

–Alguien está intentando matar a sus abogadas. ¿Por qué tengo la sensación de que es usted?

–Qué idea tan descabellada.

–¿Sabe lo que creo? Creo que es usted un asesino, que asesinó a Eb Darning y que contrató a alguien para que matara a mi mejor amiga.

–No habla usted como mi abogada, señora Carrier –señaló Steere al tiempo que se levantaba y se sacudía las perneras de los pantalones–. Me voy a mi celda; no me llame hasta que regrese el jurado.

–¿Espera que siga adelante con su defensa?

–¿Que si lo espero? Más bien se lo exijo.

–Lo sabía –resopló Judy, cruzando los brazos y entornando los ojos–. Lo último que le interesa es un juicio nulo o un aplazamiento, ¿verdad?

–Exacto. El caso está en manos del jurado; mi nombre debe quedar limpio.

–¿Y si no me apetece limpiarlo? ¿Y si me retiro del caso?

–Me opondré a ello. La Constitución me garantiza el derecho a...

–Sabía que diría eso, de modo que he redactado este documento.

Judy se sacó un fajo de papeles del bolsillo interior del abrigo y lo deslizó por la ranura situada en la parte inferior de la ventanilla blindada.

–Lo he escrito a mano, y no es la moción mejor redactada del mundo, pero servirá.

Steere echó un vistazo a los papeles sin tocarlos.

–¿Qué es esto?

–Una moción para solicitar la anulación del juicio. Teniendo en cuenta lo que le ha sucedido a mi colega, tengo razones para creer que mi vida corre peligro. Se trata de una moción de emergencia.

Steere intentó reprimir una sonrisa.

–¿Desde cuándo constituyen los miedos una base legal para anular un juicio?

–Desde ahora mismo. La verdad es que no me preocupan mucho los precedentes, ya que no existe ley alguna sobre lo que debe hacerse en el caso de que alguien utilice al equipo de la defensa como diana. De todas formas, los precedentes no son mi fuerte; más bien creo en tener la razón con ley o sin ella.

–Muy interesante, pero no puede presentar una moción sin mi consentimiento, y no pienso dárselo.

–Qué lástima, porque ya la he presentado.

Steere guardó silencio durante unos instantes.

–No es cierto –dijo por fin.

–Sí lo es. La he pasado por debajo de la puerta del despacho del secretario judicial con fecha y hora –explicó Judy antes de consultar el reloj–. Hace exactamente... cinco minutos. En cuanto salga de aquí se la entregaré al fiscal del distrito y al juez. Mañana por la mañana ya será oficial.

Steere se la quedó mirando desde su lado del vidrio, dos figuras altas e imponentes.

–La única opción que le queda es despedirme. En cualquier caso, ya no soy su abogada y además conseguiré la nulidad del juicio.

Judy sonrió, dejando al descubierto los espacios que mediaban entre sus dientes.

«Qué poco atractiva», pensó Steere.

37

Marta no podía dejar de temblar. Le temblaba la mano izquierda, en la que sostenía el buril. Se aovilló sobre el banco de madera de la ducha y esperó a que los temblores remitieran. Había matado a un hombre; eso no se lo quitaba nadie, por mucho que hubiera sido en defensa propia. El pretexto legal no alteraba la cuestión moral. Los espasmos musculares se lo indicaban con toda claridad, y supo que jamás olvidaría aquello.

Se había convertido en una asesina. Aquella idea le producía náuseas, la asustaba. Repasó mentalmente la lista de clientes a los que había defendido. Asesinos, algunos de ellos ricos, la mayoría demasiado importantes o no lo bastante chalados para reincidir. Pero habían matado una vez, al igual que Marta. ¿Si eras cliente de Marta Richter te salía un asesinato gratis? ¿Y qué había de ella misma? Marta siguió temblando en el banco, desesperada por volver a sentirse como una persona, ansiosa por que desaparecieran los temblores... y las preguntas.

Se enjugó los ojos con un pedazo limpio de la manga del anorak y se levantó con dificultad. Las piernas se negaban a sostenerla, por lo que tuvo que apoyarse en la pared. Buscó a tientas la puerta, encontró el pestillo y lo descorrió con dedos ensangrentados. La puerta se abrió, y ante ella aparecía un espectáculo absolutamente grotesco.

Bogosian seguía de pie, muerto.

Marta gimió. No sabía que la gente pudiera morir de pie. Tal vez no soplaba suficiente viento bajo la casa para derribarlo, o quizás tenía los pies demasiado grandes. La idea volvió a producirle náuseas. De repente sintió una punzada de temor. Estaba muerto..., ¿verdad?

Se obligó a acercarse más a él para comprobarlo. Los apagados ojos castaños de Bogosian la miraban vacuos, fijos. Sus facciones toscas aparecían petrificadas en el dolor. La sangre le brotaba de la cabeza a chorro limpio. Asqueada, Marta desvió la vista. Había visto suficientes fotografías de autopsias para saber que Bogosian estaba muerto. No tenía intención alguna de tomarle el pulso.

Pasó junto al cadáver a toda prisa. La Magnum debía de haber caído en la nieve, pero no la veía. De todos modos no la necesitaba ni tampoco quería tocarla. Corrió hacia la playa y siguió avanzando de cara al viento en dirección a la casa de Steere, la única luz que se veía en la playa. El viento le alborotaba el cabello y la nieve mezclada con salmuera le azotaba el rostro, pero ahora la bruma procedente del mar le resultaba fresca, purificadora. Recogió un puñado de nieve y se frotó con ella las mejillas y las manos. Estaba helada, pero la despabiló un tanto. Estaba viva y a salvo.

Corrió hacia la casa. Alix estaba encerrada en el despacho, y Marta quería saber muchas cosas. ¿Qué buscaba Alix? ¿Tenía algo que ver con la razón por la que Steere había matado a Darning? Apretó el paso a medida que un plan iba cobrando forma en su mente. Obligaría a Alix a declarar a cambio de inmunidad y entregaría la declaración al fiscal, con lo que conseguiría encerrar a Steere para siempre. Tal vez incluso lo condenaran a muerte.

¿Y qué haría ella? A buen seguro, Steere tomaría represalias y enviaría a otra persona a acabar con ella, pero por entonces ya habría podido contratar algún servicio de seguridad; contaba con los medios necesarios para protegerse. El dinero podía aislarla entre muros anónimos, comprar billetes de avión para ocultarse en sus distintas casas, enviarla a islas desiertas en el Caribe, ayudarla a perderse. A Marta le daba igual no volver a ejercer jamás la abogacía. Lo importante era que ya no podía dar marcha atrás.

Aspiró una profunda bocanada de aire frío y salado que la propulsó hacia la casa. Había llegado el momento de cerrar el caso. Llevaría a Steere ante la justicia. Se iba acercando a las luces de la mansión y al cabo de unos instantes distinguió los ventanales del despacho de Steere. En ellos ondeaba algo.

Entornó los ojos para ver entre la nieve. Eran las cortinas, que salían despedidas por las puertas abiertas como un íncubo. Las puertas oscilaban salvajes al viento. El despacho de Steere estaba vacío.

Alix se había marchado.

Una vez dentro del despacho de Steere, Marta intentó cerrar las puertas cristaleras para protegerse de la tormenta. Alix había roto la madera en torno al picaporte, y estaba tan astillada que no se podía cerrar por completo. ¿Por qué no había abierto Alix la puerta desde dentro? Debía de estar cerrada con llave, una llave que no logró encontrar a causa de las prisas. Por lo visto, Alix había escapado por el porche del primer piso, llevándose consigo todas las respuestas y la esperanza de Marta de averiguar la verdad acerca del asesinato de Darning.

Presa de la frustración, recorrió con la mirada el desordenado despacho. Varios cajones de nogal estaban abiertos, y por todo el suelo yacían desparramadas innumerables carpetas. La mesa aparecía cubierta de papeles y más papeles. Alix había empujado una cómoda silla de cuero hasta la pared. El ordenador estaba desconectado, y el monitor de quince pulgadas estaba destrozado en el suelo, junto a los ventanales, un amasijo de metal, plástico y cables. Sin duda, Alix lo había utilizado para abrir las puertas; era el objeto más pesado del despacho. Pero ¿qué buscaba Alix? Fuera lo que fuese, no debía de haberlo encontrado, porque habría intentado escapar de Bogosian sin continuar el registro.

Se fijó en la caja de cartón que Alix había intentado abrir por todos los medios. Se arrodilló junto a ella y tiró de la tapa. La caja contenía trípticos que describían la construcción de un complejo turístico. ¿Era eso lo que quería Alix? Marta no lo creía. Cerró la caja, dejando en ella una huella ensangrentada. Qué desastre. No podía dejar huellas por toda la casa. La idea le resultaba espeluznante.

Marta se levantó y encontró un cuarto de baño en el pasillo que conducía al dormitorio principal. Encendió la luz con el codo. El reluciente mostrador blanco estaba bien surtido de cosméticos. Barras de labios insertadas en los orificios de un organizador de plástico, lápices de ojos en una bandeja de plexiglás... Debía de ser el cuarto de baño de Alix. Sobre el lavabo pendía un espejo lupa de maquillaje en el que Marta vio su reflejo.

A punto estuvo de proferir un grito. Su rostro, aumentado, aparecía cubierto de sangre. El cabello le colgaba en mechones mugrientos alrededor de los monstruosos ojos azules. No podía ir por el mundo con aquel aspecto, sobre todo si regresaba a la ciudad. Tendría que ducharse. Sobre el seno del lavabo vio un tubo blanco de leche limpiadora. Doux Nettoyant Moussant de Clarin, la limpiadora pija de Alix. Marta cogió el tubo y se lo llevó a la ducha.

Después de una ducha caliente, Marta entró en el dormitorio en busca de algo que ponerse. Tal como había sospechado, el vestidor contiguo al dormitorio de Steere estaba repleto de ropa de mujer. Marta repasó las prendas perfumadas y por fin escogió un jersey de cashemir marrón y unos pantalones de color canela. Ropa típica de amante bien vestida. Se puso las prendas y acto seguido registró el vestidor por si acaso, rebuscando entre las blusas de seda colgadas de perchas acolchadas y los innumerables vestidos. No encontró nada. Pasó a las mesillas de noche y los cajones colocados bajo la cama. Nada. Tras reflexionar un instante recordó que Alix había estado buscando entre los papeles del despacho.

Regresó al despacho y puso manos a la obra con los cajones que Alix había dejado patas arriba en la esperanza de encontrar lo que Alix no había podido localizar. Con el cabello empapado abrió un cajón y leyó las etiquetas del archivador acordeón. En una de las divisiones vio PROPIEDADES COMERCIALES; contenía carpetas correspondientes a cinco barrios distintos de Filadelfia. Marta abrió la que decía CENTRO CIUDAD.

Los principales edificios de Steere y los documentos de los créditos solicitados para adquirirlos. Tenía más propiedades de las que Marta creía y estaba endeudado hasta las cejas, con acreedores dentro y fuera del estado. Los créditos estaban repartidos entre numerosos bancos, por lo que ninguno de ellos estaría al corriente de la deuda exacta, que, a juzgar por los documentos, era astronómica, de cientos de millones de dólares. Marta cerró la carpeta y cogió la siguiente.

PROPIEDADES COMERCIALES – NORESTE. Más propiedades, más créditos. Incluso un abogado criminalista podía comprender que las operaciones comerciales de Steere eran precarias. Cada crédito respondía al nombre de una empresa, y Marta contó al menos veinte nombres distintos. Ninguno de ellos parecía haber formado sociedad, ya que ningún socio había firmado ninguno de los créditos. Steere era el hombre clave de todas las transacciones. Marta cerró la carpeta y la colocó en su lugar. El asunto la intrigaba, pero no era lo que buscaba Alix. ¿Qué quería y por qué ahora precisamente?

Marta se detuvo. ¿Por qué ahora? Ahí podía radicar la respuesta. Tal vez los documentos en cuestión implicaran a Steere en el asesinato de Darning. De lo contrario, ¿por qué tanta actividad frenética? Supongamos que Steere había enviado a Alix para recoger esos papeles después de que Marta le dijera que encontraría pruebas contra él. Tenía teléfono móvil. Quizás había llamado a Alix para ordenarle que buscara el expediente y lo escondiera en otra parte. O que lo destruyera y guardara el secreto. Si Steere quería guardarlo en secreto, razón de más para encontrarlo.

Marta se detuvo ante el archivador y pensó sobre el asunto. Recordó que la policía había registrado la casa que Steere poseía en la ciudad cuando lo detuvieron. El fiscal del distrito intentó obtener una orden de registro para la casa de la playa, pero Marta había conseguido impedirlo alegando falta de causa probable. En cualquier caso, Steere no habría corrido ningún riesgo. Si en la casa había alguna prueba relacionada con el asesinato, sin duda la habría escondido o camuflado. Podía tratarse de algo de aspecto inocente..., como el propio Steere.

Marta paseó la mirada por el despacho. Al otro lado de la estancia se veía una pequeña cómoda con dos cajones abiertos. Se acercó a ella, abrió el cajón superior y revolvió el contenido. Documentos personales. Una carpeta que decía ANTIGÜEDADES y estaba repleta de recibos de muebles. Interiores Ingleses, un bufete de caoba: 1.550 dólares, rezaba el primer recibo. Marta lo dejó en su lugar.

Sacó la siguiente carpeta. BARCO. ¿Barco? No sabía que Steere tuviera un barco. Hojeó la carpeta hasta llegar a la factura. FOUR WINNS 258 Vista Cruiser, de ocho metros de eslora. Le había costado 47.425 dólares y lo había comprado casi cuatro años antes. La carpeta también contenía la documentación del seguro y del amarre, emitida por LBI Marina. El barco se llamaba *Piratical*. Muy propio de Steere, pero a Marta de bien poco le servía.

Mierda. ¿Qué hora era? Miró el reloj. Las dos menos cuarto de la madrugada. De repente se puso nerviosa. El jurado reanudaría la deliberación al cabo de siete horas. ¿Lograría Christopher hacer cambiar a los demás de opinión? ¿Dónde podían estar esos papeles? Tal vez escondidos en otra parte de la casa, en algún lugar insólito. Marta se alejó de la cómoda y recorrió las demás habitaciones en busca de algo fuera de lo corriente, pero no encontró nada.

Marta bajó a la planta baja y la registró. Revisó las librerías, las alacenas de la cocina, todos los demás muebles... Ni siquiera sabía qué buscaba; una misión imposible. Se tumbó sobre la alfombra del salón. La fatiga empezaba a adueñarse de ella. No sabía qué hacer. De una pared del salón pendía un gran cianotipo enmarcado de la mansión. «Construida en 1888, Todd Hunter, arquitecto», decía la leyenda escrita en letra de imprenta.

Marta pestañeó distraída. Le encantaban las casas, incluso los planos de casas. El cianotipo era de color turquesa oscuro, y el arquitecto había dibujado en blanco sobre el fondo. Marta distinguió las líneas trazadas con regla que describían el salón y el comedor, así como las líneas punteadas que señalaban la puerta de doble hoja que separaba ambas estancias. Era una casa muy antigua; no era de extrañar que no la hubieran construido sobre pilares como las otras por las que había pasado aquella noche. Como propietaria de una casa en la playa de Cape Cod, sabía que las casas más recientes tenían los dormitorios en la planta baja y la zona de estar en el piso superior, para así sacar el máximo partido a las vistas.

La buscadora de casas que llevaba dentro frunció el ceño. A pesar de su belleza y elegancia, la casa de Steere tenía un problema: la falta de vistas al mar. Se volvió hacia la hilera de ventanales encarados a la playa; eran enormes, pero las dunas, montículos níveos que rodeaban la casa como perlas sueltas, obstaculizaban la panorámica.

Siguió pensando. ¿Por qué iba una persona como Steere, que podía permitirse cualquier casa de Long Beach Island, elegir precisamente una sin vistas al mar? De repente recordó un detalle. ¿Qué le había dicho Steere en la sala de visitas del juzgado? «Me encanta la playa, pero odio el agua.» El recuerdo la arrancó de su ensimismamiento. Steere detestaba el mar. Lo detestaba tanto que se había comprado una casa sin vistas al mar. Entonces, ¿por qué poseía un barco? Se levantó con cierta dificultad y regresó corriendo al piso superior.

38

El juez Rudolph estaba de pie detrás de la mesa de su despacho, mirando con el ceño fruncido la moción manuscrita y entregada en mano para solicitar la anulación del juicio. Su secretario esperaba al otro lado de la mesa, sonrojado hasta la raíz de los cabellos. Joey había sido lo bastante idiota para aceptar la moción. Tercer error. El juez no se lo llevaría consigo al Supremo aun cuando consiguiera el nombramiento esa misma noche.

–¡Debería haberla rechazado! –espetó al tiempo que arrojaba los papeles sobre su mesa.

–Lo siento, señoría.

–Debería haberle dicho que la presentara en horas de oficina.

–Lo sé, señoría.

–No tiene sello de hora, ninguna característica oficial. Podría haberle dicho que no tenía permiso para aceptarla.

–Sí, señoría.

–Podría haberle pedido que se identificara al menos, por el amor de Dios. ¿Cómo sabía quién era? ¿Por qué permite que entren desconocidos en mis dependencias?

–No es una desconocida, sino Judy Carrier. La conozco del tribunal, señoría.

–¡No me replique! ¡Aquí guardo mis efectos personales! ¡Es mi despacho, no el suyo!

–Sí, señoría, lo sé –musitó Joey mientras se sentaba en una silla frente al escritorio, con la cabeza inclinada sobre la carpeta de casos que tenía en el regazo.

–¿Una mujer aparece con una moción cualquiera y usted se limita a alargar la mano?

–Carrier ha dicho que la había presentado oficialmente, juez.

–¿A la una de la mañana? –gritó el juez–. ¿Cómo quiere que la haya presentado, imbécil?

–Ha dicho que era una emergencia.

–Su emergencia, no mi emergencia. ¿Sabe cuántos documentos de «emergencia» nos presentan los abogados? ¿Cuántos, Joey? ¿Un millón? ¡Para los abogados, todo es una emergencia!

–Sí, señoría.

–Además, ¿quién lleva este caso, los abogados o yo? ¡Nada es una emergencia a menos que yo diga que es una emergencia! Hasta entonces no son más que papeles, un abogado más con una petición más. Papel. Basura. Porquería. ¿Cuántas veces tengo que repetírselo? –El juez Rudolph se quitó las gafas de montura de concha y se frotó los ojos con fuerza–. Dios, cómo odio estas cosas.

–Sí, señoría.

–¿Quiere callarse? ¿Quiere hacer el favor de callarse?

Joey asintió. Estuvo a punto de añadir otro «sí», pero decidió dejarlo correr, ya que la pregunta llamaba a confusión.

–¿Ha investigado al menos la cuestión legal?

–Sí. No existe ningún precedente idéntico, pero he encontrado un artículo muy bueno y he investigado casos análogos del juicio Manson, y además...

–No me escriba un libro, Joey. La Carrier ha solicitado la anulación del juicio. Quiero denegársela y quiero saber si eso me puede acarrear problemas.

–No si el acusado se opone a la moción, que es precisamente lo que hace en su carta.

El juez Rudolph se lo quedó mirando con expresión incrédula.

–¿Qué ha dicho? ¿Dice que el acusado ha escrito una carta para oponerse?

–Sí, señor.

–¿Steere en persona?

–Sí, señor.

– ¡Por el amor de Dios! ¿Por qué no lo ha dicho antes?

–Es que estaba usted gritando...

–¡Déme esa carta ahora mismo, hombre! Pero ¿se puede saber qué le pasa?

El juez le arrebató el papel y volvió a ponerse las gafas de lectura. La carta estaba manuscrita, y el juez leyó su contenido en voz alta y llena de asombro.

–«Mi abogada ha presentado una moción para pedir la anulación del juicio sin mi conocimiento ni permiso. Me opongo a dicha moción.... por la presente solicito al tribunal que la considere retirada.... no deseo la anulación del juicio.... quiero seguir adelante actuando en mi propia defensa... Firmado: Elliot Steere.»

El juez apartó la silla del escritorio y se sentó en ella con expresión atónita. ¡Qué suerte! Casi demasiado bueno para ser verdad.

–¿Cómo nos ha llegado este escrito?

–Lo ha traído uno de los guardias.

–O sea que no cabe duda de que es de Steere.

–No, señoría.

El juez Rudolph meneó la cabeza sin apartar la mirada

de la carta. Jamás había llevado un caso como aquél ni leído nada acerca de un caso como aquél. Ese juicio tenía vida propia.

Joey carraspeó.

–He localizado algunos casos en los que el acusado tiene derecho a proceder *pro se* en un juicio criminal aun cuando despida a su abogado durante el caso.

–Pues claro que tiene derecho –exclamó el juez, releyendo una y otra vez la carta con más incredulidad que el ganador del premio gordo–. Es un derecho que puede ejercer o al que puede renunciar.

–Sí, cierto, ya lo sabía. He encontrado casos en los que los derechos en un caso criminal son personales para el acusado, en analogía con otros casos en que el acusado quiere que el estado ejecute, pero los tribunales no permiten que los abogados intervengan.

–No ha lugar.

–Pero en el caso Manson...

–Cierre el pico, Joey.

–Sí, señoría.

–Se está poniendo en ridículo –espetó el juez, alzando la vista–. ¿Ha llegado esta carta a manos del fiscal?

–No lo sé. La señora Carrier me ha dicho que ha presentado la moción al fiscal, pero no sé si ha sucedido lo mismo con la carta de Steere.

El juez Rudolph reflexionó unos instantes. Aún no tenía del todo claro el asunto.

–Póngame con el fiscal. ¿Se cree capaz de hacerlo?

39

Judy sólo tenía una pista que la conducía de nuevo al puente de la Veinticinco. Tomó un taxi solitario delante del juzgado, y el trayecto duró tan sólo media hora por calles ya limpias. No había tráfico, porque Judy era la única persona lo bastante loca para aventurarse a salir con semejante nevisca.

Grays Ferry aparecía desierto, y Judy sintió una punzada de inquietud en cuanto el taxi dobló la esquina de la Veinticinco. El panorama resultaba espeluznante. Habían disparado a Mary allí mismo pocas horas antes, pero ninguna cinta amarilla acordonaba la zona. En el hospital, Bennie le había dicho que la policía estaba corta de personal, pero ¿qué sucedería con las pruebas del escenario del crimen? Judy se quedó mirando con fijeza el lugar en que habían disparado a Mary. La nieve ya cubría su sangre y ocultaba lo ocurrido. Incluso los esquís de Judy habían quedado sepultados bajo el manto blanco.

–¿Me paga, señora? –preguntó el taxista.

–Perdone –se disculpó Judy mientras sacaba un billete del bolsillo–. Quédese el cambio, ¿vale?

Salió al frío y se acercó a la casa.

Subió la escalinata ya familiar junto a la ventana de cortinas marrones y llamó a la puerta con la mano buena. No esperaba respuesta inmediata, pues eran las tantas de la madrugada. Siguió llamando hasta que en el interior se encendió una luz y oyó voces cerca de la puerta principal. Acto seguido empezó a gritar. Más tarde habría tiempo para disculpas; de momento, lo que necesitaba eran respuestas.

Judy se sentó frente a la madre en el salón y le contó toda la historia. Era una estancia pequeña y decorada con muebles viejos, pero estaba limpia y era bastante acogedora. Un sofá gastado, un televisor viejo y un radiocasete sobre la mesa con algunas cintas junto a él. Libros infantiles y cómics se amontonaban, sobre mesas de servicio metálicas que hacían las veces de mesillas de café. Las paredes revestidas de madera falsa aparecían repletas de fotografías, todas ellas de niños cuyos dientes frontales desaparecían en una imagen y reaparecían en la siguiente. En el centro de la habitación se veía un retrato enorme colgado sobre el sofá, una fotografía de estudio de la madre con sus tres hijos, el más pequeño de ellos, Dennell, sobre el regazo de la mujer.

La madre, recién despertada, estaba cansada, pero escuchó su relato sin comentario alguno, la cabeza ladeada en un ángulo que denotaba escepticismo. Su rostro era de facciones grandes y no demasiado bonitas, pero sus ojos redondos revelaban inteligencia. Llevaba una delgada bata blanca y el cabello bastante corto. Sólo se lo tocó cuando Judy comentó que alguien había disparado a Mary.

–¿Por qué no ha ido a la policía? –preguntó por fin en tono cauteloso–. ¿Por qué me lo cuenta a mí?

–Pienso ir a la policía, pero de momento sólo tengo sospechas. De todos modos, esta noche no puedo hacer nada. Además, si su hijo sabe algo, ¿no prefiere que hable conmigo a que lo interrogue la policía?

–¿A estas horas de la noche? No.

–Lo siento, no puedo remediar lo de la hora.

La mujer se apretó la bata alrededor del esbelto cuerpo.

–Mi pequeño Dennell no conoce a ese indigente del que habla. Nunca me ha hablado de nadie llamado Eb... ni Heb.

–Creo que Dennell lo conocía; al menos, eso nos ha dicho. Dennell juega mucho en la calle, ¿verdad? Seguro que hablaba con Eb cuando usted estaba trabajando.

–Dennell no lo conocía. No conoce a la gente de la calle. No habla con esa gente.

–¿Cómo lo sabe? Trabaja usted en la tienda todo el día.

La madre frunció los labios.

–Mire, hago lo que puedo. Trabajo y no acepto caridad. Rasheed cuida del pequeño cuando no estoy, o si no, la vecina. De todas maneras, ¿usted qué sabe? Usted no sabe nada.

–Sólo le digo lo que su hijo Dennell nos ha contado a Mary y a mí.

–Ya le he dicho que Rasheed cuida bien de Dennell. Siempre le digo que no le deje hablar con desconocidos.

–Heb no era un desconocido. Algunos de los vecinos lo conocían.

–Yo no.

–Dennell dice que Heb era rico.

La madre frunció el ceño.

–¿Eso le ha dicho?

–Sí, me ha dicho que Eb le daba dinero.

–Dennell no tiene dinero.

–¿No es posible que Heb le diera dinero?

–No, nunca he visto ni un centavo.

–Pero Dennell ha hablado de dinero de calle. ¿Está usted al corriente?

–¿Dinero de calle? –espetó la madre–. Usted no sabe si Dennell hablaba en serio.

–¿Miente a menudo Dennell?

La madre guardó silencio.

–Ya me parecía a mí –suspiró Judy.

La madre le lanzó una mirada furiosa.

La ventana del atestado dormitorio de los niños estaba aislada con papel de celofán y cinta adhesiva; bajo ella se hallaba el camastro de Dennell. El chiquillo entreabrió los ojos soñoliento al percibir la repentina luz procedente de la vieja lámpara de vidrio deslustrado que pendía del techo.

–¿Mamá? –murmuró sin abrir los ojos del todo.

–Dennell, despiértate un momentito, cariño.

La madre le acarició la cabeza apoyada contra una almohada con personajes de *La Guerra de las Galaxias*.

–Una señora quiere hacerte algunas preguntas.

–Soy la señora de los esquís –intervino Judy en voz baja al tiempo que se sentaba al pie de la cama–. ¿Te acuerdas de mí, Dennell?

El pequeño mantuvo los ojos cerrados, y su madre lo sacudió ligeramente por los hombros. Llevaba un grueso suéter de *Barrio Sésamo,* pues en el dormitorio hacía frío pese a la estufa cuya rejilla relucía anaranjada en un rincón, cerca de una estantería atestada de viejos juegos de salón, libros de bolsillo y cintas. Los dos hijos mayores compartían una cama de matrimonio; uno de ellos estaba completamente despierto, mientras que el otro dormía a pierna suelta. Era el mayor quien se había despertado; Judy calculó que tendría unos quince años. Llevaba una camiseta rojo intenso con una inscripción que decía CHICAGO BULLS.

–¿Qué pasa, mamá? –inquirió.

–Nada que te incumba, Rasheed. Vuelve a dormirte.

Rasheed se calló, pero permaneció incorporado en la cama junto a su hermano dormido, observando la extraña escena. Tenía el rostro largo y apuesto, de facciones fuertes y ojos oscuros, algo pequeños. Sobre la cama se veían pósters de Michael Jordan, Scottie Pippen y la cabellera de Dennis Rodinan.

–Dennell –repitió la madre, sacudiendo al niño con la misma delicadeza.

Dennell seguía adormilado. Judy consideró la posibilidad de dejarlo pasar, pero era demasiado importante. Alguien había intentado matar a Mary, tenía que llegar al fondo de la cuestión. A diferencia de la policía, ya había entablado cierta relación con ese niño. Algo le decía que tenía que sonsacarle la información aquella misma noche. Enseguida.

–¿Recuerdas que jugamos con los esquís, Dennell? –preguntó.

–¿Los esquís? –repitió el chiquillo con un ojo medio abierto.

Judy se acercó más a la madre.

–Yo te tiraba el esquí, ¿te acuerdas?

–¡Dijizte que no era un juguete! –exclamó Dennell de repente con los ojos abiertos y aquella voz estentórea que Judy recordaba.

–Es que no lo es.

–¡Yo creo que zí!

–Tienes que decir «sí» –resopló Rasheed.

– ¡Zí! –repitió Dennell, testarudo.

–No sabe pronunciar la «s» –insistió Rasheed, meneando la cabeza.

–Chist –ordenó la madre, indicando a Rasheed que se callara antes de volverse de nuevo hacia Dennell–. ¿Conocías a un hombre llamado Eb Darning, cariño?

Dennell asintió, paseando la mirada entre su madre y Judy. Tenía las pestañas tan largas que las puntas se le curvaban como las de una cría de camello.

–¿Y te daba dinero?

Dennell volvió a asentir.

–¿Qué has hecho con ese dinero, niño? –gruñó su madre.

–¿He hecho algo malo?

Rasheed se irguió en la cama con una expresión más resuelta que la de Michael Jordan.

–No mientas, D.

–¡No miento! –gritó Dennell.

Su madre le palmeó la pierna.

–Nada de gritos. ¿Cuánto dinero te dio?

–No zé. Doz. Diez –replicó Dennell, encogiendo los diminutos hombros–. Diez.

–¿Diez dólares?

–Zí, diez.

–¿Dónde está el dinero?

Dennell parpadeó sin decir palabra.

–No tiene dinero –terció de nuevo Rasheed.

Judy se volvió hacia él. El chico parecía nervioso, y no hacía falta ser madre para saber lo que estaba sucediendo. La madre se volvió hacia su hijo mayor.

–¿Sabes tú algo de ese dinero, Rasheed?

Rasheed meneó la cabeza. Su madre se levantó y se puso en jarras.

–Oye, jovencito, mírame a los ojos y dime que no sabes de qué habla el pequeño.

–Mamá...

–Ya me has oído. Mírame a los ojos y miénteme. Vamos, no seas gallina.

Rasheed se tumbó sobre la cama con la mirada fija en el techo.

–No soy un gallina.

–No hay nada que me reviente más que un gallina. Los gallinas no llegan a ninguna parte, no, señor. Anda, habla.

–Ese hombre le daba dinero y tal.

–¿Qué clase de dinero?

–Billetes de dólar.

–¿Cuántos? ¿Diez?

–Más –confesó Rasheed al techo.

La madre cruzó los brazos.

–¿Y dónde está ese dinero?

–Lo tengo yo.

–Pues ve a buscarlo, jovencito.

Rasheed exhaló un suspiro melodramático, apartó la ropa de cama y plantó los enormes pies en la cama.

–Pero el dinero es mío; Dennell me lo dio –explicó en cuanto estuvo de pie.

–Ve a buscarlo –insistió su madre.

–Puede quedárzelo, mamá –intervino Dennell en un intento de ayudar, pero nadie le hizo caso.

Rasheed se dirigió al armario ataviado con una camiseta enorme y pantalones cortos marca Champion. Era alto y delgado, de piernas largas y musculosas. Deslizó la puerta corredera del armario sobre la guía rota y alargó la mano hacia el estante superior.

–Lo estaba ahorrando.

–Estabas guardando un secreto.

–Estaba ahorrando. Siempre nos dices que ahorremos. «Ahorrad, ahorrad, ahorrad.»

Rasheed empujó una caja de zapatos a un lado, dejando al descubierto otra guardada detrás. En un costado se veía la palabra Adidas.

–Estaba ahorrando por si no me comprabas las AirJordan para mi cumpleaños.

Su madre adoptó una expresión exasperada, y Rasheed se encogió de hombros con resignación.

–Sabes muy bien que no te puedo comprar esas zapatillas, Rasheed. Cuestan cien dólares, y no tengo tanto dinero, muchacho.

–Ya lo sé, por eso estaba ahorrando, para comprármelas yo.

–No puedes comprártelas tú.

–Sí que puedo. Siempre dices que lo intentemos todo, que ahorremos, y por una vez que hago las dos cosas, te cabreas como una mona.

–Ya basta, Rasheed. ¿Por qué no me has contado nunca lo del dinero?

–No lo sé –reconoció el chico, encogiéndose una vez más de hombros.

Judy contemplaba la escena en silencio. Por un lado se sentía como una intrusa, pero por otro estaba encantada de que sus pesquisas hubieran llevado por fin a alguna parte. Contuvo el aliento mientras Rasheed cogía la caja de zapatos, la dejaba sobre la cama y levantaba la tapa. Dennell se incorporó en la cama e intentó escudriñar el interior, al igual que su madre.

–Dios mío –musitó la mujer al cabo de un instante.

Judy se inclinó hacia la caja.

En un rincón de la caja había un fajo enrollado como una serpiente. El billete exterior era de veinte dólares, pero desde donde se encontraba resultaba imposible calcular cuánto dinero había. ¿De dónde lo habría sacado? Debajo del dinero yacía un reluciente cuaderno blanco que llamó la atención de Judy. Se moría de impaciencia por saber qué era.

–¿Ese cuaderno es tuyo o también era de Darning? –le preguntó a Rasheed.

–¡Me lo dio a mí! –gorjeó Dennell, sentado sobre su camastro con las piernas cruzadas–. Me dijo que lo guardara para que nadie ze lo robaze.

–¿Me dejas verlo?

Rasheed se lo alargó. Al abrirlo comprobó que sus páginas estaban repletas de cifras escritas con lápiz. ¿Qué significarían? ¿Era la letra de Darning?

–Debe de haber cien dólares aquí –musitó la madre, asombrada, tras coger el fajo de la caja y hojearlo.

–Sólo ochenta y dos –puntualizó Rasheed.

–¿Sólo ochenta y dos? –repitió la madre, anonadada–. ¿Aceptaste ochenta y dos dólares de un hombre en la calle?

–Yo no, Dennell.

–Él es demasiado pequeño para saber que eso no se hace, pero tú... –espetó la mujer mientras su sorpresa se trocaba en enojo–. ¡No debéis aceptar dinero de nadie! ¡De nadie! ¿Sabes lo que quiere la gente a cambio de ochenta y dos dólares, jovencito?

–Ese hombre no quería nada –mascculló Rasheed con la mirada baja.

–Yo me gano el dinero trabajando, y tú harás lo mismo.

–Si ya trabajo. Iba a limpiar la nie...

–¡Desde luego que vas a limpiar la nieve! ¡Todo el invierno, y gratis! ¡Así aprenderás a no aceptar dinero de nadie y a no tener secretos para mí!

–¿Qué querías que hiciera? ¿Decírtelo?

–Sí, decírmelo.

Las venas le sobresalían del esbelto cuello.

–Decírmelo para que pudiéramos devolvérselo enseguida.

–¿Devolvérselo? –repitió Rasheed con una carcajada–. ¿Estás loca?

–Sí, señor, como una cabra. ¡Mira esto!

De repente, la madre cogió un billete de veinte del fajo, lo partió en dos y arrojó los fragmentos al aire.

–¡Mamá! –gimió Rasheed–. Pero ¿qué haces?

Se abalanzó sobre los fragmentos que flotaban hacia la cama y aterrizó sobre su hermano quien, por increíble que pareciera, siguió durmiendo.

–¡Basta! –suplicó Rasheed.

Sin embargo, su madre ya estaba rasgando otro billete, luego otro, después otro más, lanzando al aire los fragmentos, que revoloteaban por el destartalado dormitorio como copos de nieve.

–¿Crees que estoy loca? –gruñó la madre mientras se esforzaba por destrozar un fajo de billetes de dólar–. ¡Esto es lo que haré si te vuelvo a pescar aceptando dinero ajeno!

Encantado, Dennell batió de palmas al presenciar la aventura de su madre; mientras, Rasheed corría de un lado a otro en un intento de recoger el dinero caído sobre la moqueta. La madre siguió rasgando billetes hasta que no quedó ninguno. El dormitorio parecía el escenario de una tempestad de dinero.

–¿Te has enterado, jovencito? –gritó la madre con expresión satisfecha.

–¿Eh? –farfulló el hijo mediano, despierto por fin, restregándose los ojos extrañado mientras el dinero volaba por su dormitorio.

–¿Estoy soñando?

La madre lanzó una carcajada, y Judy coreó sus risas..., aunque ella reía por lo que tenía en sus manos, el cuaderno de Eb Darning.

40

Marta alumbró con la linterna la valla metálica nevada de LBI Marina, donde según las facturas, Steere tenía amarrado su barco. El puerto deportivo estaba arropado junto a la bahía de la isla, flanqueado de casas de veraneo cerradas y resguardado de lo peor de la tormenta. Junto a la valla se alzaba una edificación de madera y techo plano, por lo visto una oficina. En la pared se veía un rótulo desvaído que anunciaba ALQUILER DE MOTOS DE AGUA. Un viejo aro de baloncesto se agitaba al viento.

Marta deslizó la mano por entre la trama de la valla y se acercó más para echar un vistazo. La nieve seguía cayendo, pero la bahía estaba más calmada que el mar abierto; las olas, coronadas por crestas blancas, rompían contra el muelle sin grandes aspavientos. No se veían embarcaciones en el agua, que en algunos puntos parecía helada. Las gradas de madera cubiertas de nieve se adentraban en el agua vacía. Junto a ellas se erigía un gran elevador de barcos con una eslinga de lona. La marina aparecía desierta y a oscuras salvo por una lámpara rectangular de seguridad delante de la oficina. ¿Dónde estaban los barcos?

Marta enfocó la linterna entre los copos de nieve hacia la derecha, tras una sección cubierta de la valla. Allí se veían numerosas embarcaciones alineadas en dique seco. Lanchas motoras y veleros con los toldos y cubiertas totalmente nevados. Marta calculó que habría unos treinta barcos, pero no sabía si alguno de ellos era el *Piratical*. No sabía qué aspecto tenía el barco de Steere aun sin estar cubierto de nieve. Tendría que entrar en el puerto para leer los nombres.

Se guardó la linterna en el bolsillo y examinó la valla con ojos entornados. Era alta, de casi tres metros; intentó recordar la última vez que se encaramó a una. Los recuerdos acudieron a su mente lentos, a regañadientes. Llevaban tanto tiempo enterrados... De pequeña había trepado a los robles del bosque y a las vallas que protegían la vía del tren. También había montado en poney sin silla e incluso se había subido al regazo de su padre. Había sido un chicarrón antes de hacerse abogada o, en cualquier caso, de convertirse en la versión adulta de un helión. Si tenía que trepar, treparía.

Alzó los brazos e intentó encajar una bota en la valla. La bota era demasiado grande. Propinó una patada al metal para insertar la puntera. La valla tintineó y tembló. Montones de nieve le cayeron sobre la cabeza. Marta se la limpió como pudo, se cubrió con la capucha e inició el resbaladizo ascenso. El anorak pesaba horrores, y los pantalones impermeables le resultaban incomodísimos. A punto estuvo de perder una bota, pero por fin logró llegar a media verja.

Alcanzó la cima jadeante, pasó una pierna acolchada sobre la barra que coronaba la valla y se detuvo para recobrar el aliento. El viento le azotaba el cabello y le congelaba las orejas. Parpadeó para evitar que los ojos se le llenaran de nieve. No se había activado ninguna alarma, y el puerto no era lo bastante finolis para estar dotado de alarmas silenciosas. Se sentía bastante segura.

De repente se cayó de la valla. La linterna le resbaló de un bolsillo, y el buril, del otro.

Marta volvió a guardarse ambos utensilios sin comentario alguno y permaneció unos instantes tendida en un montículo de nieve junto a la valla. La nieve no era tan blanda como se suponía que debía ser, por lo que le dolía todo el cuerpo. Agitó los brazos y las piernas para hacer balance de los daños sufridos. Le dolía la cabeza, pero no recordaba la última vez que no le había dolido. Hasta entonces había sobrevivido a un accidente de coche, un asesino, una caída y una psicoterapia. Empezaba a creer que era invencible, aunque no del todo profesional.

Se levantó y se limpió la nieve. El muelle estaba cubierto de nieve y resbaladizo, al igual que las gradas vacías, que parecían cinco íes mayúsculas encaradas hacia ella. Marta se aferró a la barandilla porque no sabía con certeza dónde acababa el muelle y empezaba el agua. Se dirigió al enorme guardabarcos, encendió la linterna y empezó a leer los nombres de las embarcaciones.

Free 'n Easy, Skipperdee, Weekend Folly. Podía leer los nombres pese a la nieve porque estaban pintados en letras muy grandes. El viento seguía silbando en la bahía. *My Girl, Showboat, Slip and Fall*. Todas ellas eran de Nueva Jersey, pero ninguna pertenecía a Steere. Marta corrió a la siguiente hilera.

Our Keough, Molly's Deal, Semicolon.... pero ni rastro de *Piratical*. Se mordió el labio. Tenía que estar allí; había visto las facturas del amarre. No había encontrado ninguna factura que indicara que Steere hubiera pagado a alguien para trasladar el barco ni ningún documento denunciando su desaparición. Estaba allí, y Marta lo encontraría..., al igual que encontraría cualquier cosa que ocultara. Papeles, alguna pista, lo que fuera.

Rate's Bait. *Huggybear*. *Amazing Paul*. Algunas de las embarcaciones estaban registradas en Maryland, mientras que otras procedían del norte, de lugares como Carnden, Maine, y Marblehead, Massachusetts. Marta se puso en cuclillas y leyó la última fila de nombres. El extremo más alejado del puerto estaba más oscuro y menos resguardado del mar. El agua salada azotaba los cascos de fibra de vidrio, y Marta volvió el rostro para evitar tragar agua. *Mandessa, Ebony, Go Below*. Llegó al final de la hilera y se irguió. ¿Dónde estaba el *Piratical*? ¿Cómo podía Steere haber ocultado un barco?

Paseó la mirada a su alrededor. Junto a la oficina del puerto, cerca del agua, se veía un edificio de hormigón lo bastante grande para guardar en él embarcaciones. Tal vez el *Piratical* estuviera allí. Corrió hacia el edificio, alumbró el interior con la linterna y apretó la nariz contra el vidrio helado como una niña en el acuario.

El interior del edificio estaba a oscuras y carecía de lámparas de seguridad. Marta entornó los ojos; la nariz se le había quedado más helada que un carámbano. Distinguía a duras penas las siluetas de los barcos, pero desde allí no alcanzaba a leer los nombres. Tenía que entrar. Examinó los paneles de vidrio, que eran bastantes grandes. Marta echó hacia atrás la pierna con una técnica envidiable para una abogada y propinó un puntapié al vidrio quebradizo, que se rompió con un tintineo. Siguió dándole patadas hasta romper todo el panel y acto seguido se coló por el hueco.

El suelo era de cemento y estaba seco a excepción de algunos charcos de agua que se había filtrado por debajo de la puerta. Marta agarró la linterna y permaneció inmóvil entre los añicos. Se limpió de nuevo la nieve y dejó un montoncito diminuto detrás del *Pigpen*. En el interior del edificio reinaba el silencio, y sentaba bien estar a salvo de la nevisca, bien resguardada y protegida. A solas ella y *Jail*

Bait, Bet Thrice y *Ain't Nobody's Business*. ¿Dónde estaba el *Piratical*?

Marta paseó el haz de la linterna por el almacén de techo de chapa ondulada y estructura reforzada de acero. El aire estaba enrarecido, con el olor y el frío característicos de los lugares grandes y carentes de calefacción. Estaba atiborrado de barcos, pertenecientes quizás a quienes podían permitirse el lujo de guardarlos a cubierto. Se dirigió hacia las numerosas hileras.

Fue recorriendo los pasillos, enfocando los nombres con la linterna. *First Edition, No Nonsense, SSCP*. Se puso de puntillas y estiró el cuello para distinguir los nombres de las embarcaciones de los soportes más altos. *Milly Boy, Compuboat, Hi-De-Ho*. Parecían la alineación de una carrera hípica, con un nombre estúpido detrás de otro. *Sucker Punch, Mai Tai Time, Einstein's Dream, Feinstein's Dream*.

Con las botas empapadas, Marta recorrió hilera tras hilera y leyó veinte nombres que no merecía la pena recordar. Caminaba por los pasillos con la linterna a toda prisa, de izquierda a derecha, de abajo arriba. En el guardabarcos reinaba un silencio tan sólo quebrado por el chirrido de sus botas. Por fin, el haz tembloroso de la linterna cayó sobre *Piratical*. A punto estuvo de dar un traspié.

El *Piratical* era una elegante motora que parecía tener más de ocho metros de eslora porque estaba colocada sobre un soporte. Era de color blanco brillante y tenía forma de cuña, como una ración muy generosa de tarta de cumpleaños. Se hallaba en el soporte más bajo, probablemente porque era la embarcación más pesada. Junto a la escalerilla vio un reluciente motor fueraborda gris. Marta subió a bordo presa de la emoción.

La cubierta del barco disponía de una suerte de sofá en forma de herradura, y en un punto algo más elevado se veía un asiento de conductor delante de un volante; suponía que se trataba del timón, aunque no sabía nada de barcos. Se detuvo junto al timón y miró a su alrededor con ayuda de la linterna. Estaba aprendiendo a marchas forzadas.

Delante del timón había una brújula protegida por una burbuja de plástico transparente a través de la cual vio una aguja roja flotante. Todas las superficies del *Piratical* aparecían inmaculadas. Marta intuía algo extraño, aunque no alcanzaba a adivinarlo. Permaneció inmóvil unos instantes, cavilando. De repente miró el reloj. Casi las tres de la madrugada. Al cabo de pocas horas, el jurado volvería a reunirse. Tenía que darse prisa. Enfocó la linterna detrás del timón, pero ahí no había lugar para esconder nada.

Un momento. Allí. A la izquierda, cerca del suelo, una especie de guantera. Marta se puso en cuclillas y abrió el armarito. ¡Papeles! Los sacó para poder verlos mejor. Un folleto azul que decía *Manual del Usuario* y un paquete de mapas impermeables de Nueva Jersey y Chesapeake. Un *Almanaque del Navegante* negro. ¡Mierda! ¿Y si había algo escondido entre las páginas?

Marta hojeó el almanaque; de repente, el lomo del libro emitió un crujido. Ay. Marta adoraba los libros y jamás hacía crujir sus lomos. Sin embargo, aquel detalle le relevó que nadie había leído aquel libro. Volvió su atención a los mapas. Formaban un paquete pulcro, sin una sola arruga. Nadie los había consultado jamás. El barco estaba impoluto. Marta se preguntó si alguien habría utilizado alguna vez el *Piratical*.

Se irguió y examinó la embarcación contigua, *Atta Boy*, para compararla con *Piratical*. Los soportes para vasos estaban sucios, y el asiento del capitán aparecía gastado, con un viejo almohadón junto al timón. El cabo de amarre amarillo del *Atta Boy* también estaba sucio, mientras que el de *Piratical* no presentaba mancha alguna.

El *Piratical* estaba sin estrenar. Sin conducir, sin navegar o como se dijera. ¿Había comprado Steere un barco para luego no usarlo nunca? ¿Por qué? ¿Significaría algo ese detalle?

Marta tenía que seguir buscando. Pasó por encima de los mapas y bajó los pocos peldaños que conducían a la cabina inferior. Estaba oscuro, por lo que deslizó la mano por la pared hasta encontrar un interruptor. La cabina estaba más limpia que una habitación de hotel y olía a coche nuevo. A la izquierda había un fregadero y un microondas; bajo el mostrador reluciente había instalado un frigorífico diminuto. Marta lo abrió, pero estaba vacío, y ni siquiera habían colocado los estantes interiores. El olor a vinilo confirmó su sospecha de que nadie había usado el barco jamás. ¿Era importante?

Atravesó la estancia hasta el comedor, consistente en un banco a rayas azules en torno a una mesa ovalada de formica. En perfecto estado, nuevecito, de hecho. No tenía ningún sentido. ¿Por qué comprar un barco si odias el mar? ¿Por qué comprar un barco y no usarlo jamás? Marta percibía que se hallaba ante algo grande. Ahí había algo, y ella lo encontraría. Se estaba acercando cada vez más. Seguro.

Entró en el salón y giró frenéticamente todos los almohadones de los sofás. No había nada. Detrás del salón se abría un dormitorio tapizado a juego. Dio la vuelta a todos los almohadones y deslizó los dedos por los bordes de la alfombra para comprobar que no ocultaran ningún compartimento secreto. No encontró nada.

Se detuvo un instante para reflexionar. Debía de haber un motor en alguna parte, ¿no? Seguro que el barquito no funcionaba con levadura. Recordó el fueraborda Evinrude gris que había visto al llegar y subió corriendo a cubierta. Si había algún motor, sin duda estaría allí arriba.

Alumbró la cubierta. Sobre el suelo blanco, delante del sofá en forma de herradura, vio dos asideros de aluminio. Empujó los mapas a un lado y tiró de uno de ellos. El asiento del sofá se levantó; bajo él se abría un orificio cuadrado. Una luz se encendió automáticamente, por lo que Marta dejó la linterna sobre la cubierta.

Volvo penta, decía el motor negro, que parecía de coche. Marta se arrodilló y buscó a tientas en el orificio. No notó nada de grasa acumulada sobre lo que parecía una batería. Nadie había encendido nunca el *Piratical*. O puesto en marcha, o como se dijera. Marta siguió buscando a tientas alrededor del motor y las demás cosas negras que se agrupaban en el agujero. Dios sabía qué eran, pero tanto daba. En cualquier caso, no ocultaban los papeles que buscaba.

Dejó caer la tapa, se sentó en la cubierta, recogió la linterna y la paseó a su alrededor. El círculo de luz alumbró tembloroso libros, mapas y las inmaculadas superficies del barco. A buen seguro había omitido algo. No estaba pensando con claridad. Tenía que encontrar algo, ya que de lo contrario, se acabó.

Se bajó la cremallera del anorak con un suspiro y estiró las piernas como un oso de peluche. El hielo derretido de sus botas goteaba sobre uno de los mapas. Se quedó mirando las gotas. Glog. Glog. Mojando el mapa. De repente se sentía demasiado exhausta para pensar o planear, para registrar o forzar... Siguió con la mirada las gotas que mojaban el mapa. Qué barco tan bonito. *Piratical*. Un barco pirata. Un mapa. Un mapa.

Marta se irguió con ademán brusco.

¿El mapa del tesoro? ¿Podía tratarse de eso? Se inclinó hacia delante y cogió el mapa mojado. «Combata la contaminación para mantener limpias las aguas de navegación», pedía el primer mapa. Marta lo desdobló con impaciencia. Piratas. Mapas. El tesoro. Un barco sin estrenar. Todo encajaba. El *Piratical* era el lugar más lógico para guardar un mapa. Un escondrijo delante de las narices de todo el mundo, pero casi imposible de localizar. Y el barco estaba guardado bajo techo para que el mapa no se mojara.

LITTLE EGG HARBOR A CAPE MAY. Marta leyó el mapa con ojos entornados. El océano Atlántico ocupaba la parte superior, y por todas partes se veían números. 24, 27, 37. No estaba familiarizada con las cartas de navegación, pero imaginaba que indicaban las profundidades marinas. Lo que le interesaba en realidad era la tierra, ya que intuía que un hombre que detestaba el mar no enterraría nada en él si podía evitarlo.

Recorrió con la mirada la costa dibujada en el mapa. Qué típico de Steere. Se dedicaba a los negocios inmobiliarios. La tierra era su amor verdadero. Gracias a ella había amasado una fortuna, y ahora incluso le guardaba sus secretos. A juzgar por el nombre del barco, Steere se consideraba un pirata, lo que significaba que el tesoro estaría enterrado en tierra, cerca de la casa que tanto amaba, lo intuía.

Examinó el mapa de izquierda a derecha en busca de Long Beach Island. Ocean City, Sea Isle City, Seven Mile Beach. ¿Dónde estaba Long Beach Island? Dio la vuelta al mapa. Allí. En el extremo izquierdo del mapa vio las palabras Long Beach Island sobre una extensión parda de tierra. Aparecían marcadas las poblaciones de Beach Haven y Holgate y a continuación, el mar. Era la punta sur de la isla. ¿Dónde estaba Barnegat Light? Marta quería ver la zona norte.

Arrojó el mapa a un lado y rebuscó entre los demás, Maryland, Virginia, Chesapeake... Cartas de navegación de rutas marítimas que Steere jamás surcaría. Tapaderas para el mapa verdadero. Cogió uno que decía «Carta de navegación 12324, Sandy Hook a Little Egg Harbor». Lo desplegó y lo extendió sobre la cubierta del barco. Ocupaba casi todo el suelo.

Sobre el mapa, dos delgadas tiras de playa marrón surgían de cada lado para confluir en el centro como las patas de un cangrejo. En el centro se veía el bulbo de Barnegat Light. Marta deslizó el dedo sobre el mapa hasta el lugar en que debía de encontrarse la casa de Steere. Vio el faro que había divisado a lo lejos y a continuación las dunas, pero ninguna X que marcara el paradero del tesoro enterrado. ¿Era demasiado pedir? ¿Un poquitín de ayuda de vez en cuando?

Marta escudriñó el mapa a la luz de la linterna, examinando la zona alrededor de Barnegat Light en busca de alguna marca de bolígrafo o lápiz, cualquier señal que mostrara el lugar en que Steere había enterrado algo. No vio nada. Se acercó a pocos milímetros del mapa, pero no tuvo mejor suerte. Incluso intentó recordar lo que sabía de aquella playa. No recordaba haber visto ningún rótulo ni señal fuera de lo común. No era más que una playa normal y corriente.

Mierda. Marta se puso en cuclillas. Tenía que estar allí. Se le acababa el tiempo. Tal vez se debía al modo en que miraba el mapa. Lo sostuvo en alto, muy cerca del rostro, y lo alumbró con la linterna.

De repente vio algo por el rabillo del ojo, un leve destello de luz. ¿Qué era eso? Sin soltar la linterna, Marta miró por encima del borde del mapa mientras lo alumbraba. Había un puntito de luz sobre la cubierta del barco. ¿Qué? ¿Cómo?

Entornó los ojos y al cabo de un instante distinguió un minúsculo túnel de luz amarilla que traspasaba el mapa y salía por el otro lado, muy cerca de la casa de Steere, en la orilla. Marta siguió el rayo de luz. En el mapa había un agujerito diminuto que la linterna traspasaba como un rayo de sol traspasa un claro en las nubes.

Marta dio la vuelta al mapa y rozó el agujerito. No era más que un puntito rugoso, nada más. No podía tratarse de un error ni de una coincidencia. Marta había encontrado la proverbial X o al menos lo más parecido a una X que Steere ofrecía. El corazón le latía con fuerza por la emoción.

Volvió a dar la vuelta al mapa. El agujerito se hallaba a un centímetro del agua. Consultó la escala del mapa. 1:40.000 millas marinas. Había muchos tipos de millas. No era mucho, pero no tenía nada más. Se vería obligada a calcular el lugar exacto, ya que de lo contrario no le quedaría más remedio que excavar todo Nueva Jersey.

41

Jen Pressman había conseguido huir del alcalde y subir por fin a un coche; era un Crown Victoria del ayuntamiento sin neumáticos para nieve, de modo que tenía que conducir despacio por las calles de la ciudad. Las quitanieves habían limpiado Broad Street y las demás arterias principales de Filadelfia una vez, pero al alejarse de ellas se vio obligada a aminorar la velocidad. De todas formas, no podía conducir deprisa, porque la migraña aún la molestaba y todavía tenía náuseas. Copos de nieve brillante le bombardeaban los ojos, y la vista se le iba nublando por momentos. El analgésico le mantenía la migraña a raya, pero percibía punzadas de intenso dolor al acecho en los rincones del cerebro, como el villano de la obra que espera de pie entre bambalinas.

Jen llegó a la autopista con bastantes dificultades. No había tráfico a causa de la prohibición municipal. Si un policía intentaba impedirle el paso, le mostraría su identificación del ayuntamiento, y el policía la dejaría continuar. Aquel empleo había catapultado su carrera a otra dimensión. Si el alcalde salía reelegido, esperaría un tiempo prudencial antes de dimitir y ofrecerse como socia al bufete de abogados que pagara más. Se había encargado de la contratación de casi todo el personal del alcalde, lo que le resultaría muy útil cuando acudiera a ejercer presión en nombre de algún cliente. Lo mejor del asunto era que funcionaría aun cuando el alcalde no saliera reelegido. En cualquier caso, Jen quedaba cubierta, como Suiza.

Aceleró un poco. Los faros del coche formaban dos túneles luminosos en la autopista nevada. Las farolas y la nieve le atravesaban el cerebro. Los puntos blancos de su cabeza se tornaban cada vez más blancos y brillantes. Consideró la posibilidad de parar un rato, pero no podía. Era tardísimo, y si se detenía, lo más probable era que se quedara dormida y muriera congelada en la cuneta.

El coche se deslizó de lado hacia la mediana de cemento, de modo que Jen aminoró un poco la velocidad. La nieve chocaba contra el parabrisas, cada copo era un punto que iba creciendo al acercarse. Le recordó una pelota perdida que en cierta ocasión la había alcanzado durante un partido de los Phillies mientras estaba sentada con los miembros de la oficina de la asesora legal del municipio detrás de la tercera base. Jen había seguido la pelota con la mirada mientras flotaba en un arco hacia ella, girando sobre sí misma una y otra vez. En un momento dado levantó la mano para cazarla, pero fue demasiado tarde. La pelota la alcanzó en el dedo y se lo fracturó. Se vio obligada a firmar una renuncia en la que prometía no demandar ni al estadio ni al ayuntamiento. La asesora se había partido de risa.

Jen mantenía la mirada clavada en el parabrisas. Cada vez veía peor. Los copos de nieve se estrellaban contra el vidrio como pelotas que se abalanzaran sobre ella. Cientos de copos, luego miles. Llevaba toda la vida esquivándolos en secreto, intentando conducir entre ellos, dejarlos atrás.

El coche avanzaba entre la nieve. Blancura por todas partes, en el parabrisas, en la carretera, cubriendo los edificios que flanqueaban la autopista. No se veía rastro de coches ni ninguna otra forma de vida. Cuánta luz pese a que era de noche. Buscó a tientas las gafas de sol sobre el salpicadero, pero no estaban allí. Aquél no era el coche que solía usar, pero al no encontrar el bolso en el que guardaba las llaves, se había visto obligada a tomar prestado otro vehículo del ayuntamiento.

De repente, una luz blanca y ardiente estalló detrás de sus ojos, en el centro de su cerebro. La migraña se derritió en un crisol de claridad y llamas. Parpadeó para aclararse la visión, pero lo único que veía era un núcleo abrasador. Pisó el freno, pero el coche siguió avanzando en línea recta, luego de lado. No veía nada más que la luz blanca. Al cabo de unos instantes, el coche empezó a dar vueltas de campana hasta estrellarse contra la mediana de cemento. Jen tan sólo sentía agonía, tan sólo veía luz. Y una fracción de segundo antes de morir, sintió alivio.

42

Judy intentó concentrarse en el cuaderno blanco de Darning, pero la angustia no cesaba de distraerla de su tarea. ¿Se pondría bien Mary? Se tocó el vendaje de la mano. ¿Quién había disparado contra Mary y por qué? ¿Irían a por ella ahora?

Por enésima vez, Judy recorrió con la mirada su piso vacío. El silencio sólo se veía interrumpido por el tictac de su reloj Kit Kat de plástico, cuyos ojos redondos oscilaban a izquierda y derecha. Seguía nevando. Del exterior no llegaba ningún sonido de tráfico ni sirenas. Judy tenía la sensación de ser la única persona que seguía despierta en la ciudad..., a excepción del asesino.

Se removió en el taburete de la cocina en el que se había sentado y se estremeció pese al grueso chándal gris y los calcetines de lana que llevaba. El piso de Judy se hallaba en la tercera planta y disponía de un sistema de apertura automática del portal. Era un piso muy grande pintado de color marfil, con cocina americana en un rincón del enorme salón y un futón desplegable apoyado contra una pared delante de una mesilla de café de Ikea. De un dormitorio convertido en estudio procedía un penetrante olor a trementina y pintura. Una bicicleta de montaña roja y varios metros de cuerda de escalada de colores ocupaban el espacio que quedaba bajo las dos ventanas delanteras. Todos aquellos objetos indicaban a Judy que estaba en casa. A salvo.

Se inclinó sobre el cuaderno blanco de Darning y se escondió un mechón de cabello rubio bajo la ancha diadema negra que llevaba. El cuaderno era de espiral horizontal, como los que con frecuencia usan los estudiantes de matemáticas, y tan sólo contenía números escritos en lápiz a un espacio y dos columnas.

39203930	38475400
10983485	49832625
24930491	98563423
21049382	86241221
29282019	66734202

Judy contó los números de la primera página. Sumaban unos treinta y seis. Hojeó el cuaderno y calculó que tendría unas ciento diez páginas, así que, ¿cuántos números contendría en total? Treinta y seis por ciento diez. Vaya. Los cálculos se tornaron borrosos mientras surcaban el cerebro de Judy. Un ataque de angustia matemática. Judy se dijo que todo era culpa de la sociedad, pero eso no la ayudó a sumar, restar ni multiplicar mejor. Ni hablar de divisiones largas; provocaban calambres ováricos.

Cogió un lápiz del tarro de pinceles y demás utensilios de pintura, garabateó el problema en una hoja de papel, se mordió el labio y por fin encontró una solución. Unos tres mil novecientos sesenta números. Pero ¿qué significaba eso? Judy se quedó mirando las listas. Qué pesadilla... Una matematófoba analizando un cuaderno repleto de números. Se obligó a pensar pese a la incapacidad que le atribuían machistas y republicanos.

39203930. Demasiado largo para ser una dirección o un

número de teléfono. Tampoco podía tratarse de un número de la Seguridad Social, porque ésos tenían nueve dígitos. Judy reflexionó unos instantes. Eb Darning había sido empleado de banca; tal vez eran números de cuenta. Cogió el bolso del mostrador de la cocina, buscó el talonario y lo abrió. En la parte inferior de sus cheques del Sierra Club se veían varios símbolos negros, luego el número 289493726, a continuación más símbolos y por fom 0 384 273. El número de siete dígitos correspondía a su número de cuenta, Judy tenía que consultarlo cada vez que extendía un talón porque nunca lo recordaba. En cualquier caso, no se parecía a los números de ocho dígitos del cuaderno de Darning.

Siguió mirando el cuaderno, absorta en sus cavilaciones. Cada banco diseñaba su propio sistema. Tal vez el banco de Darning numeraba las cuentas de otro modo; pero eso significaría que el cuaderno blanco se remontaba a la época en que trabajaba en la entidad, es decir, a los años sesenta. Judy examinó el cuaderno. Era imposible. No parecía tan antiguo. Las páginas no estaban arrugadas ni raídas en los bordes. Calculó que tendría unos tres o cuatro años, una estimación que no podía compararse con la prueba del carbono 14, pero en fin...

¿Qué significaban los números? Porque sin duda significaban algo, ¿no? A Darning se le daban bien los números y también el dinero. Tal vez eran números de serie de billetes, se dijo. Sacó el dinero que llevaba en la cartera. Tres billetes de un dólar con los números de serie impresos en color verde. B12892443E, F40155765, L34522346G. Siguió buscando y por fin encontró uno de veinte. B38803945C.

Qué curioso. Los números de serie de los billetes tenían ocho dígitos, al igual que los del cuaderno, pero los de los billetes empezaban y acababan con letras, a diferencia de los números de Darning. Maldita sea. ¿Qué podían significar? De todos modos, ¿qué demostraba un número de serie? ¿Falsificación? ¿Sobornos? Judy no sabía por dónde empezar, pero en cualquier caso no creía que se tratara de números de serie.

Dejó los billetes a un lado y cogió el cuaderno. Darning había escrito los números con mano firme; no eran simples garabatos. Casi parecían copiados de algún lugar. ¿De dónde? Darning había dado el cuaderno a un niño pequeño, Dennell. ¿Por qué? ¿Sabía Darning que Steere pretendía matarlo? ¿Había matado Steere a Darning por causa del cuaderno? Judy no cesaba de pensar en los ochenta dólares de la caja de zapatos. ¿De dónde los habría sacado Darning? ¿Chantaje? ¿Tenía el cuaderno algo que ver en todo ello?

No conocía las respuestas, de modo que se dirigió al frigorífico. Las mejores ideas se le ocurrían delante de la nevera abierta, estaba convencida de que se debía a las emanaciones de freón. Aspiró una profunda bocanada de gas. Nada. Sacó el cartón de leche, abrió la pestaña y bebió un trago.

Acto seguido cerró el frigorífico y se volvió hacia el reloj negro de Kit Kat. Por lo general le arrancaba una sonrisa, pero esa noche no. Esa noche, el reloj significaba que no llegaba a ninguna parte, que se veía obligada a luchar con multiplicaciones mientras su mejor amiga luchaba por sobrevivir. Miró el teléfono y consideró la posibilidad de volver a llamar al hospital. Había llamado diez minutos antes, y le habían explicado que Mary se hallaba en cuidados intensivos tras la operación. Seguro que no había novedades.

Se metió en la boca una galleta de la arrugada bolsa de Chips Ahoy que tenía sobre el mostrador y pensó en Marta. En las noticias habían anunciado que llevaba varias horas en paradero desconocido. Sintió una punzada de inquietud. Tal vez debería contar a la policía lo del cuaderno, pero sin duda no harían nada con semejante tiempo. Además, intuía que Marta seguía viva. Recordó las innumerables exigencias de la abogada durante el caso Steere. Las personas como Marta sobrevivían; eran los que la rodeaban quienes sucumbían.

Pero aun así, ¿dónde estaba? ¿Qué había descubierto acerca de Steere? Judy dejó de masticar y se regañó por haber sido lo bastante ingenua para creerse la bola del fiscal. Marta debía de haber averiguado que Steere había asesinado a Darning, pero tampoco sabía por qué. Judy tenía la sensación de que ambas intentaban hallar las respuestas a las mismas preguntas. ¿Dónde podía estar Marta? ¿Comprendería ella el significado de aquellos números?

La mirada confusa de Judy se detuvo en el hombre de la reluciente reproducción que pendía de la pared sobre el mostrador de la cocina. *Autorretrato con gorra blanca,* de Cézanne. Había comprado el póster en el museo porque le gustaba la expresión que se dibujaba en los ojos del pintor, unos ojos castaños como almendras recubiertas de chocolate en un rostro de trazos cortos y en varias capas que denotaban seguridad y solidez. Al acercarse mucho a los cuadros de Cézanne, Judy había advertido el grosor de la pintura; el pintor había esperado a que cada capa se secara antes de aplicar la siguiente. Esperando y pintando, reestructurando y recombinando los pigmentos. Qué distinto de su artista favorito, Van Gogh. Cézanne sabía lo que quería hacer, pero a diferencia de Van Gogh, su arte procedía del cerebro, no del corazón.

Podía aprender una lección de aquel detalle. Tenía que dejar de pensar con el corazón y empezar a usar el cerebro, olvidar la angustia que le producían las matemáticas, Mary y Marta, e intentar resolver aquel enigma. En el instante en que volvía de nuevo su atención a la primera página del cuaderno sonó el timbre. Con un sobresalto se giró hacia el sonido con el lápiz levantado. ¿Quién podía ser? La inquietud volvió a apoderarse de ella.

Dejó caer el lápiz, se bajó del taburete y se alejó de la puerta del piso. Por el camino agarró el teléfono inalámbrico, preparada para llamar a la policía. ¿Acudirían pese a la tormenta? ¿Acudiría alguien en su ayuda? Sacó un cuchillo de carne del soporte.

El timbre del portal volvió a sonar. No sabía qué hacer. No tenía intención de abrir la puerta sin saber quién era, y su edificio, al ser bastante antiguo, carecía de interfono. Se acercó de puntillas a la ventana y se asomó con cautela sobre la repisa nevada para ver la calle.

43

La vida de Tom Moran, ayudante del fiscal del distrito, se había convertido en un auténtico infierno. Una tortura sin descanso, un sufrimiento constante sin alivio alguno. Los gritos y el llanto le perforaban los oídos a todas horas. No había pegado ojo en toda la noche y estaba sudando como si fuera pleno verano, tan sofocante era la atmósfera de la diminuta casa adosada de East Falls. Su suegra había puesto la calefacción a tope porque era la primera noche que sus hijas pasaban en casa. Ashley y Brittany Moran. Gemelas.

Santa María, Madre de Dios. Embutida en una bata acolchada, su suegra sostenía en brazos a la recién nacida Brittany, cuyos chillidos agónicos llenaban el salón. Entre ambas estancias se paseaban como almas en pena y en pijama su achispado suegro, que había alcanzado la cima de su vida como jugador de fútbol en el instituto, y su enfadado padre, que desde el divorcio no podía estar en la misma habitación que su madre. Satanás también estaba presente en la encarnación de su cuñada, que había acudido supuestamente para «ayudar» y de paso se había llevado a sus tres diablos. Sólo Dios sabía dónde estaba su esposa, Marie.

–¡Tom! ¡Tom! ¡Necesitamos dos arrullos en el salón! ¡Están en la habitación de las niñas!

Tom corrió a buscar los arrullos, fueran lo que fuesen. No se molestó en averiguar quién se los había pedido. Le pedían tantas cosas últimamente que pretender conocer la fuente de tanta exigencia era pura literatura. Con la corbata revoloteando a su alrededor, Tom corrió escalera arriba hacia la habitación infantil, que aún no había acabado de pintar. En la escalera estuvo a punto de tropezar con uno de los diablos, que se estaba buscando petróleo en las profundidades de la nariz.

–No hagas eso, Patrick –ordenó a su sobrino.

–Cierra el pico, gilipollas –masculló el crío.

Tom giró sobre sus talones, pero no tenía tiempo para retroceder. Llegó a la habitación a toda pastilla, esquivando los regalos y las latas de pintura. Marie lo había atosigado para que guardara la pintura antes de que nacieran las gemelas, pero el caso Steere lo absorbía por completo. Sólo dos de las paredes de la habitación estaban pintadas de rosa viejo, y tan sólo la mitad de los tablones del suelo presentaban el matiz conocido por el nombre de Algodón de Azúcar. Entretanto, lo más probable era que hubiera perdido el puto caso Steere. Se había enfrentado a suficientes jurados para saber que aquél no estaba de su parte, pero estaba tan agotado que le importaba un comino.

–¡Tom! ¡Trae dos chupetes cuando bajes!

Tom se dirigió hacia los cambiadores sobre la deshilachada alfombra rosa. Debajo había estantes llenos de pañales desechables, crema y polvos talco. Lo revolvió todo, pero no encontró los arrullos. ¿Los arrullos y qué más? Ah, sí, los chupetes. Mientras, el caso Steere se desmadraba por momentos. Dos guardias de seguridad muertos, DiNunzio en estado crítico y Richter en paradero desconocido. ¿Dónde coño estaban los chupetes?

Rebuscó entre los juguetes y regalos desparramados por

el suelo. Ni rastro de los arrullos, y las niñas querían ser arrulladas. Tom siguió revolviendo los juguetes. Un sonajero rosa salió despedido, seguido de un mono también rosa. Todo era una suerte de nebulosa rosada. Marie quería tener hijas, de modo que al menos ella debía de ser feliz. En el pasado, la sola idea de hacer feliz a Marie había hecho feliz a Tom; su misión consistía en proveer, arreglar, ¡hacer! Pero esto de las gemelas era demasiado ahora que el caso Steere estaba a punto de estallar y encima no podía salir de casa por culpa de la nieve. Estaba atrapado en su casa adosada, con las gemelas chillando a pleno pulmón..., en el Infierno de los Neonatos.

–¡Tom, los arrullos! ¡Y los chupetes!

Arrojó lejos de sí un esponjoso oso de peluche blanco. Era el ayudante del fiscal de un área metropolitana muy importante. Había estudiado en la Universidad de St. Joe y en la Facultad de Derecho de Villanova. Aspiraba a convertirse en juez algún día. No había lugar para un bebé en su vida, y mucho menos para dos. Propinó un puntapié a un elefante rosa.

Sabía que iba a perder a Steere. Ni siquiera deberían haberse presentado cargos. «Lo mejor que puedo hacer por ti –le había asegurado su jefe– es darte un caso imposible de ganar; así no quedarás mal cuando lo pierdas. Encárgate de este caso, Tom, y siempre lo tendré en cuenta.» Eso le había dicho su jefe, sin añadir que pringar como un capullo no constituye una estrategia profesional tan genial como muchos imaginan. «Además, el que tiene que ir a trabajar al día siguiente con el bazo en la mano eres tú.»

–¡Tom, Tom! ¡Los arrullos! ¡Y los chupetes!

Tom buscó sobre una silla floreada hasta encontrar dos mantitas color de rosa y demasiado livianas para abrigar siquiera a una muñeca. Bajó corriendo con ellas, pero se detuvo al ver al diablo sentado en un escalón con el dedo aún sepultado en la nariz.

–Hola, capullín –espetó entre dientes–. ¿Has encontrado petróleo?

–¡Mamá! –lloriqueó el niño antes de huir despavorido.

Tom entró en el salón infestado del hedor putrefacto y sulfuroso de los bebés aulladores. El aire apestaba a mierda amarilla de bebé, como si de gas mostaza se tratara, y de repente detectó otro olor con reminiscencias de trigo... Papilla vomitada. Los bebés vomitaban como volcanes, «reflujo gástrico», según su suegra, y la lava ya se había quedado rancia sobre el hombro de Tom. En la casa hacía un calor de muerte, y su suegra no le dejaba abrir la ventana. «¿Estás loco?» Las malditas corrientes de aire. Tom le alargó los arrullos y puso pies en polvorosa.

–¡Te has olvidado de los chupetes! ¡He dicho chupetes!

Tom viró a la izquierda y se dirigió de nuevo a la escalera. Sabía que debería sentirse feliz, pero no era así. Todo había cambiado de la noche a la mañana. Su mujer se había hinchado como un globo. Su casa se había llenado de gente. Su carrera profesional era un caos por culpa del caso Steere. Llevaba un año trabajando como un cabrón, por desgracia el mismo año en que Marie había quedado embarazada. Sabía que algún día sería feliz, pero de momento no.

Tom cruzó la habitación de las niñas como una exhalación en dirección a las dos cómodas de color rosa apoyadas contra la pared sin pintar. Abrió el primer cajón con ayuda del tirador en forma de conejito, dejando al descubierto un montón de camisetitas diminutas y pijamitas con capucha. Lo revolvió todo en busca de los chupetes. El llanto de las gemelas arreció, aullidos de cólico que surgían de las profundidades.

–¡Tom, los chupetes!

Corrió a las dos bolsas del conocido hipermercado de juguetes que había junto a las cunas. Estaban repletas como sacos de Santa Claus. En la tienda habían grapado un larguísimo ticket de caja que Tom miró atónito. ¡¿Doscientos pavos?! Rebuscó en el interior de las bolsas. Dos móviles de animales para calmar a las pequeñas. Dos cubos en blanco y negro para desarrollar su inteligencia. Dos conejitos azules para que se durmieran. Dos chupetes para que se callaran.

–¡Date prisa, Tom!

Tom salió de la habitación con los chupetes y bajó la escalera como un poseído. ¿Cómo podían permitirse tener dos hijas con el sueldo que cobraba? Facturas escolares multiplicadas por dos. Facturas médicas multiplicadas por dos. Facturas de ropa multiplicadas por dos. Dos bodas... Tom entregó los chupetes con la cara compungida.

–¡Trae un biberón, Tom!

Tom corrió a la cocina, donde Marie estaba sentada a la mesa entre su hermana y su padre. Guiñó el ojo a su marido desde el círculo pecoso que formaban. Todos los miembros de la familia de Marie guiñaban el ojo como si padecieran el síndrome de Tourette. Tom le devolvió el guiño y abrió el grifo. Hacía mucho tiempo que no reconocía a su esposa, cuyo cuerpo esbelto se había esfumado junto con su vida sexual. Marie retenía agua suficiente para llenar una piscina. Tom probó la temperatura del agua con un dedo tembloroso.

–¡Aquí, Tom!

Tom giró sobre sus talones como un padre giroscópico. No sabía de dónde procedía el sonido ni qué necesidades debía satisfacer, si las de las gemelas, las de su mujer-globo o las de la pelmaza de su suegra. ¡Tom! ¡Tom! ¡Tom!

–¡Tom, el teléfono del despacho!

–Mierda.

¿El despacho? ¿El jurado? ¿El juez? ¿Los chupetes? Tom dejó el grifo abierto e irrumpió en el estudio, donde los otros dos diablos garabateaban sobre sus escritos con lápices de colores. «Mierda joder mear», escribían una y otra vez.

–Sean, Colin, basta –ordenó.

Arrebató el lápiz a Sean, le dio unas tijeras, luego alargó a Colin un abrecartas y los echó de la estancia para poder coger el biberón..., digo, el teléfono.

–¿Diga?

–¡Tom! –tronó una voz masculina desde el otro extremo de la línea.

Era Bill Masterson, fiscal del distrito de la ciudad de Filadelfia. La voz de bajo de Masterson retumbaba como la del Mago de Oz. Le empezaron a temblar las rodillas. Oh, no. Masterson sólo llamaba a sus ayudantes para despedirlos.

–¡No estás aquí, Tom! –rugió Masterson.

–No, pero ahora voy.

–Yo estoy, y en cambio tú, no. No lo entiendo. ¿Dónde estás, Moran?

–En casa.

–¿Por qué estás en casa? ¡Mueve el culo y ven ahora mismo!

–Esto... Todavía no han terminado de limpiar la nieve –explicó Tom mientras miraba por la ventana.

Dos policías indicaban a una quitanieves el mejor modo de entrar en su calle. A la primera se le había caído la pala, por lo que se habían visto obligados a buscar otra.

–No tardaré.

–¿Por qué coño estás en casa?

–Mi mujer ha tenido gemelas, señor.

–Me da igual. Ven ahora mismo. Steve me ha dicho que llegarías hace una hora.

–Me han enviado un coche, pero no ha podido pasar...

–Me da igual. No deberías haberte ido de la oficina.

–Creía que me daría tiempo. El jurado estaba deliberando, y...

–Me da igual. ¿Es que no lo entiendes? ¿Por qué te has marchado?

–Para ver a mi mujer y mis hijas.

–Me da igual. ¿Crees que no me da igual?

Tom tenía la frente perlada de sudor. Las gemelas aullaban como telón de fondo.

–¡Tom! –chilló alguien–. ¡Tom!

–Tom –espetó Masterson–. Tú has llevado el caso Steere, ¿no?

–Sí.

–Entonces, ¿por qué soy yo el que está en la oficina? No lo entiendo. Tú llevas el caso, pero yo me quedo en la oficina. Trabajas para mí, ¿no?

–Sí.

–Trabajas para mí, pero el que se queda en la oficina soy yo. No lo entiendo. ¿Lo entiendes tú?

–No –musitó Tom–. Lo siento...

–Mira, me da igual. Steve ha recibido una llamada del secretario del juez Rudolph. Han programado una sesión de emergencia, así que ven aquí ahora mismo, ¿me has oído?

–Sí.

–¿Me has oído, Tom? –repitió Masterson antes de colgar.

–¡TOM! –chilló alguien.

Tom cogió su maletín y echó a correr.

44

Marta estaba sentada en la camioneta con la linterna, la carta de navegación y una regla delgadísima que había encontrado en una de las cajas de herramientas de Christopher. Era una regla de doble filo, muy fácil de leer, aunque apestaba a lo que salía de debajo de los cascos de los caballos, fuera lo que fuese. Miró el reloj. Las cuatro y cuarto de la madrugada. Oh, no, se estaba quedando sin noche. ¿Conseguiría Christopher frenar la absolución? ¿Lograría invertir el voto del jurado?

Con los ojos entornados, Marta consultó los cálculos que había anotado al margen de la carta. Los números bailaban ante sus ojos. Media hora antes, todo su sentido de la lógica se había ido al garete. Había intentado calcular los metros que mediaban entre el mar y el agujerito, pero lo dejó correr en cuanto se dio cuenta de que carecía de sentido. Las mareas, la tormenta, la rotación de la tierra y la luna en la séptima casa le impedían saber con exactitud dónde empezaba el mar. El cerebro se le estaba convirtiendo en yogur; la cabeza le dolía horrores a causa de las heridas y el esfuerzo por mantenerse despierta.

Un momento. Había otra forma de hacerlo. Podía regresar al despacho de Steere y buscar la escritura, que indicaría con exactitud el lugar. Con ayuda de la escritura podría calcular los metros entre la casa y el agujerito. Seguro que funcionaría. Tenía que funcionar. Dejó los artilugios sobre el asiento del acompañante, puso en marcha la camioneta y se dirigió hacia la casa de Steere.

¡Chunk! La pala chocó contra el primer pedazo de nieve helada, y Marta empezó a cavar. La tempestad había amainado, pero aún soplaba un viento fuerte desde el mar. Las olas rompían a su espalda. Apenas veía la pala a la luz de la linterna, que había clavado en la nieve como si de una antorcha se tratara. Tal vez estaba cometiendo una locura al buscar un tesoro enterrado, pero lo cierto era que prefería considerarlo una idea un poco descabellada. Presentía que aquella tierra ocultaba algo y no le quedaba más remedio que confiar en que sus cálculos, basados en una conciliación entre escritura, cianotipo y carta de navegación, no andaran tan desencaminados. Por ello había arrastrado la pala de estiércol de Christopher hasta el centro de la playa, sobre dunas y vallas antierosión, para ponerse a cavar. No le quedaba más tiempo que perder en geometrías y numeritos. Tan sólo le quedaba tiempo para actuar.

Marta oprimió la pala contra la nieve y la hundió un poco más con la suela de la bota. Le dolían todos los músculos del torso, pero ya se había acostumbrado al dolor. Levantó la pala, pero con las prisas había recogido demasiada nieve y se le cayó toda. De niña, Marta había quitado nieve, pero nunca a oscuras o en medio de una tormenta. Junto al mar. Con el hombre al que había matado a pocos metros de ella.

Hundió la pala en la capa superior de nieve para coger una cantidad menor y la arrojó a un lado. Acto seguido, el viento la barrió lejos de allí. Sacó otra palada de nieve.

Cuanto más avanzaba, más mojada y pesada se tornaba la nieve. Ya había sacado tres paladas. Tan sólo le quedaban trescientas noventa y ocho mil doscientas ochenta.

¡Chunk! Marta intentó no pensar en el asunto. Bogosian bajo la casa de la playa. Darning con el rostro petrificado por la muerte. Steere, el engaño de que la había hecho objeto, sus demás casos y clientes, la razón por la que se encontraba en una playa en el quinto pino, intentando conseguir lo imposible. Intentó convencerse de que no estaba exhausta, desesperada ni completamente loca. Al menos había hecho una cosa bien en aquel caso; se había asegurado de que las chicas estuvieran a salvo. Con toda probabilidad, Carrier y DiNunzio dormían a pierna suelta en sus camas.

Marta siguió cavando, pero la arena seguía sin aparecer. ¿Cuándo llegaría a ella? ¿Al cabo de treinta centímetros, medio metro? ¿Y a qué profundidad se hallaría el tesoro? ¿A treinta centímetros, medio metro? Otra palada. La espalda le dolía tanto como las costillas. Se agachó y recogió otro montón de nieve. Luego otro más, hasta llegar a diez. Y luego diez más.

¡CHUNK! Intensas punzadas de dolor le atormentaban la parte inferior de la espalda, y los brazos parecían a punto de salírsele de los hombros. Estaba bañada en sudor bajo el anorak. Tenía el cuello mojado y frío allí donde la nieve se había derretido, el rostro empapado... Pero siguió cavando. Cavaría toda la noche si hacía falta. Tal vez estuviera equivocada o loca, pero no cejaría en su empeño.

Marta se quedó mirando el agujero vacío a la luz violácea del amanecer. Al cabo de un instante se dejó caer, y su sombra se encogió sobre la nieve. Tenía el cabello y el rostro chorreando. El aire salado le abrasaba los ojos, y se dijo que ésa era la razón por la que no cesaban de aflorarle las lágrimas. Despuntaba el alba, debían de ser las seis. Se le habían acabado el tiempo y la suerte. Todo se desmoronaba ante sus ojos.

El agujero estaba vacío. Más de metro veinte de arena oscura y mojada, con agua en el fondo, una especie de charco para el castillo de arena de un niño. Marta había cavado con la pala y luego escarbado con las manos. Al comprobar que los guantes entorpecían su labor, se los había quitado y había seguido escarbando con las manos desnudas hasta que se le llenaron de heridas. Pero nada. Allí no había nada. Ni tesoros, ni papeles, ni pistas... Ningún cofre lleno de pruebas incriminatorias. Todo había terminado. Tan sólo quedaba el vacío.

El cielo brillaba ahora que la tormenta había pasado. El sol no tardaría en cabalgar sobre las nubes, y el mundo despertaría. Las cafeteras gorgotearían, las tostadoras emitirían sus chasquidos. Los aparatos de fax se pondrían en funcionamiento con sus características convulsiones. Con toda probabilidad, las compañías telefónicas estaban reparando las líneas, y los ayuntamientos limpiaban las calles. Para todo el mundo empezaba la mañana, pero a Marta se le antojaba el fin.

La noche había sido oscura, y bajo su manto había gozado de plena libertad para moverse y correr, para registrar y cavar; pero el amanecer traería consigo a la policía y sus preguntas. Encontrarían el cadáver de Bogosian. Le pedirían explicaciones sobre los guardias de seguridad muertos, querrían respuestas. Se acabó. Steere había vencido, Marta había perdido. La justicia no prevalecería.

Dejó caer la pala sobre la nieve. El cielo era una bóveda grisácea, el viento soplaba desde el mar, tan frío y seco que sin duda era capaz de matar cualquier germen, desinfectar el mundo, erradicar virus, enfermedades, pestilencia, odio, suciedad, sangre, asesinato. Las olas rompían a su espalda como alguien que le palmeara el hombro. Marta respondió volviendo la cabeza.

El mar relucía apenas visible. Las olas que de noche parecían tinta china se antojaban ahora jade verde, y la espuma del mar era marfil teñido. Una tras otra, las crestas blancas se estrellaban contra la orilla, las burbujas salían disparadas en todas direcciones y desaparecían. A lo lejos, Marta veía el faro y un malecón cerca de la playa de Steere. Era un paisaje desolado y hermoso a un tiempo; a Marta se le antojaba purificado y herido como ella misma, como si Dios hubiera restregado el mundo con un cepillo de cerdas metálicas.

De repente se le ocurrió la idea de adentrarse en el mar. Dejar la puta pala en el suelo y entrar en el agua como quien entra en la sala del tribunal. Tomar posesión del océano, irrumpir en el Atlántico como si le perteneciera. Podía hacerlo. Las olas le darían la bienvenida, la acogerían entre sus brazos, la absorberían entera, anorak, espalda molida y dedos entumecidos incluidos. Incluso conocía las distintas profundidades del agua en la orilla, si es que era eso lo que significaban los números de la carta de navegación.

Se imaginó llegando a una profundidad de un metro, flotando a dos y empezando a caminar sobre el agua a los tres, así por las buenas. A los cuatro, las olas gélidas le devorarían los pies y la zarandearían un poco, pero a los cinco ya las tendría dominadas, al igual que dominaba todo lo demás. A fin de cuentas, Marta era invencible.

Marta se volvió hacia la casa de Steere para contemplarla por última vez a la luz de un nuevo día. Era un edificio majestuoso y sereno. Ella no poseía ninguna casa que pudiera compararsele, ni en Nueva York, Boston, Los Ángeles ni Cape Cod. De todos modos, nunca estaba en casa. De hecho, nunca estaba en ninguna parte. Siempre iba de un lado a otro. Sabía dónde se encontraban las salas VIP de todas las terminales de USAir; sabía manejar el control de velocidad de cualquier Taurus de alquiler sin necesidad de que se lo explicaran; guardaba los números de fax de todos los hoteles Four Seasons en su abultada agenda...

Paseó la mirada empapada por la mansión de Steere. ¡Qué objetos tan curiosos eran las casas! Pensar que podía adentrarse en el océano Atlántico sin haber poseído jamás un verdadero hogar. Y la casa de Steere era preciosa, valía su peso en oro. Se imaginó comprándola, entrando en ella por primera vez. Se hallaba en un lugar privilegiado, arropada entre las dunas. Ubicación, ubicación, ubicación.

Ahora que clareaba, Marta podía apreciar la altura de las dunas que se erigían ante la casa, orgullosas y níveas a la luz del sol naciente. No era de extrañar que le hubiera costado tanto esfuerzo escalarlas. Eran muy escarpadas. Las vallas antierosión de madera que las surcaban habían hecho bien su trabajo. Marta divisó la valla en la que se le había quedado atrapado el anorak la noche anterior. Cruzaba la playa en dos direcciones.

Parpadeó a causa de la intensa luz del sol contra la nieve. Qué curioso. Una valla discurría por la playa desde la esquina izquierda superior de la finca de Steere, y la otra se cruzaba con ella desde la esquina superior derecha. Sólo se veían las puntas de los postes de madera; Marta los distinguía perfectamente a la luz del sol que se iba alzando y cubriendo la playa nevada con un cálido manto dorado. Las dos vallas de madera se encontraban a un lado de la casa, a unos doce metros del lugar en que se hallaba Marta. Las puntas de las tabillas formaban dos líneas punteadas, y allí donde se cruzaban se veía una X bastante definida.

¿Estaba exhausta? ¿Estaba loca? ¿Le estaba jugando la mente una mala pasada? Marta se frotó los ojos con la manga, pero la X no desapareció. Sí, señor, una X junto a la casa de Steere. ¡La X marca el lugar exacto! El agujerito del mapa debía de ser una ayuda de emergencia por si las vallas se desplazaban. Marta se agachó y recogió la pala.

45

Bennie Rosato, una figura grande y gélida, permanecía inmóvil junto a la puerta del piso de Judy mientras la ayudante le refería todo lo ocurrido, desde el daltonismo hasta la moción manuscrita para solicitar la anulación del juicio y el cuaderno de Darning. Bennie estaba muy erguida en su anorak de Gore-Tex, poco dispuesta a adentrarse en el piso. Como socia principal del bufete que llevaba su nombre, Bennie necesitaba guardar cierta distancia respecto a sus empleados, precisamente a causa de situaciones como aquélla..., situaciones que la horrorizaban.

–O sea que en resumidas cuentas, lo que has hecho es reunir pruebas incriminatorias contra Steere –constató por fin.

Judy asintió con tal avidez que varios mechones de cabello se le escaparon de la diadema.

–Estoy en ello. El cuaderno significa algo, pero aún no sé qué. Está lleno de números; creo que tiene que ver con dinero de calle.

–No me has entendido... Estás reuniendo pruebas contra uno de nuestros clientes.

–Bueno, contra Elliot Steere –puntualizó Judy.

Estaba apoyada contra el respaldo del futón, con el cuaderno en la mano.

–A ver si nos aclaramos, Carrier. ¿Estás haciendo alguna distinción entre Elliot Steere y nuestros demás clientes?

–Por supuesto –exclamó Judy, parpadeando asombrada–. Elliot Steere es un asesino. Ha contratado a alguien para que mate a Mary y Marta.

–¿Tienes pruebas?

–Aún no, pero...

–¿Aún no? –espetó Bennie, a punto de perder los estribos.

La ayudante no parecía tener idea del peligro que entrañaba aquel juego. Era como ver a un bebé jugar con un rifle de asalto.

–¿Te das cuenta de lo que estás haciendo? Eres la abogada de Steere. Aun cuando tuvieras pruebas de algún delito, la única posibilidad ética sería solicitar que te apartaran del caso. Puedes irte, pero no sabotear su juicio.

–El juez no me habría concedido la renuncia.

–Ni siquiera lo has intentado. Deberías haber acudido a mí. Podría haber presentado una solicitud al tribunal. Podríamos haber luchado juntas, dentro de la ley. Pero aunque no hubiéramos podido luchar, no tienes derecho a reunir pruebas contra tu propio cliente. Es el fiscal quien se encarga de eso, y si no puede, pues entonces Steere merece quedar en libertad. Y punto.

–¡Pero es un asesino!

–¿Qué es esto, la clase de Ética? Elliot Steere es cliente de nuestro bufete, de mi bufete, y la última vez que vi un cheque suyo, estaba extendido a nuestro nombre por una cantidad muy sustanciosa.

Judy meneó la cabeza con incredulidad.

–¿Y qué? ¿Qué puede comprar con ese dinero?

–Lealtad sin excusas ni reservas, todos nuestros esfuerzos y conocimientos, todo lo que sabemos de leyes y tribunales. Ha pagado por todo ello, así que tiene derecho a obtenerlo. Y no tiene por qué darnos vergüenza. Así es el trabajo. Mi trabajo.

Judy sintió que se le revolvía el estómago. Jamás podría estar de acuerdo con Bennie y en ese instante lamentó haberle hablado del cuaderno de Darning. Sin embargo, aún estaba a tiempo de enmendar el error, pues no creía que Bennie hubiera prestado demasiada atención al cuaderno, de modo que lo dejó caer. La libreta cayó sobre la alfombra, detrás del futón, y Judy la encajó bajo el faldón de lona con el pie.

–¿No te has parado a pensar? –preguntó Bennie, dejando que el enojo se apoderara de ella–. ¿No te das cuenta de que tienes una obligación ética?

–Mi lealtad hacia Steere tocó a su fin cuando dispararon a Mary. Tenía las manos cubiertas de sangre de Mary... Aún las tengo, de hecho.

Judy extendió las manos, pero Bennie ni siquiera se dignó a mirarlas.

–Eso no tiene nada que ver.

–¡Tiene muchísimo que ver! ¿Qué es lo que corre por tus venas, Bennie? ¿Hielo?

Bennie se irguió.

–Eres abogada y trabajas para mí, Carrier. Te contraté para que trabajaras en este caso, os escogí personalmente a ti y a DiNunzio. Es un caso magnífico, el más importante del bufete. Se suponía que Steere sería nuestra tarjeta de visita.

–Lo comprendo, pero el caso se ha ido al garete.

–Nada se había ido al garete hasta que decidiste presentar la solicitud de anulación... sin el consentimiento del cliente. Antes de eso, no era oficial que Mary estuviera ingresada en el hospital, que Marta hubiera desaparecido ni que tú hubieras encontrado un cuaderno mágico. En lo tocante al caso, ni siquiera existía nada que no fuera oficial.

–Yo no puedo dividir mi cerebro de esa forma, en datos oficiales y no oficiales.

–¡Tonterías! –gritó Bennie–. Eres abogada criminalista y has presentado una moción sin el consentimiento expreso de un cliente. Es él quien determina el alcance de su representación legal, no tú. Si Steere es tan inteligente como creo, seguro que ya ha decidido seguir adelante solo o contratar a otro abogado. Has hecho que mi bufete pierda un cliente, y además, una conducta tan atroz podría provocar que nos expulsaran a todas del colegio.

–Intentaba descubrir quién ha intentado matar a Mary y por qué.

–¿Acaso estás loca? Eso no es asunto tuyo. Has conseguido que Steere me despida, que nos despida a todas, así que sólo me queda una alternativa.

–Adelante, despídeme –dijo Judy con una sonrisa torcida pese a que en realidad sentía ganas de llorar.

–Estás despedida. Te enviaré los papeles de rescisión del contrato lo antes posible, y también algunos formularios para que notifiques lo ocurrido a la junta disciplinaria. Si no lo haces tú, lo haré yo... No me obligues.

–Lo de la junta disciplinaria ya me lo pensaré más adelante, si no te importa. Ahora mismo me preocupa más Mary que mi futuro.

Bennie no podía permitir que la cosa quedara así.

–No creas que a mí no me preocupa Mary. Soy yo quien se ha sentado con sus padres para consolarlos. Pero lo que estás haciendo... y lo que ha hecho ella, está mal. Éticamente mal.

–Pero no moralmente.

–No te corresponde a ti juzgar eso. Yo asumí la representación legal de Steere, y tú trabajas para mí. ¿Qué sería del sistema jurídico si todos los abogados tomaran sus propias decisiones acerca de la moralidad de los clientes?

–Que se haría justicia, por fin –replicó Judy con la mirada clavada en Bennie, quien se la devolvió con igual fiereza.

–No, lo que pasaría es que nadie tendría un abogado en quien poder confiar, y en tal caso, la justicia no tendría ninguna posibilidad –aclaró Bennie al tiempo que se subía la cremallera de la parka y se volvía para salir–. Ya basta. Recoge tus cosas lo antes posible y no hables con la prensa.

Judy mantuvo la cabeza alta. Consideraba que no tenía nada de que avergonzarse; tan sólo lamentaba perjudicar a Bennie y el bufete.

–Siento que las cosas hayan salido así. Supongo que nos veremos en el hospital... o en cualquier otro sitio.

–Para el carro.

Bennie alargó la mano, satisfecha al comprobar que no le temblaba.

–Dices que has encontrado un cuaderno. Dámelo para que pueda entregárselo a la policía.

–No.

–¿Qué?

–No pienso dártelo.

–No puedes negarte.

–¿Por qué no? –replicó Judy antes de carraspear–. Ya no eres mi jefa. Vuelvo a ser soltera.

–Deja de hacer el imbécil y dame el cuaderno –insistió Bennie sin reírle la gracia.

–No.

–¿Pretendes ocultárselo a la policía, que podría averiguar qué significa?

–Lo averiguaré yo misma. Soy más lista que ellos.

–No cuentas con su formación. Ellos son profesionales, tienen herramientas y recursos a su disposición.

Judy abrió la boca con fingido asombro.

–No doy crédito a mis oídos. Bennie Rosato, destructora de policías, ¿defendiendo a los agentes de la ley y el orden? Si por poco te estrangulan el año pasado.

Bennie frunció el ceño. Mierda. Esa chica era más rápida que el rayo. Lástima que el bufete fuera a quedarse sin ella.

–La policía puede encargarse del asunto.

–Con este tiempo no pueden hacer nada. Tú misma has dicho que ni siquiera han ido al bufete. ¿Quién ha encontrado el cuaderno, ellos o yo?

–Esto no es una carrera, Carrier.

–Sí lo es –musitó Judy con repentina impaciencia–. Es exactamente eso, una carrera. No lo he encontrado a tiempo para salvar a Mary, pero aún estoy a tiempo de salvarme a mí misma.

Bennie guardó silencio. Debería haberse dado cuenta de que Carrier tenía miedo.

–Corres más peligro si te lo quedas. ¿No se te ha ocurrido pensar eso?

–Es asunto mío, no tuyo. Palabras tuyas, Bennie.

Bennie no sabía qué hacer ni decir. No podía arrebatarle el cuaderno, y Carrier estaba en lo cierto respecto a la atención que la policía le prestaría esa noche. Abrió la puerta del piso y salió hecha un lío, destrozada.

–Adiós –se despidió Judy, pero Bennie estaba demasiado trastornada para responder.

Parpadeando para que no le entrara nieve en los ojos, Bennie se detuvo ante el edificio de Judy con la mirada alzada hacia su piso. Por los grandes ventanales sin cortinas se veían las cálidas luces de la vivienda, pero ni rastro de Carrier. Las emociones le oprimían el pecho. Se sintió tentada de volver a subir y retractarse, pero no podía hacerlo. No podía aprobar lo que Carrier había hecho, pues era incorrecto y peligroso, pero tampoco podía desbaratar sus planes, al menos no todavía. Contempló el cielo, que ya empezaba a aclararse. Debía de estar a punto de amanecer. El jurado no tardaría en volver a reunirse. Carrier no tenía tiempo de frenar el veredicto por mucho que lo intentara.

La nieve caía sobre el rostro y el grueso gorro de lana de Bennie. Así que Carrier había encontrado un cuaderno de Eb Darning lleno de números y había averiguado algo sobre Eb y cierto dinero de calle. Y Pinto, el viejo amigo de Bennie, le había contado que Eb trabajaba en negro para el ayuntamiento. ¿Guardaban alguna relación ambos detalles? ¿Sería el cuaderno de Darning un registro de pagos en negro? ¿Dinero para comprar votos? Hallaría la respuesta en el corazón de la ciudad.

En el ayuntamiento.

Bennie dio la espalda al edificio, embutió las manos en los bolsillos y echó a andar. Si podía averiguar qué estaba sucediendo, tal vez pudiera proteger a Carrier. Recorrió la calle con dificultad por entre profundos montículos de nieve. Cada paso le resultaba problemático, pero no a causa de la nieve. Estaba pensando en DiNunzio. «¿Qué es lo que corre por tus venas? ¿Hielo?» Aquello le había tocado la fibra sensible. Bennie se había sentido más responsable de Steere que de sus dos ayudantes. ¿Qué se había hecho de su lealtad hacia ellas?

Bajó la cabeza para protegerse de la nieve. También era responsable de las ayudantes. Ella había aceptado la representación legal de Steere sin pensárselo dos veces, impulsada por la magnitud económica y el espectacular comienzo que significaría para su bufete. Jamás habría imaginado que las cosas acabarían de ese modo, con una ayudante temiendo por su vida y otra al borde de la muerte.

Con la cabeza aún gacha, giró hacia el norte; si existía alguna salida, debía encontrarla. Eso también formaba parte de ser la jefa.

46

Marta siguió escarbando en la arena como un terrier en cuanto la pala chocó con algo, un objeto duro, pero no una concha. El objeto emitió un tintineo metálico al tocarlo la pala. Marta siguió cavando como una descosida. La arena salió despedida en todas direcciones hasta que en el fondo del agujero apareció un bulto marrón. Estaba camuflado y apenas se veía a la luz de la mañana. Allí había algo. ¿Qué era?

Marta cayó de rodillas y dejó la pala junto al hoyo y la valla arrancada. Con las manos apartó la arena que inmovilizaba el objeto. El sol le brillaba frío sobre la espalda, pero aún le quedaba tiempo. No era demasiado tarde. Todavía podía hacer algo. ¡Lo había encontrado!

El corazón le latía con fuerza por la emoción y el esfuerzo. Siguió escarbando y escarbando, empapada en sudor bajo el grueso anorak. El trozo de metal marrón se ensanchó en la arena mojada. Escarbó con más ahínco, rastrillando cinco surcos en el hoyo con los dedos. Allá abajo había una caja de metal. El tesoro existía a fin de cuentas.

El hoyo empezaba a ensancharse. El círculo de metal marrón crecía. Diez centímetros, luego quince, luego veinte. La parte superior de la caja era lisa, como una caja fuerte. El sol centelleaba sobre la fina capa de agua que cubría la caja. Marta siguió quitando arena hasta exponer la gruesa tapa. Se oyó reír de alivio y deleite. ¿Qué era? En cualquier caso, era algo bueno. Algo, al fin. Era lo que Alix Locke había buscado. Aquello por lo que Eb Darning había muerto, por lo que Elliot Steere había matado. ¡Y casi lo tenía!

Marta despejó el perímetro de la caja e intentó sacarla del hoyo, pero estaba encajada en la arena. Se quitó los guantes e introdujo los dedos entre la caja y la arena. Tenía los dedos ensangrentados, pero le daba igual. Aplanó la mano entre la caja y la arena, y hundió los dedos más y más, hasta que las yemas llegaron a la esquina inferior. Luego tiró de la caja con todas las fuerzas que le quedaban y por fin lo consiguió.

Cayó de espaldas por el impulso, pero se incorporó de inmediato. Era una caja fuerte cerrada, del tamaño de una carpeta, quince centímetros de espesor y por lo visto, impermeable. Marta permaneció sentada en la playa helada con la caja apoyada sobre las perneras de los pantalones, anonadada por un instante a causa del enorme candado que la aseguraba. Era un candado pesado de metal gris. Tendría que forzarlo para abrir la caja.

Se levantó con la caja en las manos y miró a su alrededor. La playa aparecía desierta, y la tormenta había tocado a su fin. Ya ni siquiera soplaba el viento, y la nieve formaba una gruesa costra helada. El sol ya brillaba en lo alto del cielo. Había empezado un nuevo día. ¿Cuánto tardarían en descubrir el cadáver de Bogosian? ¿Cuánto tardarían en ir a por ella? ¿Qué contenía la puta caja?

Marta la agitó y percibió movimiento en el interior. No oyó ningún sonido claro, tan sólo percibió el movimiento. El desplazamiento. Casi silencioso. ¿Serían papeles? ¿Dinero? ¿Qué era? Tenía que abrir la caja. Se le ocurrió la idea de buscar una llave, pero eso le llevaría demasiado tiempo. No quería volver a registrar el despacho de Steere ni el *Piratical*. Debía de haber un modo más sencillo.

La camioneta de Christopher. La parte trasera estaba repleta de sus malvadas herramientas. Con una de ellas conseguiría romper el candado. Marta se guardó la caja debajo del brazo y echó a correr por la playa. Corría cada vez más deprisa, como la receptora estrella de un equipo de béisbol, la caja encajada bajo el brazo. Podía romper el candado con un martillo, o serrarlo, o limar el puto trasto hasta hacerlo desaparecer.

El corazón le iba saltando de alegría mientras corría por la nieve, las botas crujiendo sobre la superficie endurecida por el frío. Del mar llegaba una brisa suave y dulce que le acariciaba la espalda. La caja estaba cerrada. ¿Y qué? Lanzó una risita ahogada mientras corría. No le costaba nada respirar. El anorak le pesaba horrores por el agua, pero lo sentía liviano sobre los hombros. Ni siquiera estaba cansada. Abriría la caja de par en par. La fundiría en la forja si hacía falta, o incluso la forzaría a mordiscos.

Corrió duna arriba, alcanzó la cima y bajó por el otro lado, a punto de caerse por el impulso. Sentía la caja segura bajo el brazo, de modo que siguió corriendo por el reluciente valle blanco que se abría entre las dunas. Sus pisadas eran las únicas que se veían sobre la nieve. Escaló otra duna y por fin divisó la camioneta de Christopher, que había aparcado junto al bordillo cubierto de nieve.

Llegó a la camioneta medio corriendo, medio derrapando, sacó la llave y subió al asiento del conductor con la caja sobre el regazo. Una vez allí se dio la vuelta y metió la mano en una de las cajas de herramientas. Al cabo de un instante sacó un martillo de punta afilada. ¡El martillo de calderero! ¡De puta madre!

Marta se puso la caja entre las rodillas acolchadas para mantenerla inmóvil y golpeó el candado con el martillo de calderero. La caja resbaló. Volvió a intentarlo y en esta ocasión alcanzó el candado, pero sin conseguir romperlo. Lo golpeó una vez más. ¡Clang! Pero no sirvió de nada. El candado seguía intacto. ¡Mierda!

Dejó el martillo de calderero a un lado y buscó de nuevo entre las herramientas. Encontró una sierra de dientes pequeños, mantuvo la caja inmóvil sobre la pierna y aplicó la sierra al candado. Era la primera vez que usaba una sierra, y se notaba. La herramienta se desplazaba espasmódica a izquierda y derecha. Si apretaba con demasiada fuerza, no conseguía deslizarla sobre el candado. Si apretaba demasiado flojo, la sierra se movía demasiado aprisa y apenas arañaba el metal. Una hoja de papel de lija le habría resultado más útil.

Marta dio la vuelta a la caja y siguió intentándolo. El candado oscilaba adelante y atrás, pero los dientes de la sierra apenas lograban hundirse en el metal. A punto estuvo de serrarse el dedo índice, que de todos modos ya tenía medio congelado. Mala idea. Arrojó la sierra lejos de sí y volvió a registrar la caja de herramientas. ¡Una herradura vieja! La enlazó en el candado e intentó arrancarlo. Nada. ¡En la camioneta debía de haber algo que pudiera abrir el maldito candado! ¡Pero si era una ferretería con ruedas!

Bajó de la camioneta con la caja y cerró la portezuela de golpe. Luego se dirigió a la parte trasera, abrió la puerta posterior y escudriñó el interior de la caja. La fragua, un horno diminuto sin puerta, se hallaba a la izquierda. ¡Podía fundir la caja!

Intentó meterla en la forja, pero era demasiado ancha. Cogió la caja y golpeó el candado contra el canto de la fragua, pero tan sólo consiguió mellar ésta. El candado seguía en su lugar. ¡Menudo producto! ¡Menuda empresa la que lo había fabricado! Por un instante, Marta se preguntó si se vendería en establecimientos del ramo; luego cogió la caja y la arrojó sobre la nieve. La caja aterrizó sobre un montículo y desapareció. Oh, oh.

Marta corrió a buscarla y la desenterró. Puto candado. No bromeaban esos anuncios de candados en que los abrían a tiros. Dejó la caja en el suelo y saltó sobre ella una y otra vez, como si de un trampolín se tratara. Al cabo de un rato se detuvo para contemplar su obra. El candado insistía en sobrevivir, al igual que la estructura de la caja. El asunto ya no le hacía gracia. Emitió un gruñido y se volvió hacia la camioneta. La camioneta. Claro.

Dejó la caja en medio de la calle y corrió hacia el vehículo. Subió al asiento del conductor y cerró la portezuela. Según el reloj del salpicadero, eran las siete y un minuto. Aún le quedaba tiempo. Aún podía conseguirlo. Todo iría bien si lograba abrir la caja. Soltó el freno de mano y arrancó con cierta dificultad.

Se oyó reír entre dientes mientras aceleraba para calentar el motor. ¿Un candado contra una abogada? Minucias. Giró el volante hacia la izquierda y se abalanzó sobre la caja.

47

Embutida en su parka empapada, Bennie recorrió el pasillo de mármol del ayuntamiento, pasando por delante del rótulo acristalado que decía «Sala de Prensa». La elegancia del rótulo contrastaba con lo que se ocultaba tras la siguiente puerta. La sala de prensa del ayuntamiento estaba más mugrienta que las comisarías, razón por la que a Bennie le encantaba.

Abrió de par en par la puerta de caoba y esquivó con destreza el aparato de télex que obstruía un vestíbulo de entrada atestado de máquinas expendedoras vacías y una tenebrosa hilera de buzones. El suelo era de baldosas marrones rugosas sobre las que se veían esparcidos papeles arrugados, envoltorios de chicle y faxes abandonados. Sobre un atril destartalado se apoyaba un diccionario polvoriento con hojas de encuadernador jaspeadas. Un viejo perchero de madera se había caído contra la pared por el peso de los abrigos de los periodistas. El aire despedía un leve olor eléctrico mezclado con sudor.

A cada lado de la entrada, al nivel de los ojos, se alzaban tabiques divisorios de arpillera sucia con numerosos recortes de prensa arrugados. Al otro lado de aquellos precarios biombos había oficinas llenas de mesas desordenadas y archivadores baratejos. En las estanterías se amontonaban papeles, cuadernos de espiral y manuales de estilo prehistóricos. Cada periódico contaba con un despachito en la sala de prensa, y de la puerta del que correspondía al *News* pendía una mandíbula de tiburón abierta.

Bennie asomó la cabeza sobre el tabique izquierdo y vio la espalda erguida de un viejo amigo, Emil Gorebian. Emil estaba sentado muy tieso ante el teclado del ordenador, escribiendo con la destreza propia de un experto. Llevaba treinta y cuatro años cubriendo las noticias del ayuntamiento, pero pese a su veteranía lo habían desterrado al turno de noche cuando se negó a aceptar la jubilación anticipada. El redactor jefe de la sección municipal le había asegurado que el periódico no estaba «reduciendo plantilla, sino ajustándola», a lo que Emil había replicado con gran cortesía que los seres humanos no eran trajes. Pero en cualquier caso, no importaba, porque ahora todos los trajes estaban bajo control. Por eso Bennie jamás podría trabajar para alguien.

–¡Emil! –llamó por encima del tabique.

–¡Bennie! –exclamó Emil con voz alarmada y acento de Oriente Próximo–. ¿Es cierto lo que he oído sobre ti? Tu bufete, asesinatos. ¡Es terrible!

–Sí –asintió Bennie mientras entraba chorreando en el despacho.

Se quitó la parka y el gorro, y los echó sobre el respaldo de una silla vacía antes de mirar a su alrededor. Las otras mesas estaban desocupadas. Los ordenadores grises estaban encendidos, con sus salvapantallas en pleno funcionamiento, pero nadie se sentaba en las sillas.

–¿Dónde está todo el mundo?

–¿Te refieres a los jovenzuelos? La mayoría no han podido venir a causa de la nieve; son demasiado delicados. Los demás se dedican a atormentar inocentes, como buenos periodistas que son. Por mi parte, estoy esperando a que me llame el redactor jefe para darme instrucciones importantísimas como si no supiera lo que me traigo entre manos. Bueno, cuéntamelo todo.

Bennie se dejó caer en la silla raída e intentó entrar en calor.

–Ya te he dicho mil veces que si quieres demandamos a tu periódico. No hace falta que vayamos a juicio, porque son del sindicato. Con una reclamación económica nos las arreglaríamos. Coser y cantar, vaya.

–No –suspiró Emil, frunciendo los labios carnosos y muy rosados bajo el bigote canoso.

Sus cejas parecían gruesas comas sobre grandes ojos redondos, y tenía una nariz de papagayo que se recortaba contra el cutis de exótico matiz oliváceo.

–No merecen que ni tú ni yo nos enfademos.

–Les has dado más de treinta años de tu vida. Has ganado premios, y tu experiencia...

–Por favor. Los tiempos han cambiado. Ahora se dedican a la noticia rápida y sensacionalista, y la historia les importa un comino. La experiencia carece de valor. Lo que importa es lo que sucede hoy, no lo que pasó ayer. Y ahora dime qué ocurre. ¿Puedo ayudarte en algo?

–Necesito información sobre alguien que trabajaba aquí en los sesenta.

–¿Quién? –inquirió, ladeando la cabeza con interés–. Conozco a todo el mundo que trabajaba aquí en esa época.

–Se llama Eb Darning.

–No lo conozco –aseguró Emil de inmediato.

–¿Qué? ¿Estás seguro?

–Sí.

–Piensa un poco. ¿Estás seguro de que conoces a todo el mundo?

–Sí, y si no lo conozco, es que no trabajó aquí –sentenció Emil, palmeándose la corbata, que llevaba con una camisa blanca aún bien planchada y almidonada pese a la hora.

–¿Cómo puedes asegurarlo tan deprisa?

–Porque lo sé. ¿Cuánto tiempo tengo que tardar para que te lo creas? Ya te he dicho que si no lo conozco significa que no trabajaba aquí.

Bennie sonrió al recordar que una de las razones por las que apreciaba tanto a Emil era el hecho de que la superaba en entusiasmo. En cierta ocasión le presentaría a Pinto para que pudieran matarse.

–Puede que trabajara en Permisos e Inspecciones, o Flotas. Tal vez en Aparcamientos.

–Muy concreta.

–Vamos, Emil, échame una mano.

–¿Tiene algo que ver con los asesinatos?

–Sí.

–De acuerdo.

Emil volvió la cabeza canosa de melena abombada en los costados hacia el ordenador, pulsó unas cuantas teclas y a continuación INTRO.

–Dices que se llama Eb Darning. ¿Eb es un nombre?

–Sí.

Emil frunció el ceño; una única arruga le surcaba profundamente la frente, como si se almidonara incluso la cara.

–¿Qué clase de nombre es?

–No es armenio, eso seguro. En aquella época era un hombre negro muy joven. Puede que tuviera una hija, y lo que sé con seguridad es que era alcohólico.

–Eso constituye una cualificación profesional en el ayuntamiento –mascculló Emil antes de concentrarse en la pantalla–. Estos 286 me agobian. Son lentísimos. Aquí.

–¿Qué?

Bennie acercó la silla; en la pantalla del ordenador había aparecido una lista de nombres.

–Son los empleados de Permisos e Inspecciones en 1960. Ningún Darning.

–Mira en 1961.

Emil pulsó una tecla y tamborileó con los dedos sobre la mesa mientras el ordenador procesaba renqueante la solicitud.

–¿Por qué no estás casada, Bennie? Deberías estar casada.

–Salgo con un hombre encantador que por desgracia está de viaje.

–Salir con alguien no es lo mismo que estar casado –puntualizó Emil, mirando la pantalla con el ceño aún fruncido–. Me gustaría presentarte a alguien.

–No, que tu última idea fue un desastre.

–A éste le gustan las mujeres que trabajan.

–Qué ilustrado.

–Es armenio, por supuesto, y va a mi iglesia. Su mujer murió, y quiere volver a casarse.

–Que no.

–Bennie –suspiró Emil sin mirarla–, quiero que seas feliz. Espero que encuentres un marido.

–No necesito un marido; necesito a Eb Darning.

Por fin apareció otra lista en la pantalla plana y mate del ordenador. Los nombres flotaban en letras color verde desvaído sobre fondo negro azabache. La mirada penetrante de Emil recorrió la lista.

–Ni rastro de Darning –comentó al cabo de un instante y pulsó otra tecla–. Probaré con el año siguiente.

–Gracias –musitó Bennie, concentrada en no quedar rezagada mientras leía los nombres de la pantalla–. Puede que fuera inspector de viviendas.

–Aquí no –replicó Emil antes de pasar a la siguiente lista.

Ambos consultaron las listas de empleados de todos los departamentos del ayuntamiento correspondientes a los últimos treinta años, pero el nombre de Eb Darning no aparecía en ninguno de ellos. A continuación lo intentaron con distintas variaciones sobre el nombre de Eb Darning, inclusive Heb Darnton. Nada. Extrañada, Bennie sacó la fotografía de Eb y se la mostró a Emil.

–No lo he visto en mi vida –sentenció el periodista mientras se la devolvía.

Bennie se guardó la instantánea en el bolsillo de los vaqueros. Por la misma razón que no se lo había contado a Pinto, no reveló a Emil que Darning era el hombre al que Elliot Steere había matado. No necesitaba saberlo para ayudarla.

–Sé que Darning trabajaba aquí, y es posible que le pagaran en negro. ¿Cómo te lo explicas?

–Me lo temía –suspiró Emil con una sonrisa–. Puede que fuera empleado del partido, no del ayuntamiento.

–¿Y?

–Pues que trabajaba para el partido, hacía trabajos para el partido. Por aquel entonces, el ayuntamiento era distinto, ya lo sabes; eres de aquí.

–O sea que Darning podría no figurar en las listas de empleados. Era el hombre invisible, al menos oficialmente.

–Sí.

–Nadie lo conocía, y si alguien lo conocía, no se lo contaba a nadie.

–Exacto. Puede que le pagaran por hacer trabajillos, tal vez por obtener influencias, comprar votos... ¿Encaja eso con lo que sabes?

–Sí –asintió Bennie.

La mente le funcionaba a toda velocidad. ¿Qué había mencionado Carrier?

–¿Te refieres a «dinero de calle»?

Emil asintió.

–Sí, compra de votos. En aquella época era moneda corriente; hoy no tanto, o al menos eso me gustaría creer.

Bennie se retrepó en la silla e intentó procesar la información. Así pues, Eb Darning era un borracho en nómina del partido al que alguien pagaba dinero de calle a cambio de que consiguiera votos. ¿Era Steere ese alguien? ¿Por qué otra razón querría matarlo Steere? Steere odiaba al alcalde porque el ayuntamiento no estaba pujando altísimo por sus propiedades. Tal vez Steere hubiera pagado a Darning por obtener votos contra el alcalde en las elecciones anteriores, y Darning decidiera no seguir guardando el secreto, razón por la que Steere se lo había cargado. De lo contrario, no habría corrido el riesgo, sobre todo tratándose de un riesgo personal.

Tenía todo el sentido del mundo, y Bennie había presenciado suficientes casos de corrupción para saber que siempre se regían por el mismo patrón asqueroso. No era el primer encontronazo de Filadelfia con el fraude electoral, y, creyera lo que creyera Emil, tampoco sería el último. Algo olía a podredumbre en el ayuntamiento. Bennie se levantó y recogió sus cosas empapadas.

–¿Dónde está el despacho de Jen Pressman?

–¿La jefa de gabinete? Al final del pasillo, junto al del alcalde. ¿Por qué?

–Tengo que hacerle algunas preguntas. ¿Cómo puedo concertar una cita con ella? Me odia profundamente a causa de los casos de abusos policiales. Cada vez que demando al ayuntamiento la cargo de trabajo.

–Conozco bien a Jen Pressman y le caigo bien. Si quieres te acompaño –propuso con el antiguo brillo de cazador en la mirada.

–No, lo que tengo que comentarle es confidencial.

–No entraré contigo, sólo te la presentaré, conseguiré que te reciba, te allanaré el camino. Y si es algo grande, me das la exclusiva.

–Mira que eres interesado –sonrió Bennie–. ¿Qué hay de esa llamada del redactor jefe que estás esperando?

Emil alzó la vista hacia el ancestral reloj negro colgado en la pared.

–Son las ocho. Mi turno ha acabado hace mucho rato. Que llame a otro.

48

Marta se quedó mirando la caja fuerte con expresión atónita. Había atropellado el maldito trasto con la camioneta, y la caja yacía aplastada en un profundo surco de nieve. Sin embargo, el candado Master seguía intacto pese a que las bisagras de la caja habían estallado. ¿De qué estaban hechos esos candados? ¿De criptonita? Daba igual. Si no podía abrir el puto candado, tendría que arreglárselas con las bisagras rotas.

Recogió la caja deformada y entornó los ojos para escudriñar el interior por entre las grietas. Distinguió la esquina de un sobre de papel marrón. El pulso se le aceleró. Intentó separar las bisagras con los dedos, pero los guantes entorpecían sus movimientos. Se los quitó y los sujetó entre los dientes mientras intentaba abrir la caja. No lo consiguió; estaba demasiado destrozada.

Regresó a la camioneta con la caja, se sentó en el asiento del conductor y registró de nuevo la caja de herramientas. Cinceles, martillos, unos trescientos buriles. Hundió la mano hasta el fondo de la caja y sacó un enorme destornillador Phillips. Le serviría.

Sujetó la caja e introdujo el destornillador entre la tapa destrozada y el resto de la caja, intentando separar ambas partes haciendo palanca, pero no lo consiguió porque la caja había quedado demasiado aplastada. Volvió a intentarlo una y otra vez, bañada en sudor pese al frío que hacía en el coche. Era muy tarde. El sol ya estaba en lo alto del cielo. Tenía que largarse antes de que la policía encontrara el cadáver de Bogosian.

Sustituyó el destornillador por un martillo, se colocó la caja sobre el regazo y golpeó las bisagras destrozadas. Los golpes le machacaban las piernas y le resonaban en el cráneo, pero siguió intentándolo. Estaba a punto de gritar de desesperación cuando la tapa se levantó de repente. Al apartarla quedó suspendida del candado.

Tenía la boca seca. Dentro de la caja rota había un sobre de papel, la clase de sobre que su despacho de Los Ángeles utilizaba para los *mailings*. El atropello lo había dejado muy arrugado, y no llevaba nada escrito. Lo abrió con mano temblorosa. Contenía un fajo de papeles que se puso sobre el regazo. Eran hojas impresas, al parecer datos informáticos:

>18 294 827
>03 04 95
>03 06 85
>03 3199
>H
>5'7"
>MRN
>C
>-
>★ / 1
>Jamie Rodriquez
>110 Kendall Avenue
>Filadelfia, PA 19103

Bajo aquella relación impresa a un espacio se veía un código de barras, una firma en miniatura y la fotografía de un joven con perilla y expresión indolente. Marta releyó las entradas, que parecían una especie de identificación. Le resultaban familiares, pero no lograba situarlas. Examinó el siguiente grupo de datos:

>29 837 471
>11 10 95
>11 06 55
>11 30 99
>H
>6'2"
>AZL
>C
>-
>* / 1
>Cliff Jay Martin
>3329 Dickinson Street
>Filadelfia, PA 19147

Debajo, otro código de barras con su firma en miniatura y una foto que mostraba a un hombre chupado con gafas en una luz cruel que le confería un aspecto cadavérico. ¿Qué clase de fotografía podía ser tan poco favorecedora? Marta reflexionó un instante. Era una identificación con fotografía. Una tarjeta de identificación en la que todo el mundo ofrecía un aspecto espantoso. ¡Un carné de conducir!

Releyó una vez más las líneas de datos. AZL, para el color de ojos, H para el sexo, fecha de nacimiento en primer lugar, luego las fechas de caducidad y renovación. Era la información necesaria para un carné de conducir para uso informático. Se hallaba ante los expedientes informáticos de muchos carnés de conducir. ¿Qué significaban?

Marta hojeó el fajo y calculó que constaría de algo menos de cien páginas, la mayoría de ellas con cuatro grupos de datos, cada uno de ellos con su fotografía correspondiente. ¿Por qué querría ocultar Steere esa información? ¿A quién incriminaba? Parecía algo totalmente inofensivo, pero nadie se dedicaba a enterrar cosas inofensivas.

Marta pasó las páginas en busca de alguna pista. Todos los conductores vivían en Pensilvania, por lo que probablemente tendrían carnés de ese estado. Variaban la edad, la raza y el sexo. Mujeres negras, hombres blancos, jóvenes y viejos miraban a Marta desde las páginas sin revelar su secreto.

Repasó las direcciones. Bustleton Pike. Wolf Street. La Novena. Baltimore Avenue. E Street. Pisos y casas repartidos por toda la ciudad. Lo intentó una vez más. Todas las direcciones correspondían a Filadelfia. Marta hojeó de nuevo las páginas para verificarlo. Ninguna de ellas era de las afueras ni de otras poblaciones. ¿Y? ¿Qué relación guardaban esos documentos con el asesinato de Darning? Marta miró por el parabrisas helado mientras reflexionaba. El capó de la camioneta aparecía cubierto de una capa de nieve demasiado fina para disimular sus abolladuras.

De repente oyó un motor y un tintineo en la distancia. El sonido se fue acercando procedente de la carretera principal. Marta se agachó en el asiento y observó la carretera por el retrovisor exterior. Al cabo de un instante vio pasar una quitanieves nueva con las cadenas tintineando sobre los neumáticos.

Miró el reloj. Las ocho y media. Se le formó un nudo en la boca del estómago. Era tardísimo. El día ya había comenzado. La gente iba de un lado a otro; la nieve caía de las ramas de los árboles como gotas de lluvia. Tenía que ponerse en marcha de inmediato. Recogió los papeles, los guardó en el sobre y lo metió en el bolso. Tendría que pensar en el asunto durante el trayecto de vuelta a Filadelfia. Se preguntó qué estaría haciendo el jurado. ¿Lograría Christopher su propósito?

Marta hizo girar la llave del arranque. La camioneta emitió un sonido, luego nada. El vehículo no se ponía en marcha. ¡No! Ahora no, por el amor de Dios. ¡Pero si había funcionado de maravilla hasta entonces! No era justo, no podía estar sucediéndole eso precisamente ahora. Intentó conservar la calma y recordar los consejos de Christopher.

«Tenga paciencia. Sólo necesita un poco de tiempo para calentarse. No la ahogue.»

De acuerdo. Marta pisó el acelerador con delicadeza e hizo girar de nuevo la llave. Una pequeña tos, luego el silencio.

«Háblele. Le gusta que le digan cosas.»

–¡Ponte en marcha o te demando! –gritó al tiempo que hacía girar la llave.

La camioneta se puso en marcha sin rechistar.

Para algo servía la licenciatura en Derecho.

Marta enfiló la carretera principal de la isla y se dirigió hacia el sur. El archivo descansaba sobre el asiento del acompañante, remendado con cinta adhesiva. La carretera se extendía ante ella como una pista de aterrizaje de nieve medio fundida, y Marta pasó por delante de la casa bajo la que se hallaba el cadáver de Bogosian. No se veía un alma ni coche alguno en el sendero de entrada. La casa parecía vacía y cerrada.

Tenía el estómago revuelto. Había matado a un hombre y dejado su cadáver en la nieve. Un extraño sentimiento primario de respeto hacia los muertos se apoderó de ella. Pensó en la sencilla tumba de su padre, luego en la de su madre. Marta había pagado la lápida, pero no había asistido al funeral. Aceleró en un intento de dejar atrás las emociones.

Se cruzó con un coche cuyo conductor aminoró la velocidad para no chocar con ella en la nieve resbaladiza. Marta se caló la capucha hasta la frente. No podía permitirse el lujo de que la reconocieran. A buen seguro, en las noticias no paraban de hablar del asesinato de los guardias y su desaparición. Ojalá pudiera averiguar qué estaba sucediendo. Intentó encender de nuevo la radio de la camioneta, pero sin éxito.

Pisó el acelerador a fondo, y la camioneta renqueó un poco antes de cobrar velocidad. Junto a la carretera vio un par de tiendas a punto de abrir, una panadería y un 7-Eleven. Salió de la isla y rodeó la rotonda que conducía a la calzada y la carretera 72. Los conductores de los escasos coches que vio conducían con extrema cautela.

Marta mantenía la cabeza baja. Al cabo de un rato miró el reloj. Las nueve y dieciséis. Tardaría varias horas en llegar a Filadelfia. Esperaba que Christopher hubiera conseguido demorar la votación definitiva. Necesitaría tiempo para resolver el enigma de los documentos que había encontrado. No comprendía el significado de los carnés de conducir, pero sí sabía quién estaba al corriente. Alix Locke. La redacción de su periódico se hallaba en el centro de la ciudad. Marta localizaría a Alix, le diría que tenía los papeles y llegaría a un acuerdo. Una condena larga podía resultar muy persuasiva para una mujer acostumbrada al cachemir.

Marta conducía tan deprisa como permitía el estado de la carretera. Habían limpiado y salado las vías, y la nieve acumulada en las cunetas empezaba a disolverse en charcos grises. Los pinos bajos cubiertos de nieve y los esbeltos abedules blancos volvían a formar parte del paisaje, pero ahora no tenía tiempo para reminiscencias, de modo que siguió adelante. Comprobó el depósito de gasolina. Le quedaba un cuarto.

La camioneta emitió otro hipido. ¿Qué sucedía? Un pequeño sobresalto, luego una tos. Marta aminoró la velocidad. La tos de la camioneta se trocó en una serie de trompicones. ¿Le ocurría algo al motor? Sonaba fatal. Parecía a punto de escupir sangre o algo así.

–¡No te atrevas! –masculló.

Pero esta vez la camioneta no se dejó intimidar. El indicador de advertencia del salpicadero se encendió. La camioneta se caló, enmudeció y avanzó en punto muerto hasta el centro de la carretera desierta, a más de ciento sesenta kilómetros de Filadelfia.

49

El juez Harry Calvin Rudolph estaba sentado sobre el estrado de caoba, recorriendo su sala con la mirada. Steere, estaba sentado solo en el banquillo de los acusados, ataviado con otro traje italiano de esos que todo el mundo se puede permitir menos los jueces. El ayudante del fiscal del distrito, Tom Moran, estaba hundido en su silla ante la mesa de la acusación con los párpados a media asta. La tribuna aparecía desierta a excepción de los forofos que inhalaban el caso Steere como si de coca se tratara. Todos los periodistas que habían conseguido llegar al Centro de Justicia Penal pese al metro y medio de nieve estaban repartidos en la zona que tenían asignada al fondo de la sala. Siberia, adonde pertenecían.

El juez Rudolph miró el reloj con un giro discreto de muñeca. Apenas eran las diez de la mañana, pero ninguna ley lo obligaba a esperar más tiempo, de modo que asió el mazo.

–He convocado esta sesión relativa al caso *El estado contra Steere* para dilucidar si la decisión del acusado, Elliot Steere, a renunciar al derecho a representación legal ha sido tomada de forma coherente, inteligente y voluntaria. Comencemos. Señor Steere, levántese, por favor.

–Sí, señor.

Steere se levantó. Pese a carecer de abogado, no parecía indefenso; al contrario, exhibía una expresión descansada y segura que denotaba un gran autodominio.

–Usted me envió una carta sobre este asunto, ¿cierto, señor Steere?

–Cierto, señor.

–¿Es esta la carta que me envió, señor Steere? Puede acercarse.

Steere se acercó al estrado como un abogado de dilatada experiencia y examinó la carta que le alargaba el juez.

–Sí, señoría.

–Me la envió hacia la una de la madrugada pasada, ¿correcto?

–Sí, señoría. Le pedí a uno de los guardias que se la llevara, ya que no tenía abogado.

Al fondo de la sala, dos periodistas garabateaban notas en sus cuadernos. Un dibujante se sentaba junto a ellos, absorto en su trabajo. En su dibujo, Steere se antojaba aún más alto de lo que era en realidad.

–Puede sentarse, señor Steere.

–Gracias.

Steere devolvió la carta al juez, regresó al banquillo, se sentó, cruzó las piernas y se alisó los pantalones.

El juez se volvió hacia el ayudante del fiscal del distrito.

–Señor Moran, mi secretario le ha proporcionado una copia de la carta del señor Steere. ¿La ha recibido?

–¿Eh?

El ayudante del fiscal se irguió con un sobresalto, los ojos inyectados en sangre y soñolientos. La rigidez del traje de tres piezas parecía ser lo único que lo mantenía a flote, como una especie de Cid Abogado. En su mente tan sólo cabían los aullidos de las gemelas. El cuaderno que tenía delante estaba lleno de cálculos, y cada número aparecía multiplicado por dos.

El juez Rudolph blandió la carta como si de una bandera blanca se tratara.

–Que si ha recibido copia de la carta del señor Steere.

–Sí, la he recibido, señoría –asintió Tom antes de carraspear en un intento de mantenerse despierto.

–¿Tiene la fiscalía alguna objeción a que se incluya en el expediente complementario?

–No, señoría.

–De acuerdo. Que la mecanógrafa marque esta carta como prueba –ordenó el juez al tiempo que alargaba la carta a Carol, quien se vio obligada a estirar el cuerpo para alcanzarla.

Tom siguió con la mirada la trayectoria de la falda a lo largo de sus muslos delgados y musculosos. Su mujer siempre había tenido unas piernas estupendas, pero ahora estaban hinchadas y salpicadas de granos rojos. Cada noche se aplicaba tubos enteros de crema de cortisona. Tom esperaba que los granos no tardaran en hacer mutis por el foro.

–Señor Steere, como bien sabe, nos hemos reunido porque en su carta afirma que desea representarse a sí mismo durante el resto del juicio. ¿Es eso cierto?

–Sí, señoría.

–¿No cuenta con representación legal en esta sesión?

–No –repuso Steere–. No quiero que nadie me represente a partir de ahora. Conozco mis derechos.

–Está al corriente de que el tribunal ha intentado ponerse en contacto con la encargada de su defensa, Marta Richter, sin conseguirlo.

–Lo sé, señor, y repito que deseo representarme a mí mismo a partir de ahora. No quiero que se pongan en contacto con ninguna de mis abogadas anteriores.

–Puede pagarse un abogado, ¿verdad?

–Por supuesto que sí, pero es que no necesito ningún abogado. Mi caso está en manos del jurado y confío en su buen juicio. –Steere señaló con la cabeza la tribuna, en cuya primera fila se sentaban John LeFort y otro abogado–. Trabajo con el bufete Cable & Bess, señoría, y mis abogados me acompañan en esta sesión. Ellos me asesorarán legalmente en caso necesario.

–¿Considera que su representación es satisfactoria, señor Steere?

–Completamente.

El juez Rudolph asintió.

–La experiencia del bufete Cable & Bess es conocida de todos. Sin embargo, la fiscalía ha presentado una moción *in limine* que sigue pendiente. Su antigua abogada, la señora Richter, mencionó que pretendía presentar una respuesta.

–Estaba equivocada. He comentado el asunto con mis abogados, y hemos decidido no presentar ninguna respuesta. No quiero alargar más el juicio.

–Muy bien.

La cosa marchaba. Todas las bases estaban cubiertas. Steere se estaba comportando como un campeón. Había llegado el momento de zanjar el asunto.

–Señor Steere, si bien ha dejado bien claro su deseo de representarse a sí mismo, las leyes de Pensilvania requieren que realice un interrogatorio formal y oficial para determinar que su renuncia a un abogado defensor es consciente y voluntaria. ¿Lo ha comprendido?

–Sí, señoría.

–Bien. Voy a hacerle una serie de preguntas destinadas a constatar que comprende que tiene derecho a un abogado defensor, que entiende la naturaleza de los cargos presentados contra usted, así como los elementos que los configuran, que es consciente de la gama permisible de condenas establecidas para dichos cargos y que sabe que pese a renunciar al derecho a un abogado quedará sujeto a todas las reglas habituales del procedimiento legal. ¿Ha quedado claro?

–Sí.

Tom Moran parpadeó para mantenerse despierto, pero no podía evitar sumirse una y otra vez en el mismo sueño. No encontraba los chupetes, y las gemelas estaban a punto de casarse. Nadie iba a la boda porque Tom había olvidado traer los arrullos. Las gemelas se trasladaban con sus maridos a la habitación infantil, que seguía a medio pintar porque Tom se había quedado sin talco.

–Se trata de una situación bastante insólita porque el jurado ya está deliberando –prosiguió el juez–, pero debo decirles que estoy formulando todas estas preguntas por cautela. En cuanto al calendario, su carta requiere que procedamos con prontitud. Ordenaré que el jurado reanude la deliberación en cuanto levantemos la sesión.

–Gracias, señoría.

–De nada.

El juez Rudolph alargó la mano para coger su lista de preguntas. Formularía todas las preguntas de la lista, y cuando terminara volvería a tener el caso Steere bajo control. Eran aquellas sutilezas las que indicaban que el destino del juez Rudolph era la gloria. Se ajustó las gafas sobre el puente de la nariz y formuló la primera pregunta.

50

Bennie y Emil recorrieron el pasillo y pasaron ante la enorme puerta de caoba flanqueada de vitrinas y un rótulo acristalado en el que se leía «Despacho del Alcalde». Las paredes estaban revestidas de mármol gris y rosa. El pasillo aparecía desierto, y su suelo de mármol relucía como un ataúd.

Emil señaló hacia la izquierda. Una puerta de caoba de doble hoja se abría en el centro del pasillo; de allí brotaba la luz de unos focos de televisión que proyectaban un paralelogramo muy brillante sobre el suelo pulido. De la estancia llegaban risas.

–Otra conferencia de prensa –comentó Emil–. Este hombre no aspira a la reelección ni nada.

–Tienes razón. ¿Crees que Jen Pressman está?

–Sólo va a algunas. Lo más probable es que esté en su despacho.

Emil llegó a una puerta junto a la que había pintado un número dorado.

–Deja que hable yo. La secretaria es amiga mía. Tú quédate detrás de mí.

–Te paso más de treinta centímetros, Emil. No se puede esconder una secuoya detrás de un olivo.

–Pues entonces te taparemos la cara. –Emil le caló el gorro hasta los ojos–. A la izquierda del despacho hay una sala de espera. Quédate allí hasta que haya conseguido superar el obstáculo de la secretaria, ¿vale?

–Vale, señoría.

–Eres demasiado bromista. A los hombres no les gusta eso.

–Pues entonces no lo haré nunca más.

–Hum –masculló Emil.

Se ajustó la corbata y abrió la puerta que daba a un cubículo de mobiliario escaso y techos muy altos. En él tan sólo se veía a una secretaria profundamente dormida, con el rostro apoyado en la mano y el codo descansado sobre la mesa encarada hacia la puerta. Emil se volvió hacia Bennie con el pulgar extendido hacia arriba y señaló la sala de espera, que contenía un sofá y dos sillas alrededor de una mesilla de café. Bennie se dirigió obediente hacia el sofá y tomó asiento. A la izquierda se veía un dispensador de agua y diversas ranuras para correspondencia. El despacho privado de Jen Pressman debía de hallarse al final del pasillo.

–Flossie –murmuró Emil–. ¿Flossie? –repitió al tiempo que rozaba el brazo de la secretaria, quien despertó con un sobresalto.

–Oh. Madre mía. ¿Qué?

La somnolencia de la secretaria se esfumó en cuanto reconoció a Emil.

–¡Emil, Dios mío! Debo de haberme quedado dormida. ¡Qué vergüenza!

Se echó a reír con nerviosismo y se llevó la mano a una cadena de oro que lucía al cuello.

–No pasa nada, mujer. Ahora que trabajo en el turno de noche, yo también me duermo a veces.

–Pues ya sabes lo que se siente. He pasado toda la noche aquí.

Se alisó el suéter azul marino y se mesó el cabello corto y castaño. Era una mujer de mediana edad, de mejillas redondas en torno a las arrugas de la risa. Su mesa aparecía cubierta de fotos de esbeltos gatos de Bengala.

–No sé cómo te las arreglas.

–Pues la verdad es que no muy bien. A veces me siento como un topo. ¿Qué tal lo de las hojas de parra rellenas, por cierto?

–¡Una maravilla! Hace días que quiero darte las gracias. Mi suegra se comió tres, y ya sabes lo quisquillosa que es. Me recuerda a ya sabes quién. Su señoría –musitó al tiempo que señalaba el despacho de Pressman.

–Me alegro de que gustaran tanto las hojas de parra. Espero que no las frieras mucho rato; ése es el secreto.

–No –aseguró la secretaria–. Seguí la receta al pie de la letra, y fue mucho más sencillo de lo que esperaba.

–¿Cómo es que llevas toda la noche aquí, Flossie? –inquirió Emil con voz más dulce que el baklava.

Sentada en el sofá, Bennie puso los ojos en blanco mientras se preguntaba cuándo iría al grano de una vez.

–Por la tormenta, claro. Las quitanieves y todo eso. Qué lío. Seguro que los gatos están nerviosísimos. La pobrecita *Smoochie* no puede dormir sin mí.

–Lo comprendo. Trabajando en el turno de noche, apenas veo a mi mujer y mis hijas. Cuesta acostumbrarse.

–Estoy muy enfadada por lo que te han hecho, Emil. Ya nunca compro el *News*.

–Es mi guerra, Flossie, no la tuya. Bueno, no quiero entretenerte más. En realidad he venido a ver a Jennifer. ¿Está?

–No –repuso la secretaria con los labios fruncidos–. Se ha marchado hace un rato... En cambio, yo tengo que quedarme porque soy una subordinada.

–¿Qué?

–No me tires de la lengua.

–¿Adónde ha ido? Me gustaría hablar con ella.

–Se supone que a casa, pero no podemos localizarla allí. No sé –suspiró Flossie, meneando la cabeza–. Supongo que no tardará en llegar. Si quieres esperarla, adelante.

–Si no queda más remedio... Gracias –dijo Emil con gran cortesía, mientras Bennie emitía un gruñido en el sofá.

51

Los miembros del jurado estaban sentados alrededor de la mesa de la sala de juntas del hotel en las mismas posiciones que habían ocupado en el juzgado. La sala de reuniones del hotel era grande, moderna y con ventanas, al igual que la del Centro de Justicia Penal, con cuadernos apilados en el centro de la mesa y vasos de agua con hielo que sabía igual que la del juzgado. De hecho, la única diferencia entre el día anterior y ése residía en que Christopher Graham, para asombro de todos los demás, había cambiado de opinión... y se había afeitado la barba.

–¿Que has cambiado de opinión? –exclamó Ralph Merry con la boca flanqueada de fofos mofletes abierta de par en par–. ¿Crees que debemos condenar a Steere?

–Sin lugar a dudas –repuso Christopher con toda la firmenza que logró reunir–. Voto culpable.

Megan estaba anonadada ante el cambio que había experimentado Christopher, y no precisamente el cambio de opinión. Sin barba, el mentón de Christopher se veía fuerte, con un atractivo hoyuelo en el centro. Sus labios eran carnosos y bien formados. Parecía diez años más joven y también más delgado. Megan se inclinó hacia delante.

–¿Te has afeitado la barba? –preguntó.

Ralph hizo caso omiso de la joven.

–Pero Christopher, ayer opinabas que debíamos votar inocente, que Steere era inocente. ¿Cómo es que has cambiado de opinión?

Megan no daba crédito. Qué diferencia. La verdad es que estaba buenísimo.

–Estás más guapo sin barba.

Christopher sonrió y se encogió de hombros con aire satisfecho. Se sentía mejor sin barba, como un hombre nuevo que empezara de cero. Ni Lainie ni Marta querían saber nada de él. Pues bien, empezaría de nuevo, pero no podía confesárselo a Megan.

–No sé por qué me he afeitado, pero sí sé por qué he cambiado de opinión. La verdad, no he pegado ojo en toda la noche. Me remordía la conciencia.

–¿Que te remordía la conciencia? –repitió Ralph, incrédulo.

Gussella Williams parecía muy alicaída.

–¿De verdad has cambiado de opinión? ¿No nos tomas el pelo?

Sus grandes facciones se arrugaron en una expresión que le partía el corazón a Christopher. Paseó la mirada entre todos los miembros del jurado. El dolor que mostraba Gussella se advertía en casi todos los rostros de la mesa. Incluso se habían puesto sus mejores galas para volver a casa. Se sentía muy culpable por mantenerlos alejados de sus familias, sobre todo a la señora Wahlbaum, que lo miraba con expresión nublada por la decepción.

–¿Lo dices en serio, Christopher? –preguntó, perpleja y dolida como si su mejor alumno hubiera suspendido los exámenes finales–. Explícamelo, por favor.

Christopher recordó una vez más la misión que le había sido encomendada y decidió decir la verdad, al menos en parte.

–Lo siento, señora Wahlbaum, lo siento mucho, pero creo que Steere debe ir a la cárcel. Es un hombre peligroso, un asesino.

¡Chac! Kenny Manning entrechocó la mano ruidosamente con la de Siete de la Suerte, pero fue la única reacción alegre de la sala. Los demás guardaron un atónito silencio.

–¿En serio? –terció Nick.

Estaba muy sorprendido. Aquella mañana se había despertado muy tranquilo, pero ahora se estaba poniendo nervioso otra vez. La noche anterior sabía muy bien qué votar. Antonietta lo había visitado y le había dicho que votara inocente, ya que así todo terminaría antes y no tendría problemas en el barrio. Pero ahora estaba confuso.

–Pero ¿por qué? –insistió la señora Wahlbaum–. Sin duda debes de tener algún motivo. Explícate, por favor.

Christopher carraspeó y se dispuso a decir lo que llevaba ensayando toda la noche.

–No estoy de acuerdo con lo que hizo Steere. No entiendo por qué no se limitó a marcharse. Si se me acercara un hombre y estuviera en mi camioneta, me largaría y punto.

–Lo mismo digo –terció Siete de la Suerte.

–El señor Steere estaba asustado –objetó la señora Wahlbaum con el ceño fruncido–. Temía por su vida, como tú mismo has dicho más de una vez. Creía que ayer comprendías la situación perfectamente.

–Ayer no había pensado en el asunto con suficiente claridad. Tenía que consultarlo con la almohada.

–Pero hasta ahora te has mostrado tan perspicaz, tan sensible.

Christopher la miró con expresión incómoda.

–Me han podido los remordimientos de conciencia.

Steere no debería haber disparado contra ese hombre a sangre fría.

Las cejas dibujadas de la señora Wahlbaum se cernieron sobre sus ojos.

–El señor Steere era presa del pánico. No sabía qué hacer; fue una reacción biológica, instinto de supervivencia.

Martin Fogel cruzó los escuálidos brazos.

–Ahora se nos ha hecho bióloga –resopló.

Sin hacerle el menor caso, Christopher se puso de pie a la cabeza de la mesa, ante uno de los ventanales. La tormenta de nieve seguía azotando la ciudad, y los copos caían del cielo plomizo sobre un paisaje ya blanco. En la sala de juntas reinaba el silencio, y la nieve amortiguaba los escasos ruidos procedentes del exterior.

–No tiene sentido que Steere estuviera tan asustado –insistió Christopher, con las manos apoyadas en el respaldo de su silla–. ¿Por qué estaba tan asustado? No cabía duda de que aquel pobre hombre era un indigente y estaba más borracho que una cuba.

Megan no podía apartar la mirada de Christopher. Sus hombros parecían tan anchos ante la ventana... Megan llevaba su mejor maquillaje Degeneración Urbana porque había creído que ese mismo día podría volver a conectarse a la red, pero al mirar a Christopher, de repente dejó de añorar el ordenador.

–Puede que lo asustara el cuchillo –replicó Ralph Merry con sequedad–. Sí, creo que el cuchillo tuvo algo que ver. Además, ese tipo era un atracador, no un vagabundo sin más.

–Pero estaba borracho –señaló Christopher–. Seguro que no era capaz de usar el cuchillo.

Ralph meneó la cabeza.

–Oye, Christopher, la defensa demostró que ese atracador no estaba tan borracho. ¿Te acuerdas del experto? Los análisis de sangre mostraron que no estaba como una cuba, que podría haber hecho daño a Steere con un cuchillo como el que llevaba.

–No estoy de acuerdo –insistió Christopher–. Era una amenaza vacua, y Steere lo mató a causa de ella.

Siete de la Suerte esbozó una sonrisa, y Kenny Manning cruzó los brazos.

–Ese tipo está perdido –masculló mientras asentía.

Christopher asintió al mismo ritmo que su nuevo aliado.

–Además, ¿por qué no ha declarado Steere? ¿Por qué no ha testificado para contarnos su versión?

–No nos permiten tener en cuenta eso –le recordó la señora Wahlbaum–. El señor Steere tenía derecho a no testificar, y nosotros no podemos reprochárselo.

–Ya lo sé, pero me hace dudar –comentó Christopher–. Reflexione un momento, señora Wahlbaum. Todos hemos prestado juramento. Tenemos que encontrar la verdad; nuestra responsabilidad consiste en preguntarnos por qué alguien tiene algo que ocultar.

–Debemos deliberar teniendo en cuenta lo que nos ha dicho el juez –replicó la anciana–. Tenemos que considerar la ley y las pruebas.

–Pero en última instancia se trata de nuestra conciencia –indicó Christopher con la mayor firmeza posible mientras se señalaba el pecho a través de la camisa de franela para dar mayor énfasis a sus palabras–. Tenemos que tomar una decisión con la que viviremos el resto de nuestras vidas.

–Es cierto –intervino Siete de la Suerte–. Los demás siguen adelante con sus vidas. El juez y los abogados pasan al siguiente caso, pero nosotros tendremos que vivir siempre con éste.

Christopher asintió.

–¿Por qué disparó Steere contra ese hombre? ¿Por qué

no se limitó a pegarle y marcharse? Y si de verdad tenía que dispararle, ¿por qué no le disparó en el hombro o en cualquier otro lugar que no acabara con el pobre diablo? Tiró a matar.

–Tenía un montón de alternativas –corroboró Siete de la Suerte.

Christopher asintió una vez más.

–Eso mismo. Sé lo que piensan, y ayer yo pensaba igual, pero hemos olvidado una cosa. Un indigente ha muerto por culpa de Elliot Steere. Ha muerto un hombre, y nadie podrá devolverle la vida.

Se hizo un silencio absoluto. Megan miró a la señora Wahlbaum, quien frunció los labios. Nick bebió un sorbo de agua con mano temblorosa. Wanthida bajó la cabeza.

Sólo Gussella miraba a sus compañeros con franco desdén. No tenía intención de pasar otra semana alejada de su nieto. A esa edad, los niños crecen a toda pastilla, y Gussella quería abrazar al pequeño. Ya sentía su suavidad contra la piel, un cálido osito de peluche con bracitos rechonchos que le rodearían el cuello, dedos diminutos que acariciar y el culito cubierto por los pañales. No podía esperar un minuto más.

–¿Están todos locos o qué? ¡Ese hombre hizo algo malo! ¡Intentó robarle el coche a Steere! ¡Le puso un cuchillo en el cuello! Todos hemos visto a la abogada reconstruir la escena. ¡Le hizo un corte en la cara!

–Justo debajo del ojo –agregó la señora Wahlbaum–. Podría haberle dejado tuerto.

–Gracias, señora Wahlbaum –suspiró el señor Fogel–. Ahora se ha convertido en oculista.

Christopher se encaró con sus compañeros de jurado.

–Todo eso es cierto. Lo que ha dicho de ese hombre es cierto, pero... ¿merecía morir por ello? ¿Usted lo habría matado?

–Guau –musitó Siete de la Suerte.

Incluso la señora Wahlbaum pareció titubear al oír aquellas palabras. Con preocupación creciente, Ralph Merry paseó la mirada entre todos aquellos rostros. Podía perder a sus aliados. Christopher podía ganárselos con esa actitud de hombre sencillo que siempre exhibía. Podía llegar a convencerlos de que cambiaran de opinión aun estando tan cerca de la absolución. Podía seguir en sus trece y conseguir la invalidación del jurado. Podía acabar con la energía de todos.

Consideró sus opciones y eligió la que tenía más sentido. Tenía que cortar por lo sano antes de que el mal se extendiera. Los miembros del jurado se habían levantado creyendo que aquel día volverían a casa y que tan sólo les quedaban un par de horas para votar unánimemente por la absolución de Steere. Incluso Kenny Manning había actuado con menos agresividad que de costumbre durante el desayuno. La hermandad empezaba a desmoronarse, y Ralph estaba a punto de salirse con la suya.

Miró el reloj. Las once y diez.

Zanjaría el asunto antes de comer. El jurado quería absolver a Steere, y Ralph tendría que hacerse con el veredicto sin demora. Libraría la batalla como el general Schwarzkopf, de forma fulminante y definitiva. Aquélla era su Tormenta del Desierto personal. A fin de cuentas, tenía que cumplir su parte del trato que había hecho con un asesino.

–Tengo que ir al lavabo –anunció en un tono lo más casual posible.

52

Marta estaba en la cuneta soleada de la carretera 72, ante un montículo de nieve deformado y manchado de hollín, haciendo autoestop. Intentaba reprimir la sensación de *déjà vu,* pero le resultaba imposible. Volvía a estar junto a una carretera, rodeada de bosques nevados. Agitando el brazo, esperando, suplicando para que alguien se detuviera. El temor del recuerdo la embargaba innegable. Estaba aterrada.

«¡Oiga, señor! ¡Pare, por favor!»

Un camión cisterna de caja plateada se acercaba por la carretera. Marta levantó la mano, pero no logró hacer acopio de valor suficiente para pedirle que se detuviera. Estaba como paralizada; sus músculos se negaban a reaccionar. El corazón le latía con violencia en el pecho. Sentía náuseas, y el sudor le empapaba el cuerpo.

«¡Oiga, señor! ¡Pare, por favor!»

El camión cisterna se acercaba cada vez más. La caja metálica centelleaba al sol como una bala. Tenía que pedirle que se detuviera. Intentó agitar el brazo, pero no lo consiguió.

«¡Oiga, señor! ¡Pare, por favor!»

«Pare, por favor. No pare, por favor.» El camión cisterna estaba ya muy cerca. El conductor de las gafas se abalanzaba sobre ella. Sentía su mano sobre la rodilla, deslizándose muslo arriba. El temor se adueñó de ella en oleadas. Las rodillas apenas la sostenían. Quería abandonarse al pánico y salir huyendo. Estaba atrapada en el coche familiar azul. «Abre la puerta. Baja del coche. Echa a correr. Escapa.»

Marta parpadeó. El conductor de las gafas había desaparecido para dar paso a un camionero de rostro mofletudo. Llevaba un uniforme blanco, no americana y corbata. No era el hombre del coche familiar azul. Marta se tragó la angustia y agitó el brazo. Con fuerza. Luego con más fuerza. Por fin como una demente.

–¡Pare, por favor! –se oyó gritar.

Era su propia voz, no la de su madre. También el gesto era suyo. Marta no era una mentirosa ni una borracha. El coche la había dejado tirada de verdad; necesitaba que la llevaran a la ciudad. Empezó a dar saltos y a punto estuvo de resbalar en la nieve fangosa. Gritaba a pleno pulmón, pero no le importaba. Tenía que conseguir que el camión se detuviese. Y se sentía libre, completamente libre.

–¡Pare, por favor! –gritó de nuevo.

Pero su grito quedó ahogado por el efecto Doppler del inmenso camión que pasó rugiendo junto a ella. Marta saltó a un lado para evitar la lluvia de barro grisáceo que levantó el vehículo. Al cabo de unos instantes, Marta consiguió dejar de temblar mientras el camión se alejaba por la carretera, se encogía hasta convertirse en una mota plateada y por fin desaparecía.

Diez minutos más tarde, Marta estaba sentada en un Dodge Omni azul. Conducía una mujer ya mayor que se dirigía a Filadelfia para visitar a su hija divorciada. Marta debería haberse alegrado, pero a un kilómetro se arrepintió de haber aceptado. Eran las once y media, y lo cierto era que a pie habría llegado más deprisa a Filadelfia.

–¿Está segura de que no puedo encender la radio? –volvió a preguntar Marta, deseosa de enterarse de las últimas noticias.

¿Seguía deliberando el jurado? ¿La buscaba la policía?

–Nada de radio –mascullló la mujer.

Aparentaba unos sesenta y cinco años y tenía una melena corta de cabello gris liso que amarilleaba sobre la frente. Apenas veía nada sobre el volante, que oprimía con dedos artríticos. De sus labios pendía un fino cigarrillo marrón que le salpicaba de ceniza el delgado abrigo de tela.

–¿Ni siquiera un momento?

–Nada de radio.

–¿Por qué no?

–Es mi coche y no me gusta la radio. No me gusta la música.

–No quiero escuchar música, sino las noticias. Necesito escuchar las noticias.

–Nada de radio –repitió la mujer, meneando la cabeza con la barbilla alta mientras el coche seguía avanzando centímetro a centímetro–. No me gustan las noticias. Nunca escucho las noticias. Cuando ponen las noticias en la tele, cambio de canal. A la hora de comer me pongo los culebrones. ¿Sabe por qué? Porque las noticias siempre son malas.

–¿No quiere escuchar el parte meteorológico? Está cayendo una tormenta de nieve en Filadelfia.

–Para saber el parte meteorológico miro por la ventana.

La mujer dio una calada al cigarrillo, de modo que sus mejillas hundidas se hundieron aún más.

–Si llueve, cojo el paraguas, y si nieva cojo las botas. Fácil, ¿no?

–Pero en Filadelfia está nevando –insistió Marta, a punto de estallar–. Tiene que saber cómo está el tráfico. ¿No le interesa enterarse de las calles que le conviene tomar para ir a casa de su hija?

–Ya sé cómo ir a casa de mi hija.

–¿Y si no puede pasar por las calles de siempre por culpa de la nieve?

–Sí que podré pasar. Si mi hija me necesita, pasaré.

La mujer exhaló una nube de humo que cubrió el salpicadero como un manto. El coche se llenó de un olor acre, y Marta bajó un poco la ventanilla.

–¡No haga eso! –gritó la mujer–. Hace un frío que pela.

–Lo siento.

Marta volvió a subir la ventanilla. Le escocía la nariz y le lloraban los ojos. Estaba sudando muchísimo. A aquella velocidad no llegarían nunca a Filadelfia. De no ser porque le daba náuseas el movimiento, ni siquiera se habría enterado de que estaban en movimiento.

–¡Mantenga la ventanilla cerrada! Soy más vieja y más débil que usted. –Señaló al tiempo que dejaba caer un poco de ceniza en el cenicero repleto de colillas aplastadas y la miraba con expresión de reproche tras las gafas bifocales de montura rosa–. Me moriré de una pulmonía.

–Es que hay mucho humo aquí dentro.

–Ah, conque es de ésas, ¿eh? Los fumadores también tienen derechos, para que lo sepa. ¡Menuda discriminación! En los restaurantes, los fumadores se tienen que sentar solos. En las zonas de no fumadores, podrían estar con quien quisieran. Podrían sentarse con drogadictos o tuberculosos si les viniera en gana. ¿A que nunca ha visto rótulos de PROHIBIDO DROGARSE?

Marta sonrió, casi convencida. Tal vez se debía al humo del cigarrillo que privaba su cerebro de oxígeno. Miró por la ventana a través del monóxido de carbono. De los árboles goteaba la nieve ya fundida, y el coche avanzaba tan despacio que Marta podía identificar cada variedad. Hasta llegar a Pennsauken no convenció a la mujer que le permitiera encender la maldita radio, y al cabo de unos minutos dieron una noticia sobre el juicio:

–Aquí Howard Rattner, informando desde el Centro de Justicia Penal de Filadelfia. Se espera que el jurado regrese esta misma mañana tras la deliberación del juicio por asesinato contra el promotor inmobiliario Elliot Steere. El jurado lleva reunido pocas horas, y los observadores judiciales esperan que regrese dentro de un rato con un veredicto de inocencia. Los expertos legales afirman que el jurado no debería estar al corriente del asesinato de dos guardias de seguridad en las dependencias de Rosato & Asociadas, el bufete integrado únicamente por mujeres que se encarga de la defensa del señor Steere.

Marta intentó conservar la calma. Bien, el jurado seguía reunido. Christopher había conseguido aplazar la votación. Tal vez incluso lograría que votaran contra Steere. No podía abandonar la esperanza.

–En relación al mismo caso, la situación de dos de las abogadas que hasta ahora defendían a Elliot Steere no ha cambiado. La hasta ahora encargada de la defensa, Marta Richter, continúa en paradero desconocido, mientras que otra de las abogadas del equipo, Mary DiNunzio, permanece en cuidados intensivos, luchando por su vida. Tal como ya hemos informado, un asaltante desconocido disparó la pasada madrugada contra la señorita DiNunzio, que ha pasado la noche entera en el quirófano.

Marta estaba paralizada de asombro.

–Ya se lo había advertido, siempre malas noticias –comentó la anciana–. Asesinatos, muertes. Sólo hablan de eso, es lo único que les importa.

La mujer se inclinó hacia delante para apagar la radio, pero Marta le asió la mano.

–No la apague, necesito escuchar el resto.

–Vale, vale, no se ponga nerviosa –suspiró la mujer mientras retiraba la mano a toda prisa.

Marta subió el volumen.

–La policía no tiene sospechosos en relación con el ataque a Mary DiNunzio. Les mantendremos informados respecto a lo que ocurra dentro y fuera del tribunal. Jane, cuéntanos ahora las últimas noticias acerca de la nevisca que ha sepultado el valle del Delaware.

Marta intentó recobrar la compostura. ¿Que habían disparado contra Mary? ¿Qué había sucedido? ¿Había sido Bogosian? Pero ¿cómo? Marta no sabía qué hacer. Estaba profundamente trastornada. Quería ir a ver a Mary al hospital, pero sabía que la reconocerían y la detendrían en cuanto la vieran. Habría periodistas por todas partes, y todo habría terminado. No, no podía ir al hospital ni tampoco a ver a Alix Locke. De repente supo adónde debía acudir.

53

Ralph Merry se metió en uno de los lavabos del servicio de hombres, se desabrochó los pantalones y se bajó los calzoncillos. La tela blanca se le tensaba entre las rodillas. Llevaba el paquetito que habían enviado a su mujer sujeto con cinta adhesiva a la cinturilla. Lo había llevado encima todos los días como le habían ordenado. Se sentía como un agente secreto pegándose cada día el paquetito a los gayumbos, pero se alegraba de haberlo hecho. Nunca habría imaginado que Christopher le diera aquella sorpresa. Había resultado ser un gallina.

Era un paquete de plástico del tamaño de una uña y contenía un polvo blanco. Ralph no sabía de qué se trataba, pero le habían asegurado que no lo mataría, sino tan sólo le provocaría dolor de estómago durante uno o dos días, lo suficiente para apartarlo del jurado. Le habían ordenado que lo usara si las cosas se ponían feas, y Ralph estaba convencido de que las cosas se habían puesto feas.

Fuera sonaban las cadenas de los urinarios mientras Ralph soltaba el paquetito de la cinturilla, dejando hilillos blancos pegados a la cinta adhesiva. Tiró la cinta al retrete y se escondió el paquete bajo la manga, tal como había ensayado con su mujer durante la visita conyugal el día en que se lo llevó. Había resultado muy sencillo introducirlo. Por supuesto, los detectores de metales no habían reparado en su presencia. Qué fácil era entrar drogas en el país, había comprendido Ralph. Los Estados Unidos tendrían que proteger mejor sus fronteras; se trataba de una cuestión de integridad, integridad nacional. Ralph se guardó el paquetito bajo el puño de la camisa y se subió los pantalones.

–¿Te has ahogado, Ralph? –preguntó el guardia que esperaba junto a la puerta.

–No, no, ahora voy.

Ralph tiró de la cadena para disimular y abrió la puerta.

54

Marta estaba sentada en el piso de Judy, horrorizada mientras la ayudante le refería los detalles del ataque contra Mary. A fin de cuentas, no había podido mantener a las ayudantes al margen del asunto; estaban metidas hasta el cuello. Y a juzgar por la hora a la que habían disparado contra Mary, no podía haber sido obra de Bogosian, ya que a esa hora estaba en Long Beach Island. Steere debía de haber enviado a otra persona. Alguien que había acechado a las abogadas... Marta había puesto en marcha algo que se le escapaba de las manos y ponía a todo el mundo en peligro. La cosa había ido demasiado lejos. Estaba exhausta tras la terrible noche que había pasado. Aquello tenía que acabar.

–Espere a ver el cuaderno de Darning –decía Judy en aquel momento desde el taburete de la cocina.

Sobre el mostrador se veía un televisor encendido con el volumen muy bajo; los noticiarios cubrían de forma constante la tormenta. Junto al aparato se veía una bolsa azul abierta de Chips Ahoy.

–No, no quiero verlo. Me da igual el cuaderno. Las únicas que me importan son usted y Mary.

Judy parpadeó ante aquella inesperada muestra de simpatía. ¿La Erecta?

–El cuaderno podría indicarnos por qué Steere mató a Darning.

–No es asunto nuestro –replicó Marta.

De repente se sentía muy calmada, centrada, con más autodominio que cuando era la reina del autodominio, por paradójico que pareciera.

–Llevaremos el cuaderno y el expediente a la policía y les diremos que queremos protección.

–¿Ha dicho expediente? ¿Qué expediente? –inquirió Judy, irguiéndose en el taburete.

–No importa.

Marta no había hablado a Judy del tesoro enterrado ni de Bogosian. Más le valía no saberlo.

–Este asunto se nos ha escapado de las manos, créame.

–Habla como Bennie.

–¿Rosato? ¿Sabe lo del cuaderno?

–Está preocupada por mi sentido de la ética y me ha despedido.

Marta hizo una mueca. Una de las chicas en el hospital y la otra sin trabajo.

–Llevaremos el cuaderno y el expediente a la policía. Que se encarguen ellos de todo el asunto.

–¿El expediente está en ese sobre?

Judy se bajó del taburete y señaló un sobre de papel que asomaba por el bolso de Marta.

–Han muerto varias personas. Alguien ha disparado contra Mary... Ningún expediente del mundo vale tanto.

–Mary es la razón por la que quiero verlo. Ella quiere justicia, y yo también. ¿Usted no? ¿No ha decidido ir a por Steere precisamente a causa de la justicia?

Marta sintió una punzada de culpabilidad.

–Al principio no, se lo aseguro. Al principio me movían los celos, no la justicia. Mis motivos eran impuros.

–Bueno, pues ha hecho lo correcto por los motivos equivocados. Ya no importa. Steere mató a Darning, y tenemos un cuaderno que podría demostrarlo. ¿Me deja ver ahora ese expediente?

–Es demasiado tarde –replicó Marta antes de levantarse, coger el bolso y subirse la cremallera del anorak–. Vámonos. Está usted en peligro mientras tenga el cuaderno. De hecho, las dos corremos peligro.

–Hemos trabajado toda la noche para encontrar estas pruebas. Es más de lo que ha conseguido la policía. ¿Qué hay en el sobre? ¿De qué clase de expediente se trata?

–No es nada. Yo no he entendido nada. Puede que la policía sí entienda lo que pone. Vámonos.

Judy se cruzó de brazos sin cejar en su empeño.

–Un momento. Hagamos un trato. Usted me deja ver el expediente, y yo le dejo ver el cuaderno. Si no averiguamos nada en cinco minutos, vamos a la poli, se lo prometo.

–No.

–Ahora que hemos llegado tan lejos, no tenemos nada que perder. Cinco minutos.

–Que no. Coja su abrigo. Nos vamos.

Marta se dirigió hacia la puerta, pero Judy se adelantó y le cerró el paso. Las dos abogadas se miraron de hito en hito.

De repente, Marta se echó a reír.

–¿Me vas a pegar? Adelante. Soy como esos muñecos que siempre se levantan.

Judy titubeó un instante, pues no quería llegar al extremo de pegar a Marta, si bien había imaginado la situación cientos de veces durante el juicio.

–Bien hecho –alabó Marta al tiempo que rodeaba a Judy y se acercaba a la puerta–. Anda, coge el abrigo.

–No –insistió Judy–. No voy a ninguna parte si no me

concedes esos cinco minutos. Si te vas, te vas sola.... sin mí y sin el cuaderno.

Marta se detuvo en seco y se volvió hacia ella con expresión incrédula.

–¿Quién te ha enseñado a portarte así?

–La gran maestra, por supuesto –repuso Judy con una ancha sonrisa.

55

El hotel había agasajado al jurado con una bandeja repleta de panecillos, magdalenas y café que habían dejado sobre la cómoda de la sala de reuniones. Ralph Merry estaba junto a los restos de la comida y el café. Durante dos meses seguidos había comido cada mañana la misma magdalena y no veía el momento de largarse de allí. Lo primero que haría sería viajar para alojarse en hoteles mejores que aquél, tal vez incluso irse de crucero con la mujer. Pero ahora mismo tenía una misión que cumplir.

Cogió un vaso de plástico de la pila colocado junto al termo color bronce. Daba la espalda a los demás miembros del jurado, que seguían sentados alrededor de la mesa, escuchando los gimoteos de Christopher. Ralph no sabía a cuántos estaba convenciendo. Debía estar preparado para lo peor; no había margen de error, tolerancia cero. No se podía cabrear a un hombre como Elliot Steere.

–¿Quién quiere más café? –exclamó–. ¿A alguien le apetece? Vamos, invito yo. ¿Señora Wahlbaum? ¿Señora Williams?

Ralph hablaba en tono alegre, como si estuviera de barbacoa con su mujer y sus nietos. «¿Quién quiere perritos calientes? ¿Y hamburguesas? Lo mismo, vamos.»

–Me encantaría tomar un poco más de café, Ralph –repuso la señora Wahlbaum.

–Por supuesto, señorita. ¿Cómo lo toma?

–Con mucha leche y azúcar.

–Sus deseos son órdenes para mí. –Ralph sirvió a la señora Wahlbaum un vaso humeante de café–. ¿Christopher? ¿Te apetece otra taza?

Christopher echó un vistazo a su vaso vacío; pero ya había tomado suficiente cafeína por aquella mañana.

–No, gracias.

Vaya.

–Vamos, Christopher. Si pretendes convencerme para que vote contra ese tipo, necesitarás hacer acopio de fuerzas y portarte como un hombre de pelo en pecho.

Megan se echó a reír.

–De eso nada, Ralph. Christopher se está librando del vello superfluo. ¿Verdad, Christopher?

–Tú lo has dicho –asintió Christopher con una sonrisa.

Le gustaba el modo en que Megan lo miraba. Era una chica muy guapa a excepción de las uñas pintadas de azul, pero suponía que en Filadelfia las consideraban sofisticadas.

–Venga, Christopher –mascculló Ralph.

Miró alternativamente a Christopher y Megan, y no le hizo ninguna gracia lo que vio. No había tiempo para semejantes monerías.

–Toma un poco de café. Os serviré un poco a ti y a Megan.

–Por mí de acuerdo; soy adicta a la cafeína –comentó Megan–. En Starbucks siempre tomo el *caffé con latte*. ¿Te gusta el café de Starbucks, Christopher?

–No lo he probado nunca..., pero bueno, tomaré otra taza, Ralph.

Toma ya. Blanco al segundo disparo. Satisfecho, Ralph cogió el termo de plástico y empezó a servir café.

–¿Cómo te gusta, soldado?

–Con leche y azúcar.

Ralph llenó el vaso de Christopher y sacó el paquetito de polvo blanco. Se lo escondió en la palma, cogió dos sobrecitos de azúcar y abrió los tres paquetitos a un tiempo. Echó el azúcar y el polvo blanco en el café, lo mezcló todo con un palito de plástico y volvió a esconderse el paquetito ya vacío bajo el puño de la camisa. El corazón le latía con fuerza mientras veía disolverse el polvo, pero como no era un cobarde, su ánimo no flaqueó ni un instante.

–No te olvides del mío, con mucha leche y azúcar –advirtió la señora Wahlbaum.

–Ahora mismo, señorita –exclamó Ralph.

Dejó el vaso de Christopher a un lado para no confundirlo con los demás y siguió sirviendo café.

–¿Y yo, Ralph? Sírveme uno solo –pidió Wanthida.

–Un momentito, querida. Christopher me lo ha pedido primero y al fin y al cabo es el presidente, el que más trabaja. –Ralph cogió el vaso de Christopher, lo llevó a la mesa y se lo alargó–. A ver si he puesto suficiente azúcar.

Christopher lo probó.

–Está perfecto. Muchas gracias, Ralph.

–De nada –repuso Ralph.

Tuvo que recordarse que Christopher no moriría, que tan sólo sufriría un fuerte dolor de estómago que lo mantendría fuera de juego. No se recobraría hasta al cabo de dos días, cuando ya tuvieran el veredicto y Steere estuviera en la calle. Ralph cumpliría su parte del trato, y la recompensa sería ingresada en una cuenta especial. Ralph no veía el momento de llamar a su agente literario. Más les valía poner su foto en la cubierta.

–Bueno, voy a por los demás cafés –anunció mientras se alejaba de la mesa.

56

Marta repasó a regañadientes las listas de números manuscritos del cuaderno de Darning y se preguntó si se referirían a dinero o números de cuenta. No presentaban un patrón discernible. A buen seguro, la policía se las arreglaría mejor.

–Quedan tres minutos, Carrier –advirtió con irritación a la asociada, sentada junto a ella en el futón.

–Cuatro –corrigió Judy sin dejar de examinar las hojas impresas esparcidas sobre la mesilla de café–. Tenías razón respecto a este expediente. Son datos para carnés de conducir. Una base de datos de carnés de conducir.

–No revela nada, y tampoco tengo idea de lo que puede significar este cuaderno. No es más que un montón de números de ocho dígitos. Dos minutos más y nos vamos.

–Estos números también tienen ocho dígitos.

–¿Qué números?

–Los primeros números de cada campo –repuso Judy–. El código del operador.

Marta se inclinó hacia ella. No había reparado en el espaciado de los números. Hum.

–Seguro que es una coincidencia. Hay unas cuatro mil entradas en estas hojas impresas. ¿Cuántos números contiene el cuaderno?

Judy se la quedó mirando con asombro.

–También unos cuatro mil. ¡Madre mía!

Marta intentó no sacar conclusiones precipitadas.

–O sea que el cuaderno contiene unos cuatro mil números, y el archivo informático, unas cuatro mil entradas. No sabemos si existe alguna relación.

–¿Relación? ¿Qué relación podría haber?

Marta reflexionó un instante.

–Puede que el cuaderno guarde alguna relación con el archivo. Si el cuaderno es una lista de números y cada entrada del archivo tiene un código de operador, entonces puede que el cuaderno sea una lista de los códigos de operador del archivo.

–¿Crees que coinciden? –exclamó Judy con los ojos muy abiertos–. ¿Crees que se trata de una copia?

–Es posible –admitió Marta, dejándose llevar por el entusiasmo a su pesar–. En tal caso, deberíamos poder localizar todos los códigos de operador en el cuaderno. Léeme un número de los carnés.

–22 746 209 –leyó Judy.

Marta repasó la lista de números que aparecían en la primera página del cuaderno mientras Judy miraba por encima de su hombro. Dos pares de ojos perspicaces volando página abajo.

–Qué pena que no guarden ningún orden –suspiró Marta–. ¿Lo ves en la primera página?

–No.

–Pasa a la siguiente.

Marta volvió la página, y ambas repasaron los números que figuraban en ella. Judy estaba visiblemente emocionada, pero Marta intentaba no dejarse arrastrar por su entusiasmo. Le resultaba extraño colaborar tan estrechamente con una ayudante, aunque lo cierto era que le gustaba.

–¿Lo ves?

–No.

–Pues sigamos.

Repasaron la página tres y luego siguieron hasta la diez. Allí, en el centro de la columna izquierda, leyeron:

22746209

–¡Sí! –exclamó Judy, encantada–. ¡Lo hemos conseguido! Somos unos auténticos genios.

–¿Ah, sí? –replicó Marta con una carcajada–. A ver, ¿qué significa, listilla?

–No tengo ni idea. ¿A ti qué te parece?

Marta reflexionó un momento. Consideró una vez más la posibilidad de acudir a la policía, pero la tentación pudo con ella. Estaban tan cerca...

–Dame esa hoja. Quiero saber quién es el número 22746209.

Judy le mostró la hoja impresa. En uno de los campos de información se veía la fotografía de un hombre blanco mayor que exhibía una débil sonrisa.

–William Swenson, 708 Greentree Court, Filadelfia.

–Déjalo a un lado y léeme otro número. No quiero dejar las cosas a medias. Al fin y al cabo, hasta ahora sólo hemos encontrado una coincidencia.

–Vale. 92294593 –leyó Judy antes de mirar por encima del hombro de Marta mientras regresaba a la primera página del cuaderno–. Así que quieres empezar otra vez por el principio. Sin metodología no se llega a ninguna parte. Metodología no es más que una de las palabras para expresarlo. –Marta la miró por encima del hombro.

–Lee –espetó.

Volvieron a repasar las listas de la primera página, pasaron a la segunda y se detuvieron en la quinta. Ahí estaba:

–¡Increíble! –suspiró Judy, extasiada.

–Y que lo digas –espetó Marta con sequedad.

–No sabía que tenías sentido del humor –comentó Judy entre risas.

Examinó el segundo carné de conducir de la lista, cuya fotografía mostraba a una mujer de mediana edad con gafas bifocales.

–Helen Minton, de Rhawn Street, Filadelfia.

–Sepárala. Si encontramos otras cinco coincidencias, me creeré la teoría.

–Estoy segura de que tenemos razón.

–Eres joven e impetuosa. Lee.

Judy le leyó otro número, que ambas localizaron en el cuaderno al cabo de un instante, y luego otros cuatro. Todos los números aparecían en el cuaderno.

–¿Y ahora qué? –preguntó Judy al acabar.

–Pues llamamos a toda esta gente.

–¿Qué? ¿Por qué?

–Para ver qué averiguamos.

Marta miró el reloj. Era casi la una; no tenían tiempo que perder.

–Dame la primera hoja y luego búscame el listín –pidió a Judy mientras cogía el inalámbrico–. Vamos, date prisa.

–Te gusta dar órdenes, ¿verdad?

–Me encanta. Tráeme el listín.

Judy cogió el listín de debajo de la mesilla.

–Te hace sentir poderosa.

–Soy poderosa.

–Pero a la gente no le gusta que le den órdenes.

–¿Y? –inquirió Marta con malicia.

Judy le arrojó el listín.

–¿Es la casa de los Swenson? –preguntó Marta.

Judy estaba sentada lo bastante cerca de ella para oír la voz del interlocutor. Se sentía un poco tonta, como si fueran un par de colegialas haciendo llamadas bromistas, lo que no se alejaba tanto de la verdad.

–Soy la señora Swenson –repuso una mujer en el otro extremo de la línea.

–Querría hablar con William Swenson, por favor.

–Es mi marido.

–¿Está en casa?

–Está muerto. Mi marido está muerto.

–Lo siento, no lo sabía –dijo Marta, atónita.

Judy se desinfló como un globo aerostático.

–Murió en un accidente de coche hace cuatro años. Un conductor borracho se le echó encima desde el carril contrario.

–Lo siento mucho.

–Gracias. ¿Puedo ayudarla en algo?

–No, gracias. Gracias por atenderme... Léeme el siguiente número –ordenó tras colgar el teléfono.

–Di por favor.

–Léemelo antes de que vuelva el jurado, si puede ser.

–Vale, vale.

Judy le leyó el número.

Marta marcó el número, pero esta vez de peor humor. Tenía que resolver aquel asunto sin tardanza. No podía desterrar de su mente a Bogosian y Mary. ¿Había un asesino acechando ahí fuera? ¿Esperando?

–¿Es la casa de los Minton? –preguntó cuando una joven cogió el teléfono.

–Sí.

–¿Podría hablar con Helen Minton?

–No tiene gracia, ¿sabe? Es usted una auténtica impresentable, sea quien sea.

–¿Cómo dice? Oiga, por favor, tengo que hablar con Helen Minton.

–¿En serio?

–Por supuesto.

–Mi madre fue asesinada –mascullό la mujer con furia apenas contenida.

–Vaya, lo siento, lo siento mucho.

¿Qué estaba pasando?

–Creía que lo sabía todo el mundo, al menos por esta zona. La mataron en la farmacia durante un atraco. El juicio contra el hijo de puta que la mató acaba de empezar. Se sienta en el banquillo día tras día, con su abogado finolis, intentando salirse con la suya.

Marta sintió una punzada de pena.

–Lo siento muchísimo, de verdad.

–Han pasado casi cuatro años. Ese animal ha disfrutado de cuatro años más que mi madre.

–Lo siento, la acompaño en el sentimiento. Gracias.

Marta colgó a toda prisa. ¿No había dicho la otra mujer que su marido había muerto cuatro años antes? ¿Qué significaba aquello? Demasiada coincidencia. Lo tenía muy cerca, lo presentía...

–Léeme otro número, deprisa.

Judy obedeció, y Marta marcó al instante.

–¿Es la casa de los Jacobs?

–Sí –espetó un joven con sequedad.

–¿Podría hablar con Sherry Jacobs, por favor?

–No. Sherry murió hace cuatro años.

Cuatro años. ¡Bingo!

–Lo siento.

–No lo sienta. Sherry no era la persona más simpática del mundo precisamente. Soy su cuñado, así que puede creerme. Se pasaba la vida atormentando a mi mujer. «Que si eres demasiado esto, que si eres demasiado lo otro.» Era una auténtica capulla.

–Ya.

–Le dejó todo su dinero a un perro, ¿qué le parece? Tortura a mi mujer cosa fina y luego va y le deja doscientos de los grandes a un corgi galés. Lo único bueno que hizo en su vida fue morirse y donar su cuerpo a la ciencia. Me da pena el tipo que lleva su corazón. Está vacío.

–¿Qué?

–Su corazón. Sherry era donante de órganos. ¿Cómo ha dicho que se llama?

Marta marcó otro número con una actitud distinta.

–¿Es la casa de los Walters?

–Sí –asintió una mujer; al fondo se oían notas de piano–. Pero ahora mismo estoy dando una clase.

–Sólo será un momento. ¿Es cierto que el señor Ronald Walters falleció hace cuatro años?

–Aproximadamente.

–¿Era donante de órganos?

–Sí.

–Muchas gracias.

Marta colgó el teléfono.

57

Christopher tenía un dolor de estómago tremendo. Horribles pinchazos le sacudían la tripa como flechas. Jamás había sufrido semejantes calambres. Tomó un poco más de café, pero no le sirvió de nada. Tan sólo quería esconderse en un rincón y morir.

–Ocupémonos de los testimonios, amigos –decía Ralph en aquel instante.

Estaba de pie al otro lado de la mesa, dibujando con rotulador sobre una pizarra de plástico colocada sobre un caballete. Los gruesos trazos bailaban ante los ojos de Christopher, que parpadeó en un intento de enfocar la visión. Era una especie de estrella, triángulo o algo parecido. En cualquier caso las líneas se negaban a permanecer quietas.

–¿Qué es eso, Ralph? –se oyó preguntar con voz débil.

Megan se volvió hacia él con expresión preocupada.

–¿Estás bien, Christopher? –preguntó.

Christopher asintió con un gesto.

–Perfectamente.

Incluso hablar le dolía, pero no quería que los demás lo supieran, porque lo enviarían a casa o lo echarían del jurado o quién sabía qué otras maldades. Tenía que quedarse y convencerlos.

–¿Qué decías, Ralph?

Ralph señaló el caballete.

–Es un diagrama del asalto. El punto A indica el lugar en que Steere detuvo el Mercedes. El punto B es el pilar bajo el puente donde esperaba el atacante. Según el testimonio, la distancia es de unos dos metros como máximo, ¿verdad?

Los demás miembros del jurado asintieron. Christopher vio que sus cabezas oscilaban como las de los caballos. Se encontraba fatal. Tomó otro sorbo de café y rehuyó la mirada de Megan. Parecía muy preocupada. Lainie nunca se había preocupado tanto por él.

–Lo que quiero decir es que si yo fuera el conductor y alguien se abalanzara sobre mí desde detrás del pilar –prosiguió Ralph–, ni siquiera me lo pensaría. No tendría tiempo para pensar, tal como nos demostró Marta Richter.

–Estoy de acuerdo contigo, Ralph –corroboró la señora Wahlbaum–. Uno se vería obligado a reaccionar en décimas de segundo, sin tiempo para pensar ni considerar las alternativas.

Christopher intentó desterrar el dolor, que empeoraba a cada instante. Quería agarrarse el estómago, pero no podía; tenía que convencer al jurado de que votara contra Steere.

–Exacto –continuó Ralph–. No se puede pensar con un cuchillo en el cuello.

–Es un instinto natural –agregó la señora Wahlbaum, inclinando la cabeza cana–. Huir o luchar. Incluso los animales lo tienen.

–Y ahora zoóloga –resopló el señor Fogel–. ¿Hay algo en el mundo de lo que esta mujer no sepa? ¿Alguna rama de la ciencia, las matemáticas o la filosofía?

La señora Wahlbaum se volvió hacia él a la velocidad del rayo y por fin estalló.

–Pero ¿qué se ha creído, inútil? Llevo dos meses soportando sus críticas. Lo único que hace es criticarme.

Nunca dice nada por iniciativa propia, sólo tonterías negativas.

Christopher paseó la mirada entre ambos. «No se peleen, tenemos que condenar a Steere –quería decir–. No desistan. Tenemos tiempo.» El estómago se le retorció como una serpiente. Abrió la boca para hablar, pero de ella no brotó sonido alguno.

El señor Fogel parpadeó tras los gruesos cristales de sus gafas.

–¿Quiere saber lo que pienso, señora Sabelotodo? Se lo voy a decir. Yo sólo entiendo de una cosa. Tiempo. Llevo aquí setenta y dos días, dos horas y... –miró el reloj– veintitrés minutos. ¡Demasiado tiempo, en mi opinión!

–¡Exacto! –convino Ralph con entusiasmo.

El respaldo pareció conferir valor al relojero, que se levantó muy erguido, como una manecilla de reloj.

–No pienso pasar un solo día más aquí. Ni una hora, ni un minuto siquiera. Quiero volver a casa. Quiero conducir mi coche, hablar por mi teléfono, entrar en mi taller y reparar el reloj de la señora Millstein, que me lo trajo en septiembre. Hemos escuchado a los testigos, a los abogados y al juez. Ya es hora de que nos escuchen ellos a nosotros.

El señor Fogel se sentó.

Los miembros del jurado aplaudieron, Gussella con más fuerza que nadie. También Megan aplaudió, aunque con menor entusiasmo al ver que Christopher no los secundaba. La cara se le estaba poniendo cada vez más gris, y apenas podía sostenerse en pie.

–¿Chris? –musitó.

–Quiero ver a mi mujer. Quiero volver a casa –suspiró Nick con labios temblorosos.

–¡Y yo quiero ver a mi nieto! –gritó Gussella a tal volumen que Wanthida dio un respingo.

–Todos queremos irnos –señaló Wanthida con mucho acento– y creemos que el señor Steere es inocente. Deberíamos votar e irnos a casa.

–Pero no todos opinan que es inocente –indicó Ralph, aunque no podría haberse sentido más feliz.

La guerra estaba a punto de terminar, y había conseguido neutralizar al general enemigo. El único problema era Kenny Manning. Ahora que el enemigo había quedado debilitado, era el momento de atacar.

–¿Tú qué dices, Kenny? ¿Sigues queriendo votar contra Steere?

–¿Por qué no? –replicó Kenny con la cabeza muy alta.

–La decisión es tuya, amigo. Soy el primero en reconocer que debemos respetar tus opiniones. No pretendo presionarte. Si quieres hablar más del tema, seguiremos hablando. Tienes todo el derecho a defender tus opiniones.

Christopher sentía que todo se le escapaba de las manos. Marta. La condena. Alguien le estaba clavando clavos de herradura en el estómago. Megan le decía algo, pero tan sólo alcanzó a responderle con un gorgoteo que los demás no oyeron. Todos se habían concentrado en Isaiah, quien de repente carraspeó y se inclinó sobre la mesa, mirando a Kenny de hito en hito.

–Mi prometida está embarazada, tío –musitó Isaiah–. Si no salgo de aquí muy pronto, le romperé el corazón. Y a su madre también. No quiere ir al altar con bombo, y la verdad es que no se lo reprocho,

–Joder, tío –espetó Siete de la Suerte con la cabeza gacha–. ¿Por qué no lo has dicho antes?

–Me lo dijo anoche, durante la visita. Kenny, me gustaría seguir a tu lado; sé que quieres votar contra Steere, y puede que tengas razón. Pero no le culpo por lo que hizo y por eso no puedo seguir adelante. Tengo que ocuparme de mi familia. Tengo que volver a casa.

Kenny se limitó a mirarlo enfurecido. Al cabo de un instante, sus ojos oscuros se volvieron hacia Siete de la Suerte, que levantó los brazos como si lo estuvieran atracando.

–A mí no me mires, colega –exclamó entre las enormes palmas de sus manos–. Tú mandas. Sabes muy bien que estoy de tu parte.

–¿Christopher? –llamó Megan, alarmada.

Se levantó de la silla, y cuando estaba a punto de llegar junto a él, una oleada de dolor azotó a Christopher y lo derribó.

58

Diez llamadas de teléfono más tarde, Marta estaba sentada en el borde del futón, con el cerebro funcionándole a mil por hora.

–A ver, ¿qué hemos averiguado?

Judy estaba hundida sobre los almohadones de algodón blanco con un cartón de leche entre las piernas y los pantalones grises salpicados de migas.

–Hemos averiguado que somos personas horribles que escarban en la intimidad de los desgraciados.

–¿Qué más?

–Que todas las personas a las que hemos llamado están muertas.

–Y que murieron de forma violenta o en accidentes.

–Sí, en la Ciudad del Amor Fraternal.

–Y que todos murieron hace poco más de cuatro años. Y que eran donantes de órganos.

–Un archivo de donantes de órganos –comentó Judy tras beber un trago de leche–. Por eso no aparecía en los campos de información, porque todo el archivo es de donantes de órganos.

–¿Qué quieres decir?

–En Pensilvania, el carné de conducir indica si alguien es donante de órganos.

Judy se dirigió al mostrador de la cocina, cogió la cartera y alargó su carné de conducir a Marta.

–¿Lo ves? Aquí lo dice. Soy donante de órganos. ¿Tú no lo eres?

–Claro que no –repuso Marta, examinando la tarjeta plastificada.

DONANTE DE ÓRGANOS, decía en letras verde brillante bajo una desfavorecedora imagen de Judy.

–Qué asco.

–¿Cómo que qué asco? Todo el mundo debería hacerse donante. ¿Sabes cuántas personas mueren cada día mientras esperan un trasplante? Me hice donante en el ayuntamiento. Cada año montan una campaña.

–¿El ayuntamiento monta campañas?

–Sí, desde la oficina del alcalde. Empezaron cuando el alcalde era fiscal.

–¿Cuándo te inscribiste?

–Hace mucho tiempo.

–¿Cuándo exactamente?

–Debe de hacer unos cinco años. Organizaron una gran campaña, y fuimos todos los del bufete. En aquella época, Mary y yo trabajábamos en Stalling & Webb.

De repente, Marta sintió el impulso acuciante de levantarse del sofá. Las costillas la estaban matando, pero tenía que caminar para pensar con mayor claridad. Las mejores ideas se le ocurrían caminando y en la ducha. Si pudiera pasear en la ducha, sería fiscal general.

–A ver si me aclaro. ¿Dices que la oficina del alcalde tiene una lista de todos los donantes de órganos de Filadelfia?

–Supongo que sí. Las campañas pro donación de órganos son muy sonadas, y el ayuntamiento las organiza conjuntamente con la organización local de donación de órganos.

–¿O sea que el alcalde puede controlar las muertes de los donantes de órganos?

–Supongo que sí. El ayuntamiento podría introducirse en una red de donantes. Creo que la encargada de la red es una organización pública. Ni siquiera creo que sea información confidencial.

Marta siguió paseándose por el salón.

–Supongamos que el ayuntamiento se conecta a la red para saber cuándo muere un donante de órganos. Algunos de los donantes mueren justo antes de las elecciones a la alcaldía, y sus muertes se hacen públicas porque sus carnés de conducir indican que son donantes.

Judy siguió el razonamiento de Marta.

–Su muerte no se sabe con rapidez suficiente para borrarlos del censo de votantes. El ayuntamiento se entera primero porque está conectado a la red.

La ayudante se detuvo, anonadada.

–Pero ¿por qué harían una cosa así? ¿De qué les sirve?

Los ojos de ambas abogadas se encontraron.

–Te apuesto lo que sea a que el señor Swenson y la señora Minton votaron en las últimas elecciones. Jacobs y Walters también... Todos ellos, todos los de los carnés de conducir. Votaron pese a estar muertos.

–¿Cómo es posible? –musitó Judy con el ceño fruncido mientras Marta seguía paseándose como un oso enjaulado.

–Buena pregunta.

Judy era más lista de lo que Marta había imaginado. Era casi mejor trabajar en equipo que sola.

–Puede que alguien se haga pasar por ellos y vote en su lugar.

–Imposible –sentenció Judy, meneando la cabeza–. Hay hombres y mujeres, blancos y negros. Son muy distintos entre sí. No puedes votar sin que te vean.

–Sí que puedes –exclamó Marta–. Puedes votar por correo. Alguien emite papeletas para enviarlas por correo. Gracias al carné, alguien descubre antes que nadie que han muerto y envía las papeletas en su lugar. Sacan la firma del carné y falsifican la papeleta. Por eso necesitan un archivo de carnés, porque los carnés tienen la firma, y es necesario firmar las papeletas.

Judy abrió la boca de par en par. Todo encajaba.

–Dinero de calle.

–Pagan a alguien para que envíe papeletas en nombre del donante.

–Ese alguien es Eb Darning.

–Bingo –murmuró Marta.

De repente lo veía todo claro. El plan de Steere, trazado y ejecutado a la perfección. Steere había pagado a Eb Darning por enviar papeletas en las últimas elecciones, sin duda para votar contra su enemigo, el alcalde. Pero Steere no había previsto que Eb conservaría pruebas del trato. A buen seguro había chantajeado a Steere, razón por la que Steere lo había matado.

–Coge el archivo y el cuaderno –ordenó Marta–. Tenemos que irnos.

–¿Qué? ¿Adónde? ¿A la policía?

–No hay tiempo para eso. Vamos al juzgado.

59

Muerta de calor a causa de la parka, Bennie iba perdiendo la paciencia mientras ella y Emil esperaban a Jennifer Pressman en la oficina de la jefa de gabinete. No les quedaba más remedio que esperar, pero quedarse de brazos cruzados iba en contra de los principios de Bennie. Ya se había excusado en dos ocasiones para deambular por los pasillos del ayuntamiento, paseos durante los cuales había abierto puertas de despachos y echado un vistazo a la sala en la que el alcalde había celebrado la conferencia de prensa. La conferencia había terminado; Jen Pressman estaba ilocalizable.

–Puede que ya haya llegado a casa –aventuró al tiempo que propinaba un leve codazo a Emil–. Pídele a la secretaria que vuelva a llamar.

–No –se negó Emil sin dejar de hojear la colorida revista que había encontrado sobre la mesilla–. Acabamos de pedírselo. Pórtate bien.

–Vuélveselo a pedir.

–Que no. Jen no tardará en llegar, seguro. Tiene que venir; es una persona consagrada a su trabajo.

–No podemos esperar más. ¿Quieres la noticia o no?

Emil cerró la revista de golpe.

–Vale, Bennie, tú ganas.

–Gracias.

Emil dejó caer la revista sobre la mesa y se acercó a la mesa de la secretaria.

–¿No crees que deberíamos volver a llamar a casa de Jennifer, Flossie?

La secretaria dejó de teclear y alzó la mirada.

–Acabamos de llamar.

–Ya, pero se trata de un asunto muy urgente. ¿Te importa? Ya sé que es un gran favor.

–¿Sabes una cosa? –La secretaria titubeó un instante antes de proseguir en un susurro–: La verdad, Emil, creo que no servirá de nada llamarla a casa. No creo que llegara a casa anoche.

–¿A qué te refieres?

–Ya sabes a qué me refiero. Creo que no ha pasado la noche en su casa.

–Ah –farfulló Emil, rojo como la grana.

–Yo no he dicho nada, ¿eh? –advirtió la secretaria.

–Claro, claro.

–Nunca publicas nuestras conversaciones, ¿verdad?

–Claro que no, Flossie. Somos amigos.

–Bueno, pues creo que anoche fue a ver a su novio. De vez en cuando desaparece, aunque últimamente ha pasado poco, y por eso creía que lo habían dejado. Pero puede que no. Supongo que se han reconciliado y a mi jefa se le han pegado las sábanas.

–El amor obra milagros cuando uno es joven –suspiró Emil antes de regresar al sofá.

A Bennie le dieron ganas de vomitar.

–Oh, no creo que se trate de amor –puntualizó la secretaria en tono confidencial–. Creo que está casado.

–¡No! –exclamó Emil con sincera desaprobación.

Era el hombre más tradicional que Bennie conocía, y

apostaba lo que fuera a que no era él quien freía los rollitos de hoja de parra.

–Estoy segura. El verano pasado se iba muy pronto los fines de semana. Los lunes volvía muy morena y nunca decía con quién había estado ni traía fotos.

–¿Podemos localizarla? ¿Quién es ese hombre?

–No tengo ni idea.

La secretaria bajó aún más la voz.

–Una vez intenté averiguarlo. Me picaba la curiosidad, así que por fin se lo pregunté sin ambages. «¿Sale con alguien?», le pregunté así de sopetón.

–Bien. Más vale ser sincero y directo.

–Desde luego. Llevo dos años trabajando para ella, y la verdad es que nunca hablamos. Nunca sale a comer conmigo, jamás. En fin, ¿sabes lo que me contestó? «No hablo de esas cosas con mis subordinados.»

–Qué falta de educación –resopló Emil.

–Y que lo digas. ¡Subordinados! Me dijo que era una cita de alguien llamado Sun Zoo o no sé qué. «¿Quién narices es Sun Zoo?», le pregunté. Suena a loción bronceadora o algo parecido.

Bennie aguzó el oído. ¿Sun Zoo? ¿Dónde había oído ese nombre hacía poco?

–¿Sun Tzu? –aventuró Emil–. Era un filósofo chino, un general.

–Exacto, eso es lo que dijo. Le dije: «Yo no entiendo nada de generales chinos, querida, pero sí que entiendo de educación, y usted no tiene demasiada». Imagínate. Voy a pedir el traslado en cuanto pueda.

De repente lo recordó. En la sala de juntas del bufete, mientras hablaba con Carrier y DiNunzio. ¿Qué había dicho Carrier? «Si pasas más de cinco minutos con Elliot Steere, seguro que te menciona a Sun Tzu.»

Bennie se irguió. Ahora lo comprendía todo. Jen Pressman tenía un novio y lo guardaba en secreto, pero no porque estuviera casado, sino porque era Elliot Steere. No le quedaba más remedio que mantenerlo en secreto porque era el archienemigo del alcalde. En aquel instante, Bennie lo entendió todo. No era tal como había imaginado, sino más bien al contrario. En cualquier caso, no quedaba tiempo. Se levantó de un salto y corrió hacia la puerta.

– ¡Bennie! –la llamó Emil.

–Tengo que ir a freír unas hojas de parra, Emil –repuso antes de salir disparada.

60

El juez Rudolph presidía la sesión, si bien al recorrer la sala con la mirada desde el estrado de caoba no vio una estancia atestada de gente, sino una pista de atletismo llena de obstáculos. La línea de meta estaba en el otro extremo, señalada por una bandera ondeante roja, blanca y azul que decía JUEZ DEL TRIBUNAL SUPREMO HARRY CALVIN RUDOLPH. Elliot Steere lo miraba con fijeza desde el banquillo, y los representantes del fiscal parecían muy atentos. Todos los ojos de la tribuna estaban clavados en él. En la sala reinaba el más absoluto silencio a la espera de que restallara el pistoletazo de salida. ¡Preparados, listos, ya! ¡Bam!

–Señoras y caballeros –empezó el juez–, los he convocado porque se ha producido una emergencia en el jurado. Uno de sus miembros ha contraído un virus estomacal y ha tenido que ser trasladado al hospital. Otro de los miembros del jurado, en su calidad de presidente sustituto, ha notificado al tribunal que tal vez el jurado esté a punto de obtener el veredicto. Los suplentes ya han regresado a sus casas y a buen seguro han estado demasiado expuestos a la publicidad que ha recibido este caso. Por ello se trata de decidir ante este tribunal si se debe permitir al jurado proceder sin el miembro que ha caído enfermo.

Elliot Steere se sentaba completamente inmóvil en el

banquillo. Su aliado había actuado. Tenía la absolución asegurada. Había vencido. Respiró lenta y profundamente mientras el corazón le latía fuerte y regular. Oía mentalmente los ritmos de su fuerza vital. Sun Tzu enseñaba que la victoria recae sobre aquellos que no cometen errores de cálculo, y Steere no había cometido ningún error de cálculo. Había preparado aquella victoria a conciencia y ahora la tenía en sus manos.

–Según las leyes de Pensilvania –prosiguió el juez Rudolph–, el jurado de un juicio por asesinato puede proceder a votar aun a falta de un voto si tanto el acusado como la fiscalía dan su consentimiento. El acusado tiene derecho constitucional a que emita su veredicto un jurado de doce miembros, si bien puede renunciar a dicho derecho. El tribunal ha convocado esta sesión para averiguar cómo desean proceder las partes.

A la mesa de la acusación se sentaba el ayudante del fiscal Tom Moran, esta vez completamente despierto. A su derecha se encontraba el fiscal del distrito de la ciudad de Filadelfia, Bill Masterson, tan cerca de Tom que las hombreras de sus trajes se rozaban. Masterson era tan alto como un jugador de baloncesto, de huesos grandes y cara rubicunda coronada por una melena de cabello rubio grisáceo y fieros ojos azules. Nadie podía sentarse junto a Bill Masterson sin percibir su poder, sobre todo un joven padre de gemelas que ya la había cagado una vez. Tom necesitaba el empleo más que nunca.

El juez Rudolph se dispuso a saltar la primera valla.

–Señor Steere, usted es el acusado, y este tribunal ha procurado en todo momento salvaguardar los derechos que le otorga la ley, sobre todo desde que ha decidido defenderse a sí mismo. ¿Tiene alguna pregunta?

–No.

–¿Entiende la pregunta que se le ha formulado? El tribunal debe determinar si desea usted renunciar al derecho a un veredicto emitido por un jurado de doce miembros.

–Lo he entendido, señoría.

–Le formularé las preguntas pertinentes para confirmar que conoce sus derechos, pero ¿desea consultar a un abogado antes de empezar? Veo que el señor LeFort, del bufete Cable & Bess, se encuentra en la sala. –Señaló el juez al tiempo que saludaba con una inclinación de cabeza al carísimo abogado–. Si desea hablar con el señor LeFort o alguno de sus socios, el tribunal no tendrá ningún inconveniente en conceder un receso de cinco minutos.

–No quiero hablar con el señor LeFort, señoría. Se trata de una pregunta muy clara, y puedo responder ahora mismo. Quiero que el juicio se reanude con normalidad lo antes posible, señoría, incluso si ello supone aceptar un veredicto emitido por un jurado incompleto. Quiero renunciar al derecho a un jurado de doce miembros.

En la sala se levantó un murmullo de voces. El juez Rudolph desvió la mirada hacia el fondo de la sala e hizo sonar el mazo. ¡Bam!

–No toleraré semejante algarabía en mi sala. Guarden silencio señoras y señores, ya que de lo contrario serán expulsados. Señor Steere, ¿comprende que tiene derecho a solicitar la anulación del juicio?

–No quiero la anulación del juicio, señoría, ni tampoco deseo que el asunto siga alargándose. He pasado mucho tiempo en la cárcel, y tengo una empresa de la que ocuparme.

–Gracias, señor Steere.

El juez Rudolph se imaginó superando la primera valla y aterrizando al otro lado sin perder el ritmo. Sólo quedaba un asuntillo. El juez se volvió hacia la fiscalía.

–Señor Moran, veo que le acompaña el fiscal del distrito, William Masterson. Bienvenido, señor Masterson.

–Buenos días, señoría –saludó Masterson.

El juez Rudolph le devolvió el saludo con otra inclinación de cabeza. El juez sabía que el fiscal quería ocupar su puesto y que había lamido los culos necesarios para acceder a él en cuanto el juez entrara en el Tribunal Supremo. Sin mediar palabra, ambos hombres sabían que el testigo cambiaría de mano, pero sólo si el juez ganaba su parte de la carrera.

–Señor Masterson, ¿hablará usted en nombre de la acusación o hará los honores el señor Moran?

–Hablará el señor Moran –repuso el señor Masterson con voz retumbante y una sonrisa radiante mientras anotaba algo en su cuaderno–. Sólo he venido a mirar. Al señor Moran le gusta mi compañía.

Los presentes se echaron a reír, al tiempo que los periodistas garabateaban apuntes en sus libretas. El juez Rudolph esbozó una sonrisa indulgente. «Qué gracioso. Ocupa mi puesto, por favor.»

–Perfecto –comentó el juez, preparándose para la segunda valla–. ¿Tiene la acusación algo que objetar a que este caso prosiga con un jurado incompleto dadas las circunstancias, señor Moran?

Tom estaba a punto de objetar cuando sintió un leve codazo en las costillas. Al volver la cabeza comprobó que Masterson contemplaba con aire pensativo el estrado, las banderas y el sello judicial de Pensilvania. Su enorme mano descansaba sobre un cuaderno en el que se leía:

NADA QUE OBJETAR, BURRO

Tom no se lo pensó dos veces. A tomar por el culo. Se había dejado la piel en aquella mierda de caso. El alcalde había conseguido que acusaran a Steere, pero nadie le había garantizado un veredicto de culpabilidad. Pese a que la acusación tenía posibilidades de ganar. Tom sabía dónde estaban los chupetes.

–La acusación no tiene nada que objetar a que el caso prosiga, señoría –declaró sin vacilación alguna–. Nos interesa tanto como al acusado y al tribunal que este juicio concluya a la mayor brevedad posible.

El juez Rudolph se vio saltar la última valla, correr como una exhalación hacia la meta, inclinarse sobre la cinta y partirla como si de una telaraña se tratara. La multitud rugía emocionada. La bandera ondeaba al viento. Había ganado. Todo había terminado. Alguien le alargó una copa de champán.

Y una toga nueva.

61

Marta y Judy corrían calle abajo en dirección al Centro de Justicia Penal. La nieve seguía cayendo del cielo y cubría en una gruesa capa aceras, edificios y coches, como si alguien hubiera echado una colcha blanca sobre la ciudad. Las tiendas y las empresas permanecían cerradas. No se veía a nadie por las calles. El silencio y la quietud eran totales a excepción del silbido del viento, una nota estridente que procedía del helado éter gris.

Enfundada en sus pesadas ropas, Marta jadeaba, pugnando por no quedar a la zaga de la ayudante, más joven y atlética que ella. Al llegar a Broad Street se hallaba al borde de la asfixia.

–Judy –gimió débilmente.

La ayudante retrocedió hasta ella. Marta dobló el cuerpo y apoyó las manos sobre las rodillas en un intento de mitigar el dolor que le atenazaba el torso.

–Tengo que parar –jadeó–. No puedo más.

–Tienes que seguir. Tenemos que seguir.

Marta estaba mareada. La sangre le golpeaba las sienes, y no lograba hacer acopio de fuerzas para incorporarse.

–¿Es que no hay taxis?

–No, ni taxis, ni autobuses, ni nada –replicó Judy al tiempo que miraba la calle desierta.

También ella jadeaba, y su aliento formaba grandes nubes de vapor en el aire gélido.

–Tenemos que seguir corriendo.

–¿Cuánto queda?

–Cinco manzanas.

Judy entornó los ojos para ver el anticuado reloj amarillo que observaba la ciudad desde lo alto del ayuntamiento con sus ornamentadas manecillas victorianas.

–Ya es la una y cuarto –señaló, nerviosa–. Vamos, Marta, hay que irse.

–Ya no estoy para estos trotes –se quejó Marta al tiempo que se erguía con el pecho a punto de estallar–. Adelántate. Ten, llévate mi bolso. Las pruebas están dentro.

–No, no me creerán si no vienes conmigo; eres la encargada de la defensa. Vamos, mueve el culo.

–A ti lo que te pasa es que te gusta darme órdenes –refunfuñó Marta, demasiado exhausta para sonreír siquiera.

–Eso también –admitió Judy antes de echar a correr.

62

Bennie trepó por el montículo de nieve hasta la escalinata de casa de Carrier, limpió la nieve que cubría el timbre de latón y pulsó el botón negro del piso de la abogada. Llamó una y otra vez, pero sin obtener respuesta. Maldita sea. Bennie llamó al timbre de la planta baja, junto al que se veía una tarjeta con el nombre Hill-Silverblank, pero tampoco los Hill-Silverblank estaban en casa.

Frustrada, Bennie golpeó la puerta principal con el puño. La nieve salía disparada de los resquicios del marco a cada golpe. Se había arrastrado hasta allí para detener a la joven; no podía desistir ahora. Llamó con más fuerza, esperando con todas sus fuerzas que Judy no hubiera cometido ninguna estupidez. Podía acabar llevándolas a todas ante la junta disciplinaria y precipitar a Rosato & Asociadas a la ruina.

Se apartó de la puerta y alzó la mirada hacia las ventanas del piso de Carrier, que aparecían oscuras y desiertas. ¿Dónde podía estar? Bajó la escalinata y se detuvo en la acera. De repente las vio. Huellas en la nieve profunda, huellas desdibujadas que se alejaban de la escalinata y seguían calle abajo, junto a una hilera de coches semicubiertos de nieve, para desaparecer en la esquina.

Bennie examinó las huellas por entre la nieve. Podía seguirlas. Eran fáciles de seguir. De hecho, en algunos puntos parecían más bien huellas de piernas enteras que de pies. Bennie esbozó una sonrisa. Huellas de abogada. No irían demasiado lejos a pie.

Rodeó cuidadosamente las huellas para no borrarlas y de repente se dio cuenta de un detalle. Había cuatro huellas, no dos. Dos personas habían salido del piso de Judy. Judy y Marta. O bien los Hill-Silverblank habían decidido dar un paseo bajo la tormenta. Bennie intuía a quién pertenecían las pisadas. Tenía el presentimiento de que Judy y Marta se dirigían al Centro de Justicia Penal. Decidió seguirlas.

Las pisadas recorrían la Veinticuatro y atravesaban varios barrios residenciales. Bennie apretó el paso. No había pegado ojo en toda la noche, pero nunca le molestaba correr cuando hacía frío. Sentía las piernas fuertes y el aliento ligero. No había remado desde antes de la tempestad y necesitaba hacer ejercicio. Eso se debía al perdiguero dorado que llevaba dentro. Se ponía nerviosa cuando no la dejaban jugar con la pelota.

Siguió las pisadas por las aceras cubiertas de nieve y fue alcanzado un ritmo regular. Bennie siempre había sido la más rápida de la tripulación, y correr por la orilla del río en Franklin Field cada semana desde entonces la mantenía en forma. Aún lamentaba no haber intentado clasificarse para los Juegos Olímpicos, pero tenía una madre a la que mantener.

Bennie siguió corriendo sin perder de vista las huellas, pisadas profundas en la acera. Les daría alcance en poco tiempo. Tenía que hacerlo para evitar que la fastidiaran. Apretó aún más el paso.

63

–Ha llegado el día D, soldados –anunció Ralph a sus compañeros–. Hora de votar.

Ralph se había convertido oficialmente en el presidente del jurado, pero más bien se sentía como un enterrador. Repartió papeletas entre los alicaídos miembros del jurado. Todos estaban muy compungidos desde el episodio de Christopher. Había sido una especie de culebrón, con Megan abrazando a Christopher mientras éste se retorcía por el suelo como una trucha recién pescada. Christopher intentaba hablar una y otra vez, pero Megan lo mantuvo callado hasta que llegó la ambulancia.

Ralph había empezado a presionar a los demás para que se decidieran a votar en cuanto el juez les ordenó reanudar la deliberación. Si Kenny no atendía a razones en aquella ronda, Ralph se haría con él en la siguiente. Tan sólo era cuestión de tiempo. Ralph alargó una hoja de papel a Megan.

–Ha llegado el momento de votar, señorita. Cuanto antes acabemos, antes podrás ir al hospital.

–Gracias –musitó Megan con voz temblorosa.

Se quedó mirando el papel en blanco. No quería votar contra Steere aunque eso significara contradecir a Christopher. Pobre Christopher. Quería visitarlo, al menos para asegurarse de que estaba bien. Escribió a toda prisa la palabra «inocente» y dobló la papeleta.

La señora Wahlbaum se inclinó sobre su papeleta tras lanzar una última mirada al señor Fogel, quien escribía a una velocidad que no la sorprendió. Votaría a favor de Steere, al igual que Wanthida, sentada junto a él. La señora Wahlbaum intentó recordar qué había dicho Christopher tras cambiar de opinión, pero lo único que recordaba eran sus gemidos agónicos. Escribió «inocente» y dio la vuelta a la papeleta.

Nick temblaba ante la papeleta pautada que tenía ante él. Estaba histérico. El ataque estomacal de Christopher era la gota que colmaba el vaso. ¿Y si a Nick también le daba un ataque de ésos? La tripa le ardía. Había bebido un poco de agua sin importarle siquiera que se le viera el pulgar. Quería volver a casa antes de contraer el mal de Christopher. No podía exponerse a semejante riesgo. Cogió el lápiz, y lo apretó con fuerza y escribió «inocente».

Siete de la Suerte se inclinó sobre la papeleta con la sensación que solía embargarle en la escuela cuando hacía los exámenes. Todo el mundo escribía menos él. Los oía escribir y escribir, acabar antes que él, doblar los exámenes y entregarlos al profesor como si tuvieran todas las respuestas. Bueno, pues esta vez, la respuesta la tenía él.

Siete de la Suerte lo sentía por Isaiah y su chica, y tenía intención de defender lo que pensaba dijera lo que dijera Kenny. Pero si cuando acabara el caso no volvería a verlo en su vida. No se iban a hacer colegas ni nada de eso. Siete de la Suerte escribió «inocente» sobre el puto papel lo más deprisa que pudo..., y no fue el último en acabar.

–¿Ha votado todo el mundo? –preguntó Ralph al tiempo que ocupaba su asiento a la cabecera de la mesa.

Se acercó la papeleta y escribió «inocente» con toda la

tranquilidad del mundo, como si no le fueran cien mil dólares en ello. Acto seguido alzó la mirada.

–Yo no he votado todavía –señaló Kenny Manning con voz monótona desde el otro extremo de la larga mesa.

Todos los miembros del jurado lo observaban fijamente, a excepción de Siete de la Suerte, que miraba expresamente a otro lado.

–No importa –lo tranquilizó Ralph–. Quédense las papeletas; no me las pasen aún. Kenny tiene derecho a tomarse su tiempo.

Miró el reloj. La una y veinticinco.

–Tómate todo el tiempo que necesites, amigo.

Kenny cogió el lápiz y miró por la ventana. No tenía por qué soportar todas aquellas sandeces. Podía tomarse su tiempo sin que nadie se lo concediera, joder. No necesitaba que el puto Ralph Merry le contara su vida. No necesitaba nada de esa cara de cerdo. Kenny los hizo esperar. Se dedicó a contemplar la nieve a través de la ventana, tomándose su tiempo. Joder.

En un hospital de la otra punta de la ciudad, Christopher yacía destrozado sobre una camilla que recorría un pasillo a toda velocidad. A cada instante intentaba pedir a los médicos que llamaran a la policía, pero la enfermera y un médico de urgencias corrían a cada lado de la camilla, haciendo caso omiso de sus gruñidos. Pese a que las oleadas de dolor se sucedían sin tregua, Christopher no cejó en su empeño.

–Nooo... grrr.. esperen... –logró balbucear, pero el médico y la enfermera se limitaron a entrarlo en una fría sala blanca.

Varias personas equipadas con batas blancas y mascarillas

revoloteaban a su alrededor. La camilla se detuvo bajo un rayo cegador de luz.

–Nooo... esperen..., auuu... –gruñó Christopher.

Se cubrió los ojos con las manos para protegerse de la luz. Un médico le asió la muñeca y empezó a colocarle una mascarilla de plástico sobre el rostro. No. No podían dormirlo. Tenía que llamar a la policía. Tenía que salvar a Marta.

–¡He dicho auuuu! –gritó Christopher.

Sacando fuerzas de flaqueza, agarró al sobresaltado médico por las solapas blancas y lo atrajo hacia sí. Las enfermeras lanzaron exclamaciones de sorpresa al ver que los dos hombres caían sobre el suelo de baldosas frías.

–¡Llame a la policía ahora mismo! –chilló Christopher.

64

Marta se sintió mejor en cuanto divisó el Cento de Justicia Penal entre la nieve. Era un edificio moderno con toques *art déco* y detalles de mármol gris y marrón. La nieve recién caída cubría las cornisas geométricas y las repisas decorativas. Era una construcción hermosa que tomaría al asalto, se dijo Marta mientras seguía corriendo, jadeante por el esfuerzo y la emoción.

Judy sabía exactamente qué estaba pensando Marta. Funcionaban en la misma longitud de onda. Habían encontrado pruebas contra Steere y las entregarían al tribunal. Judy apretó el paso. La cuestión ética seguía molestándola un poco, pero cada vez que le asaltaba alguna duda pensaba en Mary tumbada en la nieve. Desangrándose. Tal vez no sobreviviera, y Judy ni siquiera podía estar con ella en el hospital por culpa de Elliot Steere. No le debía una mierda. Judy apretó con fuerza el bolso de Marta y siguió corriendo.

Pero algo andaba mal. Qué extraño. El centro de la ciudad tendría que haber estado vacío. El ayuntamiento y el Centro de Justicia Penal habían cerrado por la tormenta; tan sólo seguía en marcha el caso Steere. La calle debería estar tan desierta y callada como el resto de la ciudad, pero no era así.

Bennie siguió corriendo con los ojos entornados. Había perdido la pista de las huellas al llegar al barrio comercial y a partir de allí se guió por el instinto. Tres manzanas por delante de ella, dos figuras corrían por la acera en dirección al Centro de Justicia Penal. Judy y Marta. Bennie reconoció la parka amarilla brillante de Judy. La ayudante era escaladora y poseía un guardarropa entero de prendas carísimas. Además, ¿quién si no ella llevaría un color como ése?

Bennie corrió más deprisa, como al inicio de una carrera, pasos poderosos para adelantar la espadilla para luego pasar a un remo rápido y regular. Acortó la distancia. Dos manzanas, luego una. Vio a Judy y Marta llegar al Cento de Justicia Penal y alcanzar a la multitud congregada ante el edificio. Cuánta actividad. Una auténtica conmoción. Oh, no. Bennie apretó el paso hasta que la espadilla casi levantó el vuelo.

Judy corría trastornada. En la boca de Filbert Street se estaba formando una muchedumbre. Algo sucedía en el Centro de Justicia Penal. Numerosas furgonetas con logotipos llamativos habían aparcado de cualquier forma en la nieve. Varios coches patrulla se agolpaban en la esquina de Filbert Street.

–No habremos llegado demasiado tarde, ¿verdad? –exclamó angustiada sin dejar de correr.

–No, no puede ser –repuso Marta, en cuya mirada se pintaba una expresión tensa y alarmada.

–Ha venido la tele, la poli. Puede que ya se sepa el veredicto.

–O que el jurado acabe de llegar –aventuró Marta.

–Pero podría ser el veredicto. Podrían haber votado ya.

–¡No! –gritó Marta con voz ronca–. ¡No hemos llegado demasiado tarde! ¡Corre!

Apretó los dientes y corrió más deprisa. No permitiría que Elliot Steere la derrotara después de todo lo que había pasado la noche anterior. Después de lo que había hecho a los guardias, a Mary.

Judy contemplaba la escena por entre los copos de nieve. La muchedumbre se acercaba cada vez más. Ella y Marta cruzaron la sombra que proyectaba el ayuntamiento y corrieron manzana abajo en dirección a Filbert. Al fondo del gentío se veían policías de cazadora negra y periodistas con anoraks verdes y capas impermeables. La ruidosa multitud aparecía salpicada de quepis negros, gorras de béisbol y paraguas de golf. Unas cien personas atestaban la estrecha calle, hablando con animación en una nube de aliento colectivo.

–No veo nada, ¿y tú? –gritó Marta sin resuello, al borde de la fatiga más absoluta.

–Tampoco; hay demasiada gente.

Judy miró por encima del hombro de un policía obeso.

–¿Qué ocurre, agente?

–Acabo de llegar, señoras –repuso el policía con la nariz enrojecida por el frío–. Han llamado para que controlemos la multitud.

Marta se caló la capucha hasta los ojos para que no la reconocieran y se abrió paso entre la gente.

Bennie recorrió los últimos treinta metros que la separaban de la muchedumbre. El último *sprint*. Corrió con todas sus fuerzas. Le dolían las piernas y los pulmones. Llegó al Centro de Justicia Penal a tiempo de ver la gorra amarilla de Judy desaparecer entre la gente, pisándole los talones a Marta.

65

Marta había llegado a las primeras filas del gentío. No daba crédito a sus ojos. Elliot Steere había salido en libertad. Estaba bromeando con los periodistas en la acera, delante del Centro de Justicia Penal. Las cámaras filmaban su sonrisa falsa. Los focos de televisión teñían sus facciones de blanco como si de un cadáver se tratara. Era libre. Había llegado demasiado tarde.

Judy se acercó a ella por detrás.

–Dios mío –gimió, consternada.

Los ojos se le inundaron de lágrimas, el cuerpo se le derrumbó por la derrota. Steere había conseguido salir impune. Judy se enjugó los ojos con el guante empapado por la nieve.

Marta estaba demasiado horrorizada para hablar. Tan sólo veía su propia furia. Aquel hombre la había utilizado. Había utilizado al tribunal. Había matado a gente. Hervía de furia al ver a Steere sonreír para la prensa y alzar las manos en ademán de triunfo. Steere quedaría en libertad y prosperaría. No podía suceder. No podía permitir que sucediera. Y entonces recordó...

El buril. Un largo pincho de hierro de punta tan mortal como una daga. ¿Aún lo tenía? Deslizó la mano en el bolsillo y sintió el metal frío. El buril. Lo sustuvo en la mano para sentir su peso a través del guante. Se le antojaba la solución ideal. De todos modos, ya estaba acabada. Ya había matado. No tenía nada más que perder. Echó a andar sumida en una especie de trance, dejando atrás a Judy y el resto del mundo.

Varios metros más atrás, Bennie intentaba abrirse paso a toda costa.

–¡Perdón! –se disculpó al apartar a un policía con el codo.

Divisó a Steere en la acera, hablando con los periodistas. Así que lo habían absuelto. Al menos Marta y Judy no podrían desbaratar el juicio. Pero ¿dónde estaban?

Bennie escudriñó la multitud y por fin vio el gorro amarillo de Judy entre los quepis negros de los policías. ¿Dónde estaba Marta? Sin duda se enfurecería al ver que soltaban a Steere. Sintió que el pánico se apoderaba de ella sin saber por qué. Siguió avanzando hacia la derecha, donde la multitud no era tan densa.

Marta se detuvo a dos filas de Steere. La nieve caía sobre el delgado abrigo del promotor inmobiliario y le salpicaba las hombreras. Estaba tan cerca que incluso distinguía las puntadas hechas a mano de las solapas. Asió con fuerza el buril. El corazón le latía con violencia. La adrenalina le rugía en los oídos, ahogando en parte la voz de Steere.

–Siempre he sabido que el jurado me declararía inocente –decía Steere a un reportero televisivo que sostenía un enorme micrófono redondo–. No lo he dudado ni un instante.

Bennie siguió abriéndose paso hasta ver a Marta. Allí. Muy cerca de Steere, inmóvil, con la mirada perdida. ¿Qué estaba haciendo? Le habría gritado, pero la gente armaba demasiado escándalo.

–¡Déjenme pasar! –rugió en un intento de acercarse más a Marta.

Marta se hallaba a escasos centímetros de Steere, el rostro semioculto por la capucha. Imaginó el buril atravesándole el pecho, manchando de sangre roja y caliente su abrigo de pelo de camello. Esperó el instante adecuado. El reportero seguía entorpeciendo la maniobra. Marta avanzó un poco más, el estruendo casi ahogado por el rugido de la adrenalina en sus oídos, esperando a que el reportero se apartara.

En aquel preciso instante, Bennie lo comprendió. Entendió lo que estaba sucediendo. Marta se estaba acercando a Steere, sin duda con un arma. ¿Realmente mataría a Steere? Dios mío. Tenía que detenerla. No podía matar a Steere. Bennie no podía permitírselo. Atravesó el gentío como una apisonadora.

De repente, el reportero se hizo a un lado. Steere se volvió para hablar con el siguiente periodista, la sonrisa preparada en los labios. Ante él quedó un pasillo libre. El mundo de Marta se paralizó. La multitud se congeló. Los periodistas enmudecieron. Los motores de las cámaras dejaron de ronronear. El único sonido del universo era el tamborileo del corazón en sus oídos. Aprovechó el pasillo y sacó la mano del bolsillo.

–¡No, Marta! –vociferó Bennie de repente.

El grito arrancó a Marta de su ensimismamiento. El mundo volvió a su estruendosa vida. ¿En qué había estado pensando? ¿Acaso estaba loca? Unos fuertes brazos la agarraron por detrás. Era Bennie. Le arrebató el buril y la miró a los ojos en busca de algún vestigio de cordura.

En aquel momento se oyeron sirenas al otro lado de la masa. Los policías empezaron a gritar, al igual que los periodistas. Las cámaras emitían sus sempiternos chasquidos. Las cámaras de vídeo volvían a ronronear. Un grupo de agentes uniformados y detectives se abrió paso entre la gente.

–¡Señor Steere! –gritó uno de los policías–. Queda usted detenido.

Steere intentó alejarse, pero un anillo de policías de cazadora negra le cerraba el paso. No había adónde huir ni dónde esconderse, al menos de momento. Steere mantuvo la compostura mientras lo esposaban una vez más, y la algarabía de los periodistas ahogó su petición de llamar a un abogado.

66

Emil Gorebian pasó el día entero entrevistando a abogados, policías y empleados de la comisión electoral. A continuación se puso a escribir en su ordenador del ayuntamiento. Por fin había dejado de nevar, y los últimos restos de sol se filtraban por la sucia ventana que se abría junto a él.

Emil no estaba cansado pese al largo día que tocaba a su fin. Era demasiado joven para jubilarse y aún estaba fuerte como un torete. Tenía toda la historia grabada en la memoria, y las palabras surgían con la fluidez y suavidad de un chorro de aceite de oliva. La noticia saldría publicada en primera página de la siguiente edición. Su primera exclusiva en diez años.

Emil siguió tecleando. Elliot Steere y Jen Pressman habían sido amantes, y utilizaban el programa de donación de órganos para enviar papeletas de voto con firmas falsas. Pagaban a Eb Darning por falsificar y enviar dichas papeletas, pero Eb había empezado a chantajearlos, por lo que se vieron obligados a hacerlo callar. Emil había pasado el día leyendo información electoral y repasando las papeletas enviadas por correro para las últimas elecciones. Al menos había otras dos personas que recibían dinero por enviar papeletas falsas, y suponía que encontrarían a muchas más.

Gorebian explicaría los pormenores del fraude en una columna suplementaria para que los lectores lo comprendieran bien.

Emil siguió tecleando. Lo mejor de la noticia era que los votos no eran contra el alcalde, sino a favor. Casi diez mil votos a su favor. Elliot Steere y Jen Pressman pretendían tenderle una trampa, dar a conocer la existencia del archivo de carnés de conducir justo antes de las elecciones para achacarle el fraude electoral. Pressman había planeado traicionar al alcalde y luego seguir su camino. Steere habría derrotado a su archienemigo, y el precio de sus propiedades habría subido como la espuma, mientras el Renacimiento de Filadelfia tocaba a su fin.

Emil bebió un sorbo de té mientras repasaba el artículo a medio escribir en la pantalla del ordenador. En la última parte haría hincapié en los pasos que habían dado las abogadas para llevar a Steere ante la justicia y el hecho de que Bennie Rosato lo había arriesgado todo para proteger a un cliente. Eso evitaría que el bufete de Bennie se granjeara mala reputación y la pondría en un pedestal. Los jovenzuelos llamaban a eso un final feliz, pero Emil, en cambio, lo llamaba verdad.

Acabó el artículo, atando todos los cabos sueltos. Se imaginaba ganando el Pulitzer y obteniendo el traslado al turno de día. Siempre había sabido que era mejor periodista que Alix Locke. Mira que entrar en la oficina de la jefa de gabinete y robarle el bolso. Mira que usar las llaves de Pressman para entrar en la casa de Steere. Emil meneó la cabeza. La gente ya no tenía moral, valores ni escrúpulos. Ése era el problema.

Dio orden de imprimir el documento y exhaló un suspiro de felicidad.

Sentado a su escritorio del bufete, John LeFort contemplaba las luces parpadeantes del teléfono. La luz del sol entraba por los ventanales y arrancaba destellos a la jarra Waterford que sostenía en la mano. LeFort nunca bebía durante el día, pero a fin de cuentas era un día especial. Suspiró y cogió el teléfono.

–Diga.

Como si no supiera quién era. Como si no supiera a quién correspondían todas las lucecitas parpadeantes del teléfono.

–John, soy Mo Barrie. Estoy en casa, mirando la tele. ¿Te has enterado? ¿Lo has visto en las noticias? Han vuelto a detener a Steere. Por conspirar para cometer asesinato y contratar a un asesino a sueldo. Por fraude electoral, por intentar manipular las elecciones a la alcaldía... Es un escándalo.

–Lo sé. Estaba allí.

–Vamos a exigir el pago integro del crédito ahora mismo, John. Esas propiedades se ponen a la venta en este preciso instante. En cuanto colguemos llamaré al ayuntamiento.

–Lo comprendo –repuso John antes de beber otro sorbo.

Mo podía ponerse igual de histérico que Bunny. Qué estupidez. A fin de cuentas, no eran más que negocios.

–Todas las propiedades, John. Considéralas vendidas desde este momento. Es un castillo de naipes a punto de desmoronarse.

–Nos veremos en el juicio, Mo –dijo LeFort antes de colgar.

Tomó otro sorbo y se dispuso a atender la siguiente llamada.

Elliot Steere estaba sentado detrás del vidrio blindado, frente a su nuevo abogado defensor. El vidrio aparecía surcado de rasguños y manchas, y la sala de visitas de la comisaría estaba mucho más sucia que la del Centro de Justicia Penal. Sin embargo, poco le importaba en aquellos momentos el entorno.

–Me declarará inocente de todos los cargos –ordenó a su abogado, que llevaba unas gafas montadas al aire carísimas y un traje de Zegna.

–Pero tienen muchísimas pruebas de conspiración en el asesinato de los guardias de seguridad. Han encontrado la revista de Bogosian, y en su piso había muchos papeles que lo relacionaban con usted. Además verificarán las llamadas telefónicas y sus cuentas bancarias.

–Bogosian jamás testificará contra mí.

–Bogosian ha muerto. La policía de Nueva Jersey ha encontrado su cadáver en la playa.

–Mejor –dijo Steere tras una breve pausa–. Así seguro que no podrá testificar.

–Pero Richter sí, y también Carrier. Tienen un archivo informático que sacaron de su casa de la playa. Van a confiscar su barco. Tienen documentos de Darning y un sospechoso de disparar contra DiNunzio, que fue al lugar de los hechos en un coche robado –explicó el joven abogado consultando sus notas–. Debemos esperar que se presenten cargos por fraude y manipulación electoral, probablemente también de obstrucción a la justicia, aunque no sé si podrán demostrarlo.

–Soy totalmente inocente.

–Tendrá suerte si le ofrecen un trato.

–La suerte no tiene nada que ver en todo esto –puntualizó Steere con una sonrisa–. ¿Ha oído hablar alguna vez de un general llamado Sun Tzu?

67

Sumido en un sopor anestesiado, Christopher soñaba que cabalgaba por un campo cubierto de nieve bajo un sol cálido y un cielo muy azul. Sobre la nieve se extendía una leve bruma, por lo que el caballo parecía galopar sobre un lecho de nubes. En el sueño de cualquier otra persona, el caballo habría sido blanco, un corcel árabe, pero él opinaba que los caballos blancos eran una pijada, por lo que el suyo era marrón, un gran caballo castrado de crin blanca y más de dieciséis manos de altura.

Los cascos del caballo surcaban la nieve mientras del medio galope pasaba al galope sin previo aviso. Si bien Christopher no había espoleado al caballo, no se opuso al cambio de velocidad. Jinete y caballo galoparon veloces hacia una valla de madera que apareció de repente. Era una valla alta, de más de un metro, y Christopher no sabía si el caballo podría saltarla.

Los cascos del caballo se hundieron más en la nieve mientras el animal corría a toda velocidad, agitando las narices, luchando contra el bocado. La valla se acercaba cada vez más. Era una locura saltar a aquella velocidad, pero si Christopher frenaba al caballo, saldría despedido. Se irguió en la silla y tensó las riendas, pero el cuero se le escurrió entre los dedos y golpeó el cuello empapado del animal.

Tenían el obstáculo delante. El caballo saltó. Ni en sueños lograría superar la valla.

–¡No! –gritó Christopher al despertar.

Miró a su alrededor. Todo era blanco, pero no debido a la nieve, sino a que se hallaba en una habitación de hospital. No estaba a punto de estrellarse contra una valla, sino tumbado en una cama de hospital. Y lo que le tocaba la mano no era una rienda suelta, sino una mujer. Megan Gerrity, la pelirroja del jurado, estaba sentada en el borde de su cama. Christopher parpadeó aturdido y se aclaró la garganta reseca.

–No pasa nada, Christopher –lo tranquilizó Megan.

La joven le oprimió la mano, y Christopher le devolvió el gesto al tiempo que se apoyaba contra la almohada con un suspiro.

–¡Por poco apuñalas a Elliot Steere! ¿Te das cuenta? –exclamó Bennie mientras recorría a buen paso el largo pasillo del hospital.

Los últimos rayos de sol entraban por los ventanales, pero Bennie no percibía su calidez. En ambas paredes del pasillo se veían placas bruñidas con los nombres de los patrocinadores del hospital, pero ¿qué más le daba? Caminaba tan deprisa que no se enteraba de nada y estaba tan enfadada que le daba igual si Marta no podía darle alcance.

–Estoy de acuerdo en que no debería haber sucedido –admitió Marta, pugnando por no quedar rezagada.

Tenía las botas y los pantalones empapados, y estaba molida, como si le acabara de pasar por encima una apisonadora. Había pasado un día agotador en la comisaría, contestando a las preguntas de la policía, y la noche anterior había sido agitada incluso para una abogada criminalista.

–Lo siento. Lamento mucho todo lo que ha pasado.

–¿Que lo sientes? –gritó Bennie sin aflojar el paso–. ¿Sientes haber intentado matar a un hombre? No puedes decir que sientes haber intentado matar a un hombre. Existen muchos pretextos legales para el intento de asesinato, pero decir que lo sientes mucho, mucho, mucho no es uno de ellos. Si la policía hubiera sabido qué te proponías, ahora mismo estarías entre rejas. Y si no te hubiera quitado el puto cuchillo...

–Era un buril.

–¿Qué?

–Que era un buril, no un cuchillo.

–¿Y a mí qué coño me importa? –vociferó Bennie con la chaqueta revoloteando a su alrededor–. ¿Qué más da, joder? ¡Has intentado cargarte a un hombre!

–No habría llegado a hacerlo, te lo aseguro.

–Ya. No has llegado a hacerlo porque yo te lo he impedido. ¡Y de paso podrías haberme apuñalado a mí!

Una enfermera que pasaba por allí les lanzó una mirada nerviosa y apretó el paso.

–Ni siquiera sabía que estabas allí –aseguró Marta en un susurro–. ¿Cómo iba a saber que te arrojarías delante de él?

–No podía permitir que lo mataras –explicó Bennie cuando llegaron a los ascensores–. No me parece tan difícil de comprender. Primera regla de la empresa. No te cargues a los clientes, sobre todo porque luego no vuelven.

–Ya he dicho que lo siento. ¿Qué más quieres que haga? ¿Que me corte las venas?

–Debería haberte dejado tirada en el calabozo. Otra hora más y habrían sacado los tubos de goma.... o mejor dicho, yo les habría llevado los tubos de goma.

–Ya te he dado las gracias –suspiró Marta, poniendo los ojos en blanco–. «Gracias.» «Lo siento.» «Por favor.» Parezco una puta tarjeta de felicitación.

Bennie pulsó el botón de llamada del ascensor como si de un videojuego se tratara. Clickclickclick.

–Debería haber dejado que te pudrieras ahí dentro.

Clickclickclick.

–Que te las arreglaras con un abogado de oficio.

Clickclickclick.

–Debería haberte echado a los perros de la prensa.

Clickclickclick.

–Debería haber dejado que te empapelaran por lo de Bogosian.

–Fue en defensa propia. La policía lo sabe, pero no les quedaba más remedio que interrogarme.

–¿Y qué me dices de la manipulación del jurado? Me debes una muy gorda. ¿Qué tal unos cuantos millones de horas de servicio a la comunidad?

Clickclickclick.

–¿Sabes qué? Te voy a cobrar. Te voy a facturar todas las putas horas.

Clickclickclick.

–¿Dónde coño está el ascensor?

–Vale, vale. Cóbrame, no importa. Gracias, gracias, gracias –recitó Marta muy en serio.

En los años venideros tendría mucho tiempo. Quizás se compraría una casa, la reformaría y viviría en ella para variar. Pero también tendría que trabajar un poco, aunque sólo fuera para no oxidarse.

–¿Sabes? He estado pensando que seguramente necesitarás un poco de ayuda para volver a poner en marcha el bufete.

Clickclickclick.

–Si es que aún me queda bufete.

–Claro que sí.

Click.

–Hum.

–A lo mejor puedo compensarte por todo lo que ha pasado ayudándote a reconstruir Rosato & Asociadas. Es lo menos que puedo hacer. Redactar informes, formar a las asociadas...

El ascensor llegó por fin.

–Ya sabes, entre bastidores.

–¿Tú? –exclamó Bennie con los ojos abiertos de par en par–. ¿Quedarte en Filadelfia?

Marta se echó a reír en cuanto las puertas del ascensor se cerraron, y sus carcajadas resonaron por todo el hueco hasta la última planta.

Marta y Bennie se detuvieron en la entrada de la habitación de Mary. La joven había salido de cuidados intensivos y por fin se había estabilizado. Aparecía muy demacrada y llevaba suero intravenoso. La familia DiNunzio la rodeaba como en un abrazo, con Judy sentada entre ellos. Carrier esbozó una sonrisa cansada al ver a Bennie y Marta.

–Qué guay, ¿verdad? –comentó–. Mary está viva.

–Es estupendo –asintió Bennie con una sonrisa de alivio–. Así me gusta, que mis ayudantes respiren.

–Es la única forma de que trabajen –añadió Marta, apoyada contra el marco de la puerta–. Por cierto, supongo que vuelven a trabajar en el bufete, ¿verdad?

Judy contuvo el aliento. Mary parpadeó.

Bennie reflexionó un instante. ¿Qué corría por sus venas? ¿Hielo?

–Sí están colegiadas, tienen el trabajo asegurado –dijo por fin.

Mary esbozó una sonrisa.

«No es un trabajo; es una aventura.»

Título de la edición original: *Rough Justice*
Traducción del inglés: Bettina Blanch Tyroller,
cedida por Grijalbo (Grijalbo Mondadori, S.A.)
Diseño: Eva Mutter
Ilustración: Javier Masero

Círculo de Lectores, S.A. (Sociedad Unipersonal)
Travessera de Gràcia, 47-49, 08021 Barcelona
www.circulolectores.com
1 3 5 7 9 9 9 1 0 8 6 4 2

Depósito legal: B. 35775-1999
Fotocomposición: gama, s.l., Barcelona
Impresión y encuadernación: Printer industria gráfica, s.a.
N. II, Cuatro caminos s/n, 08620 Sant Vicenç dels Horts
Barcelona, 1999. Impreso en España
ISBN 84-226-7917-5
N.º 27433